贾兴安 ◎ 著

风中的旗帜

花山文艺出版社
河北·石家庄

图书在版编目（CIP）数据

风中的旗帜／贾兴安著．—石家庄：花山文艺出版社，2020.6
 ISBN 978-7-5511-5113-9

Ⅰ.①风… Ⅱ.①贾… Ⅲ.①长篇小说－中国－当代 Ⅳ.①I247.5

中国版本图书馆CIP数据核字（2020）第059302号

书　　名：	风中的旗帜 FENGZHONG DE QIZHI
著　　者：	贾兴安
策　　划：	张采鑫
责任编辑：	郝卫国
责任校对：	李　鸥
书名题签：	李智纲
装帧设计：	王爱芹　甲骨易
美术编辑：	胡彤亮
出版发行：	花山文艺出版社（邮政编码：050061） （河北省石家庄市友谊北大街330号）
销售热线：	0311-88643221/29/31/32/26
传　　真：	0311-88643225
印　　刷：	石家庄众旺彩印有限公司
经　　销：	新华书店
开　　本：	700mm×1000mm　1/16
印　　张：	30.75
字　　数：	360千字
版　　次：	2020年6月第1版 2020年6月第1次印刷
书　　号：	ISBN 978-7-5511-5113-9
定　　价：	68.00元

（版权所有　翻印必究·印装有误　负责调换）

第 一 章

1

上午,大约十点,一群村民突然把皇迷乡政府的大门口堵住了。

今天正赶上皇迷村过庙会,街上赶集的人很多。一些开着农用车,骑着摩托车、电动车、自行车的村民,突然从不同方向朝乡政府的大门口前聚集,刹那间就把大门口包围了,有四五十号人。这些人或打出横标,或举起牌子,上面写着"铲除村霸,还我公道""给我一块地,我要有个家"等字样,喊喊喳喳喊叫着要找新来的王书记……

乡政府大院的门卫老孙急忙将电动伸缩门关闭,用手机向乡党政综合办秘书林强报告。

林秘书正在后院的会议室里开会,捂着手机悄悄离开会议室,跑到大门口一看,被这阵势吓了一跳,又见领头的是蝎子沟村的原村委会主任魏风林,再看看横标和牌子上面写的那些口号,就知道是什么事了,连忙返回会议室,俯在乡党委书记王金亮耳边嘀咕了几句。

王金亮攀蹙双眉，神色严肃地站起来，对身边的乔乡长和马书记小声说："你们先讨论着，我出去一下。"

乡长叫乔文杰，马书记叫马春浩，是乡党委副书记。他们正在召开党政联席办公会，研究布置三天后市县联合组织到乡里进行扶贫大检查的相关事宜。

王金亮跟着林秘书来到大门口，见黑压压围了一大片人。但聚在门口前的，大多是老年人和妇女，更多的是路人在旁边围观看热闹。

一见站在前面的是蝎子沟村的魏风林，王金亮就气不打一处来，瞪着眼睛道："原来是你啊！魏风林，你这是做啥？带头闹事啊！"

魏风林怒目而视："不错，我们老百姓没法儿活了，就得闹事！闹还没人管，不闹更没人搭理！"

林秘书说："你们村的事，王书记知道，不是答应给你们解决了吗？"

"哼！解决……"魏风林鼻子里哼了一声，冷笑道，"啥时候解决？你们当官的这一套，糊弄别人行，糊弄不了我姓魏的。这都快半个月过去了，腌的咸萝卜都馊了，哪里有动静啊？你们就是属公鸡的，叫得好听就是不办真事；缎子面麻布里儿，里一套外一套……"

"噢？"王金亮皱皱眉头，问魏风林，"我让周大鹏找你，他难道没主动跟你谈话吗？"

周大鹏是蝎子沟村党支部书记。

魏风林不屑一顾道："呸！他不配找我，我也不跟这个流氓说话！他跟前任书记李继春一个货色，都是大色狼！"

"你不是村主任了，但还是党员，不要说话不负责任！"

王金亮瞪瞪眼，沉吟片刻，转头对林秘书说，"你给周大鹏打电话，让他立即赶到乡里来，说我有急事找他。"

接着，又悄悄低声道："让派出所过来几个人……"

林秘书去一旁打电话了。

大门外的村民们相互簇拥着大声起哄：

"我们要分地！"

"不让俺盖房，告到党中央！"

"不撤周大鹏，俺要进北京！"

王金亮冲众人挥挥手，大声道："这么多人，都聚集在这儿不是办法，也解决不了问题。你们村的事，我都知道，你们反映的那些问题，我们正在研究解决，我来皇迷乡才半个多月，乡亲们，你们要给我一些时间……"

"不行，你们天天推三阻四的，猴年马月能解决啊！"一个秃头汉子在人群后面大喊，"不答应我们，我们就不走！"

王金亮冲那人看看，大声说："唉！这位老乡，你叫啥，咋称呼？来，来，你过来往前面站站。"

秃头汉子从人群里挤过来，昂首挺胸道："我姓牛，叫牛金贵。咋了？我不怕你，日子过不好还不让人说话吗？我不信你这个书记能把我吃了！"

王金亮笑笑道："我看你比我小几岁，我就叫你一声老弟吧。你要知道，这是非法集会，围攻政府机关，属于违法行为，我会让派出所把领头闹事的带走，你懂不？"

牛金贵怔怔，梗着脖子说："抓就抓，我……我不怕……"

人群中有了一阵小小的骚动，纷纷向后张望。

只见人群后面驶来两辆警车，有民警跳下了车。

"哎哟！真要抓人啊？"一个中年妇女吓得往后退。

王金亮对众人说:"乡亲们,我再说一遍,这样聚众闹事无济于事,蝎子沟的问题比较复杂,不是一两句话就能说清楚的,也不是一下子就能解决的。待我调查清楚了,一定给你们一个圆满的答复和交代。你们有啥事,有啥话,都可以对我说,我认为合理,一定会替你们做主。但是有一条,要选个代表出来,跟乡里坐下来好好谈,不能无理取闹,尤其是像你们这样聚众闹事……"

牛金贵不服:"我们没闹事!"

"没闹事?"王金亮朝门外指指,沉下脸问,"这些车是谁的?这是停车的地方吗?用车堵住乡政府的大门,不是闹事是啥?金贵兄弟,要是有人把车摆到你家门口,堵住你不让你出门,你会咋样?着急不着急?何况,这是政府机关,办公场所,你们这是干啥?不让我们办公了!你还说没闹事,这不叫闹事,那啥叫闹事,你给我说说!"

牛金贵一下子被噎住,低下头不吱声了。

王金亮见状,乘胜追击,指着魏风林说:"老魏,我知道是你带的头。我正在开会,今天皇迷村的街上也在过庙会,绝不允许在这里聚众示威!我看你们举的这些牌子,是不是还是因为村里那块宅基地的事?如果只是为了这件事,你找两个村民代表进来,到我办公室里说,你看咋样?"

魏风林眨了眨眼睛,朝身后的众人看看,张张嘴没有说话。

有人说:"王书记,别的事可以先放放,但宅基地得给我们分了。"

还有人说:"对,听说土地要确权了,不赶快分下去,我们再也没机会分到地了,没地方盖房子,我们住哪儿,睡大街上吗?"

魏风林望着王金亮,口吻缓和地说:"听见没?王书记,别的先不说了。这样吧，这几天，只要你能答应，让村里把宅基地给我们分下去，我们马上散伙回家。听说上边有政策，要进行土地确权，村里在十年前就留下了一块宅基地，周大鹏心术不正，光想优亲厚友，不担当，不作为，到现在也不给分。这样，等确权时，按政策这块地就得收回，那大伙儿就再也没有机会分到宅基地了。要分家和准备娶媳妇的，可没地方盖房啊！所以大伙儿才着急，鼓动着我来找你，也可以说是来逼你……"

这件事，王金亮知道。他刚到皇迷乡任乡党委书记时，就有人找他检举揭发蝎子沟村的党支部书记周大鹏，举报人正是该村的原村委会主任魏风林。魏风林与周大鹏近两年来一直不和谐，两人暗地里各拉一帮村民，互相拆台，近半年来矛盾进一步激化。魏风林撕破脸皮，辞去村委会主任，开始跟周大鹏公开挑明当面鼓对面锣地"对着干"，还唆使一些村民，四处状告周大鹏。说他仗势欺人，截留扶贫款，在村里"小商品市场"的土地流转中使"黑钱"，还暗自入股分红，虚报危房的改造面积，乱搞男女关系等等，但又拿不出确凿的证据。其中，也提到了十年前就批准划出的八十亩宅基地。王金亮刚上任，不了解情况，因此也不便立即表态和处理。他很耐心地接待了魏风林，说都记下了，有时间一定组织人前去调查，如果属实一定严肃处理。为此，王金亮还在乡领导和乡干部们中了解他们的情况，乡干部们说他们两个"闹掰"两年了，究竟谁是谁非，说什么的都有，看法各不相同，认为各有各的优点和缺点。

魏风林五十来岁，是个复员兵，返乡回村后第二年去市里找哥哥打工，跟哥哥为一家酒厂的总代理做营销，后来总经理老板出车祸落了个重度残疾，就把全部的代理交给了他们哥俩儿，哥哥当总经理，他当副总经理，与伤残的老板三人三股收益分成。

过了几年，他们积累了一些资金，哥哥就动议要搞个酒厂，意思是咱代理销售别人的酒，何不自己搞个酒厂卖自己的酒呢？这样利润更大挣得更多。建酒厂从跑手续到建成，干了整整五年。但刚投产时，魏风林突然病了，胃癌，但发现早，胃切除三分之一后回老家蝎子沟来养病了。他和妻子回村之后，思想和情绪发生了很大的变化，再也不想回城里打拼了。山村空气好，不用操那么多心，每天吃的次数多点儿，每次少吃点儿，多吃自家种的蔬菜和水果，一晃五六年过去了，身体比以前还好。为酒厂代销和自家的酒厂他都有股份，每月收入不菲，身体和心情都非常不错，于是闲着就想管管村里的事。他见村里的街道还是土路，没有自来水，就让哥哥出个大头，他出个小头，把全村的街道全部硬化了，还都通上了自来水，深受村民拥护。这年，时逢村里"两委"换届，他竟意想不到地被"海选"成了村委会主任。魏风林很高兴，心想，一天到晚光歇着也没多大意思，村里的大事上有支书周大鹏操心，他敲个边鼓，岁数也不是很大，只当没事多活动活动腿脚。可是，没出两年，他和支书周大鹏就"矛盾"了，并逐渐"闹翻"了。究竟是什么原因，谁也说不清楚，传言是因为一个女人"吃醋"。这女人是村里的会计谢小钰，但不知道是真是假，只有他们两个人自己知道。从表面上反映出来的情况是，魏风林骂周大鹏不是个好人，又贪又色，早该抓了他去坐大牢。周大鹏倒不骂他，只是委屈地说，我一直叫他哥哥，一贯尊重他，可他一直没完没了地给我闹事，还告我黑状，诬陷我，现在当个村干部，事无巨细，件件不可能都摆平，村里什么人都有，备不住得罪谁，我有什么办法，我站得直行得正，让他随便折腾随便告吧。

周大鹏四十七岁，也是个复员兵，在北京郊区某部汽车连服役三年并入党。回村后，周大鹏承包了村里濒临倒闭的面粉厂。他不辞辛劳，四处奔波，把面粉厂救活了，给村子里挣了钱，当时合同上规定他可以拿到的承包费，而他分文不取，深受村民赞赏。几年后，由于市场的因素，面粉厂再次关闭，设备也变卖了，他当了村里的电工，又过几年，村里换届，他全票当选了村委会主任。五年前，老支书退休，支部改选，他又毫无争议地当选了党支部书记。周大鹏身材魁梧，年富力强，有魄力，脑子灵活，在村里威信高，由于他当兵时有许多战友，现在有好几个有出息的在县城和市里做生意或当了领导，因此他在外面关系多，人缘也不错。虽说这几年村里发展比较慢，但村子相对还算和谐稳定，没有重大的上访事件。据乡干部们讲，就是这两年在魏风林挑头和带领下，才有一部分村民跟周大鹏"闹腾"的……

过了几天，王金亮把周大鹏叫到乡里来，跟他谈了一次话。他对周大鹏的印象还是不错的，感觉他虽然比魏风林小几岁，但比魏风林稳重。说到宅基地的问题时，周大鹏没说别的，表示回去立即解决。王金亮还让他姿态高一些，主动找魏风林坐在一起好好谈谈，周大鹏也连连点头。可是，没有想到，才过了三天，魏风林就大张旗鼓带着一大帮人跑到乡政府来闹事了，口口声声还是攻击周大鹏，要求分宅基地。周大鹏这工作是怎么做的？难道没把自己的要求当回事吗……

想到这里，王金亮瞪瞪大眼睛，盯着魏风林问："你的意思，是把村里的宅基地分下去，你就立马把人带回，是不是这个意思？"

"是的，答应我三天之内解决。"

王金亮思忖片刻，突然拧紧眉头说："好吧，用不了三天，明天就办！"

"你说啥!"魏风林惊叫一声,"明天?"

王金亮斩钉截铁道:"对,明天上午!"

"真的假的?可别又糊弄我们!"

王金亮的话语铿锵有力:"我是党员,还是乡党委书记,不但是党的领导干部,我还是个男人,话出口岂能不算?我说出的每个字,都是钉到板上的一颗颗钉!"

魏风林被王金亮的气势吓住了,说话有点儿打颤,"那好,我……我们撤……"

王金亮怒吼:"快走!都给我闪开大门!"

"王书记,别着急,我们这就走。"

王金亮冲门卫挥挥手:"把大门给我打开!"

电动伸缩门开始缓缓启动,门口的人群纷纷向后退却。

王金亮走出大门口余怒未消,指着魏风林叫道:"啥方式不行,动不动就堵大门,魏风林,我看你是人瘦胆肥,再有第二次,我撸了你的党籍,让派出所把你们都抓了!"

魏风林和他带来的村民缩着脖子往两边躲。

"王书记,那我们明天在村里等着你,可要说话算数。"魏风林不放心地又扭过了头。

王金亮挥挥手道:"说到做到,不放空炮!你明天等着吧!我要是不到,你们不用再告别人了,直接去县里、市里甚至省里,直接告我王金亮好了。"

魏风林伸出个大拇指:"好,萝卜就酒嘎嘣脆,像个爷们儿!"

大门外的人群散去了,街面迅速恢复了平静,电动伸缩门全部打开了。

王金亮返回身,站到传达室的墙边深深吐出一口长气。

林秘书走过来,小声嗫嚅道:"王书记,你不该答应他们明天去分地。"

王金亮问:"为啥?"

"整不成啊!整不成他们闹得更欢了。"

"谁说整不成?"

"蝎子沟这块地十年都没分下去,三届书记都没办法,你一天能……"

王金亮笑笑:"林秘书,那些来这里当书记的,不是都不叫王金亮吗!"

林秘书挠挠头皮,也笑了:"那是,那是,可你咋样分地呢?"

王金亮抬头看看天空,见阴云密布,问林秘书道:"给周大鹏打通电话没?"

"打通了,他说立即往乡里赶,估计快到了。"

"好,我先去开会了,他来了以后叫我,让他到我办公室等着。"

2

王金亮是从猎么乡党委书记的任上,突然来到位于偏远山区的皇迷乡任职的,属于平级调动,或者说成换岗也可以。

半个月前,皇迷乡党委书记李继春因"严重违纪"被开除党籍并撤销了职务,原因是"利用职权乱搞男女关系"。

李继春是在县委宣传部副部长的任上来到皇迷乡当乡长的,三年后任书记。

李继春年富力强,精明能干,大学毕业后分到县一中教书,业余搞文学创作,在省级报刊上发表过几篇小小说、散文和短篇报告文学,后来调到县委宣传部管新闻报道,由于成绩突出,没几年就被提拔为副部长,两年后让他兼任县文联主席升为正科。

李继春有一个最大的"毛病"，就是"好色"，这跟他乡下的父母为他包办的婚姻有关。他老婆是个普通的农村妇女，又黑又胖，还刁蛮，只因他上学时家里借了她家两千元钱还不起，后来她家干脆不要了，父母为此深受感动才非要他大学毕业以后娶了她。为此，李继春常对人说："我是个爱情的乞丐！"了解他的人，都比较同情他，这也是他在宣传部时跟一位爱好文学的女作者藏到办公室门后抱到一起亲嘴被人发现，没能严厉处理他而只是把他按正科级平调出去的主要原因。到皇迷当乡长后，尤其是当了书记以后，他搞了多少个大姑娘小媳妇儿，没人说得清楚，比较明显的，是他开着自己的私家车，拉着乡中的一位未婚的女教师去县城堕过胎；人们看见，乡民政所的一位女干部，有好几次天不亮从他屋里出来；皇迷村一位高个儿大眼儿的少妇，经常来办公室找他，有一次还哭着跑了出来。不过，这种事女方不说，别人也没抓住，是没人干涉的。另外，乡干部们有时在一起说点男女之间的趣事甚至黄笑话，跟他开开玩笑逗逗乐，他也挺大度挺幽默，说一嘴黄段子让人乐不可支。在村里碰见一些有点儿姿色的女性，还笑着对乡干部说，这个长得真俊，看一眼能高兴好几天。总之，他这个"爱情乞丐"似乎在乡里到处讨要着"爱情"，并终于因"爱情"出了大麻烦。

麻烦的最初起源于一些票据和车座上的几根发黄的长头发，还有一支口红。有个星期天，李继春因孩子考县一中的事，回到了县城的家里。去一中找校长之前，他换了一身干净衣服。他老婆在洗他的脏衣服时，习惯性将所有的衣兜掏了掏，发现了两张去北京往返的高铁票，还有一些打的票、去故宫北海颐和园等公园的门票。同时，那几天车在家里，他老婆用车，在车后座上发现几根很长的头发，捏起来仔细看看，还是黄色的，就怀疑这肯定是女人的。接着，还在副驾驶座位旁车门一侧的盒子里，发现了一支口红。他老婆顿时就急了，想跟他大闹一场，但转念一考虑，就又改变了主意。她没有声张，把这些东西都偷偷藏了起来。

星期天，李继春从乡里回来了，他老婆平静地问："你最近是不是出门了？"

李继春顺口说："没有啊。"

"真没有？我说的是去外地出差。"

李继春怔怔，突然想起了什么，连忙去找自己的衣服。见她已经洗了，翻翻白眼道："谁叫你洗我的衣服！"

"给你洗衣服也不对吗？"她不动声色，把票据递给他说，"都在这儿，你放好了，去北京了，也不说一声，差一点让我洗了。"

李继春尴尬地笑笑说："刚才你问，我没回过味儿来，前几天，我是去了一趟北京。"

"跟谁去了？"

李继春嗫嚅道："是……是跟县农机局的……郝局长，到北京看看政府要补贴的收割机。"

"都好几天了，那车票咋还不报销？"

"这几天事多，还没顾上。"

第二天，等李继春回乡里上班后，她便给县农机局的郝局长打了个电话，问他前几天跟皇迷乡的李继春是不是去北京了。郝局长莫名其妙，说什么北京南京的，哪有这回事。于是，她全明白这是怎么回事了，知道李继春是在欺骗她，而且据此判断，他肯定是和哪个女人一块去北京玩了，否则不会故意编瞎话。当晚，她翻来覆去睡不着，爬起来从县城打了个出租车，半夜时分赶到了皇迷乡政府，捶着李继春的门又喊又叫。李继春当时正和一个女人在床上睡觉,他怕惊动了乡干部们当场丢人现眼,迷迷糊糊地连忙开门,意思是让这女人赶快走掉。结果,李继春就在自己办公室被老婆"捉奸"逮了个正着。

李继春破釜沉舟,大叫着要跟她离婚,她就哭天喊地般闹起来。

众乡干部都起来了,将李继春劝到别的办公室,苦口婆心安慰着做他老婆的工作。李继春老婆在李继春办公室撒泼,拍桌子摔椅子,最后发疯似的将他办公室的抽屉全撬开了,意思是要看看还有没有别的证据。翻腾的结果是,发现了李继春更大更惊人的秘密——一本缎面日记本里,记录了他与每一个女人每一次做爱的体验,并且都注明了时间、地点和姓名,更令人不可思议的是,在这本日记本的后面,每隔一页里还夹藏着与他发生过性关系的女人阴毛,且都一一标明了姓名,共计十三根。

消息传出,举乡沸腾。那些女人们的家人、丈夫、亲戚、朋友等,一拨儿接一拨儿开始骚扰乡政府和县委、县政府大院……

在李继春被开除党籍、就地免职的第二天,县委组织部通知王金亮立即到皇迷乡报到,当即宣布了对他的任命。县委组织部黄部长临走时对他说:"是来叫你救火的。"

乡里书记被免职,乡领导和干部们情绪低落。

王金亮一刻也没停歇,大会小会,谈话,整改,熟悉情况,安抚那些闹事的女当事人的亲属,只是开了一次全乡村支部和村干部会议,还没时间顾及下边的各个村子。至于蝎子沟村支书和主任的矛盾,情况复杂,他更是无暇处理。多年在乡里当领导的经历告诉他,现在基层工作难做,尤其是当村干部特别是村支书的,难免一碗水都端得没那么平,得罪人是难免的,被人告更不新鲜。因此,事实如何,孰是孰非,不是短期内就能搞清楚的。

周大鹏来了，寒暄之后，规规矩矩坐在王金亮对面的沙发上。

王金亮给他倒了一杯水，放到他旁边的茶几上："周书记辛苦，这么远，让你跑一趟，实在有点不好意思。"

周大鹏连忙往起站："哪里话，王书记，你可不能这么说，你调我，应该的，我必须随叫随到。另外，王书记，你以后不能叫我书记，我这算啥书记啊？就是一个农民，叫我小周就行。"

王金亮笑了："这咋能行啊，你比我大。"

"那就喊我大鹏。"

"好，那样显得更亲切。"王金亮坐到办公桌前的椅子上，问，"蝎子沟离这里有多远啊？"

"十二公里，开车二十分钟左右。"

王金亮点点头："那还行，不太远。"

周大鹏说："虽然是山路，但现在修得很好走。"

王金亮顿了顿说："大鹏啊，今天把你叫来，是有件事跟你商量。"

周大鹏坐直了身子，说："王书记，我听说了，村里那帮村民来乡里闹事了，我在路上还碰到了他们。王书记，是我的错，我失职，你批评我吧。"

王金亮微笑着说："这件事也不全怪你，咋处理咱以后再说。"

"上次我向你汇报过，这次闹事，也都是魏风林在背后挑唆的，他拉拢一帮人，搅得村里不安宁不说，还跑到乡里给你添乱。"

王金亮问："我上次说，让你找他沟通一下，你们没坐在一起谈谈吗？"

周大鹏无奈地说："找了，可他横得不行，不搭理我，不跟我过话……"

"他和一些村民总是告你,总要有一些原因吧?"

"那都是无中生有的捏造、诬告,王书记,你可以派人调查。"

王金亮叹口气:"好吧,真是一个槽里拴不住俩叫驴,你们俩的事,咱以后再说。"

"王书记,魏风林仗着自己有个钱,横得不行,逮住谁跟谁闹。上任书记李继春在时,就拿他没办法,跟领导拍了一顿桌子就辞了职。你也知道,李继春生性软弱,自身有毛病也说不起话。王书记,你来了,有时间该管一管,我是想和他搞好团结来着,可他……"

"今天不讨论这个。"王金亮看看周大鹏说,"今天叫你来,就说一件事。"

周大鹏为之一震:"啥事?王书记,你指示吧。"

"你们村那块宅基地的事。"

周大鹏稍显惊讶:"噢!这个啊,王书记,这事我向你汇报过。"

王金亮眯起眼睛,想了想说:"不就是村里要宅基地的村民,在上边乱找关系,都想要好的地方,弄得你没办法往下分,是这个意思不?"

"是的,是的。"周大鹏连声道,"从前规划出宅基地后,村里的一些群众在上边乱找人,乱送礼,找乡里领导,找县里领导,都想得到个好地方。一些领导就给我写条子,指定让我分地时照顾张三或者李四。那块宅基地,中间有条大沟,东边离村子近,西边离村子远,好地方分给领导指定的户,那赖地方分给谁?闹得我实在没法弄,历届乡领导也管不了,怕惹麻烦,不愿意替我们村干部做主担担子,所以只好搁在那儿不分……"

"那就永远不分地了?宁可得罪群众,也不能得罪上边领导!"

周大鹏怔了怔,解释道:"王书记,现在这社会,你是知道的，谁敢跟当官的唱对台戏呀！尤其是我，一个村支书，芝麻大的官儿，经不住风吹草动的。上边一大堆领导，下边有上千的老百姓，谁说话我都不敢不听，受的是夹板气……"

王金亮笑了笑："这么作难啊？"

"真作难。"

王金亮站起来，在地上踱几步，突然停下来，直视着周大鹏说："你既然这么作难，那我就帮帮你吧，咋样？"

周大鹏连忙站起来，紧张地问："帮我？"

"对。"

周大鹏不敢正眼看王金亮，低头嗫嚅道："咋帮我？王书记，你不是开玩笑吧？我可不敢。"

王金亮笑了笑："看你说的！这么大的事，咋能开玩笑！宅基地你既然分不下去，我去帮你分！"

"啊！"周大鹏惊呆了，"我……我没听错吧……"

"咋能？"王金亮坐下喝口水，平静地说，"你们村的村民今天来乡里闹事，主要是因为这个，看来民意不可违。我没有办法，当场答应群众了。明天，我去你们村主持分地。叫你来，就是跟你商量这件事。大鹏，你看咋样？"

周大鹏惊叫一声："明天？"

"对，明天。"王金亮坚定地说，"明天一大早我就去你们村里。你回村以后，立即组织村'两委'做一些准备工作，晚上加个班，给我统计两个数字：一、总共有多少户要宅基地；二、要六间、五间、三间的各多少户。我明天一早到了村里以后，你报给我。另外，通知所有要地的农户，明天一早到宅基地现场集合，等着分地。"

"好，我坚决落实你的指示。"周大鹏继而问，"王书记，这可不是一句话的事，我想知道你咋样分地啊？"

"咋分？我现在还没有完全想好，到了明天，我会当面向群众宣布。"

"好吧，王书记，没事我走了，我得赶快回去落实你安排的事。"

"好，你明天一早在村委会等我，我八点半以前准到。"

周大鹏走到门口，突然转过了身："王书记，我手上，有一些各方面领导写的条子，明天你去了，我都转交给你，对于重点的，你到时候能照顾就照顾照顾，要不，咱可没法跟上边交代，有些人也得罪不起……"

"照顾不照顾，明天分地时再说。另外，我们分村里的宅基地，没必要跟上边交代。"

"王书记，你要是真能把宅基地分了，可会在村里甚至乡里，引来一片叫好声，一家伙就把威信树起来了……"

王金亮笑笑道："大鹏，你错了，这不是我个人的威信问题，这是共产党员和领导干部，在人民群众心目中的威信问题，你懂不？"

3

大清早六点多，王金亮就起床了。七点前吃过早饭，他带着副书记马春浩、副乡长肖帆、林秘书和两名乡干部，各自骑着电动车，赶到了十二公里外的蝎子沟村分宅基地。

昨晚安排分地事宜时，肖副乡长劝王金亮说："蝎子沟的宅基地，已经搁了十年了，老百姓早憋足了劲，打个不恰当的比喻，就像关了一群饿疯的老虎。你明天去开盖，哗一声蹿出来，可别出了事。王书记，你刚来，各方面情况都不太熟悉，再说，地分不下去，又不是你的责任，是多年前遗留下来的老问题。"

副书记马春浩也说："王书记，不行，就过几天再分，准备充分、计划周密一些，我怕冷不丁去了，弄不好会出乱子。"

王金亮说："我就是要冷不丁这个劲儿，让找人的没机会找人，让说情的来不及说情，弄他一个措手不及，叫那些托门子扒窗户的白搭，使那些老实本分的乡亲们扬眉吐气。"

走之前，大家仍然很担心，建议叫上乡派出所的于所长领着民警去，怕万一老百姓闹起事来，也好稳定一下局面。

王金亮执意不让，微笑着说："大可不必，我心里有底。让老百姓服或者不服，是靠理而不是靠压。俗语说，众怒难犯，法不责众，要是理不平事不公，老百姓群起而攻之，别说派出所，就是县公安局来，也是百咒难念。所以，我们不能拿大檐帽靠打压去吓唬人，要以理服人，以公道让群众服气。其实，到蝎子沟分地，我一个人去就行了，叫你们几个跟我去，是帮我在现场照顾一下大局面，根本用不着担惊受怕。没事，大家都放心吧！"

乡里新来的书记来村里放宅基地的消息，是昨天傍晚通过村里的高音喇叭传播出去的。村民们积压了十年的情绪，像破堤的洪水喷涌而出。

天刚蒙蒙亮，村里的男女老少倾巢而出。在外面就近打工的一些年轻人，也于昨晚和今天一早返回村里。大家沿着村里的街路，从不同方向，一股股、一帮帮地朝村西聚集。不少男人的手里，分别拿着棍棒、铁锨或锄头，他们大多是要宅基地的庄户，倘若分地时没能称心如意，早已做好了抄起家伙打人的准备。要地的，想看看自己能分到什么位置，这地怎么分；不要地的，想看看热闹瞧瞧稀罕，看这个乡里来的新书记长什么样儿有什么绝招儿敢来村里分地。

待一抹曙光洒向原野，村西山脚下那块闲置的宅基地四周，已黑压压围满了人。

大家摩拳擦掌，虎视眈眈，嘈嘈杂杂地纷纷议论：

"王书记真行，昨天答应我们的事，今儿个就来办了，这才是共产党的干部，说话丁是丁，卯是卯。"

"这个书记真是个憨大胆儿！"

"这块地搁了十年，谁也不敢分，我不信一个新来的书记，头不摸头，腚不摸腚，能说分就分清啦？"

"他要分不公，不合我的心意，我非一铁锨拍死他不可！"

"我反正是花钱送礼了，有上边的条子，周大鹏也答应过我，南头那个大坑，咋也不能轮上我。"

在村委会大门前，支书周大鹏和几名村干部冲着街面向北眺望，翘首等待王金亮的到来。直到现在，村干部们也不知道这地究竟是怎样一个分法。

这时，有个叫二黑的年轻人来到周大鹏的身边，悄悄拉了拉他的衣襟，小声嘀咕道："我说大鹏叔，你说，待会儿乡里来的这个书记，会咋样分地啊，你能不能给透个实底儿？"

周大鹏斜瞪他一眼，不耐烦地说："领导决定的事，我咋能知道！昨夜里我不是给你说了嘛！二黑，别光问这问那了，我心里正烦着呢。"

二黑生气道："叔，这不是你用我的时候了，咋说话这么硬！我可再说一遍，叔啊，你把我姨夫的条子，一会儿一定要拿给乡里的这个姓王的书记看看，要不，我想要的那块地，可是不保险啊！"

"他要是不看，脸一黑六亲不认，带一大帮子警察过来，给咱们村来硬的，那你的条子就不顶事了。"

"硬的我不怕，我上边有人，到时，他敢硬着分，我就放平他打跑他。"

周大鹏瞪瞪眼，说道："你姨夫是公安局长不假，可远水不解近渴。你小子千万不能耍二百五给我乱来！"

二黑说："哼，我不信，他能牛过公安局长……"

正说时，几辆电动车拐个弯儿，一排溜儿从村南的街路上朝村委会驶来。

有人喊了一嗓子："看，乡里的人来了，还有王书记！"

周大鹏和村干部连忙上前迎接。

王金亮和乡干部来到村委会门口，下了电动车，相互打过招呼之后，被周大鹏和村干部们陪同着往村委会大院里走。

一转身，王金亮看见街北的墙边处，站着一伙儿人朝这里张望，其中有一个高个儿且很瘦的人，于是眼一亮，停下脚步大声问："那是魏风林吧？"

"是我。"魏风林离开众人朝王金亮走过来，边走边说，"王书记来了……"

王金亮也往前走几步："你咋站那么远？一块儿来村委会吧。"

魏风林近前道："不了，我不是村主任了，没那资格。王书记，你真来了啊！这让我很吃惊，也很感动。昨天的事，我郑重向你道歉，是我不对，对不起了。"

王金亮咧咧嘴道："唉——老魏，哪里话，正当反映问题，诉说心愿，应该，但以后要注意方式方法就是了。没啥，事都过去了。你们不逼我一下，我今天也不会来给你们分地。从这个角度上说，我还得谢谢你和乡亲们……"

魏风林朝王金亮身后看看："就你们几个，没带派出所的公安来啊？"

王金亮迷惑地反问:"又不是来抓人,带公安干啥?"

"我怕有人闹事……"

王金亮笑了:"别说我不怕,就算有人闹事,不是还有老魏你吗?你和那么多乡亲们都支持我分地,我怕啥!"

"王书记……"魏风林眼睛里突然溢出一圈儿泪,声音有些哽咽地说,"我……我一时……不知道咋……咋说了,你是我遇到的……最好的乡领导……"

王金亮拍拍他的肩膀,笑笑道:"老魏,说得严重了,这不算个啥,应该的。来,一块去村委会吧。"

周大鹏也在门口喊:"风林哥,既然王书记叫你来,你就进来吧。"

魏风林对王金亮说:"王书记,不了,你快进去吧,我在分地现场等你。没事,王书记,你就大胆分吧,谁敢闹事,我和乡亲们在后边给你兜着底呢。"

到了村委会的会议室,周大鹏把驻在这里扶贫的三名队员介绍给了王金亮。

驻蝎子沟扶贫的工作队,是按照县里的统一安排,由县林业局负责派遣,一共三人。由该局林政股的股长刘尽忠带队负责,同时兼任该村党支部第一书记,两名队员分别是三十来岁的女队员于芹,计财股的干事;另一名是二十二岁的陈博,技术推广站的技术员。他们驻村已经快半年了,来时,单位置办了被褥和锅碗瓢盆,带着必备的生活用品。报到之后,村里把村委会腾出几间房并收拾干净,刘尽忠和陈博住一间,于芹自己住两间兼做厨房,平时办公在大会议室里,这样,就算是在这里安家落户正式工作了。

王金亮与他们一一握手,看了看他们的住处,亲切地说:

"你们辛苦了,谢谢你们。你看,我刚到乡里不久,事务缠身,也没顾得来看望你们,向你们道歉了。你们的情况,大鹏早先给我汇报过,我大致上知道。今天算是先接个头,回头有时间,我专门再来拜访你们。有啥困难,生活上的工作上的,村里解决不了,就找乡里。大鹏,听见没有,村里一定要安排好,照顾好,有啥解决不了的,直接跟我说。"

周大鹏连连点头:"是,是,王书记,放心吧。刘股长他们很认真,扶贫这一块事很多,他们没明没夜地干,吃不好,住不好。村里能做到的,一定提供方便。"

刘尽忠说:"谢谢王书记,我们会尽力而为,还望书记以后多多支持我们的工作。"

得知陈博是省农大本科毕业考进县林业局才一年多的大学生,王金亮高兴地说:"好啊,咱还是校友呢,有时间了,咱好好唠扯唠扯。"

王金亮请刘尽忠他们去分地现场,刘尽忠说不去了,正准备迎接明天县市联合组织的扶贫大检查,许多材料都得整理。

其他乡干部也与扶贫队三人握手寒暄之后,王金亮和周大鹏等人在会议室里坐定,商讨分地之事。

王金亮问:"大鹏,我让你统计的数字,都弄好了吗?"

周大鹏说:"好了,总共八十二户,每户要几间,也都排出来了。"

"你把名单给我。"

周大鹏将名单递给王金亮,忍不住问:"王书记,你究竟咋样分地啊?"

"一会儿大家就都知道了,我会当面对群众说。"王金亮看着名单,吩咐他带来的几位乡领导道,"你们和村干部,按这个名单,把各要几间的户,分别编成号,做成八十二个纸蛋,弄好后,咱们拿着去分地。"

众人按照名单,围在桌子旁撕纸写号揉纸团。

趁这个工夫,周大鹏从兜里掏出一沓各式各样的纸条,递给王金亮说:"王书记,这都是领导们写的条子,有乡里领导的,也有县委县政府领导的,还有市里一些部门领导的,都交给你,你看着处理吧。"

王金亮接过来,拿起几张看看,都装进衣兜里,问周大鹏:"群众都通知到了吧?"

周大鹏说:"家家户户都锁了门,早就到地里去了,比赶集都热闹。"

纸蛋都做好后,王金亮嘱咐乡领导和村干部分别包成纸包,拿上和众人一块去了分地现场。

村西宅基地上,人头攒动,喧嚣一片。急不可耐的群众见村干部领着乡里的领导来了,呼呼啦啦让开一道人缝,旷野霎时也静了下来。

王金亮走进人群环绕的圈子里,沿四周走一遭,勘查了一番地形,便让乡干部和村干部分别停留在宅基地四周不同的位置上,自己则往中间的土包上走。

忽然,二黑斜刺里走过来,快步冲到王金亮面前,将铁锨重重往地上一插,挡住了他的去路:"老王,今儿个你打算咋样放地?"

王金亮停下身子,打量二黑一眼,淡淡道:"咋样分?一会儿你就知道了,我马上就会宣布。"

二黑用手指了指不远处的西南方向,蛮横地说:"老王,我先对你说清楚了,我别的地方不要,就占那一块地方。"

"嘀!口气好大啊!请报上你的名和姓。"

"我姓周，名二黑！你能咋我？我姨夫是县公安局的局长！"

王金亮一愣："噢！公安局长，哪个局长？"

二黑大声吆喝道："黄长河啊，吓死你！"

王金亮哈哈一笑："不错，是有这么个副局长，我们还是高中同学。"

"那你得照顾我吧，你看，我要的就是那一块儿……"

王金亮收住笑容，皱皱眉头，顺着他的手指方向看看，微微点着头说："你想要的那一块地方，确实是不赖，平整，离村子又近。不过，今天由我主持放宅基地，你姨夫黄长河说了不算，得听我的，所以你不一定就能分到那块地方，一会儿，好地方能不能分给你，这要看你的运气了。"

"我就要占那个地方！"二黑拔出铁锨，端起来气势汹汹道，"不让我占那个地方，你今天就别分地！"

王金亮凛然道："我就要分，你敢捣乱，我就把你抓起来！"

"你敢！"二黑抄起了铁锨。

王金亮一手握住二黑的手腕，一手夺下他的铁锨，狠狠朝远处一扔，呵斥道："你老实点儿！我王金亮敢来分地，就不怕有人闹事！"

二黑望望高大魁梧的王金亮，胆怯了，拿眼睛去找站在王金亮身后的周大鹏。

周大鹏冲二黑眨眨眼睛，走过来训斥他道："小子，别没事找事，听王书记的！"

王金亮指着二黑怒斥道："我再一次警告诉你，你要想动手，你怎都不是我的个儿！你最好闭嘴，给我一边待着，老老实实听我分地！"

村民们面面相觑，鸦雀无声。

二黑一屁股坐到地上，耷拉下脑袋喘粗气。

王金亮跨上土坡，面对人群，亮起嗓门道："乡亲们，听我说几句！这块宅基地，已经撂在这里十年了，一直放不下去，原因就是谁都想挑好地方占，不愿意要那些有土包或者大坑的。平坦的地方和好位置都挑走了，那赖地方留给谁？所以，放宅基地，必须公平、公道、一碗水端平，不能谁势力大，谁送礼多，谁上边有人，谁敢耍横，就让谁占好地方。要是只讲情面不讲公道，那么，这块地，再有十年也没法儿分。可是，咋样分地才能公平合理，不偏不倚呢？这事说起来复杂，其实做起来很简单。我初来乍到，别说在蝎子沟，就是在整个皇迷乡，也没有一个熟人，我来分地，保证不带任何框框，大家相信不相信我？"

"相信！"人们齐声回应。

这时，王金亮从衣兜里掏出了一沓纸条，在手里扬着说："大家看，地分不下去的重要原因，就是这一堆条子在作怪。我数了数，总共是三十二张。乡亲们，这不是三十二张纸条，是三十二张所谓有头有脸、有权有势的人物，他们之间还在排队，争斗，打架，哪还轮得上咱们普通老百姓的份儿呢！乡亲们，你们说咋办？这地该咋样分？"

大家静静地望着王金亮，都不吱声。

"我的建议是……"王金亮顿了顿，挥动着手里的一把纸条说，"先把这一堆说情的条子烧了它！都不算数了……"

人群出现了骚动，田野里一片唏嘘。

"难道大家不同意吗？"

"同意！"不知是谁带头喊了一嗓子，人群里爆发出一阵呼喊声：

"同意！"

"赞成！"

"双手拥护！"

"烧了！烧了！"

…………

王金亮侧身问身边的村民："请问你们谁有打火机，借我用一下。"

好几位村民举着打火机朝王金亮递。

王金亮接过其中一支打火机，打着火点燃了那一把纸条。

"烧得好！我们给王书记鼓鼓掌！"

一阵激越的掌声在田野里经久不息……

"乡亲们，静一静，听我说。"王金亮挥手示意大家安静，"下面，我宣布分地的办法。今天分地，大家都听我的，我分地的办法是，拿号抓阄！不管干部还是群众，不管谁写了条子还是送了礼，一律抓号，凭号分地！大家说行不？"

村民们又是一阵鼓掌：

"这样公平合理！"

"没有意见！"

"不分远近厚薄，好主意！"

王金亮说："八十二个纸阄，已经提前做好了，要六间的，要五间的，要三间的，请每户出一个代表站出来，到那边去排队。"

人们纷纷相拥着走出来排队。

王金亮接着说："分地是从左至右，自南向北，从大号到小号排列，谁拿到的是几号，谁就以此类推往下排，乡里和村里的干部，在那里等着丈量划界。"

人们呼呼啦啦朝抓阄的地方拥挤。

"纸阄由村干部拿着，大家不要乱，也不用争抢，排成队一个一个抓！"王金亮走进人群，安排他带来的乡干部和村干部们分头照应各自的场面。

人群渐渐平静下来了，参与分地的村民有秩序地排成队，依次拿阄。

偌大一块宅基地，不到两个小时，顺顺利利分清楚了。

人们围着席地而坐的王金亮，有的敬烟，有的递纯净水和饮料，有的要让他到家里坐坐，还有的在旁边望着他。

周大鹏走过来，面色尴尬还带着惭愧："王书记，我服了，谢谢你，是你帮了我，帮我去掉了一块心病，你这办法，我连想都不敢想……"

王金亮看看他说："这不怪你，你不敢，是你有所顾忌。为啥怕呢？是不能做到心底无私天地宽，无欲则刚。我们当干部的，自身硬才敢去碰硬。这个道理，你以后自己慢慢琢磨吧。"

"是，是。"周大鹏毕恭毕敬道，"王书记，你以后多批评我多教导我。"

这时，王金亮的手机响了，接听的时候，无意向左边瞥了一眼，看见是魏风林站在不远处冲他竖大拇指。

王金亮合上手机，冲他笑笑，算是打了招呼。

忽然，人群外有人大声喊："王书记！村东还有一小块宅基地，你干脆也替我们分了吧！"

王金亮隔着人群向外看看，见是一位村干部在吆喝。

村干部说："大伙儿要同意，给咱王书记鼓鼓掌！"

顿时，旷野里响了一阵热烈的掌声。

看着沸腾的人群，王金亮挥挥手道："走，一鼓作气，趁热打铁，咱就分了它！"

第 二 章

4

突然，有个人影在挡风玻璃的右前方摇晃了一下。

王金亮吓了一跳，下意识踩住刹车，车剧烈颠动一下突然止住，人影就摔倒在车头前的路上了，路边的行人纷纷惊叫……

王金亮拉住手刹，连忙打开车门跑到车前，一看是个女人，披头散发，满脸污垢，衣衫褴褛，看不清楚模样和实际年龄。

"你……你咋就往我车前跑啊！"王金亮气愤中带着不解，正要过去拉她，一位中年男子已经冲到她的身边，从地上拽起女人往路边上拉扯。

王金亮怔住了，站在车前迷惑不解。

中年男人一边拉扯那女人，嘴里一边呵斥："一会儿没看住你，就往人家车上扑……"

路边有人窃窃私语："你看，又是那个女疯子，我这一个月里，看见她两次在乡政府门前扑车了。"

"是吗？这是不是想碰瓷讹人啊！"

"疯子，疯了，咋还能故意讹人？"

中年男人把"疯女人"拉扯到路边安顿住，返过身冲王金亮拱拱手："同志，对不起，不怨你，你走你的路吧。"

王金亮奇怪地问："咋好端端往我车前跑？差点儿出了事。"

"太对不起了，她是个疯子，向您道歉了。"

王金亮刮刮额头惊出的冷汗，出口长气，刚要转身上车，不料那"疯女人"尖叫一声，又扑到了车头前，伸出一只细瘦而沾满污垢的手朝王金亮抓挠，凄厉地哭喊着："好人……救救……救救我……救救我……"

王金亮停下来，心头一颤，静静地站住，仔细端详着"疯女人"——她很瘦，上身的夹克衫布满一块一块的污渍，已经看不太清原本的颜色了，牛仔裤上全是土，白色运动鞋花里胡哨，凌乱的长发把脸部几乎都遮挡住了。随着她的喊叫和手臂的挥动，额前的乱发有几缕被拨开，露出一线布满泪痕的苍白脸颊，眼睛眯眯着，嘴唇随着不停的呐喊和呻吟而剧烈翕动，还有涎液在嘴角上挂着……

中年男人又过来拉她，她趴在地上，挣扎着不肯起来。

王金亮问中年男人："你是她什么人？"

"我……我是她叔……"中年男人迟疑片刻道。

"咋不把她看住，这太危险了！"

"怨我一时没注意，她就跑到你车前了，向您赔礼了。"

这时，从北边的乡政府跑过来几个人，其中有肖副乡长和秘书林强，他们分开人群急匆匆走了过来。

"王书记，这是咋了？"肖副乡长问。

林秘书看看地上趴着的"疯女人"和站在她身边的中年男人，眼睛立刻瞪圆了："薛起东，又是你在这捣乱啊！快把这疯子弄走。"

"这到底是咋回事?"王金亮更加迷惑,看来不少人知道这"女疯子"和名叫薛起东的中年男人。

"王书记,回去我再向你详细汇报。"林秘书冲薛起东喊道,"是不是扑王书记的车了?还愣着干啥,快点把人弄走!"

"对不起,对不起!"薛起东拉扯"疯女人"站了起来,不料,"疯女人"突然扭动着身子,甩着头伸出手朝王金亮呼喊:"……救救我……救救我……"

王金亮盯着她,发现她隐藏在乱糟糟长发后面的一双眼睛,正闪烁着锐利的光芒,像尖刀一样朝自己的眸子里剜来。于是,他心里突然颤抖一下,不由打个寒噤,突然间下意识感觉到她不是一个真正的疯子……

"等等,先停下!"王金亮朝前走两步,弯下腰眯起眼睛仔细看着她,自言自语道,"疯吗?我觉得,她好像不是真疯……"

话音刚落,"疯女人"双腿一弯,跪倒在王金亮面前,失声痛哭起来:"好人……救救我……救救我……"

王金亮出口长气,用手捏捏太阳穴,想了想,对肖副乡长和林秘书说:"你们把她送到乡政府,还有她这个叔,也一块过去。"

肖副乡长说:"王书记,这是个疯子,她的事谁都管不了。"

"噢?"王金亮眉头拧成了疙瘩,"我不信,这世上还有谁都管不了的事!"

"王书记……"

王金亮制止了肖副乡长:"别说了,按我说的办!你是女同志,负责给她洗洗澡,换上干净的衣服,如果没有,去街上的商场里买一身,花多少钱回头我给你。"

昨天下午,王金亮开着自家的车,去县城开会,一直到傍晚才散,于是就直接回家住了一晚上。自到皇迷乡上任半个多月以来，这是他第一次回家。一大早，他开车从县城回乡里上班，进村到了距乡政府还有大约五百米的大街上，就遇到了"疯女人"拦车喊冤……

肖副乡长和几名乡干部，领着"疯女人"走了。

林秘书留下来，开着车和王金亮一块儿回乡政府。

路上，王金亮问："你们咋知道我这儿出了点儿事？"

林秘书说："街上有人看见你了，认识你，跑到乡政府说你开车撞了个人，我们就赶快往这里跑。"

"噢，原来是这样啊……"

"王书记，我建议你别管这件事。李继春书记在时，想管没管成。因为她的事涉及一个很大的案件，属于司法方面的，归派出所、公安局、检察院、法院他们管，不属于咱们的职责范围，管不了啊！"

王金亮一惊："噢！有这么严重？"

"案子挺复杂的，等了解清楚你就知道多麻烦了。"

"她为啥装疯卖傻呢？"

"是装疯吗？我咋没看出来，也许是被逼的吧！"

王金亮叹口气："唉，多大的冤屈啊，被逼成这样，让人看着心疼……"

林秘书驾着车，从肖副乡长和几名乡干部领着"疯女人"还有薛起东身边慢慢驶过时，看看窗外说："王书记，你知道那个薛起东是啥身份吗？"

王金亮说："他说是装疯女人的叔叔。"

林秘书笑了："他是赵家疃村的原村主任，跟支书干仗，被免了。"

王金亮叫一声："啊！乡里咋净是这个！"

"咱乡二十六个村庄，有三分之一的村，支书和主任尿不到一个壶里。"

"唉，这是通病啊……"

"这个女的，我听说才十八岁，名叫裴凤莉。"

王金亮又是一惊："啊！这不是个小女孩吗……这……"

"我是听说的，只见过她疯的样子，可没见过她的真面目。"

在肖副乡长的安排下，"疯女人"裴凤莉果然不疯了。让她洗过澡之后，正好肖副乡长和她个子胖瘦差不多，让她挑了一身自己的干净衣服换上，完全变了一个人。她一头浓黑的长发，身材适中，偏瘦，小圆脸白里透红，大眼睛水汪汪的，样子十分可爱。

吃过中午饭，肖副乡长和乡妇联主任，一同与裴凤莉谈话，下午临下班前，让薛起东和她一起回村了。

走之前，王金亮和他们见了个面。

裴凤莉一见王金亮，眼圈儿红了，双腿一弯，要往地上跪，大家连忙拉住了她。

王金亮问："情况咋样？"

肖副乡长说："基本清楚了，等有时间了，专题向你汇报。"

王金亮看看裴凤莉，笑了笑："挺漂亮的一个小姑娘，无论遇到啥事，都不许这样。这都啥时代了，你以为是封建王朝啊，是不是古装电视剧看多了，学着装疯卖傻拦轿喊冤那一套啊！以后再也不许这样！"

裴凤莉面红耳赤，害羞地躲到了肖副乡长身后。

王金亮打量着薛起东，问："你既然当过村主任，一定是党员吧？"

薛起东腼腆地笑笑："是的，三十年党龄了。"

"今年多大了？"

"五十三了。"

"嗯,身体不错。"王金亮又看看裴凤莉,对他俩说,"你们回去吧,有啥事,我叫乡里通知你们,或者去村里找你们。"

晚上快九点时,王金亮才有时间听取关于"疯女人"的情况汇报。

"疯女人"名叫裴凤莉,今年十八岁,家是赵家疃村的,距皇迷乡六公里。

一个半月前,在县城打工的她,乘过双休日回村里的老家拿换季的衣服。当她下了公共汽车,走到村头的时候,天已经擦黑了。这时,她钻进村边的玉米地里解大手,还没完,突然从路边的地里闯进来一个黑影。裴凤莉吓得提起裤子就跑,黑影快步追上去,一把将她拉倒,上去就扑在了她身上,并疯狂地往下撕扯她的裤子……

裴凤莉这才看清楚,原来这人是村支书赵志豪。

"赵书记,你不……不能……"

赵志豪一手应付裴凤莉的挣扎,一手去解她的腰带。

裴凤莉连滚带爬挣扎着,挣脱了赵志豪起身就跑……

赵志豪一只手抓住裴凤莉的脚,用力一拽,裴凤莉再次摔倒在地上。

赵志豪扑上来压在裴凤莉的身上。

裴凤莉大声呼叫:"来人啊,救命啊!"

赵志豪撕开裴凤莉的上衣,掀起来去蒙她的脸……

裴凤莉仍奋力反抗:"来人啊,救命……"

不远处,有一个叫赵新春的年轻村民正在割草,闻声往这边跑,并听见有嘶哑的喊声:"流氓,坏蛋……来人啊……"

赵新春循声跑了过来。

裴凤莉仰面躺在那里，嘴里塞着她的上衣一角，两只手虽仍在挣扎，但已被赵志豪牢牢控制住了……

赵新春挥着镰刀，一边拨拉着玉米棵，一边朝这里冲："谁啊，咋回事，咋回事？"

赵志豪见有人来了，丢下裴凤莉惊慌地逃走了……

裴凤莉失魂落魄回到家里后，趴在自己的床上失声痛哭。

裴凤莉的哥哥裴凤山和嫂子走进屋里问："凤莉，你这是咋了，一直哭啥咧？"

哥哥裴凤山见她全身是土，头发凌乱，便劝慰道："别哭了，是不是有人欺负你了？是谁，快跟哥说！"

裴凤莉号啕大哭："是……赵……赵志豪……"

"王八蛋！人渣！"裴凤莉的哥哥裴凤山大怒，顺手抄起一把菜刀转身冲出屋去。

"凤山，凤山！"嫂子呼喊着追了出去，"别太冲动……"

裴凤山怒火中烧，拎着菜刀跑到赵志豪家，一脚踹开了虚掩的大门："赵志豪，狗日的，你给我滚出来！"

赵志豪的妻子不明就里，惊恐地迎上来问："这是咋了？他……他还没回来呢……"

裴凤山恶狠狠地在院子里张望一番，转身跑了出去……

此时，赵志豪站在玉米地边上，正跟赵新春交代说："我刚才跟你说的话，你都记住没有？"

赵新春说："记住、记住了，要是裴凤莉哥哥找来，我全都担下来。"

"好，你要一口咬定，是你企图强奸裴凤莉的，被我发现了，这样，我就把你爹借我的五千块钱，从此一笔勾销了。另外，你家是贫困户，我再想法给你弄笔钱，八千吧。接着，抓紧把你家危房改造的补贴要上，早点到位，而且还要多要点儿，你看咋样儿？"

赵新春高兴地说："真的？说话要算数，你不会骗我吧？"

赵志豪说："我是支书，咋会骗你呢？"

两人正嘀咕着，裴凤莉哥哥裴凤山冲了过来，挥着菜刀叫嚣："赵志豪，狗日的，欺负我妹妹，我跟你拼了！"

赵志豪见状，赶紧躲到赵新春的身后。

"你闪开！"裴凤山挥着菜刀一砍，却砍在了赵新春的胳膊上。

顿时，赵新春的胳膊就流出了血，他惨叫一声，挥起镰刀朝裴凤山乱舞，其中一刀把裴凤山的耳朵划掉了一块……

赵家疃的这起案件本身并不复杂，因为事情明摆着的。但在县公安局调查处理或者说立案侦查时，却出现了戏剧性的变化。几天后，赵新春被公安局带走了，掉了一块耳朵的裴凤山，也被刑事拘留，还被告知其家里须赔偿赵新春治疗费和精神损失费五千元，而村支书赵志豪，却什么事也没有。并且，他还来到裴凤莉家里，当面猖狂地嘲弄污辱她，说你等着，我早晚把你整了。恶人逍遥法外，受害人的哥哥不但掉了一块耳朵，而且行凶伤人有罪，既要收监又要挨罚甚至将来还要被判刑，岂不是千古奇冤。裴凤莉和嫂子接受不了这个现实，四处奔波喊冤，多次上访告状。但最关键的问题是赵新春一口咬定是自己企图强奸裴凤莉，并砍伤了她哥哥裴凤山的耳朵，证人则是赵志豪，而裴凤莉所述的赵志豪企图强奸她，却没有证据，只是一面之词。公安局在村边玉米地里勘察现场，也只有赵新春的脚印。所以，当裴家含冤求告走投无路，裴凤莉又一次遭到赵志豪骚扰威胁时，裴凤莉突然装起疯傻来。动不动就往乡政府跑，见乡干部就下跪。

此事属于治安和司法问题,又是县刑警大队直接办的案子,没有经过乡派出所,所以原来的乡党委书记李继春借此能推就推,能躲就躲,并指示如果这疯子再来,让乡干部们或门卫见了就往外撵。于是,被"逼疯"的裴凤莉只要想起来,就从六公里外的村子里来到乡政府大门外的街道上,看见小轿车便往上扑,目的是能碰上个大领导喊冤。这时,她已经不会说别的了,只会喊"救救我……救救我……"

该案件在赵家疃村引起了巨大的震动,尽管村民们不了解具体的事实真相,但对于赵新春以及家人的禀性和为人却知根知底。赵新春憨厚木讷得有点呆傻,看见年轻女人绕道走,更别说跟女的说话了,就是因为这个,他都二十八了还没有对象,怎能去强奸裴凤莉呢?另外,他家里还特别穷,母亲三年前害眼病瞎了,父亲去年得了腰椎间盘突出,借了赵志豪五千元到处看病,至今没有一点效果,现在整天躺在床上唉声叹气。而赵志豪,则是村里有名的"色狼",见了村里的大姑娘小媳妇走不动,长期与女会计"姘靠",跟好几个外出打工男人的老婆"有染"。据说,他之所以肆无忌惮、胆大妄为,是因为他的一个战友,现在给北京一位部长开车,根子硬得很,谁也不敢动他。几年前有一任书记想把他的村支书"拿"了,他一个电话,省里有领导跟县里不知哪个县领导说了句话,却把这书记调出了皇迷乡,此后,再也没人敢管他的事了。

所以,是谁企图强奸裴凤莉,村里人个个的心里都明镜一般。可公安局却硬是颠倒黑白,将猪肉镶到了狗身上,而且还倒打一耙,不但拘留了裴凤莉哥哥而且还要求赔偿对方的医疗费。许多村民义愤填膺,村干部们也四处奔走,找乡里,去县里,上市里,但一句"赵新春自己承认交代而且还有人证物证",就把所有人打发了。村主任薛起东气得破口大骂，有一次还动手打了赵志豪一巴掌，并跑到乡里指着原党委书记李继春的鼻子说，有事不为老百姓做主，要你们这些当官的有什么用？我算看透了，共产党里真是没几个好人了，妈的，这村主任我不干了，还要退党！薛起东被免了村委会主任之后，赵家疃村支部和村委会好几个人都撂了"挑子"，剩下赵志豪几个亲信在村里胡作非为。

以上这些，只是乡妇联通过裴凤莉、村里人以及个别乡干部们的反映所掌握到的一些情况，具体的事情，还待进一步深入调查。

"我靠！这都啥时代了，还真是有活着的窦娥啊！活生生的颠倒黑白，千古奇冤！"王金亮听得惊心动魄，拍案而起，但又连忙向大家道歉，"对不起，我说粗话了，可我真的忍不住想骂人，我最恨这种事……"

"下面咋办？"

"真是很复杂啊！"王金亮叹口气，思忖片刻，对副乡长肖帆说，"你是女同志，再辛苦一下，让妇联协助你，保护好裴凤莉，进一步做调查。赵志豪的支书，必须先撤了，我倒想看看，他有啥样的背景，多硬的关系，老虎嘴里究竟长了几颗牙！"

副书记马春浩问："咋撤赵志豪的职？那家伙可不是个善茬儿。"

王金亮拍拍桌子道："这好办，现在不说别的，先查他的账，从经济问题上突破，不是有举报线索吗？利用原村主任薛起东和一些村干部的举报材料，先调查他。发现违纪就可以先撤他的职，然后组织新的支部选举，不就把他收拾了！这样又快又省事，不用向县委组织部和县纪委汇报，咱们乡党委就有这个权力。明天一早，咱们开个乡党委办公会，形成决议后，你们就立即办去。"

"好，这办法可行。"

王金亮又对乡纪委书记霍胜海说:"老霍,你带上纪委两个人,马春浩带一个乡干部,你们五个人,从立案、调查到结论和处理,再进行支部改选,一个班子一套活儿,一鼓作气给我拿下来,但程序一定要合规合法,证据和资料要齐全。这样的支书,多当一天都是祸害。至于他涉嫌强奸未遂,如果能让那个赵新春改了口供,那就属于刑事案件了,由公安和司法机关处理。我们能做的,是先把他的支书拿掉,扒开腾位。"

霍胜海说:"放心,干这活儿是我的老套路了,手到擒来。这个赵志豪早该拾掇了,就是前任书记李继春老是包庇他。"

马春浩问:"让谁接替赵志豪?这个候选人必须有所考虑。"

王金亮看看他们:"该村的情况,你们比我熟悉,你们觉得谁行?"

马春浩说:"其实,薛起东这个人没别的大毛病,就是因为看不惯赵志豪并动手打了他,才被撤职的,他撂挑子,也是因为这个,人还是很正直的。"

王金亮想了想说:"我对他印象尚可,但并不熟悉,你们去赵家疃搞调查时,正好顺便考察一下,听听党员和群众的反映。"

霍胜海问:"赵志豪如果问题严重,开除党籍不?"

王金亮沉吟片刻道:"根据你们的调查结果,我们再研究决定。"

5

经调查,赵家疃村党支部书记赵志豪涉嫌违纪,经皇迷乡党委研究决定,撤销他的党支部书记职务。

受乡党委委托,乡党委副书记马春浩和乡纪委书记霍胜海带队去宣布决定。

乡里来组织调查时，赵志豪跑前跑后，积极配合，很热情。无论查账、组织座谈，还是找个别党员和群众谈话，他四处奔波联系，还不厌其烦通过村里的广播、自己的手机和微信通知相关人员。三天之后，乡里通知他，要在村里召开全村党员大会，让他提前下通知，他仍然很积极，但并不知道是开什么会。

对此，赵志豪曾问过："党员会是啥内容啊？"

"现在不便透露，到时候就知道了。"

马春浩和霍胜海他们五人又来了，径直来到了村委会。因为事先有通知，在村里能参加的党员都来了，总共二十三位。

赵志豪还向马春浩解释了有五位党员不能到会的原因。

会议由马春浩主持，霍胜海宣读决定。

当念出"撤销赵志豪赵家疃村党支部书记职务"时，在场的所有党员都惊呆了。

会议室里静得出奇，像是窒息了。

赵志豪"嚯"地站了起来，面色苍白，身体颤抖着，一把抢过坐在他身边的霍胜海手里的文件，拿到眼前看了半天，像是不认识上面的字，完了抹了一把脸，拍拍桌子，咬牙切齿道："这是写了个啥？这是放他娘的屁！"

"赵志豪，你严肃点！"霍胜海严厉地说，"这是乡党委的决议！我和马书记今天来，就是来执行决议的……"

赵志豪气急败坏地叫道："被窝里露出个脚指头，你算是几把手！"

"我是纪委书记，来执行乡党委的决议！"霍胜海义正词严。

"好啊，王金亮敢给我下死手。他姓王的刚来，不知道我是谁，可老霍你该知道我他妈是咋回事！你们胆敢撤我的职，凭啥？跟谁商量了？征求我们村支委的意见了吗？全体村干部同意吗？"

"我们今天来，不做任何解释，只是执行党委决议、宣布决定。"

赵志豪挥着手怒吼道："我不给你们点厉害看看，你们不知道马王爷三只眼，给我来人啊！"

院子里跑过来几个年轻村民，站在门口问赵志豪什么事。

赵志豪气急败坏吩咐道："你们把门口给我堵住，乡里来的人，谁也不能给我出去，谁要出去，立马给我放平！"

马春浩大惊，怒斥赵志豪道："你好大的胆子，竟敢要挟乡领导！"

"老马，你别着急，一会儿，你就知道我要叫你干啥了。"赵志豪冷笑几声，又对门口的村民说，"你们去两个人，给我把不是党员的村干部和村民小组长们都叫来。就说乡里的马书记来了，要叫大伙儿来开会。"

霍胜海纳闷，不解地问："你想干啥？"

赵志豪皮笑肉不笑地说："你们先抽烟喝茶，在这儿歇会，一会儿大伙儿来了，你就明白我要做啥了。"

接着，又对在座的党员们说："现在散会，你们可以走了，支委留下！"

大家纷纷站起来，望着马春浩和霍胜海。

马春浩和霍胜海耳语了几句，马春浩对党员们说："你们先回去吧。"

大家陆陆续续往外走时，薛起东来到马春浩和霍胜海身边，对他们耳语道："赵志豪要耍无赖，我是不是找一帮人过来……"

马春浩小声说："不用，你先走吧，我们有办法对付他。"

不大工夫，进来了十来个人。

赵志豪见人到齐了，便将乡里打印的红头文件传给众人看。

众人传着看过，满脸惊慌，盯着赵志豪和乡领导们轮番看，有点不知所措。

赵志豪咧嘴笑笑，跷着二郎腿说："老少爷们，你们说，这事你们同意不？"

一个中年汉子气冲冲地说："这是瞎胡来，志豪干得挺好，咋好好的就把支书给掐了？我们不同意！"

"你们也都说话呀！"赵志豪拿眼瞪着其他人。

"我们也不同意。"

"老马，老霍，你们听听，听见没有！这就是民意！"赵志豪拍着桌子说，"现在，我要你们当着支委和村干部的面，宣布乡党委的决议无效。宣布了，立马走人。"

"要是不宣布呢？"

"不宣布，你们谁也别走！一天不宣布，一天不能出这个屋，两天不宣布，你们就在这儿吃在这儿住。别怕，我不会叫你们饿着，到时候，我会派人给你们送饭。"

"啊，你这是变相拘禁和威胁上级领导，知道后果吗！"

"随你咋说吧，我就这么办！到我地盘上了，我做主！"

乡党委的决议不但不能执行，反而被赵志豪威逼着宣布无效，使乡党委副书记马春浩、乡纪委书记霍胜海和乡干部们既尴尬又愤怒。面对赵志豪这个刁蛮无理骄横泼悍的"滚刀肉"，他们被"囚禁"在六公里外赵家疃的村委会，真是叫天天不灵，呼地地不应，如果宣布乡党委的决议无效，等于是向恶势力低头，亵渎了党组织的威严和神圣。可是，硬着僵持在村里，也不是办法，几个村民傍在门口，像"黑社会"的"打手"，天黑时回不到乡里，如何向王书记交代呢？

"我看这样吧，"霍胜海见临近中午了，温和地对赵志豪说，"这个决议，是乡党委下达的，我们有执行的权力，但没有资格宣布它无效。既然你们有意见，有看法儿，那么，就让我们回去向王书记及乡党委汇报一下。说不定，这事也有挽回和商量的余地。志豪呀，你当过兵，见过世面，硬把我们关在这里，属于非法拘禁，后果是很严重的。所以，你还是让我们先回去，跟乡里通个气，不然，你就是关我们一年，我们也不能宣布这个决议无效。因为，我们没有这个权力，这一点，我刚才已经说过了。"

"那你说，谁有权力宣布？"

"需要请示王书记，他是一把手。"

赵志豪想了想说："行，那就让王金亮来。不过，只能派一个人去乡里叫他，你和马书记还有其他乡干部，先留在这儿，中午饭，我派人送来。"

马春浩和霍胜海经过商量，派出一名乡干部回乡里向王金亮汇报。

王金亮听完情况汇报大吃一惊，怒不可遏，拍案而起，瞪着眼道："好猖狂，我在乡镇干了十几年，第一次见识如此狂妄嚣张的村支书，胆敢扣押乡领导当人质，真是吃了豹子胆！"

"王书记，你看咋办？"

"你们辛苦了，马书记和霍书记做得对。"王金亮平静下来，喟叹一句，沉默了一会儿，对乡干部说，"你歇一会儿，去伙房吃点儿饭。完了，你就返回赵家疃村，对赵志豪说，我要跟他、现有的支委以及村干部集体谈话，让他们一块来乡政府找我。"

"王书记，你咋收拾他？那家伙可是个横行霸道的二百五。"乡干部担心地说。

"放心吧，魔高一尺，道高一丈。既然他敬酒不吃吃罚酒，我就叫他有来无回。"

赵志豪贪污公款、项目征地拿回扣、挪用扶贫资金、套取危房改造款项、截留低保户补贴的数额及恶劣的手段，已经涉嫌严重违纪，应该"留置"了。但王金亮考虑到自己初来乍到，是来工作的，不是来"整人"的，所以，先来撤职这一招儿再说。在对赵志豪问题处理的讨论中，有人就说这样处理太轻了，至少要开除他的党籍。王金亮还是坚持自己的意见，意思是分阶段进行，但凡能给条"出路"就不至于"一棒子打死"。但王金亮万万没有想到的是，赵志豪对组织上的"宽大"不但不领情，反而变本加厉，疯狂至极，这就叫"敬酒不吃吃罚酒"……

王金亮召集在家的乡领导，开了一个紧急的党委扩大会。研究决定：一是开除赵志豪的党籍，报县委组织部；二是将查实的赵志豪在职期间涉嫌的严重违纪问题，报送县纪委。由乔乡长和党政办主任周翔带乡纪委的一名工作人员，带着所有的证据和材料，立即奔赴县纪委，鉴于他的恶劣行为，请求他们来人配合对赵志豪采取"留置"措施。

在下午四点左右的时候，赵志豪领着几名村干部，和同马春浩、霍胜海及几名乡干部走进了乡政府大院。

赵志豪趾高气扬，满脸鄙夷和不屑，俨然一副"英雄凯旋"的姿态。他之所以领着村干部兴冲冲到乡里来，是觉得自己的"斗争"一定"胜利"了。这个新来的王书记，别看咋唬得凶，可放开胆量斗斗他，给他耍点儿横的，也就"草鸡毛"了。俗话说，强龙不压地头蛇，况且王金亮还不算个"强龙"，一个小小的乡党委书记，听见我赵志豪的战友给北京的部长开车，早该吓得拉一裤裆稀屎了。从前有一个书记不吃这一套，就丢了"乌纱帽"，现在的王金亮，等转过弯儿来之后，肯定要掂量掂量自个儿长着几个脑袋。因此，当那名乡干部从乡里返回村子以后，说王书记答应跟赵志豪和村干部谈话，赵志豪根本没有顾上琢磨别的事，立即就心花怒放，感到这是王金亮害怕了，退缩了，要向他当面"收回成命"了。这年头，哪个领导都是软的捏硬的怯，王金亮当然也是外甥打灯笼——照旧（舅）。他跟前几任书记一个德行，全是豆腐垫桌腿，看着摊儿不小其实稀松得没一点筋骨。

一进大门口，赵志豪看见林秘书和一伙儿乡干部在甬道上站着，便主动微笑着打招呼说："嘿，林秘书，站在这儿做啥？来，来，吸老兄根烟吧。"

林秘书接住赵志豪递过的烟，也笑笑说："我在迎接赵书记咧！你瞧，多隆重呀。"

"别逗了，王书记找我和村干部谈话，我先去了，等回来，我再跟你聊天。"

赵志豪领着一行村干部朝前走时，突然有个乡干部招呼村委会副主任。

副主任停下来，被乡干部带到了另一间办公室。

又走几步，有人又呼喊会计，会计愣愣，也留了下来。

跟在赵志豪身后的几名村干部，很快被乡干部们分别拦到了一旁。

"咋回事？咋把人都给我截住了？"赵志豪扭头看看，迷惑地问林秘书。

林秘书说："他们有点儿事，你先去找王书记吧，他在屋里等你。"

赵志豪警觉地眨眨眼，疑虑重重道："王书记不是要找村干部们集体谈话吗？"

林秘书说："是的，他们一会儿就过去了。"

赵志豪愣愣，转过身踌躇着朝王金亮办公室走，用手推开虚掩的门，见屋里坐满了面色冷峻的人。

"这是……"

不等赵志豪说话，王金亮"啪"地朝桌子上重重一击："简直一个土匪，想'绑'乡干部的'票'，你真是无法无天，目无法纪！完全丧失了一个共产党员的基本条件，严重败坏了党的形象！赵志豪，你不是要乡党委宣布那个决议无效吗？"

"我……"赵志豪被吓傻了。

"你给我说，乡党委的决议是有效还是无效！"

"有……有效……"赵志豪双腿打哆嗦。

王金亮严肃地说："赵志豪，你贪污腐败，有重大的经济问题，而且抗拒乡党委的决议，拘禁和要挟乡干部，为党纪国法所不容。现在我宣布，经皇迷乡党委会研究决定，开除赵志豪党籍，鉴于你有重大经济问题，涉嫌严重违纪，经报县纪委同意，你必须在'规定的时间、规定的地点'交代清楚。下面，就把你交给县纪委的同志了，有啥问题，你跟他们去县纪委说吧！"

县纪委两名工作人员来到赵志豪身边，一边一个站在他两旁，厉声道："走吧，车在外面，跟我们上车！"

赵志豪当即被"留置"。

6

王金亮决定去赵家疃村走一趟。

有两件事：一是赵志豪被县纪委带走后，必须保持该村

"两委"的稳定，尤其是要赶快选出新的党支部书记，在这个节骨眼上，要与村干部们谈谈话；二是裴凤莉一案的关键问题，是赵新春作假证，如果能让赵新春翻供，这个案子就有可能重新审理，从而认定赵志豪的强奸未遂使其伏法，洗清裴凤莉哥哥的冤屈。

当谈到裴凤莉的案子时，大家有不同意见，认为该案属于治安和司法纠纷，不在职权范围，一定要慎重，没有绝对把握，不要贸然介入，不然会搞得很尴尬……

王金亮不屑一顾道："这是不是李继春在这儿当书记时，传染给你们的观点啊？一句是公安方面的事，找这个借口就搪塞了，就推脱了，就把老百姓给糊弄了！这不是典型的官僚主义，敷衍塞责吗……"

大家都羞得不敢吱声了。

"是啊，就这件事来说，不管是正常，要管是责任。但我是这么想的，你们看对不对。"王金亮意味深长地说，"裴凤莉一家，还有赵新春一家，是咱们皇迷乡的村民啊，我管不了公安和法院，但我能管咱们乡的老百姓吧？说真的，这件事难度很大，确实超出了我们职权和能力的范围，但啥事都那么容易做，还要我们党员干部干啥？说心里话，我被裴凤莉的眼睛蜇得很疼，看见她和她那种无助的眼神，我真的受不了，我见不得老百姓作难受屈。况且这件事，直接牵扯到赵家疃的'两委'班子，乡党委不能装糊涂，必须有个是非鲜明的态度，这对建设基层服务型党组织，密切党同人民群众的血肉联系，提高党的执政能力，意义很重大啊！我这绝不是说大话，说官话。真的，你说老百姓要我们这些领导干吗呢？不就是有灾有难了，才找我们想依靠我们吗？如果我们都以种种借口一推六二五，那老百姓不伤心才怪，我们也愧做党员干部和国家公务员,又何谈不忘初心,牢记使命呢……"

去赵家疃时,王金亮特意叫上了派出所的于斌所长。这起案件虽然是县刑警大队直接办的案子,与乡派出所无关,但在当时,于所长意见很大,抱怨说:"在我的辖区直接把人抓走,连个招呼都不打,那我以后不管了。"因此,这次乡里出面处理和调查此事,王金亮让乡派出所必须介入。

在赵家疃村,王金亮先找到了原村主任薛起东。

王金亮问:"那天,你为啥说是裴凤莉的叔叔?"

"那我说啥?反正我觉得咱们又不认识,随口编个呗。"薛起东略显尴尬地笑笑,继而沉痛地说,"我气不过赵志豪的为所欲为,看见凤莉天天去乡里装疯告状,心里痛,为了保护她不出意外,有时候我就陪她一块去拦车。那天正好碰见你……这也许是缘分吧,根本没想到你是新来的书记……"

王金亮感慨道:"你做得对,不愧为一名老党员,你能为她这样去做,扶弱济困,在村里维护了我们党的尊严和形象,我替裴凤莉感谢你!"

"凤莉家是外来户,本来就举目无亲,势单力薄。"薛起东感叹道,"我不帮她,她真的是走投无路啊!其实,这个案子并不复杂,因为事情明摆在那儿,可就偏偏颠倒黑白,还倒打一耙。你说,这还有理没理讲了?气得我还打了赵志豪一巴掌,乡里把我免了,正好我也不想干了。这样我也有时间帮着凤莉拦车喊冤了,不信就拦不住一个清官好官来!真要是那样的话,咱们的党可就真的没救了,下一步,我还要求退党……"

王金亮直勾勾望着薛起东好久不说话。

薛起东被看得有些不知所措:"王书记,我没说错啥吧?"

王金亮沉重地说:"你说的是大实话。我们的党员,我们的官员,如果不能坚持以人民利益为上,不能坚持宪法法律至上,谈何忠于国家,忠于党呢?"

薛起东真诚地望着王金亮:"在皇迷乡,我好多年没听见有人说这些话了。"

王金亮说:"除了你被免,村委中还有撂挑子的。一会儿,你把他们召集过来,我跟你们集体谈谈话,你和撂挑子的那几个人,给乡里写份检查,我把职务给你们恢复了,你看咋样?"

"我还得写检查!为啥?"

"村主任打村支书,是错误行为,动手打人,甚至是违法行为。"

"可赵志豪已经被抓了啊!是个腐败分子,我打他难道还不对?"

"那是以前的事,是你的错,必须检查,吸取教训,不得再犯。你是党员干部,面对再大的问题和矛盾,可以找组织处理和解决,不许违犯党纪国法!"

薛起东垂下脑袋说:"好吧,王书记,我听你的,我写检查。"

随后,王金亮又找个别"两委"班子成员谈心,并召开党员骨干会。

大家见赵志豪被县纪委"留置"了,原先跟他跑的人,也都倒向支持乡党委和薛起东。王金亮表示,对过去的事既往不咎,让大家放下包袱,安心工作。他宣布薛起东暂时主持赵家疃村的全面工作,通过整顿之后,再进行支部改选。随后,便开始讨论裴凤莉一案的"症结"所在,广泛征求大家的意见。

王金亮问:"赵新春为赵志豪作假证,自己把事情一股脑儿揽下来,是要判重刑坐大牢的,难道赵新春就这么傻,不知道这里面的利害？"

有人说："赵新春是个老实疙瘩，还是个大孝子，他爹这几年有病，借过赵志豪五千块钱，我估计，赵志豪连哄带吓唬，再加承诺给一些好处，他爹就答应了，他这才心甘情愿去替赵志豪蹲监狱。"

王金亮想了想说："根据大家刚才说的，还有于所长提供的情况，你们看这样行不行：咱们就以赵新春他爹为突破口，做通他的工作，让赵新春站出来，揭开作假证的真相！"

"行倒是行，但就怕赵新春他爹这一关不好过。"

薛起东也摇摇头说："这一关，有点儿难。"

王金亮问："难在哪儿呢？"

"一个是赵新春他爹，是我们村有名的倔驴，他要认定的事，见了棺材也不掉泪；二是，赵新春家太穷了，一旦翻了脸，他还不起赵志豪的钱。"

王金亮点点头，说："我们现在唯一的突破口，就是赵新春他爹，只有做通他的工作，才能让赵新春站出来，揭开作假证的真相。我想这样办，你们看行不？一会儿散会后，我和于所长、肖乡长，去赵新春家里看看，摸摸底，你们就别去了，免得以后你们在村里不好工作。"

散会后，王金亮带着于所长和乡干部们，来到了赵新春家。

赵新春家里房子破旧，室内简陋，显得很空。

见家里突然来了这么多人，连个像样的凳子都没有，赵新春的妹妹惊慌失措，找了半天，拿来了一个三条腿的方板凳。

王金亮挥挥手说："不用坐了，我们就站着说话。"

赵新春的父亲斜躺在床上，一直要往起坐，王金亮上去按住了他："老哥，您不用动。"

赵新春母亲坐在床沿上，瞪着空洞的瞎眼睛，让女儿给大家倒水，还一直问都是谁来了，新春现在怎么样了。

安顿下来以后，王金亮说："咱长话短说，我今天来，主要是想说三点：第一，俗话说，人穷志不短，活着要的是一种气节，人没了气节，在村里在世上还咋样做人……"

赵新春妹妹的眼圈儿红了。

"第二，你们一家子都不懂法，都很糊涂，知道这种罪要判多少年吗？"

赵新春父亲嘟囔着："张支书不是说，就几个月吗？还说，结案后，再跑跑，花点钱，就把新春放回来了。"

"于所长，你说说，强奸未遂罪，要判多少年？还有，做假供，要罪加一等。"王金亮冲于所长眨巴眼睛，"这两罪并罚，一共是多少年？"

于所长沉吟片刻道："至少得判十年。"

赵新春母亲用手捂住脸抽泣起来。

王金亮趁热打铁道："谁出主意做假供，也要治罪！于所长，公安局那边是咋说的？"

于所长忽闪着眼睛，有些不知所措。

王金亮瞪瞪眼说："不是叫你把人带走吗！"

于所长掏出手铐，连声道："是，是，我要带人……"

赵新春父亲挣扎着要往起坐："反正我这腰坏了，不中用了，活着也是个废物，早不想活了，你们把我带走吧！反正就这样了，死猪不怕开水烫，你们随便吧，我是武大郎卖灰土粪，就论这一堆儿了！"

于所长提着手铐，尴尬地站着。

王金亮使个眼色，挥挥手示意他收起手铐，来到赵新春父亲

· 049 ·

面前,坐在床边看看他,重重叹口气道:"大叔,我理解您的苦衷和难处,常言说,一分钱也能难倒英雄汉啊!所以,我要跟您老说说这第三条……"

说着,王金亮打开手包拉链,从里面掏出两沓钱来,放到赵新春父亲身边的床头上,情真意切地说:"这一个是五千,一个是两千,五千的还人家的欠账,两千的给您老治病……"

"我……我跟你非亲非故,素不相识……"赵新春父亲抖颤着握住王金亮的手,老泪纵横道,"这……这如何……是好……"

赵新春母亲也双手摸索着蹒跚走过来。

赵新春妹妹则双手掩面,蹲在地上呜呜痛哭。

在场的于所长和乡干部们,也都惊呆了。因为,他们并不知道,王金亮来之前,已经准备好了钱。

王金亮弯下腰说:"大叔,有党和政府,还有众乡亲,没有过不去的火焰山!代人坐牢当替罪羊万万使不得,别再糊涂下去了,现在回头,为时不晚。你让他妹妹去一趟县里,动员一下赵新春,让他翻供吧,我求您老的,就是这个。"

"这……"赵新春父亲流着泪说,"我……我跟人家……立有字据,不能说话不算数,言而无信是小人……"

王金亮一惊:"是啥字据?"

赵新春母亲说:"跟支书……"

赵新春父亲嘶哑着抽泣:"这……这事……死了也不能说……"

再问下去,没有意义了,赵新春父亲不肯说立字据的事,最后闭口不言。

走出赵家门口,王金亮对肖副乡长说:"你去把赵新春的妹妹叫出来。"

赵新春妹妹出来了，王金亮问："你爸爸刚才说，立有字据，是个啥字据啊，你看见过没有？"

"没有，这是大人的事，我不知道。"

王金亮说："这可关系到你哥哥是有罪还是没罪，是生死攸关的大事，你能回家找找这个东西吗？"

赵新春妹妹摇摇头："不能，俺爹会打我……"

王金亮吐出一口长气，不知道说什么了。

于所长在旁边说："王书记，咱先回去吧，后边我再想想办法。"

赵新春妹妹刚要转身走，王金亮叫住了她："姑娘，先等等，我再问你个事。"

"啥事？"

"小姑娘你多大了？"

"十八了。"

"叫啥？"

"赵莹，家人和同学都喊我莹莹。"

"莹莹，名如其人，光彩夺目啊！看你这么聪明可爱，人又长得漂亮，比那些网红什么的美多了，小美女儿，你是哪个学校毕业的？"

赵新春妹妹被夸得脸上泛红，抿着嘴唇微微一笑道："在市里上医专，今年才毕业呢。"

"噢！这专业挺好的啊。"王金亮笑着说，"咱乡卫生院正好要招人，你条件这么好，也正对你学的专业，你面临毕业找工作，我推荐你报考一下乡里卫生院，我觉得你准能考上，咋样？"

"真的假的？"赵莹吃惊地望着王金亮，有点儿不太相信。

王金亮正色道："你看，我是你大叔辈儿的，能跟小侄女开玩笑吗！"

肖副乡长说："刚才介绍了，王书记是咱乡里的书记，卫生院院长得听他的。"

"这可太好了！"赵莹欣喜若狂，"王书记，你要说话算数。"

"当着这么多人面，我岂能说了不算。可有一点，你得参加统一的招考，考不上，可不能怨我。"

"这个没问题，我是学霸，考不上绝对不怪大叔你。"

"那好，咱就这样说定了。"王金亮话锋一转，"莹莹，现在我帮你了，可你也得帮我一把啊……"

赵莹笑笑说："找我爸藏的那个字据？"

"真聪明。"

"好嘞，没问题，等我一会儿。"赵莹一转身又回过头说，"如果找不到，大叔你也别怪我……"

"不怪，不怪，找不到照样介绍你报考。"王金亮指指胡同口那棵大槐树，对赵莹说，"看见没，我们在那里等你。"

赵莹走后，大家全笑了，说王书记你可真行，把小姑娘逗得团团转。

王金亮也乐了："现在的小丫头，就喜欢听好听话。"

大家在树下等了不到十分钟，赵莹就兴冲冲跑了出来，把一个塑料袋交给了王金亮："在俺爸爱藏东西的一个抽屉里找到的，我看了一眼，好像是这个，你看是不是？"

王金亮把一张打印纸展开，众人都围过来看，只见上面写道：

赵新春帮赵志豪的忙，抵去新春爹看病借赵志豪的五千元钱，新春应下砍伤装凤山，赵志豪再给新春两千元。双方立字为证，不能反悔。

立字人：赵志豪　赵新春

下面是签订字据的年月日及手印。

于所长看完，高兴地说："有了这个，事就成了，赵新春不认这个字据也没事，到了检察院，就得把他无罪释放。"

王金亮又看看协议，眯着眼睛没有说话。

于所长问："王书记，难道这个不成，还有啥问题吗？"

"刚看到这个字据时，我也跟你想的一样。"王金亮皱紧眉头道，"但是，我转念又一琢磨，就觉得，县公安局当初这么立案，又搞得那么匆忙和草率，里面肯定有猫腻！"

于所长一言不发，看着王金亮。

王金亮说："你想想，裴凤莉他哥哥被刑事拘留之后，裴凤莉和她嫂子，还有村'两委'的一些班子成员，到处上访告状，县公安局置之不理，还认准了往下整。赵志豪，不是都说他有背景吗？什么战友给部长开车，会不会真是幕后有大人物说话啊……"

于所长默默地点了点头。

王金亮说："所以，我刚才仔细考虑了一下，虽然我们现在有了赵志豪让赵新春替罪的协议，可是上面只写了赵志豪让赵新春帮忙，并没有说帮什么忙。"

于所长拿过协议，仔细看了看说："这上面有一处写了'新春应下砍伤裴凤林，赵志豪再给新春两千元'的话。"

"是啊，如果没有这一句，这个协议对我们就一点价值都没了。"

"你的意思呢？"

"我的想法是，一定要在预审科这儿把案子给它翻过来！"

"太难了，这等于案件又回到案发之初，他们从前所做的都是错误的，让公安纠错，阻力会比较大！"

王金亮沉默不语，拧着眉头在地上踱步，少顷突然转过身："我刚才想了半天，要想在预审科那儿翻过案子，只能是一竿子插到底，直接去找县公安局。"

情况真是复杂。

往回走时，大家谁都没说话。

车在村委会那儿放着，走到村中一片小树林时，薛起东、裴凤莉还有裴凤莉的嫂子，从里面走了出来。

肖副乡长问："你们这是……"

薛起东笑笑说："我们在这儿等王书记。"

王金亮问："有事？"

薛起东笑得很不自然："有点儿小事……"

裴凤莉和她嫂子从后面跟了过来。

王金亮说："村里'两委'的事，刚才咱都说过了。凤莉的案子，这不也在管……"

薛起东凑近王金亮，小声道："王书记，是有别的事……"

"那你说。"

薛起东看看身后的肖副乡长和于所长等人，欲言又止，慢吞吞地说："王书记，这不方便，咱去那边说吧！"

"老薛，你咋神神道道的！"王金亮满脸不高兴地说，"肖乡长和于所长他们，你又不是不熟，啥事都不用掖着藏着，只管说。"

薛起东吞吞吐吐地："是这么回事……凤莉和她嫂子，死求活求，一定让我来……你看……这事咋张口呢……"

"有啥不好张口的？是那个案子的事吧，说吧，不管啥事，我都会一管到底。"

"那我就不用背人了……"薛起东为难地看看裴凤莉和她嫂子，又向身后的乡干部们扫一眼，从手里的黑提包里抠摸出一沓钱，不好意思地往前凑凑，有意用身子挡住，小声说，"这一万块钱，不是送给你的，是让你跑事用的，你可千万别误会。"

王金亮一惊："跑啥事？"

薛起东小声地凑到王金亮耳边说："案子的事儿啊！你看，这么大的事，得到处费心找人，不请人家吃个饭送条烟，拿车往县里跑，不得烧油啊？"

"不用，这案子是公对公，是乡里应该跑的事，不用花钱。"

"王书记，现在找个人都难，更别说求人办事了。凤莉家这个案子，不同一般的案子，光空嘴说空话，不花钱，啥事也办不成。我当了多年的村干部，在社会上跑，这方面的事还是懂一些的。"薛起东说着，就硬往王金亮手里塞那沓钱，"你看，钱也不多，你让手下人去找人的时候，也不至于空手……"

"我说老薛，薛起东，没想到你可真能出招儿啊！"王金亮推开薛起东的手，后退一步，生气地说，"你是不是很有钱啊，还有吗？要有，再给我拿几万过来，这点钱能干吗？"

薛起东尴尬地笑笑："这钱不是我的，有些是凤莉她嫂子四处借的，剩下的，是我们几个干部凑的，你要是真嫌少，我回去找人再借点儿……"

"老薛啊，真是糊涂！"王金亮怒吼一声。

"王书记……"薛起东吓了一跳。

王金亮叹了一口气，平静下来，用手轻轻拍着薛起东的臂膀，沉重地说："裴凤莉家的冤案，发生在皇迷，这是乡里的责任，我是党委书记，一把手，当然也是我的责任，现在办事难不难？难！但不一定非要花钱，你要相信党，钱不是万能的！"

薛起东尴尬地对裴凤莉和她嫂子道："你看，我咋跟你们说的？我说别让我来碰钉子，闹不自在，看看，弄了个烧鸡大窝脖儿，这可咋办？"

王金亮转过身，对裴凤莉和她嫂子说："你们的心意我领了，你们的案子，无论有多么难，我都会逢山开路，遇河架桥。好歹我是个科级干部，是乡里的书记，认识人比你们多，关系也比你们多。说句不好听的，你们给我钱，是笑话我，小看我。快跟老薛回去吧，借了谁的钱，赶快给人家退回去！"

裴凤莉嫂子生气地说："王书记，你要是不收下我们的钱，就是不想真心为我们办事了，就是不想管我们了……"

王金亮一怔："噢！此话咋讲？"

肖副乡长走过来说："嫂子，你咋这样说话呀？王书记一再说，他一定管到底，话跟你砸得这么死，你咋就不相信呢？"

裴凤莉嫂子说："我不是不信，我是说，王书记一口水、一根烟都没沾过我们裴家的，如今又不收我们的钱，世上哪有这样的好事、这样的好人？哼，如今这世道，哪还有办事不花钱的？孩子上个幼儿园还花钱呢，这么大的案子，光空嘴说空话，就能翻了？鬼才相信。你们这些当官的，就这样糊弄俺农村人吧。你叫我咋信？打死我，我都不信！俺农村人咋了？俺农村人也不是傻瓜，四六不懂啊！"

肖副乡长说："嫂子，那好，我问问你，为了让赵新春翻供，刚才王书记在赵新春家给了他们七千块钱，这是真的吧？"

"哼！这钱，说不定赵志豪过两天就挡上了，看着他是被抓了，说不定过几天就放回来没事了！"裴凤莉嫂子说，"说一千，道一万，今天王书记不收我们的钱，就是没有诚心想给我们办事。都说赵志豪他战友在北京给大官开车，人家到时候一个电话，一级一级给压过来，王书记就不敢管我们的事了。大官小官，现在都是一个鼻孔出气，俺裴家算个啥，祖祖辈辈都是土里刨食的农民，跟王书记一点儿关系都没有，他愿意管，是五八，不愿意管也管不了，是四十，不收我们的钱，就是怕为难。这样好，谁也不欠谁的，到时省得走上绝路骑虎难下。唉！算了吧，凤莉，咱走吧，咱知足吧，别难为人家王书记了。说不定，已经有人给王书记下过话了，他现在也就是做做样子，糊弄糊弄咱，到时候就撒手不管了……"

裴凤莉无奈地看看嫂子，又痴呆呆地望着王金亮，眼圈儿突然红了。她木然地踌躇着走到王金亮面前，突然跪下了，泣不成声道："王大大……您……您收下俺的钱吧……俺给您叫句亲爹啦……亲爹！俺可都……指望您了……"

似有一支利箭朝王金亮胸口戳来，他不寒而栗，心里像有一股血汩汩淌出，旋即，两汪热泪情不自禁在眼眶里打转，内心上下翻腾：多么凄苦，多么无奈，多么可怜，多么善良，也多么愚昧的父老乡亲啊！他们无权无势，经不住任何风吹草动，也担待不了一点点生活中的挫折或者变故。他们被当今社会上的层层关系网或者说腐败整怕了，以为办什么事都得花钱，都得靠关系，正常的事情已经不知道正常办了，已经不知道也不相信什么是正义和真理了。在他们看来，不收下这笔钱，就和他们没有任何关系，而没有关系，就根本不会为他们伸张正义。他们不相信共产党是全心全意为人民服务的，只相信花钱有关系才能办成事……看来，这种不知从什么时候在广大人民群众中形成而且是根深蒂固的不良风气，仅凭几句话是改变不了他们的观念的，只有让他们看到实实在在的行动和结果，他们才能放心，才能满意，才能信以为真！怎么办？先把钱收下吗？不能，即使装装样子也不行，这是党的原则，也是一个共产党员不忘初心，牢记使命，绝"不拿群众一针一线"的铁律……

"亲爹……"裴凤莉椎心泣血的呼喊，依然在耳畔飘荡着……

王金亮不由打个寒噤，即刻一股豪情从心底油然而生！

"你们都过来！"王金亮挥手招呼着乡干部们说，"今天，你们在场的可都看见了，都给我作个证，都给我当个证人。"

大家面面相觑，不知所措都围拢了过来。

王金亮走到裴凤莉跟前，俯下身子说："从今以后，我认赵家疃村的裴凤莉，是我的干闺女，现在算是举行仪式！"

众人连同裴凤莉嫂子和薛起东，都惊呆了。

裴凤莉也战栗着抬起头，用迷茫的大眼睛望望王金亮，突然用头磕响地面，连声喊道："爹！爹！您不是干爹，是俺的亲爹……"

王金亮将裴凤莉搀扶起来，亲昵地拍拍她膝盖上的土，拢拢她散乱的头发，爱怜地把她拥在怀里，流着泪说："好闺女，以后，谁也不能再欺负你了，谁敢再欺负你，就是欺负我王金亮！从今往后，你们谁都不用领我的情，念我的恩，为我闺女的事，即使我跑断腿，头拱地，花钱花得倾家荡产，那也是我王金亮天经地义，应职应分的事！"

"大恩人啊……您是我们裴家的大恩人……"裴凤莉的嫂子冲过来，扑通跪倒在王金亮面前，呜呜痛哭道，"我信了……信了……我看见真正的……真正的共产党了……谁说清官只能在戏台和电视上看见……"

第三章

7

今天上午，王金亮带着乡里的相关领导和干部，到蝎子沟村调研近期的扶贫工作。

因为最近驻蝎子沟村扶贫队出了事，确切地说，是县林业局在这里带队扶贫的队长兼村党支部第一书记刘尽忠"犯了错误"，背了个处分返回局里了，林业局又新添了一名队员替换了他。此事反响很大，严重影响了蝎子沟扶贫工作的顺利开展。

刘尽忠的"错误"是"偷看女人撒尿"，说起来十分荒唐可笑。

事后，根据刘尽忠心有余悸的叙述或者说在接受组织调查时的交代，再加两名驻村扶贫队员于芹和陈博的补充，才基本上弄清楚了这件事的大致经过——

十天前的一个下午，刘尽忠入户调查贫困户的家庭情况。主要工作任务是填表登记家庭收入、致贫原因、帮扶措施、包户干部的联系方式等等。他一下午先后去了几十家贫困户，搞得很紧张也很劳累。天快黑时，他到了一户姓朱的人家，也是那天要去的最后一户人家。可正赶上这家明天嫁闺女，当晚亲戚朋友在这儿商量明天送亲的诸多事宜，完了准备喝酒吃饭。朱家很热情，拉扯着刘尽忠非让他在这儿喝几杯不可。刘尽忠盛情难却，觉得已经下班了，正赶上人家过喜事，硬着走挺不好看，会让村民误以为上面派来的扶贫干部看不起老百姓。另外，在座的都是村里的乡亲们，都认识，这也是交流感情以利于今后开展工作的好机会，于是就随了一百块钱的礼，在朱家喝了起来，并用手机跟陈博和于芹说了一声，说晚饭不回去吃了。吃过饭，刘尽忠因为喝了点酒，头有点发晕，从朱家出来自北向南沿着村街往居住的村委会大院走。天很黑，街边的路灯也不太亮。当他走到村街中部文体活动中心的小广场旁边时，就想去路东的公共厕所小便。也许是着急，也许是天黑没看清楚，也许是酒后有点恍惚，总之，刘尽忠就稀里糊涂钻进了与男厕所并排着的女厕所里，但他当时并不清楚。还是等他要拉开裤子拉链，听到旁边的大便池上有人尖叫了一声"是谁！耍流氓……"时才大惊失色。刘尽忠吓得尿也没了，更没顾得看看是谁，撒腿便往外跑，一溜儿烟似的跑到了村委会……

后面的情况，陈博和于芹都在场，调查时向组织如实进行了汇报。

刘尽忠气喘吁吁来到村委会住处，大概是不到九点，陈博和于芹正在会议室里坐着看电视。一阵急促的脚步声在院子里响起，随即刘尽忠就进了会议室，一屁股坐在椅子上大口大口喘粗气。

陈博和于芹都站了起来。

于芹说："陈博，老刘肯定是喝多了，快给他沏杯茶。"

陈博一边给刘尽忠倒水泡茶，一边看着他问："刘头儿，看你跑得一头是汗，这是咋了？脸色还那么难看！"

刘尽忠身为驻蝎子沟村扶贫队的负责人，还兼着这个村的第一书记，不想让局里的两位同事知道刚才遇上的那个丢人败兴的事，再说这也不是什么大事，事情一旦过去，就什么也没有了，所以，也没必要实话实说，于是便扯谎道："刚才在街里遇见个狗，冲我汪汪叫，吓得我一溜儿小跑……"

于芹问："老刘，你喝了多少啊？嘀！弄得这满屋里都是酒气。"

刘尽忠平静住心绪，强装笑颜道："不多，不多，正赶上人家过喜事，不让走，没办法才喝了几杯。"

正在说闲话时，院子里突然嘈杂起来，有人还大声嚷嚷着……

"咋回事？"

陈博率先跑到门外，借着院子里的灯光一看，原来是一帮人急匆匆冲进来了，大概有七八个。

为首的是一个瘦高个儿的中年人，手里拎着一根木棒，边朝里冲边吆喝道："刘尽忠，你个王八蛋给我滚出来！"

坐在会议室里的刘尽忠也没有想到是因刚才那件事，听见喊叫他的名字，和于芹一块儿走了出来。

三人都认识为首的这个人。

此人是村里跑运输的村民申怀亮，人称"运输专业户"，家里有三台大货车。

于芹连忙问："申大哥，出啥事了，这是咋了？"

申怀亮并不答话，举起木棒，指着刘尽忠断喝道："流氓就是那个姓刘的，给我打！"

一帮人一拥而上，不问青红皂白，挥起木棒照刘尽忠就打。

有一棒，正打到刘尽忠左肩膀上。

刘尽忠身子一歪，从门前的台阶上摔倒在地。

一帮人围上来，不由分说，朝刘尽忠拳打脚踢。

陈博见状冲到刘尽忠身边，和于芹一起护住他并阻拦住众人："都住手！住手，你们凭啥打人？"

申怀亮愤怒地叫嚣："打他是轻的，我非把他的眼珠儿剜下来不可！"

"有事说事，不许打人！"陈博厉声道。

"还他妈扶贫队长、第一书记，狗屁，老色鬼差不多！"

趁这机会，于芹拉起地上的刘尽忠，趔趔着跑进旁边的厨房，"咣当"一声碰住门并反锁上了。

申怀亮这帮人围过去，擂着门叫骂，陈博怎么劝说也无济于事。

少顷，村支书周大鹏和两名村干部从外面跑进来了，弄清楚是怎么回事后，连说好话带吓唬，这才平息了这场突如其来的风波。

原来，刘尽忠误进女厕所时，遇到的女人是申怀亮的媳妇儿，她回家后，很生气地跟申怀亮说了这件事，还说这人是驻村扶贫工作队的刘尽忠。申怀亮大怒，叫上家里雇用的几名司机，又找来本家族的几个年轻人，就来村委会找刘尽忠算账了。

经过大家一阵子劝说，刘尽忠又向申怀亮赔礼道歉，申怀亮的气这才消了。本来这也不是一件什么大事，纯属一次小误会，根本不算什么企图不良或者是故意耍流氓。

事件平息了，人都散去了。

据说，这申怀亮不但有钱，在上边还有关系，舅舅赵洪岐当过县长，两年前因年龄原因改任县人大主任了，哥哥申怀明在市检察院当法规处长，所以他在村里横行霸道，无人敢惹。无意碰上这样一个"刺儿头",刘尽忠、陈博还有于芹都很后怕。

这一夜,驻村扶贫队的三人都没有睡觉,坐在会议室里默默不语。

过了好长时间,刘尽忠长出一口气道:"于芹妹子、陈博小兄弟,我不能再待下去了,这事早晚得传出去,领导和我媳妇先知道就被动了,不如我自己早点'投案自首'。天一亮,我叫个车来接我,我回局里主动坦白和交代自己的错误,至于咋处理我,由组织决定吧。局里让我牵头带着你们来扶贫,你们跟着我吃苦受累了,积极配合我全力支持我,我非常感激。我走后,不管局里派谁来代替我,都要一如既往。我做得不好,给局里和组织上丢人了,希望你们能担待和理解……"

说着说着便失声抽泣起来。

陈博和于芹也都眼窝儿里发热,不知道如何劝他才好。

过了一会儿,刘尽忠突然笑了几声,也精神了很多,似乎是很兴奋地说:"这会儿,我突然明白过来了,我这也是因祸得福啊!要不,我有什么理由和借口离开这个鬼地方呢!我快五十的人了,也不求进步了。来的时候,胡局长找我谈话,说我是老同志,局里人手少,派谁下来不是这困难就是那问题,让我有大局意识,勇于担当。我一想,我不来,别人会来,谁没困难啊?所以我才二话不说来下乡了。可当了扶贫队长一到村里,万万没有想到下乡扶贫能有这么忙,事有这么多。宣传、发动、开会、座谈、调查、摸排、填表、造册、帮扶、包扶、各种检查……还有'明白卡'上墙,建立'工作台账','手机平台'信息公开,'微信群'互动,'视频'签到等等,压得人透不过气来。你们也知道,尽管有村'两委'配合,有村干部帮着,但对于只有咱们三个人的驻村扶贫工作队来说,几乎是昼夜不停加班加点干也干不完啊……现在突然出了这个事,也算是老天的安排,这不是正好吗?回去能把我怎么地,我没贪污,没盗窃,没杀人放火,没强奸妇女,偷看她?啊呸!我还嫌脏,嫌恶心人咧!最多给我个处分,但工资一分也不能少。哈哈,背个处分能换个回县城,少受这两年罪,也值了!等回去安定之后,我在县城好好请你们撮一顿……"

经他这么一说,于芹和陈博也就放心了,帮刘尽忠拾掇东西。

第二天一大早,也就是天刚放亮,刘尽忠用手机把他儿子叫来了。

四周的大山上笼罩着一层薄雾,村里灰蒙蒙的,街上静悄悄没有行人。村委会大门口的杨树上,有一群麻雀喊喊喳喳聒噪,一见有人出来,呼啦一声便齐刷刷地飞走了。

刘尽忠儿子把车停在大门口,刘尽忠将自己带来的所有生活物品早已经收拾好了,并且由他儿子搬出来放到了车后备厢里。

陈博和于芹出来为刘尽忠送行,三人什么都没有说,只是默默握了握手。

刘尽忠就这样悄悄地怀着无限的伤感离开蝎子沟村返回了县城。

由于这件事发生得突然,也相当特殊和蹊跷,县林业局一时不知道该怎么处理,立即将情况如实上报县委扶贫工作领导小组。

林业局党组和相关部门组成的调查组来村里进行了一番调查,处理结果很快出来了。虽说刘尽忠不是有意为之,但严重损害了扶贫工作队的形象,影响恶劣,不能让他在这里继续工作了,免去了他驻村负责人和该村党支部第一书记的职务重返原单位工作,并责令他写出深刻的检查,最后给了个行政警告处分。

替代他的人选,由林业局选定后尽快上岗,使县林业局驻蝎子沟的扶贫工作队仍保持着三人。

一周后,接替刘尽忠的新队员才到位,是一位来林业局办公室上班才半个多月的营级转业干部,三十二岁,名叫姚长勇。因他刚来,于芹又不是中共党员,因此,经报县扶贫办同意,扶贫队负责人兼第一书记由陈博担任。

刘尽忠因"误闯女厕所"灰溜溜离开村子,由陈博接替他担任扶贫工作队负责人兼第一书记,林业局又补充了一名新扶贫队员之后,村里的扶贫工作出现了一些问题。乡里决定在村里召开一次扶贫工作座谈会,听取一下各方面的意见和建议,其实也是稳定扶贫队的情绪,为陈博尽快进入角色打下一个良好的基础。

座谈会是两天前决定并下达通知的,确定于今天上午十点在村委会的大会议室里召开。参加座谈会的除了乡党委书记王金亮、乡长乔文杰、主抓扶贫工作的肖副乡长、乡党政办主任周翔、林秘书及两名乡干部外,还有扶贫队全体队员、村干部及村民代表。村里的与会者,已经在昨天下午都通知到了,此刻都已到齐,在会议室里等候着。

这是王金亮第二次来蝎子沟村,第一次是来"分地"。

这次,他们是乘坐一辆面包车过来的。

从街里路过时,大街上很安静,偶尔有一些行人,几乎都是上了年纪的老人和刚会跑的孩子。街道美观而整洁,两旁院墙都用白灰粉刷一新,上部还勾勒着红边,白底上书写着"不忘初心、牢记使命""大力实施乡村振兴战略""决胜全面建成小康社会""加大到村到户扶持力度、增强贫困人口发展能力""扶贫路上一个都不能少"等标语口号,还有更多的关于扶贫方面的标语，有不少是印着白字的红布条幅："热烈欢迎扶贫检查团来我村检查指导""扎实推进精准扶贫脱贫、限时打赢扶贫攻坚战"等，由于时间有点长了，布质的横标已经有点掉色，这是为半个月前全市进行统一的扶贫工作大检查布置的。

王金亮望望窗外，对肖副乡长说："以后，跟下边村里，包括各个驻村扶贫队的说，少挂这样的标语，太浪费了。"

"这是县里、市里要求的。"

"有要求就少弄点，是那个意思行了，没必要搞这么多。"

"是，王书记，我以后注意。"

"光弄这，一点用也没，省点钱干啥不行！纯粹的形式主义！"

"这半年多，光用在这方面的费用，咱乡就花两万多了。"

王金亮一惊，沉着脸说："以后少弄，如果上边批评你，就让他们找我，扶贫的事谁不知道，还用整天这么扯着标语口号大喊大叫？"

"好。"肖副乡长伸伸舌头，没敢再吱声。

到了村委会门口停车，周大鹏和陈博等人迎上去，与下车的王金亮等乡领导和乡干部们握手寒暄，然后朝村委会的大门口里走。

王金亮一仰脸，看见大门口上方挂着一条红底白字的横标，上写"欢迎王书记来我村检查指导扶贫工作"。

"这是谁让挂的？"王金亮指指横标，瞪着眼说，"快给我扯下来！以后，咱们乡里的领导和干部，无论来村里有多么重要的工作，都不准弄这个！"

周大鹏连忙让人去摘横标。

"真是岂有此理，挂上这个就是欢迎我，不挂就是不欢迎啊！"

这时，大门口南边的街路上，突然有人拉着长音呼喊："王书记——王书记——"

王金亮停下来，扭头看看，见是一位上年纪的老者，就问："大爷，你叫我？"

老人冲他招手："是啊，王书记，你能过来一下吗？"

王金亮不由皱皱眉头，但觉得是位老人，应该尊重，就对周大鹏和陈博说："你们先进去吧，我去看一下。"

周大鹏说："没事，先让乔乡长他们进去，我们在这儿等你。"

王金亮走近老人，仔细看看他，见他满面皱纹，头发大多都白了，少说也在七十大几八十来岁，怕他耳聋，就亲切地大声说："大爷，找我有事啊？"

"王书记，你小声点儿，我不聋啊，听得见。"

"好，好。"王金亮笑了笑，声音就小了，"今年高寿啊？"

老人用手比画一下："六十六。"

"啊……"王金亮吓了一跳，吐吐舌头不敢往下说了。

"哈哈，看着岁数大吧？"老人笑笑说，"农村人，吃苦受累，风吹日晒，操心，面相老啊……"

"身子骨还行？"

"还行，没大病。"

王金亮有点着急，现在不是说闲话的时候，就问："找我有啥事，快点说，我等着开会呢。"

"王书记，我认识你，是上次你来俺村分地时看见你的。你是个好官啊！王书记，我叫祁保山啊……"

"好，祁大爷，老人家，有话你快说，我急着要开会。"

"王书记，那我长话短说。"祁保山探头朝外看看，压低嗓门对王金亮说，"一会儿你们开会时，领导们都在场，让参加这个会的村民代表发言，有一个叫牛金贵的人，会说到一个叫祁雪菊的人。这时候，有人会阻挡，不让他往下说。我现在找你，就是为这事……"

牛金贵！这名咋那么耳熟呢，但一时想不起来了。

"噢！"王金亮听不太明白，问，"这是啥意思啊？你讲明白点。"

"这么说吧，"祁保山想了想说，"会上让村民发言，特别是该牛金贵说话时，你自然就知道了。这时候，有人不让他往下说。王书记，我求你的是，这时候你一定要说一句话，让他继续讲下去，能让他把话说完，你就算是帮我祁保山老汉了，就算是为我们办了一件天大的好事……"

"我明白了！"王金亮听到这里，才恍然大悟，"也就是说，我出个面，说句话，让这个叫牛金贵的人把话说完，老人家，是这个意思吧？"

"正是，正是，王书记，我代表祁雪菊先感谢你。"

"不必，这个不难办，我现在就答应你，有话让人讲完很正常，也应该。你放心，我一定让这个叫牛金贵的把话讲完。"

王金亮觉得奇怪，感到不可思议，甚至有点儿怀疑。这位老村民祁保山说的这种情况，就一定会在座谈会上出现吗？又会是谁不让牛金贵讲话呢？而祁雪菊又是什么人、有什么事？都充满着悬念和蹊跷……

祁保山老人走后，王金亮返回村委会大门口。

周大鹏还在这里等他，问："王书记，祁保山跟你说啥呢？"

王金亮笑笑道："说是分地时见过我，想跟我说几句，还夸了我几句，村里人，好像没有见过大官啊！"

周大鹏也高兴地说："王书记，你那次分地，可在我们村里出大名了，说你是个英雄，老人们都把你当成神了……"

"神！啥神？"

"说你是包公转世。"

王金亮大笑:"我脸有那么黑吗……"

8

座谈会由村支书周大鹏主持。

周大鹏首先介绍了与会的王书记和乡领导、驻村扶贫的陈博等三人、挑选出的十名村民代表,之后会议按乡里事先安排的议程依次进行。

首先,是村民代表发言。

按照乡里的要求,参加这次座谈的村民代表,贫困户和非贫困户各占一半。

贫困户反映的问题,综合起来主要有以下几点:一、驻村的扶贫干部每次来家里,不是让填表就是搞调查,不是让签字就是画押摁手印,整得挺麻烦,都成负担了。为摸清贫困户底数和方便督促检查,上边精心设计出一式多份的表格,填报内容罗列得细而又细,仅贫困户收入一项,就列出了"工资性收入""政策性收入""产业收入"等多项,精准扶贫变成了"精准填表"。全村二百二十家贫困户,每户的扶贫统计表均为一式四份,每份表格也需要在四个不同的地方签上名字,仅填写一遍就需要签几千个名字之多,如果哪个地方填错了或者需要修改,就得费好几天的时间。而且,好不容易刚弄好,表格的样式又变了,又要把原来的作废重新填写。二、贫困户对各家的扶贫"明白卡"一律上墙有意见。村里要求把贫困户的信息登记表塑封后,贴在贫困户的房前,实在让人难以接受,为此,有些村民都不愿意当贫困户，觉得丢人，家里有适龄的男孩，恐怕没人给说媳妇。还有媒人本来想给家里说个媳妇，可一见有这个贫困户的标志在门边上挂着，扭头就走了。这个做法应该取消，不取消也不必要求悬挂在外面的墙上，可以放在家里，需要检查了可以拿出来。三、按照中央和省市县还有乡里的要求，要大力开展产业和项目扶贫，还有技能扶贫，这一点村里做得不好，年轻人大多出外打工了，留在村里的老的老，小的小，什么也不懂，不知道做点什么。特别是每个贫困户给五万元为期三年的无息贷款，大多数贫困户不知道干什么，一直放着不敢领取。有几户用补贴扶贫款搞奶牛养殖，结果牛死了一半，吓得再也不敢干事了。乡里、村里和扶贫工作队，应该在这方面多想些办法，或者是由村里把这些扶贫款集中起来搞些产业和挣钱的项目，让贫困户用这笔钱拿到一些红利。

不是贫困户的村民代表，是以旁观者的身份看问题的，他们认为：一、贫困户分有指标，不太合理，谁贫困不贫困，让村民小组和全体村民投票认定，更不真实，因为谁人缘好，谁家族势力大，谁的票就多。开始不愿意当贫困户，家里穷怕被人看不起，现在有好处了，又都抢着当，搞得大家相互闹意见，不团结。二、对"工资性收入"这一项的认定，也有问题。村里在外面打工的人很多，谁收入多少，很难说得清楚，虽然有规定，让打工者出具所在单位的收入证明，但这很难是真实的，本来一个月实际收入是五千，可单位证明只有两千，这怎么办？三、扶贫要用到正经的地方，别搞"花架子"糊弄人的事。扶贫工作队在这里很辛苦，远离县城住到大山里来，可以说是抛家舍业，生活艰苦，工作压力大，有些事他们也是无可奈何。扶贫检查太多太频繁，为了应付上边的检查，他们和村里制作大型标识牌、宣传牌、横标什么的，花费也不少，虽说不花村里的钱，但那也是国家的钱吧！还有，为了检查扶贫工作队在不在岗，给他们装了监控设备，花这钱有必要吗？四、村里人最大的愿望，不是仅限于对那些贫困户进行补贴式的脱贫，而是盼望全村整体上的致富。光靠发放点扶贫资金，只能解决一点眼前的困难，钱花完了，还会贫穷。再说，村里的贫困是在不断变化的，一场大病，谁家有适龄的男孩儿要结婚，还有不可预测的天灾人祸，一家伙就把你搞得一贫如洗了。中央的决策非常好，现在大力提倡实施乡村振兴战略，就是要提高整个农村的生存状态和精神面貌，但这一点村里做得不好。村里不是没有资源，这里有最高最险的山峰，有独特的栗子、核桃、苹果、山楂等物产，有民国年间建造起来的"田家大院"的七十多间老房子，周边其他邻村，还有明清时期的"蛤蟆桥"和隋唐时期的"邢窑遗址"，可从没人在这方面动过脑筋，不琢磨，不研究，更没有想法、打算和措施。建议乡里、村"两委"以及扶贫工作队，别光天天盯在那二百多个贫困户上忙碌个不停，还要多考虑村里的长远发展和八百多户的尽快富裕，让蝎子沟全面振兴……

以上是此次村民代表发言的汇总。

在十位村民发言时，只有一个叫牛金贵的村民，没有谈及扶贫方面的具体问题。该他发言时，他看看众人说："当着各位领导都在场的机会，我想说说祁雪菊的事……"

噢，听人叫牛金贵时，王金亮定睛一看，才知道那天到乡政府门前闹事的，原来就是这个人，当时他还跟自己"吵吵"了几句。再加他是个秃子，所以印象很深。

"停住！"周大鹏瞪着眼看看牛金贵，斥责他道，"金贵，领导是听关于扶贫方面的看法，祁雪菊的事跟这个没有关系，别说了!"

王金亮心里一惊,开会之前村民祁保山悄悄跟自己说的那个事,果然应验了,原来是支书周大鹏不让他说话啊,这是为什么呢?

牛金贵是个秃子,圆头圆脸,四十岁左右的样子,看着老实憨厚。他跟媳妇早就离婚了,有一个快七十的老娘,是村里的贫困户。见周大鹏呵斥他,他伸伸舌头,张着嘴不敢往下说了。

周大鹏说:"你要是现在说不好,就让别人先说,一会儿想好了再说。"

"可是……这跟扶贫有关啊,祁雪菊她娘俩……"

"别说了,耽误时间!"周大鹏沉着脸吼一声,扭头对坐在身边的王金亮小声说,"王书记,他说的那个祁雪菊,户口不在这个村里,不是蝎子沟的人,没有必要说这个。"

原来是这样。

是周大鹏不让他说祁雪菊。

王金亮没有吱声,他想看看往下会怎样发展。

这时,陈博说话了,对周大鹏说:"周书记,让牛金贵说说吧,他既然提到了一个叫祁雪菊的人,我也不知道咋回事,不妨听他讲讲。"

周大鹏撇撇嘴道:"陈博书记,你不知道,也不了解村里的情况,祁雪菊不是蝎子沟的人,说这干啥?这跟今天向领导汇报扶贫的工作也没关系!"

"可她……她娘俩,在村子里都住了十年了……"牛金贵小声嘀咕道,"她那么苦,那么穷,为啥就不是贫困户?为啥也评不上贫困户……"

陈博皱皱眉头,看着王金亮,像是求救般地说:"王书记,让牛金贵说说吧,看看这个祁雪菊是咋回事。我在这里扶贫,无论是谁,是啥原因,该享受国家扶贫政策的,一个也不能少。既然牛金贵提到这跟扶贫有关系,让他说说何妨呢?"

王书记点点头:"好,陈博是帮咱乡在村里扶贫的,又是第一书记,他同意让这位老乡讲,我们就听他说说吧,看看是啥情况,有啥问题。"

其实,外人不知道怎么回事,村里的人,除了乡领导和驻村扶贫队的,都知道祁雪菊的苦和难。

祁雪菊的娘家是蝎子沟的,十八年前嫁到了十里外的脱索沟村,婚后一直没有怀孕,后来夫妻两人去医院检查,才知道是祁雪菊的原因。当时两人关系很好,就通过亲戚抱养了一个只有半岁的女婴,取名就随了男方的姓,叫杜晓雅。三年后,祁雪菊的男人外出打工,开始嫌弃祁雪菊,回来执意与祁雪菊离了婚,并且一去再没有回来。

离婚后的祁雪菊无处可投,只得带着不到四岁的杜晓雅回到了娘家蝎子沟。为了给年幼的孩子一个完整的家,再说自己带着孩子一直住在娘家也不是长久之计,祁雪菊就选择了第二段婚姻。这男人是邻村石窝铺村的一个瘸子,不料这瘸子脾气暴躁,不但动不动对祁雪菊打骂,有一次居然把女儿杜晓雅扇得鼻口流血。这些年,祁雪菊独自一人含辛茹苦把杜晓雅养大,对她比亲生女儿还亲,怎忍心让她遭受如此的虐待和欺辱?于是毫不犹豫地与瘸子离了婚,带着杜晓雅再次回到娘家蝎子沟。祁雪菊娘家的家境很不好,哥哥几年前因车祸双腿截肢,嫂子改嫁,留下一个上初中的儿子,母亲五年前去世了,父亲患脑血栓多年,也于去年去世了,妹妹三年前嫁到了十二公里外的乡政府所在地皇迷村,有一个三岁的男孩。现在,祁雪菊有一个常年卧床的哥哥和一个上大学的侄子,这些年基本上是靠政府救助,享受低保过日子,当然也是这次扶贫的重点对象。而祁雪菊母女,由于离婚回到娘家的村子,在这里没有户口,不属于蝎子沟村的人,国家的什么惠民政策也不能享受,特别是她的女儿杜晓雅,因为是抱养的,一直都没有户口。

杜晓雅越长越大,该上初中了,按照规定,没有户口,哪个正规的公立学校都不能收她,只好到离家偏远的县郊一个私立学校就读。祁雪菊没有任何经济来源,从前在村里的"小商品市场"为人打工,现在则靠捡垃圾收废品勉强度日。她住的房子,是从前哥哥的,父母去世后,哥哥搬到正房,把自己的房子让给祁雪菊娘俩住,并从中间打了一堵墙,向西另开了一个小门。这两间房子年久失修,都快塌了。哥哥的房子在危房改造时政府出钱修了,但祁雪菊的却一直没人管,理由他不是本村人。这也是扶贫工作队进驻以后,全村人员花名册中没有她,入户调查时村里也不予提供和汇报她家庭情况的原因。另一个原因,这半年多以来,祁雪菊不知道怎么得罪了村支书周大鹏,只要有人同情祁雪菊提到照顾他,周大鹏就不屑一顾,一些单位和部门提供的救济和捐赠,也都没有她的份儿,正当的理由是她不是村里人,免谈。但从他的态度和表情上看,这只是个借口而已。一个无依无靠、贫穷而软弱的女人,跟一个在村里有权有势的支书,能有什么矛盾和过节?祁雪菊的父母去世后,哥哥截肢瘫痪在床上不能理事,村里没有祁雪菊的任何直系亲属了。今天在街里悄悄拉住王金亮说话的老人祁保山,是祁雪菊父亲的堂弟,也算是她在村里唯一的旁系亲属。而那个叫牛金贵的秃头汉子,这一年多一直在帮助祁雪菊娘俩,据村里人说,牛金贵在追求祁雪菊,他们是在"搞对象"。能替祁雪菊说话或者鸣不平的,在村里只有祁保山和牛金贵了，这也是祁保山老人知道乡里领导今天要来村里开会，趁开会之前找王金亮请求他让牛金贵替祁雪菊申诉不平的缘由……

当然，牛金贵当着众领导的面，说得没有这么详细和具体，是零零碎碎的，他多次重复"不信，你们可以在村里调查"或者是"在座的乡亲们都知道她娘俩的处境"等等。最后说："口口声声扶贫一个都不能少，那都是糊弄人的，鬼都不相信。申请、投票、填表、上报、入户调查，看着公平公正，实质上都是看人下菜碟，谁势力大，谁人脉广，谁能活动，谁作假搞得巧妙，谁才能从国家那得到好处，老实巴交的，软弱无助的，永远都是受穷又受气……"

"给我住口，简直胡说八道！"周大鹏拍案而起，"她根本不是蝎子沟的人，谁人不知，哪个不晓？她可以在她的户籍所在地申报啊，这是有政策规定的，少在这儿瞎捣乱，耽误领导们的时间！"

牛金贵不服："咋了？户口没在村里，共产党就不管了，她娘俩在这个村里住了十多年了，难道不是中国人吗？说一千，道一万，你们不把祁雪菊娘俩的事解决了，老百姓就不信你们是真扶贫……"

"还胡搅蛮缠！特别是她那个养女，不知从哪儿抱养的，这么多年了，也不上报民政局和公安局，谁知道是不是被拐卖的人口？私自领养孩子，是犯法的你知道吗！"

"你……少污蔑好人……"牛金贵站起来，面红耳赤，气得不知道说什么了，拉开椅子往外走，"我不参加这个鸡巴会了！"

"牛金贵，你先别走，请坐下。"陈博连忙说，"听我说几句。"

牛金贵喘着粗气坐下了，硬着脖颈儿歪着大秃脑袋。

陈博说："牛金贵，你刚才说的，如果我没有听错的话，祁雪菊的事，有两个问题：一是她的户籍问题，户籍不在本村而长期在村里居住，能不能享受国家的各种优惠和扶贫政策；二是她养女的户口问题，没有户口不能上公办的免费初中。是不是这样？"

"不错，就这点儿事。"

陈博转头对王金亮和周大鹏说："王书记、大鹏支书，上边派我来蝎子沟扶贫，我就要对村里的每一个贫困户和每一个贫困人口负责，不留任何死角，否则就是失职。祁雪菊的情况，我下来以后一定让我们工作队配合村'两委'，再进行详细的调查。既然她在这里居住生活了十多年，户籍不在本村咋办呢？的确是个问题，大鹏支书说得也有道理。这个下来以后我会咨询，看看政策或者相关的规定。如果实在不行，可以把她的户口迁到村里来，至于她女儿的入学问题，其实也是一个上户口的问题，上了户口，上学也就不存在问题了。这个，我们也会和村里积极寻找相关部门研究协调。王书记、大鹏支书，你们看这样处理行不？"

王金亮爽快地说："行，陈博说得不错。别的村别的乡镇，也有长期居住在村里而户籍不在本村的情况，我打听过，上边好像没有统一的规定，在于各地自己掌握和执行，情况都不一样。至于养女上户口的问题，我回去让乡派出所和民政部门介入一下，看程序上咋走。总之，扶贫，就是扶弱济贫，就是要帮助那些最该帮助的人，无论他们人在哪里，都要让他们感受到党和政府的关怀和温暖……"

会议议程基本进行完了，最后，王金亮要作一个总结讲话。

但正在这时,会议室的门突然被推开了,大家还没明白怎么回事,一个中年汉子就大呼小叫起来:"不好了,出事了,旭辉他爹田成堂,喝农药自杀了……"

"啊?"众人大惊。

周大鹏连声问:"人咋样……咋样……"

"叫急救车了,打手机你关机,田家都乱套了,你快去看看吧!"

"唉!开会时我关机了。"周大鹏掏出手机,连忙开机,问王金亮道,"王书记,咋办?要不你们继续开会,我去看看……"

"还开啥会啊,散会!"王金亮挥挥手,"大鹏,救人要紧,你赶快过去,我和乔乡长还有乡里的干部,随后就到。"

9

王金亮等人在村民的带领下,沿着村街,拐个弯儿,快步来到距村委会不远的田成堂家的院子门口。

门口围了很多人,个个神色严肃,三一群五一伙地围在一起窃窃私语。从围观村民们七嘴八舌的议论中,大家了解到田旭辉他爸田成堂"喝农药"服毒的大致原因。

田成堂是个朴实忠厚的农民,今年六十二岁,生有一男一女两个孩子,儿子田旭辉,今年二十八,女儿二十岁,现在省城上大学。田旭辉去年十一期间结的婚,媳妇是洣河南岸杏峪村人,名叫徐燕青。为娶这个儿媳妇,田成堂先后花了八十多万,几乎全部是举债,因为家里穷啊,没有那么多钱。但儿子田旭辉都二十七周了,好不容易说了这么个媳妇,女方和女方家里也是好不容易都同意了，再作难再发愁也得把儿子的婚事办了，要不然会像村里那二十四个三十岁以上的光棍儿一样，孩子可怜，家长丢人。田旭辉是家中独子，为供养他上学，从高中到大学，已经花得家中一贫如洗了。再说，田家世代都是山里的农民，除了种地务农，山上有一亩栗子树，这点儿有限的"进项"，也就是能顾住个吃喝。虽说田旭辉去年考上了"村官"，一个月才两千多块钱，妹妹在上大学，钱是必须要花的，根本也留不下钱。现在，为了儿子的婚事，按照目前这一带的"行情""规矩"或者习俗，除村里有新房、彩礼、"三金"、新娘上下车给红包等，还必须在县城有一套房子、小轿车，再加大办酒席等"一套规程"走下来，只得四处借钱。田成堂借遍亲朋好友来筹款，还差三十万，实在借不来了，就把房子作抵押，贷了二十万，另外十万，实在没办法，就借了"高利贷"，好不容易把儿子田旭辉的婚事办了。

　　但没有料到，不到一个月，小两口吵架闹起了矛盾，儿媳妇一气之下回了娘家，而且不回来了。田旭辉去她娘家叫媳妇，认错、道歉、赔礼，最后还扇自己耳光，女方这才提出个条件，说回去可以，拿十万块钱来领人。田旭辉回来一说，田成堂就气不打一处来，这不是讹诈吗！再说，刚借了一大堆债，别说十万，就是一万、一千也没地方去弄了。硬着僵持了几天，女方捎来信了，说要离婚。这可吓坏了田家，如果真离婚，那八十万不是"打水漂"了吗？田旭辉母亲哭着求田成堂，说你不管儿子的事我死了算了。田成堂无奈，奔波了好几天，终于又借来十万，这才由田旭辉送到女方家把媳妇徐燕青领了回来。媳妇回家了，田家很高兴，拿她当"神仙"当"皇后"般敬着，不敢惹她半点儿不高兴，什么事也不让她干。不料，半个月前，两口子不知道因为什么，又吵了一架，媳妇又提着包回了娘家。几天之后，田旭辉又低头去"认罪"，女方如法炮制，还是拿十万来领人。田旭辉大怒，这次不敢对父母亲说了，但父母一直问媳妇儿怎么还不回来，催着让田旭辉去叫，田旭辉没有办法，这才说了实情。父亲田成堂一言不发，呆呆坐了一夜，第二天早晨开始睡，但快到中午了，还不见他起床，田旭辉就和母亲去屋里叫他，一看，他躺在床上，床边的地上，有一只破碎的"乐果"农药瓶……

少顷，急救车呼啸着风驰电掣般驶来。

一阵忙乱之后，田成堂被抬上急救车，又鸣笛急驶而去。

乔乡长和周大鹏走出来，向王金亮述说了事情的经过。

王金亮想了想说："走，你们跟我去家里看看。"

田家的小独院很简陋，正房和西屋都是平房，院子里满是人。

田旭辉陪中毒的父亲坐上急救车走了，母亲坐在客厅里哭泣，周围有一些妇女和一些年长的邻居在劝她，个个唉声叹气。

周大鹏向田旭辉母亲介绍了王金亮，说这是乡里的党委书记，因工作来村里正好遇见家中出事，就过来探望和慰问。

田旭辉母亲头发苍白，眼睛红肿，泪在满脸皱纹里流淌，她闻声怔了怔，止住哭泣，从沙发上站起来就要给王金亮下跪："王书记，我见过你……"

王金亮急忙拉住她："大婶，不要太伤心，这不，急救车已经走了，人肯定没事。"

"书记，您可得为我们老百姓做主啊！俺这一家，可是没法活了……"

王金亮心里一酸，险些落下泪来。都什么时代了，为了娶个媳妇，居然被逼得家破人亡，我们还天天在讲建设美丽乡村，让老百姓过上好日子，我这个乡党委书记真是感到丢人啊！尽管这是农民家庭的个人生活问题，也许是极个别的现象，但是，我们这些当领导的，当干部的，是有责任的，扶贫，精准扶贫，一个都不能少，让人民群众过上幸福的生活，也一个都不能掉队。况且，这些当事人，都是自己乡里的村民，作为一乡之主，义不容辞要管，而且要管到底。

"大婶，你放心，我们一定要管，而且要管好！"

这时，周大鹏走过来，递给王金亮一张纸，皱皱巴巴的，耷拉着脑袋说："王书记，这是在床头枕头下发现的田成堂写的遗书。"

王金亮接过来看看，见上面歪歪斜斜写着一行字："钱夺我命，天理何在！"

两句话，八个字，字字血，声声泪啊！

王金亮腮帮的咬筋剧烈抽动几下，胸中突然感到椎心泣血般难受！田成堂作为一个普通的老百姓，分明是在控诉或者指责我们的党和政府啊！他的意思是：是风俗逼得我丢了命，我向谁去诉说或者去哪里讨回公道呢？因此才以绝笔发出"没有天理"的呐喊……

"周翔！"王金亮板着脸大叫一声。

"到！"党政办主任周翔应声站到王金亮面前。

"杏峪村的支书是谁？"

"宁宏顺。"

"叫他立即赶到蝎子沟村委会见我。"

"是。"周翔转身去打手机。

"等等！"王金亮问周大鹏，"杏峪村这个女方的父亲叫啥？"

周大鹏眨眨眼："我知道旭辉的媳妇叫徐燕青，不知道他父亲的名字，我马上问一下。"

少顷，周大鹏过来说："叫徐有才。"

王金亮对周翔说："让支书把这个徐有才也带过来。"

周大鹏小心翼翼地问："王书记，已经过十二点了，吃过饭再说吧。"

"还吃啥饭，吃不下！"王金亮铁青着脸说。

"王书记，村里都准备好了。"周大鹏怯声道，"按你的要求，很简单，馒头，大锅菜，就在村委会的会议室里吃，吃完再说事，这样行不？"

王金亮喘两口粗气，沉吟片刻道："好吧，那就快点儿，吃过饭马上开会。"

正准备从田家离开时，王金亮从兜里掏出五百二十元钱，交给了乔乡长："我身上就装了这么多钱，你们身上有多少，也都拿出来，捐给田家先抢救人。"

乔乡长说："好的，我去组织一下。"

在村委会正吃大锅菜时，杏峪村的村支书宁宏顺和田旭辉的岳父徐有才慌慌张张来了，他们已经知道田旭辉父亲田成堂喝农药服毒，已送往县医院抢救了，所以一见王金亮就战战兢兢的。

王金亮正趴在会议室的桌子上啃馒头，周翔领着他们进来了。

介绍之后，王金亮把馒头扔到桌子上，眼一瞪道："老宁，咋回事？你的村民，把人家都要逼死了啊！你这支书，是咋干的，知道这事吗？"

宁宏顺声音发颤道："王……王书记，从前一无所知，现在刚知道了，王书记，我有责任，失职……"

"王书记，是我的事，我有罪，跟宁支书没关系。"徐有才在一旁说，"我没想到会出这么大的事，后果这么严重……"

"老徐，你可真行啊，黄世仁都得向你学习！"王金亮拍打着桌子，"一张口就是十万二十万，闺女都出嫁了，咋还这么干？肯定都是你的主意。没完没了，三番五次，都要逼出人命了，弄得小两口不和不说，还把老人逼得喝农药……"

徐有才眼里突然闪烁着点点泪光，可怜巴巴地说："王书记啊，你别急，是我的错，我有罪，可你得让我说两句，我也是一肚子苦水，没有办法啊……"

王金亮皱皱眉头："噢！这话啥意思？"

"我有两个孩子，嫁到蝎子沟田家的，是二闺女，我还有个儿子，是老大，今年三十一了，因为小时候患小儿麻痹，落了个后遗症，腿有一点儿瘸，到现在也找不上个媳妇。当大人的，都愁死了啊……年前，有人给说了个茬儿，女方是山西的，虽说不是一个省，但倒不太远，往西过了山就是。女方一只眼有毛病，还比我儿大一岁。我儿和她见面之后，双方都愿意，可女方提出一些条件，我们得答应了才行，不然人家就要嫁到别处了。具体啥条件？是车啊、房啊、彩礼啊等等，我就不细说了，反正下来得一百来万。老天爷，我一个农民，去哪儿弄这么多钱啊？可没这些钱，我儿就得打一辈子光棍。这咋办？实在没法儿了，我就逼着闺女跟他婆家要钱。要的这些钱，我是一分也舍不得花，全是为了我儿的婚事啊！王书记，我是个农民，没文化，见识也短，你是领导，本事大，办法多，你就教我个办法，帮我出个主意，我不这么办，不这么做，又不能偷，不能抢，地里不长钱，树上不结钱，我去哪里弄到一百万为我儿子娶媳妇……"

徐有才一席话，把王金亮说得瞠目结舌、哑口无言，张张嘴说不出话来，憋的一肚子火，顿时也消了。

宁宏顺说："这些情况，我也是刚知道，在路上听老徐跟我说的。"

"唉……"王金亮重重叹口长气，"哎呀，钱啊钱，都成一圈儿一圈儿的连环套了……"

"听老徐说，山西那女方要钱，也是为她弟弟结婚。"

徐有才说："是啊，她弟弟脸上有一块大疤瘌，也是不好找媳妇。"

"恶性循环啊！"

"要是都富了，啥事也都没有了，越穷，越是得花大钱。"

"现在的扶贫，就是要叫大家都富起来啊！"

"扶贫，能管好娶媳妇这件事吗？"

王金亮心里堵得慌，本来是想教育、训斥宁宏顺和徐有才一番，现在却没脾气了。他不愿意再就这些问题讨论下去了，连忙岔开了话题，问："你们还没吃饭吧？"

宁宏顺红着脸说："没有，接到周主任的电话，我们就往这儿跑……"

王金亮吆喝了一嗓子："大鹏，快安排杏峪村的两位吃饭！"

吃过饭，王金亮安排乔乡长和周大鹏，去县医院了解对田成堂的抢救情况，万一出了人命，可就麻烦了。

这时，王金亮突然想起了上午提到的"特殊人"祁雪菊。一打听才得知，刚进村找他说话的老人祁保山，是祁雪菊不出五服的叔叔，秃头男子牛金贵，目前正在"追求"祁雪菊，于是，王金亮就叫上陈博和一名村干部，去祁雪菊的住处看看。

如果不是被人带着来到这里，真不知道这个院子里还住着人。因为，从外面透过一堵短墙上开着的一个小栅栏门看进去，院子里堆满了塑料瓶、酒瓶、破纸箱等废品，还有一辆破旧的电动三轮车，看样子是收废品用的。

走进杂乱狭小的小院子里，但见两间房子低矮而破旧，门窗的油漆斑驳，有的露出了白茬。虽然已经是午后一点多了，但祁雪菊还在做饭，小院里有一个简易的木架子搭起的篷子，下面的灶台上放着一口铁锅，灶膛里有干树枝燃烧着，铁锅上盖着锅盖，冒着热气，不知道里面煮着什么。祁雪菊个子不高，很瘦，圆脸儿，大眼儿，虽然还不到四十，但已经有不少白头发了。

村干部向祁雪菊作了介绍，祁雪菊紧张得手足无措，站在地上搓着手不知道说什么才好。

"雪菊啊，赶快叫王书记他们进屋说话。"

"好，好！"祁雪菊转身把锅盖揭开，高声喊道，"晓雅，快出来一下！"

屋里答应了一声，出来一个清瘦高挑的女孩儿，她就是祁雪菊的养女杜晓雅。

杜晓雅从屋里快步走出来，手里还拿着一支笔，站在院子里看看王金亮他们，羞怯地用嘴唇咬住了笔杆。

"快叫叔叔！"

杜晓雅微笑着叫了一声。

王金亮问："姑娘多大了？"

"十四。"

祁雪菊说："过完暑假，就该上初二了。"

"学习不错吧？"

祁雪菊欣慰地说："还行，孩子很用功。这不，她早起发烧了，今天没去学校，在家写作业呢。"

"别在外面站着说话了，快让王书记他们进屋吧。"村干部在一旁说。

"好，好，王书记，快到屋里去吧。"

王金亮看看灶台上冒着热气的铁锅，问祁雪菊："你们还没吃饭？"

祁雪菊笑笑说："我从外面刚回来，才做饭，孩子在家时，我得给她做饭，平时我一个人，都是凑合吃两口，基本上不做饭。"

大家正要进屋时，牛金贵来了，手里拎了纸袋子，见小院里站了一帮人，其中有王金亮，吓得急忙往外跑。

村干部一把抓住他："咋跑啊！手里拿的，是不是偷的谁家的东西啊？"

"不是，我是来给雪菊送包子呢……"

众人就笑。

王金亮也笑着说："那天在乡政府，你胆子好大，现在咋见我跑啊？"

牛金贵低下头嗫嚅道："王书记，你太厉害了，我见你害怕。"

王金亮故意把脸一沉："怕我，那我说话你听不听？"

"听，听，一百个听。"

"你来送包子，跑了再来不就凉了，快送给人家吃吧。"

"是，是。"牛金贵低着头走到祁雪菊面前，小心翼翼递给她，"俺娘听说晓雅发烧没去学校，蒸了一锅包子，让我送来，快叫她吃吧，肉可多了，你也尝尝！"

大伙儿哄堂大笑。

祁雪菊脸红了红，接过纸袋，从里面拿出一个毛巾裹着的小包，揭开叠着的几个角，五六个包子冒出热气，一股肉香扑鼻而来。

"谁说金贵傻？金贵心里亮堂着呢，比脑袋还亮！"

牛金贵不好意思地摸摸自己的秃光头："这包子是俺娘做的，不是我……"

笑过之后,王金亮对祁雪菊说:"在上午的会上,牛金贵为你的事,都跟我们急眼了。"

"这个我听说了……"祁雪菊偷偷看牛金贵一眼,招呼众人道,"快进屋说话吧。"

两间一室的屋内低矮而阴暗,梁檩上的苇席大多都糟朽了,房角处有漏雨的痕迹,墙皮大多脱落了,有的地方用旧挂历纸糊裱着。一只灯泡在中间的梁上悬挂着。冲门口的北墙边有一个破方桌,上边放满了杂物,有一些红色的剪纸,还是一台旧电视机,好像是很久不看了,屏幕上有新擦拭的痕迹。东墙边放一张大床,简单的被褥像是新拾掇过了。南边靠窗户的旁边,有一个折叠的吃饭桌,上面摊放着书本,旁边放着一把紫面的折叠椅,一定是杜晓雅做作业的地方。除此之外,没有一样像样的家具,甚至连个好的凳子都没有……

祁雪菊面露尴尬,把两个马扎拉到王金亮和陈博面前:"对不住了,平时没人来家里,也没个坐的。知道你们要来,我从东院我哥哥家借了两个座儿……"

王金亮说:"没事,我们就坐这儿,这样坐着舒服。"

其他人坐在了床边上。

祁雪菊拿着暖瓶将水倒进了几只大碗里:"不好意思,家里没有茶叶,也没有杯子。"

陈博朝屋内打量一番,皱起眉头问:"大姐,你住在这里多长时间了?"

祁雪菊说:"先后有十年了。因我两次离婚,无处可投,就带着孩子回到我父母家里了,父母过世后,哥哥从中间起了一道墙,这里就算是我们娘俩的家了。"

陈博说:"按继承权来说,这房子应该是你哥哥的,从前申请危房改造时,应该一块享受危房改造的补贴,统一改造了啊!"

"没有,说我不是本村的人。"

陈博想了想,又说:"可这跟你是不是本村人没关系,既然你住的是哥哥家的房子,产权应在你哥哥名下,咋会留下这两间不改造呢?好像不对吧?"

牛金贵愤怒地说:"哼,这都是周大鹏搞的鬼!我怀疑,村里往上报时,肯定包括这两间房子,拨下来的款,让他以雪菊不是村里人为名截留了。"

陈博摇摇头说:"这个不会,他可不敢。"

牛金贵说:"那小子一肚子坏心眼,啥事都干得出来!"

王金亮皱皱眉,没有吱声,他打量着屋子,发现窗户的玻璃上、墙上,都贴着剪纸窗花,再看方桌上,有几把大大小小的剪刀和一些未完成的剪纸,就问祁雪菊:"这都是你剪的?"

祁雪菊点点头,不好意思道:"没事时,打发时间的。"

"剪纸,这爱好不错,跟人专门学过?"

祁雪菊连忙说:"没有,没有,我自己瞎摸索的。"

王金亮笑笑说:"这可是一门民间艺术啊,有机会了,让专家指导你一下,说不定还能成事呢!"

在座的都咂嘴称赞。

接下来,王金亮详细询问了祁雪菊的主要经历,两次婚姻变故,特别是当初抱养杜晓雅的情况,还让陈博作了详细纪录,最后说:"祁雪菊的户口,最好是立即从石窝铺村迁到蝎子沟来,这件事由陈博你们扶贫队负责,乡里协调一下,雪菊妹子配合,办完之后,加入医保,享受政府的扶贫政策以及各种优惠政策。至于杜晓雅的就学问题,我看分两步走:第一,列入扶贫户以后,让村里打个报告,我出面协调一下,先转到乡中就读,之后,再解决孩子的户籍办理问题,因为这件事办起来比较麻烦,要通过公安和民政部门还有当年当事人的证明以及DNA鉴定等方方面面的程序和手续。但事在人为,只要我们共同努力,就没有解决不了的问题,就没有渡不过的难关。至于这两间房子的改造,更不是问题,只要贫困户确定下来,政府会拨给危房改造的钱款。"

"你……你说的这是真的吗?"祁雪菊似乎不太相信王金亮这些话,没有显示出多大的高兴或者是激动,只是迟疑地望着他说,"王书记,能来家里,了解一下情况,俺娘俩就感激不尽了,再说一声谢谢。那么多的事,太难了,让你太费心了,以后慢慢说吧……"

王金亮愣了愣,站起来说:"大妹子,你难道不相信我?"

祁雪菊顿了顿说:"不是……不是不相信……"

牛金贵在一旁嘀咕道:"祁雪菊一辈子受罪的命,吃了一茬苦又一茬苦,都不相信还能遇到好人好事了!"

"唉,看这,看这……"王金亮呱呱嘴对陈博说,"这事,你记住,给大鹏说一声,这些事,都交给你们扶贫队直接来办。"

陈博说:"好的,王书记你放心就是。"

牛金贵站起来拉着祁雪菊,焦急地说:"这是咱皇迷乡的王书记,一把手,管着周大鹏,叫他往东不能往西。我给你讲过的,那块宅基地就是他分的,比老天爷都厉害。老天爷说了不算,他说了算!快感谢王书记!"

祁雪菊扑通跪了下来:"难道,我真是遇到救星了吗……"

第 四 章

10

一大早，王金亮带领乡长乔文杰、副乡长肖帆、党政办主任周翔还有三名乡干部，来到本乡西部山区的蝎子沟、石窝铺、首岭三个行政村进行考察。

这是王金亮任皇迷乡党委书记以来，第一次来这一带的村子进行详细调研。之前，他虽然来过几次，但都是因为别的事，匆匆忙忙，但这次不同，这次，他是根据乡里近期的重点工作安排，深入细致地实地察看、调查、了解和掌握这一带的历史文化遗存和乡村旅游资源状况。

这三个村子位于太行山区与浅山区的过渡地带，其中还有一部分是丘陵，三个村呈"品"字形排开，村与村相距不到两公里，几乎连在了一起，位于本乡也是本县青云县的最西部。向北三公里，与不归本市管辖的另一个县的村子接壤；往西不到五公里，是巍峨绵延的太行山，翻过大山，就是山西省的境界；往东是起伏的丘陵，绵延大概五公里，便是沃野的平原；南边，紧邻泜河，过了泜河，是本乡的另两个村子草楼村和放甲铺村。泜河总长九十四点五公里,流域面积五百零六公里,向东流经乡政府所在地皇迷村,再向东南穿过青云县城,与洨河汇流后入滏阳河注进著名的京杭大运河。在泜河下游,距县城的十公里处的西部,有一座中型水库,名曰青云湖,周边建有度假村和水上游乐场。

泜河发源于太行山的凌霄山。《山海经》说:"敦舆之山,泜水出其阴。"春秋战国时期的"敦舆之山",指的就是今日的凌霄山。泜河被誉为青云县的"母亲河",两岸至今流传着诸多"王莽赶刘秀"的民间故事,旧《青云县志》记载:"史称韩信斩成安君于泜水上,即此。"成安君就是战国时期赵王的主帅陈馀,当时率二十万大军与韩信率领的汉军对决,这就是"背水一战"成语故事起源的历史背景。郑板桥作有《泜水》一诗,曰:"泜水清且浅,沙砾明可数。漾漾浮轻波,悠悠汇远浦。千山倒空青,乱石兀崖堵。我来恣游泳,浩歌怀往古。逼侧井陉道,卒列不成伍。背水造奇谋,赤帜立赵土。韩信购左车,张耳陋肺腑。何不赦陈馀,与之归汉主?"

时值初夏,万物竞荣。雄浑巍峨、层峦叠嶂的太行山郁郁葱葱,蓝天清澈,初升的阳光普照大地,有点炫目。天际的白云犹如扯碎的棉絮飘浮,旷野温馨四溢,微风传递着清凉和鲜活的气息。按照事先的计划和安排,王金亮一行沿着泜河,先去首岭村,再去石窝铺村,然后到蝎子沟村。在这三个山村中,蝎子沟村最大,历史和自然资源也最为丰饶,王金亮来过两次了,也比较熟悉,因此考察结束后,中午在蝎子沟村就餐,吃大锅菜和馒头。三个村支书和村委会主任,提前在首岭村等候王金亮他们,然后一同考察,午饭后集中在蝎子沟村委会进行专题座谈。

弯弯曲曲的泜河水波光潋滟,从西向东缓缓流淌,两岸有稀稀拉拉的树木,河滩两旁有一小片一小片的庄稼地,还堆积着一些废弃的石料。

在通往首岭村北的大路旁,从汦河分出了一条小河汊顺着路边流入了村内,于是,这处河汊上就坐落着一座呈"人"字形的石桥,分别铺架在汦河和这条小河上。此桥三叉两孔,桥身、桥墩及护栏全部由石头筑成,看样子很古老。五六个女人,在桥下的河边洗衣服,旁边奔跑着几个儿童在玩耍。

王金亮望着石桥,眼前一亮:"噢,这就是你们说的那座古桥啊!俗称蛤蟆桥,对不对?"

首岭村的支书老黄说:"对,又名'三叉紫金桥'。"

王金亮兴趣盎然道:"还真是,连体分叉,独特,原先我陪领导从这儿过,也没顾上仔细看,今天,我得好好看看,你们也详细给我讲讲,让我长长知识和学问。"

众人随着王金亮,来到石桥上站定。

王金亮问:"这桥是哪个朝代建的?"

老黄说:"这座老桥跨越明清两代修建,是目前咱县发现的保存得最为完整的古代桥梁,现在是省级'文保'。"

"为啥叫蛤蟆桥啊?"

老黄在一旁说:"王书记,你看,对面河滩上有一块大青石,像不像一只大蛤蟆?"

王金亮顺着老黄的手朝前面望望,就惊叫了一声:"呦嗬!就是,真像一只卧着的大青蛙啊!"

老黄笑笑道:"另外,到了夏天的中午和晚上,这桥下的青蛙声,呱呱叫得惊天动地,所以,民间很早就称这石桥叫蛤蟆桥。"

"原来是这样啊!现在还是如此吗?"

"是的,现在别的地方青蛙很少了,但这里还是蛙声不绝。"

王金亮点点头:"好,看来,还有不少故事呢,有意思。"

"但是……"老黄欲言又止。

"咋了?"王金亮看看老黄,"你说,有啥问题吗?"

老黄叹口气道:"唉,王书记啊,你看,这桥上铺的石板,磨得坑洼不平,两边共计一百零八根的护栏,上面都雕刻有精致的图案,现在也被人破坏了很多,大都残破不全了……"

王金亮看看脚下,摸摸护栏石柱上残缺的雕刻,锁紧眉头道:"是啊,缺乏保护,老黄,有啥问题或者难处,你慢慢说。"

于是,老黄就借机向王金亮详细讲述了这座古桥的历史渊源和目前的状况。

明朝崇祯三年(公元1630年),首岭村村民陈志美倡议修建这座石桥,到清朝康熙十五年,工程未完而谢世。其子陈三光与村中富户赵体高、武计星继而修之,到康熙二十六年,陈三光去世,其子生员陈文显再修,到康熙三十六年才完成,历时达七十余年。三百多年来,任凭风雨的侵蚀和时间的磨砺仍保存完好。陈氏三代前赴后继为民筑桥修路,留下了美誉也留下许多动人的传说。因此,村民们视该桥为"神桥",逢年过节,都来桥上"祭祖"。这几年,左桥床坍塌,桥体下沉并有断裂,桥面上的路,只剩下不到三米的路基,车辆过往十分危险,尤其是拱桥两边精美的龙头浮雕,去年被人盗走了一个。村民们强烈要求保护这座"神桥"。老黄和村干部们找到乡里和县里,因省级文物保护单位上边不给维修经费,县里也不肯出钱,因此就搁下了。后来,村里召开村民代表大会,大家经过讨论和商议,就决定由村里每户摊钱集资修桥,但对先修村街的路还是先修古桥意见不一。村里先期拿出了修路与修桥的设计方案。修路容易,把原来的路面硬化一下就可以了,但修桥就比较复杂,最后经过外面的专家也包括县文物局的专家议定,决定在这座古桥的旁边,再建一座新桥,这样不但保护了历史遗存,而且造价比修复旧桥要低。两项预算费用大约分别是三十万和五十万,共计是八十万。村民们通过集资,筹措到了三十多万,但还有不到五十万的缺口,村里不知道怎么办,盼望王书记给想想办法支持一下……

王书记听完笑了,拍拍老黄的肩膀说:"哈哈,这点小事啊,老黄,别着急,下午到了蝎子沟座谈时,你就不会为这个事发愁了。"

"真的啊王书记!"老黄高兴地说,"能帮助我多少啊?十万八万也不嫌少!"

"老黄呀,就你这点胃口,太小了点儿,也太好打发了吧?"王金亮还在笑。

老黄一惊:"王书记,你这是啥意思?"

王金亮拉老黄一把:"啥意思,下午就知道了,走,下一处,让我看你们村里的啥好地方啊?"

老黄说:"去村北的普利塔和邢窑遗址吧!"

首岭村的村北,连着太行山,向东连绵起伏着一道平缓的小山包,是丘陵与平原的过渡地带,这小山包被村人称为"浮丘山",说是山,其实在严格的意义上不能算是一座山,而是一个馒头状的大土包。土包也不是很大,直径有五百多米,上面乱木丛生,有一处早已倾圮荒废的寺院,名曰"普利寺",寺院已无,遗址犹存。但寺院遗址的东北隅,有一座"普利塔"却很著名,此塔通高三十三米,为砖质仿木结构,九级浮屠,飞檐斗拱,顶端有金属塔刹,塔体四周刻有九百七十四个造型各异的佛像。据传,宋徽宗赵佶曾在此驻跸观瞻,还令宰相蔡京书写"爽亭"二字于塔下的亭台上,县志记载说此塔是宋皇祐三年(公元

1051年）所建，因寺而得名，但县志并没有记载"普利寺"所建的年代，可见此塔在后来比寺院闻名多了，现在是全国文保单位。

  王金亮围着古塔转一圈儿，仰望着高大雄浑的塔身问："我听说，这是目前咱县唯一的一处国家级'文保'，是不是？"

  乡长乔文杰说："是的，你看塔的基座和各层的斗拱，有加固修补的痕迹，这是三年前国家文物局拨款进行了一次大修。"

  古塔正北，是寺院的遗址，上面瓦砾遍地，荒草满布，仔细辨认，还能发现残存的基座。东边，是村民种的菜地，还有一处废弃的仓库，显得十分荒凉。

  王金亮朝四周打量一番道："没考虑过恢复这座寺院吗？"

  老黄说："好几年前我就四处奔跑联系过，但太难了，弄不成。"

  乔乡长在一旁解释说："修建或者恢复寺院，要经过民宗部门层层审批，麻烦得很，单靠村里、乡里甚至县里的力量，整不成。"

  王金亮点点头道："我明白，但如果在开发打造乡村旅游时，打包整合为一体，将恢复和管理寺院的事交给宗教界人士去管理，应该好办一些。"

  老黄高兴地说："前年，市里的禅林寺老住持还来过这里，说村里只要能把周围的土地协调好，给了他，他可投资重建这座寺院，但后来没有了消息。"

  王金亮问："还能和他联系上吗？"

  老黄说："他来时领了个年轻人，说是中国佛学院毕业的，当时刚分到禅林寺工作，我有他的电话。"

  "这就好，咱们需要时，可以和他联系。"

  考察完普利塔，王金亮一行向西行进，出村不到半公里，也就是在通往石窝铺村路上的两旁，有五处"邢窑"遗址。两处在首岭村地界，三处在石窝铺村的辖区，分布在不到一公里的区域内，几乎连在了一起。

"邢窑"是唐代著名"邢州白瓷"烧制的古窑，成形于隋，兴盛于唐，五代转入低谷，北宋再次中兴，延续至金元，到元末逐渐尘封于地下，烧造时间长达六百余年。因此，邢州成为中国的第一代官窑，被誉为"天下无贵贱通用之"的美瓷佳品，由此邢州也被称为"北方的瓷都"。但是，在很长的时间里，制作瓷器的窑口究竟在哪里，却始终得不到确切的答案，直到20世纪50年代初至70年代初，省陶瓷研究学者和文物工作者，对这一带进行了长达二十年的田野考察和普查，终于在这一带发现了大量的白瓷碎片、窑具、柴灰等邢窑遗迹，以及二十余处古窑遗址窑址群，并出土了较完整的玉环底碗、玉璧底碗、瓷马残件、执壶等白瓷器物。后来，又经过深入考古证实，"邢瓷"的"制瓷地"，也就是"邢窑"的制作造场区域，其实是一个庞大的窑区。遗址主要位于太行山东麓、丘陵和平原地带的青云等三个县，长约六十公里、宽约三十公里的狭长地带内，区域面积约三百余万平方公里。按现在话说，就是一个规模巨大的陶瓷产业聚集区或者说产业园区。省文物部门20世纪70年代在这里考古时，发现首岭村和石窝铺村这一片不到一公里的田野里，却集中留存有五处遗址，这在这一带的村子里十分罕见。四周农田里，经常能很容易捡到破碎的瓷片，当地墓葬中也时常出土"邢瓷"随葬品。

这些古窑遗址都坐落在麦田里，或依石坡或临土丘而建，窑体都坍塌成了废墟，窑旁的周边遍布着瓷片和残破的窑具、匣钵、垫器等遗留物。一处窑址，并不是一个窑口，似乎是有好几个窑口排列在一起，因为风化，颓圮的窑膛一个个明显地裸露着。

王金亮看过这些遗址，兴奋地对众人说："这一细看，我才发现，穷乡僻壤，遍地都是宝藏啊！我刚才粗略算了算，这五处古窑遗址，其实是由三十多个窑口组成的，可以说这是一个古窑群啊！相距不到一公里，很集中。"

石窝铺村的老赵说："从前有人来看过，也这么说。"

王金亮问："邢窑遗址不是全国'文保'吗，咋没见有牌子呢？"

老赵说："这遗址不是只有我们村有，别的村，像首岭村也有，别的乡镇也有，咱县有三十多处呢，其他两个县也有四十多处。邢窑遗址，在当时可是很大的一片制造瓷器的专区啊！据说，考古专家在这一带勘察了十几年，才做出结论定成了'国宝'。当时，不是每处都挂牌子，跑得急要求强烈的，就给栽了个牌子，我们村当时觉得要这个牌子也没用，没争没跑也没问，所以就没给挂。"

"原来是这样啊！"

老赵说："如果需要，咱可以按他们的牌子做一个，往这一栽，就是邢窑遗址了。"

王金亮问："这样可以吗？上边允许不？"

"当然可以了。"老赵说，"三年前，有人来这里看过，想搞啥子古窑作坊，问起过为啥没有全国'文保'的牌子。为这事，我去找张志强咨询，他说，如果有用，咱们可以做一个栽到那儿。只是，这人后来也没再来，再说光树个牌子在这庄稼地里也没用，就一直没当回事。"

王金亮问："你说的张志强是啥情况，他懂邢瓷和邢窑？"

"这张志强可是我们村有本事的人物啊！"老赵兴奋地说，"他父亲就是咱村的张忠合，张志强是他的二儿子。这小子70年代离开村子，在咱们县陶瓷厂当临时工，后来学着仿造邢瓷，做得可像了，可以假乱真。现在听说在县城租了一块地，搞了个瓷器作坊，专门仿制从前邢瓷的器物，生意挺火，听说还写过一本书呢。去年，他还入选了省里的什么……噢，对了，叫邢窑陶瓷烧制技艺非遗传承人……"

王金亮挑挑眉尖道："好，老赵，你把他电话给我。"

老赵说着，掏出手机道："王书记，我把他微信号也发到你手机上。"

石窝铺村，还有一个称作"赵家石楼"的古民居。

赵家石楼是一个一进七全院的建筑群，是一片全部用红石青瓦建成的三层石楼，既有北方建筑之雄浑，更不失南方建筑的秀丽，七个院落各有门户，关闭单独成院，打开相互联通。据传，该楼的先祖赵得进是明末的一位总兵，因在赴京途中丢失了饷银，不敢上京复命，选择在这里的深山安家定居，以躲避朝廷的捉拿。又因赵总兵是四川人，所以赵家石楼建筑的特点是既有北方民居的雄浑厚重，又有清丽雅致的川寨风格。在院落的装饰上，留存有大量完整精美的石雕、木雕和砖雕。大门两旁，有抱鼓石、上马石……

石窝铺村的另一个特点，是石盘、石磨、石碾、石臼、石滚、石槽、石夯等石头制作的旧器物特别多，家家院子里都有，而且都是老辈子留下来的。现在，这里有家庭作坊式的石材加工点，生产板岩，也就是"文化石"，当地群众称之为"蘑菇石"，是房屋建筑中极具特色和个性的外墙材料，也是铺设特殊地面的建设用材。

王金亮来过赵家石楼一次，这次来，他主要是了解赵家石楼目前的居住情况。

老赵说:"现在共有七户住在这里,都是新中国成立时分给贫农成分的人家,基本上是一家一个院落,一直住着。孩子大了成家分家,有搬出去的,但老人住着,只住不修,有的都坏了。更严重的是,有些房子上的装饰物,比如脊兽、吻饰、神龛等还被人偷走了。还有的人家,在自己的屋里面偷偷挖地,说是找金银财宝啥的……"

王金亮听得瞪大了眼睛:"有这事?你咋不向乡里汇报!"

老赵红着脸说:"汇报了又能咋样?人家是在自家住的房子里掘地,你凭啥管人家?管不着啊!还有,那丢的雕刻和老物件,说是被别人偷了,是不是自己弄下藏起来或者卖给文物贩子了,谁又说得清楚啊!"

"唉,说得也是……"王金亮无奈地叹口气,对老赵说,"你把住在这里的七户人家的基本情况,包括他们的子女,详细向乔乡长和肖副乡长他们说一下。"

乔乡长和肖副乡长应一声,肖副乡长让一名乡干部作记录。

完了之后,大家就向南行进,沿着山间的小路去蝎子沟村。

在去蝎子沟的路上,有一条大沟,两旁是丘陵与山区过渡地带的大荒坡,野草丛生,碎石遍地,零零星星有一些树木,但大多已经干枯了,还有一排破旧的房子,似乎许久没人住过了,显得荒芜而凄凉。

王金亮停下脚步,指指这条沟两旁的荒岗问:"好大的一片荒地啊,这是啥地方?"

蝎子沟村的支书周大鹏说:"有一半是我们村的,另一半,是石窝铺的。这一片地方,我们当地人称作'狐子沟'。"

"狐子沟?为啥叫这名?"

老赵说:"从前,这沟里和山上野狐狸很多,经常出没,大家都习惯叫这条沟为狐子沟了。从古至今都是这么荒凉，看着这地方很平，其实下边都是石头蛋蛋，不能耕种，下犁时会撞上石头'咔嚓'一声把犁铧碰坏……"

周大鹏补充说："我们这里有个顺口溜，形容说这地方'晴天渴死牛，雨天遍地流。兔子不拉屎，狐子都犯愁'。"

"上面有一些简陋的房子，还有一些死的树，这是咋回事？"

周大鹏看看西山坡说："王书记，你看，那破房子和死的树，都是在大沟的西边，这是我们村的地，90年代的时候，县委、县政府号召开发'四荒'，有个老板把这块地承包了，当时想在上面种树，还盖了一些房子，后来树都死了，他也不再干了，就一直撂在这儿了。"

王金亮说："种树不行，可以干别的吧？这么一大片山地，一直撂荒不是办法。"

周大鹏摇摇头："承包权在这人手里，别人没法儿插手啊。"

这时，乔乡长在一旁介绍情况说："承包这块地的老板，名叫张宾，老家是咱乡草楼村的，早年在县城一家阀门厂当业务员，后自己做轴承生意，90年代去山东做机床设备和医疗器械生意，发迹后又搞特种纸，后来又在龙口开发房地产，成立了润易集团，现在是山东济南润易集团的董事长。蝎子沟的这块荒坡地，还是他在县城做生意时，响应政府开发'四荒'时取得的五十年承包权，但他一直没大动静，只是做做样子，从来没有真正大投入开发治理过。这个张宾，可是从咱乡走出去的大企业家，王书记，不知道你听说过这个人没有。"

王金亮说："听说过，但不知道他是咱乡草楼村的人。文杰啊，你见过他没有？"

乔乡长说："见过一次，是两年前了。要不，我和大鹏抽空和他联系一下，让他过来一趟，你和他谈谈。"

王金亮想想说："那倒没必要，你负责这件事，和大鹏一起，尽快和他沟通一下，让他按乡里下一步的整体规划，赶快开发。政府可是有规定，不治理不绿化，不投入不开发，只占着茅坑不拉屎，我们按照协议和政策，可以收回他的承包权另找别人。"

周大鹏连忙解释道："王书记，他也雇着人在这里看山，每年也多少投点，所以也不能说人家是占着茅坑不拉屎……"

老赵在一旁说："王书记，这地方啥都种不成，种啥死啥，投多少扔多少，是白葬钱，也别怪人家不治理。"

王金亮朝四处瞭望一番，问："狐子沟西边被张宾承包了，沟东这一块，我看面积也不小，还没承包出去吗？"

老赵说："沟东是我们村的，一直撂着荒呢。"

王金亮对乔乡长说："你看，以狐子沟为中心，把这两边的荒岗整合起来一起打造，是不是能成为一处我们计划的田园综合体中的一个亮点项目呢？"

乔乡长环顾着大山点点头："你这想法好，搞规划时，我记着把这个地方吸纳进去。"

王金亮说："你把咱们这个意思，可在电话里先跟张宾透露一下，看他干不干。如果把沟的东、西连成一体，可以做成大手笔，他既然承包了蝎子沟的西边，东边属于石窝铺的这块儿，也可优先租给他，他要不干，我们到时可对外招商了。"

赵支书高兴地说："我可以通过我外甥女，让张宾也包了我们村这块地。"

王金亮问："你外甥女？"

赵支书说："我外甥女叫米雅丽，是蝎子沟村的，从前在市里上技术学院，学财会，毕业后，通过她家的一个亲戚，找到草楼村张宾父亲，到山东济南报考张宾的润易集团，就被录取了。这一晃，都去了三年了，我侄女在那干得不错，现在是张宾下边一个公司的部门经理，能和张宾说上话。"

周大鹏在旁边笑着说："赵支书这个外甥女，可是我们村女神级的丫头，让年轻人都羡慕得不行，说是山沟里飞出的一只金凤凰。"

王金亮感慨道："是吗？那也算是我们这里出去的人才啊！"

赵支书笑笑说："小时候鼻涕拉碴的，大了才出息了。"

王金亮高兴地说："年轻人，只要能有个好平台，很容易有一番作为的。老赵，你通过这么一个渠道，让你外甥女把话给张宾递过去。"

赵支书连声说："好，好，我会抓紧办。从前我没这么想过，因为这大野山上，全是石头，不让开山了，干别的，是干啥都干不成，谁会来这里投资啊？刚才听你这么一说，我这脑袋瓜儿才活泛开了，我们村这块地真要有人包了，村里和村民可就有一大笔收入了。"

王金亮问："你们村这块有多少亩？"

赵支书说："三千多吧。"

王金亮又问周大鹏："张宾承包你们村的这块地，有多大？"

周大鹏说："三千二百亩。"

王金亮点点头，高兴地说："好哇，一共是六千多亩，四平方公里多，真够规模的了。如果做成，这茫茫荒山可就披上绿衣裳了……"

大家都亮起眼睛望着王金亮，个个情绪高昂。

王金亮兴趣盎然，打量着四周的山脉，朝西指指说："你们都说这里荒，啥树也种不成，你们看，在那荒坡的西边，咋有一大片树林啊,还郁郁葱葱的。"

大家朝王金亮手指的方向望去,只见远方有一片浓密的大树林,与山峰和天际连成了一体,显得浩浩荡荡,浓荫蔽日。

周大鹏说:"王书记,那是我们村的板栗林,都是老树。"

"老树?"

周大鹏说:"那是民国年间,我们村田家大院的主人田家辉,发动周边的村民种下的,现在都分到各家各户了。"

王金亮感慨道:"旧社会的人还能把树种活,我们现在却种不成?"

周大鹏笑笑说:"听村里老人讲,田家辉为种这些树,告诉周边各村民众,谁种活一棵奖给三块银元,据说,当时的这些钱,相当于现在三百块人民币。听说,他们是采用换土的办法种树……王书记,这事,你到田家大院考察时,我可找人专门给你介绍。"

"好。"王金亮点点头,之后眨眨眼睛道,"在山上把树种活,办法有的是,鱼鳞坑,水平沟,就看是不是想真心干。这么大两块地方,加上一条大沟,撂荒太可惜了,这事我们以后认真研究一下。你们看,再往西,那座高山造型多么独特,像个马鞍,一层层红、黄、白的岩石相间,有的如同刀劈斧剁,风景真是太美了,像是一幅巨大的山水壁画。"

周大鹏说:"这座山就在我们村的村北,我们都称它是后山,但学名不叫这个,也就是县志上说的和地图上标的,是叫崆山。"

"崆山,崆?是哪个字啊?"

"一个'山'字傍,右边一个'空'字。"

"噢……"王金亮顿悟道,"明白了,可为啥叫崆山呢?"

周大鹏说:"不知道。可能是历史上这么记录下来的吧,但村里人从不这么叫。"

王金亮眯起眼睛，若有所思道："莫非，这座山里面是空的？"

"哈哈，这不可能。"

王金亮又问："大鹏啊，可我感到奇怪，我去了两次蝎子沟，咋就没看见这座崆山呢？"

周大鹏哈哈大笑起来："我们蝎子沟周围都是山，你根本就看不出哪山高哪山低，有句诗是咋说的？只缘身在此山中……上一句我忘了……王书记，你学问大，应该知道……"

王金亮也笑了："对，有道理，是这么个理儿，不识庐山真面目，只缘身在此山中。"

大家边走边说边笑，轻松地聊着，不长时间就到了蝎子沟村。

村里有个"田家大院"远近闻名，于是，大家径直先去了那里。

11

几乎是与王金亮带着乡干部和三个村的主要负责人，走进"田家大院"的同时，村中有两位村民，悄悄带着一条绳索和一支钢钎上了后山。

后山，就是刚才王金亮他们说的崆山。

这两位村民，一个叫李广宾，另一个叫牛金贵。

往后山上去，是李广宾邀上牛金贵去的。因此，必须先说明白李广宾为什么要叫牛金贵跟他去后山。

昨天晚上，李广宾家的大黄狗一夜没有回家，是丢了还是怎么回事，不知道。李广宾本来在县城打工，不料几天前身份证丢了，昨天回家来拿户口本再到村委开个信去补办新证，今天一早就准备走，可恰巧遇到家里丢狗这件事。媳妇让他去找狗，说找到了再走，要不然你一走谁去找啊？说得也是，找到找不到没关系，但不去找找肯定不行。四岁的儿子抱着他的腿，一直哭着"我要金蛋，我要金蛋"，叫得挺烦人的。于是早晨吃过饭，他就去了后山，找到找不到，下午一定回县城。

后山在村北，呈马鞍状，向西绵延，与巍峨的太行山浑然衔为一体，是蝎子沟村北部的天然屏障。山上大多是原始次生林和灌木，灰白的岩石顺山势层层裸露。

李广宾到了山脚下，顺着一条村民踩出的布满碎石和荒草的小道上了山，一边走一边打着打着唿哨朝周边逡巡。突然，在半山腰处，小道左边的草丛里扑扑棱棱响了一阵。李广宾停下来，叫着自家黄狗"金蛋"的名字，下道扒开酸枣棵朝响声走去，只见草丛里又一阵骚动，像是有什么小动物一晃向南跑去了。他循着草丛里的动静，朝前追了追，却没有反应，不知道是不动了还是跑远了。李广宾继续叫了几声黄狗的名字，俯下身子，仔细向四周寻觅，忽然发现上面斜坡的岩石旁，有一个一米多长一尺多宽的裂缝，周围长满了荒草，不特别留意还发现不了呢。于是就想，我家的黄狗，会不会钻到这里了啊！他拨开酸枣的枝杈走过去，撩开岩石缝隙旁边的乱草往里看看，却没有看到底，黑洞洞的。他随手捡起一块小石头，朝里投一下，但没有听到有落地的声响。他一惊，又捡起一块大点儿的石头，把耳朵先贴到洞口上，扔进去仍然是空荡荡的没有回声。"咦！这很可能是个山洞，还挺深的啊，从前，咋从没有听人说起过呢？"李广宾自言自语嘀咕几句，蹲在岩石缝隙旁又朝里看了看，双手扳着旁边的一块石头，一使劲儿，这块石头竟然能扒开，原先的缝隙立即变成了一个能钻进去人的小洞口……

"咦！我家这条走丢的狗，会不会是钻到这里了？"

养了两年多的大黄狗"金蛋"丢了，得找，是不是钻到这个小山洞里了，得进去看看，死了也得知道是怎么死的。李广宾就是抱着这样一个简单的想法，回村准备进洞的工具。家里没有手电，他把手机充足电，找来一条大绳和一支旧钢钎。准备好进洞的工具之后，他还必须找个帮手，让人在洞口用绳系住他的腰，进去查看后再负责把他拉出来。此外，找个伴儿也安全，这小山洞里还不知道是什么情况，万一出了什么问题也好有个照应。

李广宾还没想好去找谁，一出门，就碰见了邻居牛金贵。

"金贵哥，你在干啥呢？"

牛金贵说："没事，一会儿想去我家菜地里看看。"

"那你跟我去一趟后山吧。"

"去后山干啥？"牛金贵见李广宾手里拿着一盘绳和一支钢钎，摸着光脑袋问，"广宾，你这是干啥去啊？"

李广宾简单说了一下情况，牛金贵就跟他去了后山。

两人很快来到了后山半山腰那个由李广宾无意中发现的小山洞口旁。

路上，李广宾问："听说今天有乡领导来看咱村的田家大院，不知啥意思，是不是有人想投资搞旅游啊？"

牛金贵说："不知道，听说王书记要来，我还想去跟他见个面呢，结果，被你叫到这儿来了……"

李广宾撇嘴："切，就你，咋还光想跟当官的套近乎？"

"没啥，王书记这人可好了，我就是想跟他见个面。"

"嗯，我也听说了，分地时把赖皮二黑给镇住了，还捐给旭辉家几百块钱，看来是个好官儿。"

牛金贵眉开眼笑道："这都不算啥，最佩服的是他拍板，准备把祁雪菊定成贫困户,还准备把她闺女杜晓雅转到乡中去读书。"

"真的,这可是功德无量啊!"李广宾感慨地说,"我比你们俩小,从前一块去皇迷乡上初中,一块走,我都叫她姐,没想到,她嫁出去以后,这些年过得这么惨。"

"要不是遇到王书记这样的好人,祁雪菊这一辈子也翻不了身。"

李广宾突然笑了:"呵呵,雪菊嫁给你,不就翻身了。对了,你们啥时办喜事啊?到时候一定通知我。"

牛金贵噘起了嘴:"她说还得考验我一段时间。"

"嗨!她都离两次婚了,还带个孩子,你媳妇儿虽说跟别人跑了,离了婚,但没有孩子啊,够她便宜的了,还拿捏啥劲儿……"

"广宾,不许这么说!"牛金贵的肩上挎着一盘绳,伸手拽出一根绳头摔打李广宾一下,"那是养女,人家雪菊根本没生过孩子。再说了,我还是个秃子,另外,一结婚,孩子都这么大了,省得我从小费劲养活了,是我占了人家的便宜!"

牛金贵天生就没有头发,可能跟遗传有关,但牛家族人中并没有秃子,包括他的父亲和他爷爷。牛金贵是独子,从小就不长头发,有人传言他是抱养的,但真相只有他父母知道,恐怕连他本人也不清楚。牛金贵父亲生前在县供销社工作,老婆经常跟他在县城居住,村里人所能知道的,是牛金贵在那里生下来又在村里长大的。牛金贵长大该娶媳妇时,遇到了麻烦,因为他是秃子,相亲找对象不受打听。好在牛金贵父亲在县城上班挣工资,攒了几万块钱,就把这笔钱全部送给了山西一家患有癫痫病俗称"羊角风"的姑娘。女方明说了,不是有这病,不会嫁一个秃子。这姑娘长得还不错，瘦瘦的一双大眼，不犯病什么事也没有，一犯病就口吐白沫儿，在地上打着滚儿手脚乱抽搐，婚后三年多她也没有怀孕。后来，牛金贵在亲戚的引荐下，带着她一起去广东的东莞打工。牛金贵在一家电子厂上班，他媳妇儿去足疗店当搓脚工。几个月后，她居然被一个五十多岁的老板看上，偷偷跟人家上床了。牛金贵发现后大怒，把她痛打了一顿，致使她癫痫病犯得厉害，还差点死了，为此派出所拘留了牛金贵几天，说他是"家庭暴力"。牛金贵气得辞掉工作，返回了老家，并提出与媳妇儿离婚，法院把女方传来，很快就判决了。这是牛金贵最后和她见的一面，之后就再也没有联系了。此后，牛金贵父亲去世，母亲身体也不好，他不再外出了，一直在村里待着，除了种地，就是溜溜达达的，有时候跟外村外乡一些人在一起交往和玩耍。牛金贵与祁雪菊"谈恋爱"，已经一年多了，虽说中间有人撮和，但都是一个村的，从小就认识，两人的情况各自都清楚，所以就这样经常密切地来往着，但最终能不能结婚，牛金贵一直很"热乎"，祁雪菊则模棱两可。

李广宾看看牛金贵说："好，好，是你占了便宜，我不跟你抬杠。"

两人在小洞口旁准备就绪后，牛金贵有点儿担心，皱着眉头说："广宾，这个洞从没人进去过，也从没听人说过，里面到底是啥情况，谁都不清楚，为一条狗，不值得冒险，不行就别下去了。再说，你那么沉，绳又不粗，我也拉不动你啊，还是别进去了。"

李广宾看看他，见旁边有棵柿子树，笑笑说："也是，你除了头大，个头儿比我小得多，没四两劲儿。这样吧，把绳拴到树上，你在上边把握住，我顺着这条绳子下去，再顺着绳子爬上来，不用你费劲拉了，这总可以吧？"

"我不是这意思。"牛金贵连忙笑着解释道，"我是怕里面有危险，万一你出点事，有个啥闪失……"

"没事，一个小山洞，能咋的！我家那狗，即使掉进去摔死在里面，我也得弄出来，要不我心里可是不踏实。"

他们将大绳系到柿子树的根部，把绳索展开顺到洞口里，由牛金贵在上面照看着，然后，李广宾把钢钎掖到腰带上，带着手机，双手拽着绳索，蹬着洞口四周的石壁，小心翼翼往下面滑落。

洞很深，不知道有多深，垂下的绳子很短，只能下到洞里的五六米处。李广宾打开手机上的手电筒，见洞壁上都是奇形怪状的石头，还往下渗水，越往下洞里面越大，越宽阔，光线照不到底，仔细听听，下面有哗哗的流水声。他有点害怕，由于绳子短，不能往下再滑落了，就停了下来，举起手机用灯光朝洞壁四周察看，发现有一条伸出的石块。石块上，有一些鸟类的羽毛，还有一只像是干枯的兔子尸体。这肯定是从山上洞口处掉到这上面摔死的，大多数小活物，可能是直接掉到深不可测的洞底了。他喘口气，用脚蹬几下，踢掉那只干瘪的兔子，又使劲踩了踩，感觉很牢固，就放开绳子站到了上面，双眼在灯光下继续打量着周边。忽然，他看见脚下的石块右边上方的洞壁上，又出现了一个不规则的小洞口，水缸口般大小。李广宾侧身移动到这个小洞口里，用灯光朝里面照照，惊讶地发现，这个洞口虽小，但洞的里面很大，有五间连在一起的房子那般阔大宽敞。大洞的四周和顶部，全是千姿百态、奇形怪状的钟乳石。有的像竹笋、菊花，有的像珊瑚、珍珠，还有的像帷幔、瀑布……想起三年前，曾带着老婆孩子去过张家界的黄龙洞，李广宾当即震惊地意识到，这整个后山的里面，极有可能是隐藏着一个巨大的天然地穴溶洞啊……

李广宾拽着绳索爬出洞口，激动地向牛金贵简单说了说在洞里的发现，最后道："你说咋办，要不要把这个情况跟村里说一下？"

牛金贵问："真的假的，有你说得那么邪乎吗？"

"不信，你可以下去看看。"

牛金贵朝小洞口探探头："我可不敢。"

李广宾把大绳收起来，仍余兴未尽道："绳太短，只下去了一小截儿，下面不知道有多深，说不定还有啥更奇怪的东西呢。"

牛金贵眨眨眼睛，突然说："这洞，除了你说的那些好看的钟乳石，会不会还藏着啥古代的宝物啊？"

"嗯，你说得有道理。既然是个山洞，那就是老早老早就有了，虽然一直没被人发现，但不等于古代的时候没有进去过人。"李广军想了想，兴奋地说，"如果里面真藏着老辈子的金银财宝啥的，那可是……"

牛金贵说："要不，我找个懂古玩的进去看看？"

"不行，不行，这事可不能让任何人知道。"李广宾看看牛金贵，狐疑道，"我说金贵啊，我听说你跟文物贩子总在一块掺和，有没有这回事啊？"

牛金贵连声说："没有，没有，别听村里人瞎臭摆我，我只是从前在县城当过一阵子保安，认识懂古物的几个朋友。"

"金贵，我再说一遍，这事绝对保密，不能告诉任何人。"

"好，好，我明白了。"牛金贵岔开了话题，"那咱回去找条大绳，又长又粗的，带两个大手电筒，我跟你一块进去，再仔细看看，看看到底里面都是啥，有没有藏着东西。"

李广宾愣怔片刻没有说话，看看四周的山坡，才对牛金贵说："这一块的山坡地，应该是申怀亮家的吧？"

牛金贵打量一番四周："是啊，他早就承包了，是那年村里划给他的，他一天到晚光顾跑大车，做生意，根本没在上面栽树种庄稼治理，一直荒着。咦，广宾，你好好说这地是啥意思？"

李广宾闪烁着眼睛道："咱们现在回村，去找支书周大鹏，通过他，动员申怀亮把这块山坡地流转给我们，只要把这块地先弄到手里，然后咱愿意咋整再说。要不然，咱们在这里一直鼓捣，会被人怀疑，一旦发现里面藏着好东西，就啥也干不成了。"

牛金贵高兴地说："好，还是你点子多，你说得太对了。只要他允许了，就没问题，即使申怀亮不同意转包给咱们，这是在山洞里面，跟外面也没有关系，咱们在洞里做事，村支书同意了，别人也不会说啥。"

李广宾把小洞口那块石头移回去，又抓了几把野草扔到上面，这才和牛金贵下山回村去找村支书周大鹏。

路上，李广宾一再叮嘱牛金贵："一定要保密，如果真发现了宝藏，咱俩各分一半。"

牛金贵很大度地保证："放心，我没那么不懂事。这是你先发现的，我只是帮帮你的忙，给我三成就够意思了。"

快到村委会时，牛金贵突然停下了，对李广宾说："不行，这事别对周大鹏说了，那家伙心眼儿又多又坏。"

"咱要承包申怀亮家的地，不跟他说咋行？"

"周大鹏啥玩意儿你不知道？说一套做一套，坏心眼那么多，叫他知道了，估计咱啥也整不成，不能先告诉他。我听说，下午王书记不走，要在咱村委会开会，直接跟王书记说吧，我能跟他说上话。"

李广宾想了想说："我觉得不合适，咱就是村里的俩农民，咋能一下子就去找乡里的大书记，这要叫周大鹏知道了，会吃醋的，非给咱小鞋穿不可，不行，不行！"

牛金贵摸摸光脑袋说："这咋办？反正我觉着，要是叫周大鹏知道后山上有这么大的山洞，比如以后开发旅游啥的，准把咱像擤鼻涕那样甩得一干二净，啥也没咱的份儿。"

"我看这样吧，"李广宾顿了顿说，"这也该吃午饭了，你到我家，叫我媳妇给弄几个菜，咱哥俩喝点，再一块儿好好商量商量，看下一步究竟咋办才好！"

中午，在李广宾家，李广宾让老婆炒了几个菜，和牛金贵喝着酒继续商量，两人还用手机在网上搜索关于地下溶洞的相关信息，计划下一步怎么办。

李广宾说："要不，咱别通过村里了，直接找申怀亮吧。"

牛金贵眨眨眼睛道："咱最好别直接找他，这家伙在村里挺横，有钱，在县里、市里都有关系，脑瓜儿安着转轴，咱一说要包他的地，他肯定会怀疑咱。"

李广宾咧嘴："倒也是，那咋办？"

牛金贵说："不行，还是通过村里给他说，现在土地流转，不是都要经过村委会吗？咱就说，咱俩合伙，想用那块山地做点事，让村里协调一下，这样，是村里出面，申怀亮就不会特别注意咱了。"

李广宾皱着眉头道："可是，咱给村里说，咱转包这块地，在上面干啥呢？"

牛金贵沉吟片刻说："咱就说，要在上面种草药，你看这说法儿行不？"

李广宾高兴道:"行,这说法好。"

牛金贵又说:"咱可以把租金说高点,反正申怀亮的这块地撂着荒,让他白捡这笔钱,他肯定也乐意。"

李广宾心花怒放道:"好,咱吃过饭,就去找周大鹏说这事。"

12

蝎子沟村坐落在太行山东麓的深处,四面环山,中部较低,村居散落在一个椭圆形的盆地里。周围环绕着三座山峰,其间杂列着八条大沟、十二条小沟。大概在明末时期形成村聚,但村名由来没有史料可考。一是说村西大山沟的形状极像蝎子,有头,肚子呈椭圆,尾部细小且弯曲,而沟的中间地带,也就是肚子两则,呈东西走向的若干条小山沟,极像蝎子的两排爪子;二是说居住在这条大沟里的人家,都是若干年前从外面逃过来的流民,因此杂姓居多,大多是被朝廷贬职、贬官、流放,还有一些有劣迹的逃犯,总之是因"犯事"为躲避什么才藏匿在这里,像蝎子一样恶毒、赖皮,因此人们称这里为蝎子沟;三是说这里山岩的缝隙里,爬满了蝎子,个个都有一拃多长,大的则如同织布梭子,被蜇后会当场毙命。此外还有诸多版本的民间传说。村子的土地、林木和山场主要在西部的灵霄山下,该山是太行山系的主要大山脉之一,也是泒河的发源地,向西翻山越岭,就进入了山西省。村子距县城四十公里,市区八十公里,向东有十余公里的山道,多年来是唯一通向外界的路径。历史上是一条狭窄的碎石小道,而且向西不通,是本县和市里也是省际的边界,偏僻、闭塞,交通不便。20世纪90年代初,政府投资拓宽修筑,劈山打洞,历经十年,才全部贯通了目前这条双车道的山区公路。

全村共有一千五百余人，四百六十五户，耕地面积五百余亩，山场面积八万余亩，是本乡山区最大的行政村。山上的原始次生林茂盛，森林覆盖率达百分之八十以上。这里奇峰、怪石、陡崖、峭壁百余处，溪泉瀑潭十余个。盛长着花、木、草等植被七百多种，其中药用植物五百余种，苹果、核桃、板栗、柿子、酸枣等林果丰盛，观赏植物比比皆是。山中鸟、虫、畜、兽等野生动物一百二十余种，狍、獾、野猪、野羊、野鹿等珍稀动物三十余种，雉鸡、秃鹫、猫头鹰等稀有鸟类八十余种。有煤、铁、铜、石膏、石灰岩、石英石、花岗岩、大理石、板岩、稀有金属等矿山资源二十余种。

"田家大院"位于村北偏西的崆山脚下，是一片筑造于民国初年的建筑群，外界也称"田氏庄园"，很早就在这一带远近闻名。县政协编印的"文史资料"记载，庄园的创始人名叫田家辉，山东临清县人，二十岁那年的1912年携妻子，据说是因躲债逃到了蝎子沟村北的荒岗上落户，靠卖豆腐起家，后在县城做生意，开了五家杂货铺，把挣来的大部分钱用于这座大院的建造。

这座豪华、气派的庄园坐北朝南，负阴抱阳，依山就势，院落一座比一座高上去，一直朝山坡向上延伸，真可谓层楼叠峦，鳞次栉比。一百八十八间房子组成八个大院十六个小院，院落由门楼、影壁、配房、正房等建筑组成。主建筑群的院落均为三进式四合院，每院除有高高在上的祭祖堂和两旁的绣楼外，还有各自的厨院、家塾院。配套建筑有诸如东西花园的假山、鱼塘、花池、祠堂、戏楼、学堂等。庄园内油坊、磨坊、豆腐坊、马棚、碾棚等各种生产生活设施六十余间，加上东、西花园、戏场、甬道等总共占地二十余亩。四周外墙高达七米，通体以尺半石头砌成，围墙垛口林立，枪眼密布，正门通道建有"保卫楼"，围墙周边修有更楼或角楼，院内的天井装有密致的铁网，上挂铜铃，稍有风吹草动便叮当作响。

庄园和主人田家辉的鼎盛时期，是全面抗战爆发前夕至新中国成立前的十余年。据村中上了年纪的老人回忆，田家雇用的长工、用人、车夫、杂役、护院的家丁等有百余人。田家辉为人谦和，乐善好施，仗义豪爽，在村里威信极高，当村长多年，抗日战争时期，还因他的大院偏僻、坚固，国民党县党部和政府机关曾一度搬迁到这里办公，并把区公所也设在这里，由他任所长。在建造大院期间，他还出资组织全村人并发动周边的民众在村周边的大山上开荒种树，按现在话说叫"绿化荒山"搞"生态"建设。村东北有片二十多亩的板栗树林，就是那时候栽下的。由于田家家大业大，田家辉又是这一带著名的乡绅，村子驻过流亡的县政府，再加在这里设过三年的区公所，很快形成了集镇，几年间人口急剧增多，最高时达五千余人，这也是现在蝎子沟村比周边村子人口多的原因。

新中国成立后，田家大院迅速衰败，所有房屋、地产、财产全部没收充公，房子除留下大部当作村里的学堂之外，有一部分还分给了贫穷的村民。与田家关系密切的，比如那些长工、养花的、喂牲口的等和一些富裕的外地人，纷纷举家外迁。留在村里的田家辉和他的一妻二妾，在"文革"中被撵到后院的一处豆腐房里居住，他本人也被批斗致死，终年七十五岁。

田家辉和一妻二妾育有四个儿子、两个女儿。即长子田运起、次子田运顺、三子田运长、四子田运兴、长女田运霞、次女田运萍。

简单说来，长子田运起抗日战争暴发后进县城照看父亲田家辉的生意，新中国成立后因店铺"公私合营"成为县供销合作社

"光明日杂公司"副经理，后退休，现已故。次子田运顺，新婚之夜突然离家出走，参加了八路军，渡江作战时已是解放军的团长，抗美援朝归来在沈阳军区某部任副师长，田家辉去世他回蝎子沟奔丧时已调至武汉任副军长，后退休，现已经是九十二岁的高龄。三子田运长，解放战争时是国民党军队某部的通讯连长，1947年死于解放青云县城，时年二十七岁，未婚无嗣。四子田运兴，新中国成立前夕考入北平清华大学金属材料专业，后跟随他的老师去了台湾，完成学业被分配到国民党"国防部"工作，官至少将，退休后创建了台湾赫赫有名的"田氏建材集团"，任董事长，他现年八十四岁，仍然健在，80年代曾带着长子田成祺来村子为田家辉上坟祭祖……

现在居住在村里的田家后代，只有一股，那就是因儿子娶媳妇又遭到女方以"离婚"相要挟拿不出钱被逼"喝农药"的田成堂。他是田家辉长子田运起的三儿子，田家辉的孙子。"文革"刚开始时，父亲田运起安排他从县城来到村子里，照顾年迈多病还经常挨批斗的田家辉，并把他的户口也迁到了这里。当时，田成堂才五岁，还不太懂事，只是听父亲的话来到蝎子沟村落户陪伴爷爷，不料就这样懵懵懂懂、稀里糊涂由城里人变成了乡下人。爷爷田家辉去世后，田成堂被赶出了田家大院的豆腐房，住到村大队部旁边的一间仓库里。小学毕业后，因田成堂出身不好不能推荐上初中，因此除在村里种地，他就跟邻村首岭村的一名老中医学医。老中医从前是田家辉的"私人医生"，故对田成堂十分偏爱，并把女儿许配给了他。前些年，田成堂靠行医为生，过得还不错，但后来规定乡村的民间医生必须办理"行医证"，他跑了一年多也没办下来。有人找他看病，他看了，遭人举报，让上边知道了，被带走了两天还被罚了几百块钱，警告他属于

"非法行医"，再被抓住是要坐牢的，所以从此就再也不敢为人看病开药方了。田成堂父亲早就去世了，两个哥哥和他们的后代继承了田家在县城的所有房产，三栋店铺、三套四合院。为这件事，田成堂找过两个哥哥几次，但大哥患脑血栓后遗症已经瘫痪多年，快成植物人了，二哥一向懦弱，在家不做主，凡事都是二嫂和孩子们说了算。这两股的后代跟田成堂毫无感情，怎么能让你从口中白白夺走一块"肥肉"呢？找的理由是，你从小就把户口迁走了，田家大院那么一大片家产才是你该继承的，我们都还没说啥，现在城里这几间破房子，你还惦记着实在是财迷心窍，无情无义。从此，田成堂与他们断绝了来往和联系，在村里落下这么个悲惨的下场……

曾经豪华气派的"田家大院"，现在的状况跟"赵家石楼"类似，这里除了被改造成村小学之外，还住着十六户村民，其中有八户是扶贫对象。这些住户把串联在一起的一进一进的诸多小院落，都截开改造了，有的把小门堵住，有的在围墙上挖门，分割成了若干个独门独户的小院落。

王金亮和大家边参观，边听周大鹏介绍"田家大院"前前后后的一些情况。

近年来，先后有几拨儿方方面面的人来这里考察过，想投资开发搞旅游，有的还设计出了规划图纸，但最后都不了了之。三年前，有几家部门联合开展"中国传统古村落调查立档"活动，说是如果申报成功，可得到一百万的保护维修经费。村里组织人又是拍照又是整材料，忙活了一个多月，报上去之后也没能列入"中国传统古村落名录"。此后，村里就泄气了……

这次考察，周大鹏作了充分的准备，重点就是"田家大院"。田成堂因抢救及时，在县医院住了一个星期，观察后没有大的问题，就出院回家静养了。因他身体还很虚弱，王金亮来考察时，他不能出来，就由田旭辉出面陪同，以备领导们询问到田家的历史或者后代们的情况时，能有田家后代在场回答得更准确更可信。

田旭辉考上"村官儿"，本来是在五里外的徐家庄工作，听说王书记要来考察田家大院，支书周大鹏让他做介绍，就请假没去上班。

王金亮见到田旭辉后，询问了他父亲的病情和他目前的工作、生活情况。

田旭辉非常感动："谢谢王书记，在县医院抢救我爸，乡领导们在那里盯了一天，说是你安排的，他们还在医院找到你的一个同学，是副院长，他也一直在急救室盯着，当时我就掉泪了……"

王金亮说："我是怕你爸出事，人只要没事就行。"

"另外，媳妇儿也不再跟我要钱了。"田旭辉鼻子翕动几下，揉了揉眼睛，带着哭腔说，"她说她错了，让我告诉你一声。"

王金亮闻声惊喜道："好，好，旭辉啊，你也别太怪你媳妇了，她也是被家里逼得无奈啊！"

"嗯，我知道，王书记，我发誓，我年纪轻轻的，有知识，有文化，咋就不能干出一番事业啊？我一定能挣很多钱，让农村人娶媳妇不难，看病不难，不为钱的事打打闹闹。"

王金亮拍拍他的肩膀："好，小伙子，有志气！你在哪个村工作啊？"

田旭辉说："徐家庄，离这五里地，大鹏叔说你要来，我今天请假了，没过去，专程等着向您汇报。"

"在徐家庄工作咋样？"

"挺好的，支书徐庆生，人很好，对我很关心。"

王金亮点点头，问："你是党员吗？"

田旭辉笑笑道："是啊，我在大学时，第一批就入了党，还是学生会实践部的部长。"

"好，看来你很有能力，年轻人回到家乡好好干，一定会大有作为的。"

"王书记，我能报考公务员吗？"

王金亮说："当然可以，不过'村官儿'的聘期是两年，两年后，报考公务员，还可以加分呢！"

田旭辉皱着眉头嗫嚅道："那我才工作了半年多，还得一年多啊……"

"你哪个大学毕业，学的啥专业？"

田旭辉有点尴尬地说："王书记，很惭愧，我学的是电气工程，风马牛不相及。毕业后找工作就业，招人考试，根本不管你学的啥，只要是本科应届生这个硬条件。我报考'村官儿'复习时，只得按人家的要求找题模拟，这四年的专业算是白搭了……"

王金亮叹口气道："没办法，现在各单位各部门招录人员，都是这样。我听说，清华、北大的博士生，可以无条件录取到咱们县当公务员，说是引进人才，走的是什么绿色通道。有一位清华大学学新型材料专业的博士生，就到咱县统战部工作了，说是享受科级待遇。咱说不清楚，这是引进了人才还是浪费耽误了人才？"

周大鹏在一旁说："王书记，旭辉虽说当了小'村官儿'，但他可有大本事，是个人才。他会修各种电器，不管是洗衣机、电视机、空调啦，还是电脑、手机和上网啊，谁家有这种事了，都请旭辉去摆治，还都能给摆弄好，村里，还有个夸他的顺口溜……"

从初中起，田旭辉就喜欢鼓捣电器，自己还对着书摸索着装电脑。只要他在家或者是假期里，村中谁家电视机没图像了，洗衣机、电扇不转了，电冰箱不制冷了，甚至灯泡不亮了，闸盒坏了，网线不通，电脑连不上网，手机出了毛病，软件不好使了，都来找他。田旭辉热情而又耐心，不管村里谁来找，哪怕是个八九岁的孩子来叫，放下手里的事连忙就去。如果只是小毛病，换个小配件，他还分文不取，深得村民好评，大家还给他起了"十二能"的绰号，意思是什么都会……

"噢？"王金亮兴趣盎然地问，"顺口溜是咋夸他的？"

周大鹏说："旭辉旭辉，啥事都会，有啥不会，去找旭辉，找来旭辉，啥事都没。"

王金亮哈哈笑了："旭辉这小子，在村里威信可不低啊！"

田旭辉不好意思道："我从小就喜欢摆弄这些东西，在学校，业余也钻研这方面。村里谁家在这方面出了毛病，或者是不懂玩不转了，我给摆治好，也是应该的，不这样，还得大老远去城里修，花钱不说，也太费事了。王书记，你说是不是？大鹏叔，这事根本不值得一提，都是我应该做的。"

王金亮高兴地说："好，这才叫为老百姓服务，为农民办实事。"

周大鹏说："最值得乡亲们称道的，是旭辉无论给谁家弄这些，分文不取……"

"大鹏叔，你别说了。"田旭辉红着脸打断了周大鹏，"都一个村的，乡里乡亲的，网线断了，我给接上，电脑坏了，我重装一下系统，有些上岁数的大爷大娘，手机打不开了，我给弄好，本来都不用花钱，我收乡亲们的钱干吗？这是理所应当的小事，快不要跟王书记说了！"

王金亮认真看了田旭辉一眼，点点头感慨道："现在的农村，还真需要这方面的年轻人，别看事都不大，鸡毛蒜皮，但对老百姓来说，却是很重要的啊！"

在"田家大院"考察时，王金亮问周大鹏："大鹏啊，这么完整，又这么精美的老建筑，为啥没有列入传统古村落名录呢？"

周大鹏说："据说，上报以后，还得去跑，去活动……"

王金亮问："列入了，有啥好处，给修缮保护费吗？"

"说是给一百万。"

王金亮瞪瞪眼："那为啥不去跑！"

周大鹏叫苦道："村里没钱啊，呈报时准备资料，花了一万多还没处下账呢！"

王金亮想了想说："田家的后代，不是还有个当大官的吗？那个副军长虽然早退休了，但他的儿子们或者后代们，估计现在的职务也不低，村里和他们有过联系吗？还有那些在台湾的后人，肯定也很有实力吧！他们难道也没找过，也没问过吗？"

周大鹏连忙用手捅捅田旭辉："你给王书记汇报一下。"

"王书记，我是田家第四代了，好多事也不清楚，我爸也从来不爱讲，听来的都是些只言片语。"

"你知道多少讲多少。"

"我的二爷爷一直记恨家乡人把他父亲批斗死了，不肯和这边来往。有一年，这事可能是在十多年前了，咱县里有个县委书记，不知道通过啥方式在武汉找到他家，但被他骂出来了，并嘱咐子女们也不要管老家的事。"

"他子女当中,目前职务最高的是哪一级?"

田旭辉说:"好像是最小一个儿子,在湖南省委当副秘书长,和我爸爸有联系,也就是过年时打个电话,听我爸爸叨咕过,是二爷爷交代的,让给我爸爸拜个年,平时里没啥联系,更没有啥来往。我爸爸那人,一辈子不求人,啥事都自己在心里窝着,要不也不至于寻短见。"

王金亮又问:"在台湾那个是啥情况?按说,这些线儿不能断了,这片大院毕竟是他们老祖宗留下的遗产啊!"

"这个我知道。"周大鹏说,"大概七八年前,记得是我当村主任的第二年,我通过成堂叔,与台湾在浙江投资的这个四子田运兴的二儿子田成礼联系上了,他当时在浙江宁波一带,投资几十个亿,搞什么单晶硅生产。我想动员他来老家蝎子沟看看,搞点投资啥的,特别提到了老祖宗留下的田家大院。他说有关老家的事,得报告他在台湾的父亲。过了几天,他来电话了,问田家大院的情况,最后问,祖宗的大院能不能还给田家,如果能,他会来县里投资一百个亿。我就连忙通过乡领导找县里,最后又跑到市里,各方面研究了半个月,没人敢决定把大院还给田家。说这是不可能的事,新中国成立时都没收充公了,哪还是田家的房产?就这样,我再没脸和人家联系了。"

"唉,也是啊!"王金亮摇摇头道,"这田家大院,现在连一根毛都没有他们的了。你看田成堂这一辈子过的,遵命回老家来给爷爷尽孝了,如今被钱逼得绝望得喝了农药。这世道,咋说呢?我也说不好……"

第 五 章

13

考察结束后,大家集中到蝎子沟村委会吃大锅菜。

座谈会计划下午两点进行,因此,吃过饭有一段休息时间。

趁这机会,李广宾和牛金贵按照中午商量的办法,首先找到了周大鹏,是李广宾用手机把他从村委会大院里叫出来的。

"广宾,找我啥事?"周大鹏从村委会大院里出来,到了大门口外的街边上,一看牛金贵也在,就皱了皱眉头。

李广宾说:"我这次回家,除了补办身份证,还有一件事,得麻烦大书记费心。"

周大鹏不耐烦道:"有事快说,乡里好多领导都在这儿,一会儿还得开会。"

"我想承包申怀亮后山上那块山坡地,和牛金贵一块干,打算在那上面种草药,想通过村里给协调一下,每亩地,一年我们可出六百块钱。"

周大鹏狐疑地看看他们,笑笑说:"种草药?开啥玩笑,申怀亮的那块山坡地只有八分,全是石头,不承包别的,只包这一块儿？"

他们当时合计的，只是想出了这么个点子，根本没考虑那么多，现在经周大鹏这么一说，把李广宾给问住了，吞吞吐吐说不出话来，只好对着牛金贵使眼色，意思是让他说。

牛金贵在一旁说："周书记啊，你看，啥也干不成的山坡，年年撂着，一分不值，我们现在出六百，这不白捡吗，多便宜申怀亮啊！"

周大鹏瞪牛金贵一眼："六百！你有吗？别到处瞎捣乱了。快走吧，我事挺多，没工夫跟你们瞎扯淡！"

牛金贵不服道："咋没钱？我家那五万块扶贫款，还没用呢，咋就不能干点事！"

"当了个扶贫户，看把你横得！"周大鹏朝外面看看，气愤地说，"上次开会，你当着乡里领导和那么多人的面，给我弄败兴，我还没跟你算账咧！以后，啥事也不要找我，你是贫困户，去找陈博吧，他管扶贫……"

"周大鹏，你这是报复我啊！"

周大鹏撇撇嘴说："不存在。你们不是要承包申怀亮的地吗？就去找申怀亮说啊，你们双方同意，直接签订协议就是了，不用跟我说。"

"你不就一个村支书嘛，看把你横得！"

周大鹏瞪着眼道："牛金贵，你少给我爹翅儿！我听说，你经常跟外村几个盗墓的在一块儿混。还有，为村里宅基地的事，你跑得也挺欢，还挑头去乡里闹事。我警告你，以后给我老实点，少给村里找麻烦。"

牛金贵大怒："谁跟盗墓的混了？纯属放屁！"

"你小子，咋骂人！"周大鹏攥起了拳头。

牛金贵往周大鹏跟前蹦:"咋?你胡说八道,就要骂你!咋?你还敢打人,打老子一个试试!"

李广宾连忙把牛金贵推开了,笑着对周大鹏说:"大书记,是金贵不对,你消消气。我想问一下,山坡上的地分给个人了,但地下的,就是山坡以下的,归谁啊?"

周大鹏喘几口粗气,再次打量李广宾:"你……你这是啥意思啊?"

李广宾支支吾吾道:"比方说……"

"说吧,比方说啥?"

"比方说……比方说发现有个山洞,这山洞里面的东西……"

"噢……"周大鹏认真打量他们几眼,冷笑道,"哈哈,我说你俩今天找我不对劲儿咧!是不是在申怀亮承包的山坡上,发现了啥东西啊?"

"那就比方,比方是这么回事吧。"

周大鹏一板一眼道:"法律规定,矿藏、水流、所有不明的埋藏物、隐藏物,还有地下文物,一律归国家所有。说吧,你们在山上,到底发现了啥?"

"噢,原来是这样啊……"

"不过,如果真有什么重大发现,政府可以给你们奖励,但隐瞒不报或者是私自开采挖掘,那可是犯罪行为啊!"

"噢……"李广宾不由倒抽了一口冷气。

牛金贵在旁边朝李广宾腿上捏一把,冲他眨了眨眼睛,两人连忙离开了村委会。

周大鹏看看他们的背影,扭头吐了口唾沫:"啊呸!一对儿神经病!"

14

座谈会开始了。参加座谈的,除了王金亮带领的皇迷乡相关领导和干部,蝎子沟、石窝铺、首岭三个村的支书和村委会主任,还临时通知了这三个村的驻村扶贫工作队负责人以及村民代表。

座谈会由乡长乔文杰主持,介绍完与会人员,按议程首先由各村主要负责人介绍本村的基本情况。

这时,王金亮说话了:"这个会,我想打破常规,别光坐在这里轮流讲话了。乡里提前有通知,你们也都有准备,无非是拿着写好的稿子在这里给大家念,这样没意思,我也不愿意听。既然是咱们自己乡里研究点儿事,没有外面的领导,所以咱们这个会开得自由点,活泼点,像唠家常那样,都说点心里话和实际事,你们看咋样儿?"

"行啊!"大家纷纷赞同。

"那好,我有一些问题想问问在座的,先问首岭村的支书老黄。"

老黄连忙站了起来:"王书记,你问吧。"

王金亮冲他往下压压手:"坐下说话,下面都不许往起站,都坐着说话。"

接着,王金亮问老黄:"你们村人均纯收入合多少?"

老黄说:"三千二百多。"

"噢,离三千八的脱贫标准差了六百。"王金亮接着又问,"与全县二百二十个行政村比,这是个啥水平?"

老黄面红耳赤道:"排位在倒数第十九吧。"

王金亮皱皱眉头:"咋这么靠后,是啥原因造成的呢?"

"这里是深山区，都是岗坡地，人多地少，年轻人大多没啥文化，外出打工干个粗活儿，也就是顾个吃喝，不挣钱。"

王金亮在笔记本上记了几笔，看着石窝铺村的支书老赵问："你们石窝铺村的情况咋样？你说说看，也先说人均收入吧。"

老赵嗫嚅道："我们还不如首岭村，比他们还少一百。"

"你们村不是有板岩加工吗？"

"这几年节能减排，治理大气污染，这个谁都知道，都不让干了，加工点都查封了，电都断了，把变压器也都拆了，村民们收入急剧减少……"

"村里的扶贫工作开展得咋样？"

老赵拿眼在会场里找人："驻在我们村扶贫的，是市档案局的郝科长带队，他是第一书记，让他说吧。"

这时，一位四十来岁的男子站起来，举举手说："王书记，我叫郝斌，受组织委派，在石窝铺村扶贫。"

王金亮冲他点点头，笑着道："我们见过，郝科长，你辛苦了，坐下说话，你们驻村半年多了，有啥问题吗？"

郝斌坐下说："没有什么大问题，我们都是严格按照上边的指示和要求，落实扶贫当中的一些具体措施。确定贫困户的主要标准是，一看房，二看粮，三看劳力强不强，四看有没有读书郎，五看家禽猪牛羊，这都不必细说了。只是，我们档案局是清水衙门，没钱没物，给村里做不了什么大的贡献。赵支书他们村委会想搞个像样的会议室，我们局还是全体集资，筹措了八千块钱，感到很惭愧……"

王金亮和颜悦色道："哎，郝科长，上边和我们乡里，包括县里，可没有硬性规定让你们出钱出物，国家有政策，也有扶贫专项资金，你们帮助村里，按照上边的规定和原则，合理合法做好工作就行了。"

"谢谢领导理解。"郝斌沉吟片刻说,"王书记,我有一个埋藏在心里多时的问题,想向领导汇报,不知道可否?"

王金亮一愣,看着他道:"噢!你说吧。"

郝斌说:"前几天,我听说蝎子沟村发生了村民'服毒事件',我虽然没有在现场,但后来我和陈博去县里开扶贫工作会,听他给我说了一些情况。王书记,我心情很沉重,这个悲剧的发生,绝不是偶然的,有着很深的社会根源。积累到一定程度,迟早都会爆发,今天不发生,明天就会发生,今天可能是田家,明天有可能就是王家。现在,趁乡里主要领导都在,我想稍微展开谈谈这个问题。这个问题,自我到石窝铺村扶贫以来,压在我心头好久了,那就是,农村适龄男青年的婚姻问题……"

说到这里,郝斌停住了话头。

在场的与会者一阵骚动,七嘴八舌议论着什么,接着又严肃得鸦雀无声。

乔乡长看看王金亮,向会场扫一眼,看着郝斌说:"郝科长,你主要汇报一下扶贫工作方面的事吧,这个与扶贫的关系好像不大……"

"不,乔乡长,这个问题,算是扶贫当中一个最大也最突出的问题。"

王金亮点点头,示意郝斌:"郝科长,你展开说,放开讲。"

郝斌情绪有些激动地说:"不来扶贫,我还真不了解如今的农村了。这次下来,半年多了,我带着单位两位同事,吃住在村里,可以说对村民们家家户户的生活状况了如指掌。国家的各项扶贫政策和措施,什么一村一业、一户一策、项目扶贫、公司加农户、技能培训等等,都是好的,深受老百姓的拥护,也确实解决了很多低保户、贫困户的实际问题。但是，目前广大的贫困农村地区，年轻小伙子找不到对象，娶不上媳妇的问题，真是太严重了。我所在的石窝铺村，不足一千人，居然有十八个二十四岁以上的找不到媳妇儿，其中三十岁左右的，占了一半。这种状况很严重，很残酷，也是最大的社会问题和隐患啊！他们的父母见到我，说起来伤心不已，愁得都掉泪啊！造成这种困境的原因是什么呢？一个字，钱的问题！赵书记，我说的你们村的这些情况，属实不？"

"是的，是的。"石窝铺村的支书老赵叹气道，"唉，一个娶媳妇，一个患大病，还有不可预测的天灾人祸，谁家也架不住这些事的折腾，只要摊上这些事的其中一件，不倾家荡产都难啊！"

郝斌继续说："我们扶贫的目的，就是为了改变农村贫困人口的生存状态，让他们过上无忧无虑的生活。可现在结婚娶媳妇这一件事，就把他们打倒了，压垮了。我不知道蝎子沟发生的这起'服毒'事件背后的细节情况，但肯定是被钱所逼。在座的应该都知道，尤其是几位村支书们，比我更知道村里如今娶个媳妇要花多少钱。有顺口溜说，闺女少的真可怜，满街转的是光棍汉，娶个媳妇实在难，花线至少六十万。开始，我还不信，后来通过调查，才发现是有过之而无不及。在这一带，现在娶个媳妇，彩礼十万左右，一辆小轿车十万左右，县城一套房至少三十万，'三金'，也就是金戒指、金项链、金耳环和办酒席上车下车的礼金又要十来万。这样粗略算下来，至少要六十万。六十万啊！同志们，对一个农民来说，六十万意味着什么？也就是说，家里如果有个儿子，一旦结婚娶媳妇，不但要落个一贫如洗，还要四处借钱债台高筑！更具有讽刺意味的是，为娶媳妇买车在县城购商品房，尽管是借来的钱，但明文规定，这样的家庭不得定为贫困户，可是，他们又是一贫如洗真贫了啊！难道，我们的扶贫，必须支持他们不得买车买房不得娶媳妇吗？这个贫，我们究竟该怎么扶呢？我真是感到迷茫和痛心……"

有人小声嘀咕说："这是社会现象，举家过日子，各家各户有各自的难处，政府也无能为力，国家对大病医保已经有政策了，但总不能帮你结婚娶媳妇吧！"

郝斌沉吟片刻道："所以，我就一直在琢磨，农村的男孩儿为什么搞对象难、结婚也难？而农村姑娘又为什么跑进城市不肯回乡呢？根本的原因是家乡贫困落后，姑娘不愿意嫁到农村，一旦要嫁，就漫天要价。特别是比较偏僻的乡村，对男方和女方都没有吸引力，都不愿意在村子里生活。我不知道王书记今天带着乡干部们，来我们这三个村考察文化和旅游方面的情况是什么意思，有什么想法。我个人觉得，石窝铺、首岭、蝎子沟这三个村庄，相距很近，历史文化资源和自然生态环境非常丰厚，何不考虑整合到一起，结合目前的美丽乡村建设和乡村振兴战略，把这一带山区的贫困村子打包捆绑整合到一起，利用这么多的人文和优越的地理资源，搞生态观光旅游，增加经济收入的同时，也提高生活质量和品位呢？如此，还怕吸引不来大姑娘往这里嫁、小伙子来创业干事吗？让乡村有知识有文化的年轻人回归家乡，热爱家乡，建设家乡。我以为，这才是真正意义上的扶贫，这才是真正意义上搬不走移不动的聚宝盆。我的发言就是这些。"

"说得好！"王金亮站起来，带头为郝斌的发言鼓掌。

会场平静之后，乔文杰看看王金亮，王金亮点点头，没等乔文杰说由他讲话，便把话筒往嘴前拉了拉道："刚才，郝科长讲了我想说的一些话，我在此不重复了。郝斌同志是市里派到我们乡里、帮助我们扶贫的市委机关领导干部，站位高，见识广，有远见，现在担任石窝铺村党支部第一书记，也算是我们乡里的自己人。刚才讲得很好，他以农村媳妇难这件事为切入点，道出了当前困扰乡村发展和进步的最大问题之一。最后问得也好，为何有这么好的历史文化和生态自然资源不用，等于放着金饭碗讨饭吃呢？今天，我和乔乡长、肖副乡长等乡干部过来，目的就是跟在座的商量，研究如何利用我们这三个村优异的历史文化和生态自然资源，打造成一个文化产业项目，调动和吸引外出的年轻人回归。让年轻人返乡创业，是永久的扶贫，是带动乡村整体上的、真正意义上的全面脱贫致富……"

这时，陈博从外面进来了，他是什么时候出去的，大家没有注意。他从门外径直走到王金亮身边，把手机交给了他，悄悄说："是牛金贵，他说有重大的事情向你报告。"

王金亮接过手机，听了听，惊讶地瞪大了眼睛："真的！……好……知道了，散会后我立即过去。"

把手机交给陈博，王金亮精神大作，喜形于色对身边的乔乡长耳语几句，乔乡长也是一个激灵："这会还开不？"

"开完。"

在座的人们都直勾勾望着王金亮和乔乡长，他们可能是因为这个电话，才突然出现的这个令人不可思议的表情。

"下面，请皇迷乡党委书记王金亮同志，对这次考察调研作总结讲话，大家欢迎！"

大家热烈鼓掌。

王金亮站起来给大家鞠了个躬，坐下后平静地说："不是讲话，是在跟大家商量，给各位汇报，把乡党委和我个人的一些想法透露给大家。今天的考察，我感触很多，也很深，一面看一面想,一边走一边思考。座谈会刚开始时,我为啥要问两位村支书一些问题,问他们村里人均收入为啥这么低。他们说村里的年轻人文化低,在外面打工也挣不了多少钱。这也就涉及刚才在我们这里扶贫的市里部门的领导郝斌同志所说,这里的适龄男青年处对象难,娶媳妇结婚难。这其实是一个问题,那就是贫穷,为啥贫穷?是脑袋有问题,思路有问题。难道不是吗?这么好的历史文化资源,有隋唐时期的邢窑遗址,有宋代的古塔,有保存完好的明清时期的精美建筑和古村落,有清澈的泜河水,有那么高峻宏伟的山峰,还有那么多的民间传说和故事,还有那些苹果、核桃、栗子、柿子等等山货。我们为啥都视而不见,却削尖脑袋挤着去城里或遥远的外地打工挣那点卖命的钱?可挣到钱了吗?没有,把力气和青春献给了外乡,自己的家乡却面貌依旧,口袋空空。责任在谁?在大家,在各位在座的村干部,尤其是在以我王金亮为首的皇迷乡领导和干部。今天,我向大家郑重道歉,是乡党委乡政府思想僵化,墨守成规,放着如此丰富的历史人文资源和得天独厚的地理资源没能及时开发利用,让老百姓受苦、受难、受委屈了,甚至让田成堂因贫穷没钱愁得服毒自尽!来,乔乡长,我们给大家鞠个躬,对不起大家了!"

大家都没想到王金亮会有这个举动,一时不知所措,都呼呼啦啦站了起来,当王金亮和乔文杰弯下腰时,不知谁带头鼓掌,顿时,会场上就响起了一阵雷鸣般的掌声。

王金亮坐下来,继续说:"乡亲们,同志们,我来皇迷乡时间不长。近来,我们皇迷乡根据自身的发展状况和特点,结合精准扶贫、大力开展美丽乡村建设等工作的开展和全面推进,调整了我们的工作思路,提出了'发展乡村旅游,幸福皇迷人民'的发展思路和理念。特别是十九大召开以后,报告中提出的大力推进和实施乡村振兴战略，正是基于农村的这种现状所发出的号召。那么，这一战略落实到我们皇迷乡，具体做法和措施就是，利用蝎子沟、石窝铺、首岭等村庄保存完好的历史文化遗产和优美的自然风光，建设一个田园民俗文化生态观光景区。通过这么一个项目的建成，带动这一带甚至整个皇迷乡山区的脱贫致富……"

"好！"会场有人叫了一声，大家齐声应和并鼓掌。

王金亮冲大家挥挥手道："下一步，乡里会很快成立一个工作小组，由我挂帅，乔乡长具体负责，这三个村的支部和村委会要积极配合，动员和组织各方面的力量，进一步考察和调研，抓紧谋划，尽快搞出一个详细的规划设计方案，然后上报县委县政府，批准后开展招商引资和项目建设，力争在两年内完成。因此，老黄啊，你那什么修桥、修路啊，根本就不算是个事，三个村子都划成一个大景区了，你还愁没人管吗！但是，事情以后也会很多，比如招商、征地、拆迁等等。希望大家团结一致，齐心协力，逢山开路，遇河架桥。另外，在今天考察的路上，我又想，这三个村子的区域范围，大概是七平方公里，这是不是小了点？与这三个村子相邻的周边村子，还有什么特色或者与之相关的产业吗？可以扩大范围，多带动一些村子进去，可规划到十至二十平方公里甚至更大，建成全市甚至全省最大的民俗生态观光景区……"

15

散会后，在李广宾和牛金贵的带领下，王金亮和乡长乔文杰、副乡长肖帆等乡干部们来到了后山的小洞口旁，听取了李广宾的详细介绍之后,王金亮执意要去洞里看看。

进洞的共有三个人:王金亮、周大鹏、李广宾。

他们三个人带着三支手电筒,在李广宾的带领下,顺着绳索进入洞内,先用一只手电筒在洞里摸索着行走。他们谁也没有想到,越往里走,洞越大且多洞连环,上下错落,犹如地下宫殿一般。洞内还有多条岔道,其中有一条宽大的洞穴,他们徒步走了两个多小时约三公里,把三只手电筒的电都快用完了。整个洞内深不见底,空间广阔,地下暗河叮咚作响,还有蝙蝠在洞里扑扑棱棱飞翔。千奇百怪的钟乳石,有的像植物,有的像动物,颜色也是丰富多彩,既有乳白、奶黄、深绿,也有纯白、浅绿、褐红等。

王金亮惊叫道:"哎呀,我终于明白在历史上为啥记载这座山是崆山了,原来整座山都是空的啊!"

第二天,王金亮又邀请省市媒体的记者前来采访,带着他们进入洞内探查,目的是将这一惊人发现公布出去,制造氛围,加快本乡旅游产业的发展和建设。

皇迷乡蝎子沟村北发现巨大天然溶洞的消息,很快不胫而走。

王金亮把那天在"溶洞"里用手机拍摄的一堆照片又浏览了一遍,挑选出十多张编辑一下,发到了个人相册和"朋友圈"里,附言是:"蝎子沟村惊现北方最大天然溶洞:当天下午,我随蝎子沟村发现溶洞的村民进入该村北后山(学名为崆山)半山腰一个乱草封口的小山洞。进去之后转了三个多小时,太令人惊奇了,这是一个之前尚未有人进入过的巨大天然溶洞。溶洞深不见底,洞内有多条岔道,洞壁布满千奇百怪的钟乳石、石柱、石笋,什么形状、什么颜色的都有,还有一条很大的地下河,极具开发价值。现洞口已经封闭保护起来,等待向有关部门和领导汇报。"

很快,各大媒体和网站在重要位置发布了消息,其中有一条消息的标题是这样的：《在太行山东麓的青云县皇迷乡惊现北方最大天然溶洞》。文中写道："记者沿着山洞探索四个小时未能找到出口，溶洞深不见底，洞内有多条岔道，各种水晶石、钟乳石构成一幅完美的画卷，洞内空间宽广，洞底深不可测。地下暗河更是给溶洞增添了神秘色彩，千奇百怪的石笋、石柱美不胜收，极具旅游开发价值。此次发现的天然溶洞有可能成为华北地区屈指可数的大溶洞，目前洞口被全部封闭保护起来，等待地质专家、旅游专家实地考察……"

"溶洞"的突然发现，加速了皇迷乡"田园民俗文化生态观光景区"的规划与建设。

消息传开后，投资者蜂拥而至。

县委书记齐向明带领"四大班子"和相关部门的主要领导，对溶洞进行了详细考察。考察中，王金亮向齐书记简要汇报了皇迷乡实施乡村振兴战略的措施。主要是，凭借西部山区的优良资源，利用各村不同的人文和自然风情，统一整合、规划和设计，建造"田园民俗文化生态观光景区"，实现这个区域的整体脱贫致富。乡党委已经统一了思想，原先的计划是把蝎子沟、石窝铺、首岭三个村捆绑在一起，开发面积大概是七平方公里，现在，蝎子沟村意外发现了这个天然溶洞，因此又决定扩大范围，将蝎子沟和与该村相邻的徐家庄、鸭鸽营、驾游、白云掌、草楼等村子也吸纳进来，形成一个面积达二十平方公里的大景区。目前，乡里正在加紧制订规划和开发方案，很快会上报县委和县政府。

齐向明听后很高兴，对王金亮说："好，你很敏锐，行动快，想法和措施都很超前，你抓紧点儿，规划要详细，要实事求是，因地制宜。刚才我看了溶洞，真是天赐良机，规划和开发时，你不妨以溶洞为中心朝四周辐射，带动全乡甚至是全县整个乡村生态环境和旅游文化产业的快速发展。"

王金亮兴奋地说："齐书记，你说得极是，溶洞的发现，是个爆炸性新闻，选择这个点儿切进去，有利于招商引资。但我认为，这绝不能仅仅成为一个旅游景点的开发，这应该是一次调整农业产业结构的根本性蜕变，农业文明与乡村旅游相结合，促进农民增收致富，让美丽乡村圆梦乡愁，通过对全面振兴乡村宏伟目标的实施，彻底解决农村人口外流，让乡村男女青年重返家乡创业。"

齐向明点点头："是啊，你考虑得相当深远，搞个旅游开发很容易，也不新鲜，因此，不管请什么人来搞规划和设计，这个总体思路你一定要坚持。"

一个月后，皇迷乡田园民俗文化生态观光景区综合体开发项目经过多次修订，最终方案初稿形成了，该方案将太行山东麓隶属皇迷乡区域的二十平方公里范围，打造成田园民俗文化生态观光景区，景区共分八大区域：一、民俗村度假开发区，二、古村落文化休闲开发区，三、农业生态园区，四、特色农业观光区，五、特色采摘体验区，六、险山奇洞观光区，七、湖上水岸消闲区，八、民间艺术博览区。涉及蝎子沟、石窝铺、首岭、徐家庄、鸭鸽营、漳北、前南峪、白云掌、驾游、石厘沟、青羊头、草楼等十二个村庄。开发模式是在政府的主导下对外招商引资，整体或分片区把经营权交给企业经营，让其独自投资，拥有五十年的经营权。皇迷乡要依靠文化产业和乡村旅游在三年之内全面脱贫致富，五年之内实现小康，建成美丽乡村。

社会上，"惊现北方最大天然溶洞"成为一大热点，有投资意向的开发者通过各种渠道纷至沓来。在这种情况下，根据相关政策和规定，县委、县政府迅速做出决定，成立县旅游发展委员会，主要职责是拟订皇迷乡溶洞的管理发展规划，执行旅游业地方标准并监督实施，牵头规划编制和建设溶洞的方案审查工作，参与旅游相关的基础设施和服务项目的规划审查工作，指导重点旅游区域和旅游产品规划的开发工作。

方案出台后，经县委、县政府批准，在旅游发展委员会的协调和指导下，皇迷乡的"田园民俗文化生态观光景区综合体开发项目"正式对外招商引资。

这天上午九时许，十多辆轿车和两辆商务面包车驶进皇迷乡政府大院。

县人大主任赵洪岐、副县长白天明，还有县旅游发展委员会的宋主任等人，陪同一位总部设在省城，据说资产百亿的民营企业家来皇迷乡考察该项目。这位企业家五十多岁，姓倪，个头不高，瘦弱，红脸膛，头发稀黄，介绍时，称他为倪会长。因为，他除了自己的企业集团之外，还兼任省温浙商会的会长。

一排溜儿轿车驶进院子里以后，王金亮领着乡领导连忙上去迎接他们下车。相互寒暄过后，王金亮陪同大家到会议室听取乔乡长向大家作相关汇报，之后观看皇迷乡近年发展的宣传资料片，以及观光景区综合体开发项目的初步规划幻灯片。

少顷，县人大主任赵洪岐悄悄把王金亮从会议室里叫了出来，嘱咐他说："这个倪会长是齐书记的大学同学、省城市政府一位秘书长介绍来的，意思是从新闻里知道这里发现了一个大溶洞，想独家开发。我特意告诉你，是让你心里有个数。既然人家愿意投资，没别的问题就让他干吧，政府这里，耿县长和主管的白副县长都同意，基本上内定了。金亮，你到时千万别说二话，就按领导的意图配合好工作就是了。"

赵洪岐是两年前政府换届，因超过了规定的年龄，由县长转任县人大主任的。赵主任是本土成长起来的为数不多的正县级干部，历任乡长、乡党委书记、副县长、常务副县长、县长。他基层工作经验丰富，对县情十分熟悉，号称县里的"活地图"，全县社会各界情况的"百度"，经济发展、人事关系、企业状况、乡镇现状，没有什么他不清楚的。在县级领导干部分包乡镇的分工上，赵主任分包负责皇迷乡，因此，这次省城倪老板来这里考察投资，由他全程陪同。

听赵洪岐主任这么说，王金亮笑了，高兴地说："赵主任，你放心吧。这是好事，谁来投资咱都热烈欢迎啊。再说了，昨天发旅委宋主任对我说，溶洞的开发建设由县里主导，我积极配合征地拆迁就是了，大事县里定，你又分管我们乡，你说了算，我搞好配合和服务就是。"

赵主任拍拍王金亮的肩膀说："好，金亮，你呈报到县里的田园综合体规划方案，县委办已经发给各位县领导了，我也看了，很不错。过几天要在四大班子领导会议上议一下，我一定大力支持，就按你说的办，不让他们瞎改动。特别是在自主权方面，不能啥事都让县里控制住，好多事，得让他们听你的。"

王金亮连声道："谢谢，谢谢赵主任的肯定和支持！"

这时，赵主任从口袋里掏出个用金色锡纸包住的，像一块巧克力那么大小，方形，有一寸多厚的小东西，很神秘地压低嗓门对王金亮说："金亮，我让你看个稀罕物件。"

王金亮问："啥东西？"

赵主任看看四周，眨眨眼睛小声道："这倪会长老头，真会来事，今天早上我去高速路口接他，下车后彼此介绍时，还没等我上前握手，他突然说忘了拿手机。回到车上又下来，这才笑着与我紧紧握手，可我感觉手心里有个东西，他一抽手，东西就留我手里了。你看，就是这个东西。"

"到底是啥物件？"

赵主任把一层锡纸揭开，露出一个金光灿烂的小方锭："金亮，这是块小金砖啊，你见过没？"

王金亮惊叫一声，看看四周没人，不知所措地小声道："赵主任，你……你是我领导，你咋能对我说这个……当我啥都不知道啊……"

赵主任笑笑："臭小子，我还怕你举报我啊，不相信别人，还不相信你王金亮吗！"

王金亮也笑了："老爷子，我的老领导，大领导，你这是受贿了，可不能再对别人讲了。"

"我觉得，这倪会长，可是政界和商界的老江湖。"赵主任包起小金锭，装到兜里，转身去了会议室。

会议室里，倪会长看完投影后，由乔乡长继续作补充汇报。

赵主任进了会议之后，王金亮去厕所，绕走一个假山旁的花池时，看见有四五个穿戴艳丽的女人在逗一只小狗玩，一看就是随同倪会长而来的女人。

那只小狗不大，像只半岁的猪娃，浑身金黄色，光灿灿地耀眼，全身的毛披散在地面，连腿和眼睛都遮住了，仿佛地上冒出了一团旺盛的火焰。王金亮开门一出来，长毛的金色小狗就冲他汪汪狂叫，声音锐亮而急迫。

王金亮被叫声吓了一跳，一看这只小狗，眼睛顿时就直了亮了，因为他从没见过这样独特而漂亮的宠物。小狗本来被一个女人牵着，但当小狗汪汪叫着冲王金亮一蹿一蹿的时候，这几个女人都过来拉拽套在小狗脖子上的链子，所以王金亮也不知道这只小狗究竟是哪个女人的。这几个女人究竟是几个，王金亮没特别留意，她们岁数都差不多，个个都很靓丽，年龄大概都在三十岁，身材和脸蛋都比较出众。

好看的女人们有的在看着小狗笑，还有的看着王金亮笑，总之是笑得一片花开似的。

王金亮也就笑，顺口问："谁的小狗？"

旁边一个抽烟的当地司机说："省会客人带来的。"

"噢！"王金亮眨眨眼，自言自语道，"倪会长带来的客人啊！"

出于礼貌，王金亮笑着问："小狗真漂亮，可为啥冲我叫啊？"

都在笑的女人中有一个说："看你帅呗！"

于是女人更是笑成了一团，恰如花团锦簇。

王金亮脸一红，低头走开了。

后面，小狗仍在叫着，几个女人就叫"乔乔""巧巧""娇娇"。

王金亮吃惊地回过头，才发现这些女人是在叫小狗，但究竟是哪几个字，就不知道了。

上完厕所回来，小狗和女人们都不见了，不知道去哪儿了。

王金亮要进会议室，倪会长出来了，后面跟着两个人。

"倪会长！"王金亮连忙打招呼。

倪会长见是王金亮，笑笑说："我去一下洗手间，王书记，你给我指指道。"

"好的，随我来。"

王金亮带着倪会长，转过房头，朝东指指："看见没，一直走就是。"

倪会长朝前看看说："看见了。"

"好，倪会长，我在这儿等你。"

倪会长伸手朝王金亮递过去："谢谢王书记！"

王金亮去握倪会长的手，感觉到手心里有个东西，但没有攥住，东西掉在了地上。他弯腰捡起来，一看，是一块裹着金色锡纸的小方块。想起刚才赵主任说的"小金锭"，王金亮一惊，顿时明白是怎么回事了，连忙将包着锡纸的小方块朝倪会长递："倪会长，你的东西掉了。"

倪会长笑笑道："那不是你掉的吗？"

王金亮愣了愣，还没等说话，倪会长就转身去厕所了。

王金亮看看站在房头旁的两个随从，把小金锭装进衣兜里，没有再等他，转身去了会议室。

一会儿，倪会长回到了座位上。

这时，乔乡长已经将情况介绍完毕，总体规划的幻灯片也已看完，该倪会长表态了。

倪会长是个典型的温州人，说话总是眨眼睛，让人有一种不太安静的感觉。

据说，倪会长是个传奇式的人物。20世纪80年代初期，他肩挑着一根扁担，在省会中京市走街串巷卖眼镜，后来开眼镜店，再后来发展到十余家眼镜连锁店，成立了股份有限公司。有了资本积累以后，便朝物流、鞋业、小商品等新兴的市场领域开拓，至90年代初期，在省会中京市创办了第一家物流公司，投资兴建了第一座两万平方米的"北方鞋城"。从一个人一副担子，发展到今天拥有上千人十几家分公司和三十余个子公司上百亿资产的民营企业。现在，活跃在省会中京市绝大多数的温州商人和企业家，当初都是他从家乡带过来的，因此，他是当仁不让的省会中京市的温浙商会会长。倪会长与政界有着千丝万缕的联系，和省会中京市政府的一个副秘书长是朋友，而副秘书长和齐向明书记是大学同学。倪会长是通过副秘书长找的齐书记，有意独资开发溶洞及周边文化产业项目。因此，县里对倪会长前来皇迷乡的考察非常重视，方方面面都做了精心的安排。

倪会长眨动着眼睛说，听了乡里的情况介绍，看了总体规划和设想，他很高兴，也很激动，仅仅在这里听了汇报看过蓝图，他就坐不住了，这么好的资源，这么好的环境，到哪里去找？他当即表示，"乡村振兴"是党中央的号召，作为一名在党和政府关怀下得以成功的企业家，一定回报社会和人民，并表示，他不但要投资这个项目，回去以后，还要发动全体商会会员，分期分批对皇迷乡和青云县进行详细考察，对接所有领域可能开发的项目……

最后，他顿了顿，将眼睛眨了又眨道："为了表达商会这次来考察的诚意，我个人嘛，先表个态，先投个钱，也算是个小小的见面礼吧！"

大家都瞪大眼睛，直勾勾望着他。

倪会长眨眨眼睛，伸出一个巴掌说："我个人计划先期投资五十个亿，总体规划、全面开发皇迷乡！"

这句话，让会场震惊了，一时没有反应过来该怎么表达自己的骇然。

这时候，王金亮悄悄站起来，来到倪会长身边，伸手朝他西服口袋里塞了一下。

倪会长感觉到了，扭头看了看王金亮，王金亮冲他笑了笑。

此刻，赵主任突然站起来，高兴地说："好，我代表皇迷乡和青云县，给倪会长鼓鼓掌，感谢他的慷慨支援！"

会场上响起一片热烈的掌声。

白副县长也伴着渐稀的掌声,大声道:"我代表县政府,感谢倪会长和温浙商会的企业家们来青云投资兴业,共创财富!"

掌声过后,倪会长认真地说:"这个规划,我总体上赞成,建设时,原则上按这八大块实施,但我建议做一个小小的调整,把景区涉及的十几个村庄,全部搬迁出来,然后腾空所有片区集中建设……"

"全部搬迁?"王金亮拧着眉头问,"搬到哪里去?"

倪会长笑笑说:"王书记,你不用担心,我早考虑好了,我会建一个社区,把景区所有村民安置进去,让老百姓真正过上城里人的生活,都变成城里人。"

有人雀跃起来,在下面连声叫好。

会场平静之后,王金亮问:"倪会长,十二个村庄,人口近两万,全部搬迁到一个你计划的社区里,都居住在一片林立的高楼大厦里。倪会长,我想再问一句,你说的,是这个意思吗?"

倪会长顿了顿说:"大概是这个意思,此举不但改善村民们的居住条件,还能为景区腾空了土地便于开发建设,一举两得,可以说是利国得民。王书记你完全可以放心,社区的建设和投资,由我全部负担,政府和个人,不用花一分钱,乡里,只是协调我们做好搬迁的工作就是了。"

王金亮拧着眉头道:"乍一听一看,事的确是好事。但是,这也意味着,皇迷乡的这十二村庄,从此会在地图上全部消失,这两万多祖祖辈辈生于斯长于斯的村民,永远失去了土地和家园,成为没有故乡的人……"

倪会长说:"时代在进步,社会在发展,什么事都要与时俱进啊!"

王金亮想了想，眯着眼睛叹口气道，"唉！倪会长，我说话一向直率，也不怕你批评或者讥笑我封建、保守、见识短，不与时俱进。按你所说，把乡村变成城市，毁掉他们的村庄，像集中营那样，把乡亲们全部圈进水泥灌注的楼群里，我不知道村民们愿意不愿意，反正我是有看法，一时想不明白，所以也不是十分赞成。"

倪会长有些不悦，看看赵主任和白副县长说："二位县领导，看王书记这话说的，什么叫改革？天天喊乡村振兴，喊城镇化，我出钱出力，这个乡党委书记还不赞成，真让我莫名其妙……"

王金亮平心静气道："这个规划，是我们全乡干部群众，经过几轮反复讨论研究起草的，现在已经报给县委和县政府了。我觉得，这个方案，是集中体现了乡村振兴、美丽乡村建设和农村城镇化进程中，广大农民们的意愿和期待，是我们乡结合当地独有的地理资源又经专家学者多次论证拟定的。所谓田园民俗文化生态，就是乡村风情，没有乡村了，哪里还有田园。如果都是人为改造的田园景观，到哪里都可以造，不必在我皇迷乡这里造风景。这十二个村庄，都有上千年的历史和文化，这是近两万农民的根和魂，不能以开发建设景区为名让他们绝断了根脉和魂魄，我们要建设的是社会主义新农村，为此绝不能失去乡土和田园！"

"王金亮，别说了！"赵主任打断了王金亮，站起来笑着对倪会长说，"他是一己之见，您别介意，下面，我们去溶洞及周边实地考察，具体事宜，不必在这里议。您有什么想法，我们可以回到县城和齐书记一起讨论。王金亮，就是一个小小的乡党委书记，他做不了主，何必在这儿跟他瞎掰扯呢？"

倪会长点点头，笑笑说："好吧，赵主任，白县长，我们走。"

大家走出会议室，赵主任招呼王金亮去陪同倪会长到蝎子沟的溶洞和周边几个村子考察。

王金亮来到赵主任身边，对他说："赵主任，有乔乡长和那么多人陪着呢，我就不去了，我今天闹肚子，一股一股绞着疼。你们要去的各个点儿上，都安排好了，有你和白县长陪同，老领导，你就准我这个假吧。"

"好吧，你不去也可以，省得再打横炮。"赵主任看众人都在上车了，把王金亮朝一边拉了拉，小声说，"金亮，我可不是批评你，人家来投资，我们求之不得，当着那么多人，你咋能那样讲话，这不是给人家败兴吗！"

"我是实话实说，赵主任，咱不能那么干。"

"金亮，你咋犯糊涂啊，这不是好事吗？"

"啥好事？是祸国殃民！十二个村子都搬到一起，这活儿我干不了，也不能干，我可不当这千古罪人。"

赵主任压低嗓门道："这老倪头儿，可是咱齐书记的同学介绍来的，金亮，你可不能叫齐书记不高兴！"

王金亮耷拉着眼皮说："我不管谁的关系，把我乡里的村庄整没了，那不叫乡村振兴，村庄都没有了，还何谈振兴？不用振兴了。我坚决不干这种日后留骂名的缺德事，除非撤了我的职不让在皇迷乡干。"

"你小子又犯倔了不是！"

"赵主任，我相信，齐书记也不会支持他这么干。"

这时，王金亮看见去厕所时碰到的漂亮小狗和几个女人，从大院东则的假山旁绕着一条小道喊喊喳喳往这边跑，可能是有人招呼他们上车了。

赵主任拧着眉头问王金亮："那些女人和宠物，是倪会长带来的？"

王金亮说："我开会时出来去厕所，听一个司机说是，应该是吧。"

赵主任"噢"了一声，拧着眉头自言自语道："这倪会长来考察，咋还带着宠物和一帮女人？"

王金亮苦笑着摇摇头："不会是以投资为名，来咱县骗吃骗喝的吧？"

赵主任瞪眼道："不许瞎说！"

王金亮凑近赵主任说："领导，你说的小金锭，这姓倪的趁上厕所时见到我，也是在握手时塞给了我。"

赵主任一惊："啊？我看看，是不是和给我的那个一样？"

王金亮说："我没收，还给他了。"

赵主任眨眨眼睛，看看几辆已经待发的车："我不能那么做，我会把他向我行贿的金锭报告齐书记，上缴到县纪委。"

"啊！"王金亮惊叫一声。

赵主任狡黠地笑笑："这才叫会玩儿，金亮，你放心，我支持你，倪老头在这儿啥也干不成，我只是陪着他玩玩罢了！"

第 六 章

16

县委、县政府再一次研究皇迷乡实施乡村振兴战略，以溶洞开发为引领，建设乡村民俗文化生态观光景区综合体项目的投资问题。

有人认为，尽管溶洞的发现，特别是如果开发成功之后，有可能会给皇迷乡带来巨大的经济和社会效益，但还不足以让全乡致富。从全乡情况看，皇迷乡的乡村旅游、休闲农业都不是什么大资源，甚至可以说是碎片化的资源，碎片化的资源在共享经济的时代如何创造一种整体的吸引力？皇迷乡的实际现状是：一、资源较丰富，有山有水有田园有民俗有历史遗存，但山不是名山，水库和河流未能利用；二、资源点小而散，应连片整合，须把境内的整个西部做成一个大景区去打造；三、基础设施不完善，存在吃住难、如厕难、交通不便等问题；四、中心城镇发展有待提高，环境尚存在脏、乱、差等问题，布局散乱，缺乏规划；五、农业与旅游的结合有所欠缺，农业、林业、果业有些已经形成一定规模，比如板栗、核桃、苹果、山楂、柿子，但没能和旅游很好地结合起来。因此，他们赞赏倪会长的开发方案，将整个项目的开发区全部腾空，把十二个村合并成一个大村，村民全部搬迁，实行城镇化的管理模式，在不破坏整体规划的情况下，集中建设那八大园区，既节省土地资源，又加快了美丽乡村建设的步伐，符合乡村振兴战略的实施。

"美丽乡村？"王金亮笑笑说，"真是笑话，都没有乡村了，还谈什么美丽？中央号召让我们振兴乡村，不是让我们把乡村改造成城市。扶贫就是让乡村脱贫致富，也不是说都让农民过上城里人的生活，变成像有些地方抓一把钞票容易，撮一把黄土很难的状况。试想，如果按照这样的思路建设乡村，使那些具有几千年历史和农耕文化的行政村、自然村全部消失，人人都找不到老家，都找不到祖籍，没有了乡情，也没有了乡愁，个个成为无根之木，像断线的风筝无依无托，心里是多么的空旷和悲哀啊！我记得南怀瑾先生说过这样的话，他说：'三千年读史，不外功名利禄；九万里悟道，终归诗酒田园。'这句话是说中国人最终的文化梦想是诗酒田园。田园是中国人心中的远方，一个理想的生活状态，安静、恬淡、古朴、幽雅，大树下、水井旁、小河边，古藤老树昏鸦，小桥流水人家。自然之美，乡野之趣，田园风情，绝不可以生搬硬造出来，应该在不改变目前乡村行政格局的情况下，依据各村的不同特色和个性，建设一村一品，一村一景，把一个上千年的田园梦想，自然而然地融入乡村旅游产品开发的景区之中。还是那句话，农村，不管咋变，咋改革，绝不能失去乡土和田园。其实，我们这样做的最终目的，并不是单纯地为旅游而旅游，而是通过这么一个途径，把潜藏在山区里这些有着丰富而独特的历史文化、民俗风情、山川景物、林果特产等充分挖掘出来。刚才也有人提到了，这里是碎片化的资源，现在，我们就是通过设计出的这么一个平台，把所有可以利用的碎片缀连起来进行整合，打造出独特的地域环境，让乡村变得比城市更美，城市里没有的东西，在这里才有。让这里的文明和文化超越城市，使外出的年轻人觉得在家乡生活和工作，比在城市更好，吸引他们重新返回家乡，甚至吸引城市里的人来这里安家落户，就业创业，重温乡风民情，享受田园风光。按我的理解，这才是社会主义新农村的发展方向，才是建设美丽乡村的目的，符合实施乡村振兴战略的远大部署，也是真正意义上的全面和长远的扶贫。因此，我的意见是，依据这十二村各自的特点，按照总体规划，成熟一个，建设一个，分片投资，用一年半或者两年的时间建成，力争成为中央财经领导小组、国家发展改革委和住房城乡建设部公布的中国特色小镇……"

听过王金亮的发言，与会者大多都连连点头。

县人大主任赵洪岐说："我赞成金亮同志的想法，我们要在现有的基础上，来进行我们的乡村振兴建设，所有的规划和项目实施，都要符合农民的利益，听取农民的意见，满足农民的意愿和要求。我的建议是，下来以后，让金亮同志组织皇迷乡的干部群众，对这个方案再广泛地议一议，尤其是深入到各村各户，让农民发表意见和看法，乡里要把这些意见和看法详细纪录下来，汇总起来，听听村民们对这件事究竟是咋说的咋想的。金亮他们之前虽然进行了一些调研，但我觉得还不够广泛和深入。县委分工我负责协调皇迷乡的项目建设，因此我有责任做好各方面的协调工作。下来以后，我将组织一些人大代表，深入到皇迷乡搞一次专题调研，把调研结果向县委、县政府汇报和通报，供齐书记和耿县长决策参考。至于省城倪会长来这里投资的初步设想，我们现在也不必一概否定和拒绝，我们应该欢迎所有企业和企业家来我们青云县投资……"

齐书记皱皱眉头，不悦地说："其他的投资者可以考虑，但姓倪的就算了。"

主管招商引资和项目建设的白副县长有些吃惊，望定齐书记说："倪会长很有实力啊，还是……"

"我们不能只看实力，还要看人品。"

齐书记拒绝了倪会长的投资意愿，是因为赵洪岐举报了昨天倪会长到皇迷乡考察，在高速路口下车去接他时，向赵洪岐悄悄赠送"小金锭"的事，还拿出这件赠物让齐书记看。齐书记非常气愤，从此对大学同学、省城副秘书长介绍来的这位姓倪的老板印象极差，还在电话里责怪了同学一顿。随后，赵洪岐把"小金锭"上缴到了县纪委，这就从一开始给倪会长企图在溶洞方面投资制造了障碍，让一贯坚持原则的齐书记对倪会长印象不佳，而自己则维护了一个清正廉洁好领导干部形象。赵洪岐为什么这样做，是有目的的。什么目的，在座的包括齐书记也不清楚。

白副县长陪同倪会长考察了，但并不知道因赠送礼品"小金锭"的事让赵洪岐举报，才使得齐书记对倪会长的投资不屑一顾，于是继续说："齐书记，倪会长提出的方案，只是设想，我们可以继续和他沟通，保持联系，让他按照我们的规划进行，多一位投资者，就会多一个选项……"

齐书记挥挥手，打断了白副县长："别说了，今天这个会，不是研究和决定谁来开发和投资的，至于将来由谁来开发和建设溶洞以及皇迷乡的田园综合体，是要向社会公开招投标的，那是以后的事。现在，我们主要是在研究和商议这个开发和建设的总体方案，大家还是就这个问题展开讨论，不要偏离主题。"

于是，大家轮流发言，大多数都赞成王金亮的意见。

最后，齐书记作了总结发言，他说："皇迷乡谋划的这个以建设乡村民俗文化生态产业园区为抓手，全面实施乡村振兴战略的方案，是王金亮同志和他们乡党委、乡政府在认真考察调研，聘请专家学者进行科学而全面的规划设计，又广泛征求群众意见的基础上，经县委、县政府批准的。县委认为，这个方案，站位高远，意义重大，这对于我们县充分挖掘区域资源优势，从'生产、生态、文化、生活'四位一体融合发展的考虑出发，积极探索出一条新型的城乡融合发展模式，创建新型的农村生活方式，打造特色的文化空间，营造自然的生活空间，实现乡村一体化发展和农村就地城镇化的发展目标，具有重大的引导作用。因此，我同意刚才王金亮同志的发言，大家要全面和正确理解皇迷乡的这个园区。园区只是个提法，是先期设计出的一个平台，并不是大搞旅游开发，并不是把这些村庄都搬走搞什么景点建设。尤其是在当下，乡村振兴、美丽乡村、乡村旅游、特色小镇、田园综合体等都是热度词，我们一定要加强学习和研究，弄清楚这些提法和相互之间的关系，绝不能跟风，也不能凑热闹，更不能作概念，空喊口号搞形象工程，一定要踏踏实实做好目前的'三农'工作。我们的目的，刚才金亮同志已经讲到了，是要通过这么一个抓手，一个途径，在现有的基础上，激活特色乡村的活力，通过我们的努力，探索出一条农业欠发达地区乡村振兴的有效实现路径。因此，我们绝不能像'城中村'改造那样破坏掉乡村的格局。对于下一步的工作，我有五点建议：一是进一步分析皇迷这个区域的现状、优势、不足和差距，找准实施乡村振兴战略的发力点；二是进一步思考、谋划、规划、调整和完善这个项目方案并研究实施推进机制；三是进一步研究皇迷乡的乡村振兴建设、管理、经营模式；四是抓紧生成、编制、包装建设项目，为乡村振兴战略提供支撑保障；五是涉及的各单位各部门，都要全力支持和全面配合皇迷乡的工作，不急于求成，成熟一个建设一个，分进合击。使皇迷乡山区的这十二个村，最终达到'产业兴旺、生态宜居、乡风文明、治理有效、生活富裕'的目标。这也算是一个尝试，希望大家全力以赴，种好这块'试验田'，为青云县全面实施乡村振兴战略鸣锣开道……"

散会后，王金亮没有回家，直接返回了乡政府，因为晚上要开党政联系办公会，向大家通报会议精神，布置下一步的工作。

到了乡政府大门口，有十来位村民在电动伸缩门外面的一角站着，有男有女，大多是上了年纪的，也有两三个年轻人。他们围着张副乡长和党政办主任周翔在说着什么，正好挡在大门口。

大家见王金亮开车回来了，都围拢了上来。

王金亮从车里下来，大家纷纷冲他打招呼。

王金亮问张副乡长和周翔："你们咋都在大门口站着？还有这些老乡……"

周翔说："这些人是皇迷村的，来找你，我说你去县里开会了，不知道啥时候回来，让他们下次再来，可他们非要在这里等你。让他们进来给我们说，他们不进来，说就在门口等你，我和张乡长只好陪着了。"

王金亮一惊："噢，啥事非要找我啊？"

这时，村民们已经围了上来。

一位村民说："总算把你这大书记等来了！"

王金亮看看众人："乡亲们，有啥重要事，非要一直等我啊？"

"就得等你，这事，找别人说没用。"

"噢？"王金亮笑笑，对众村民道，"大家去会议室，或者到我办公室去说吧，行不行？站在这里多不好看！"

有村民说："俺们都是农民，不好意思去乡政府，就在这儿说吧。"

王金亮正色道："这话可不对！农民咋了？咱这乡党委和乡政府，就是给你们服务的机构啊！你看，大门开着，你们无论啥时候，都是可以随便出入的，找哪个领导和干部都行。以后，可不能不好意思，要理直气壮才对，你们说是不是啊？"

众人都不好意思笑了，没了拘束感。

有村民问："进大门用登记不？"

王金亮说："不用啊，谁让你们登记了？门卫老孙头吗？"

在门口的老孙连忙摆手："我可没有，没有……"

另一村民说："我去县里办事，进那些单位的大门，都让登记，比查户口还仔细，还要留身份证，把我当小偷问来问去的，吓得我们都不敢进，事还没办，就弄得心里很不痛快。"

王金亮笑道："嗨！咱这不用。随便进，今天遇到我了，还得用个'请'字。乡亲们，请进，到会议室里说话，也好让我歇会儿，这会开得，也很累人啊。周翔，快去会议里准备茶水，我跟乡亲们聊会儿。"

大家跟着王金亮，兴高采烈地进了乡政府大门。

王金亮和村民们坐在一起交谈，周翔在一旁为他们倒水。

一位村民说："王书记，其实我们也没啥大事，就是岁数大了，没事爱操点闲心。"

王金亮笑笑道："好啊，当然得操心了，你们是年轻人的靠山嘛！别管大事小事，前辈们愿意来找我聊聊，就是对我的信任。没事，敞开点儿说，没大事，就说小事，家长里短也可以啊！"

村民说:"是这样,听说县里快有文件下了来,说是要合乡并镇。我们几个上岁数的,念叨好几天了,对传言的有些事不明白,想不通,还吵得脸红脖子粗。今天就在一起合计,到乡政府来找你,想问问你,这些事到底是真的还是假的。"

王金亮皱紧了眉头:"噢,合乡并镇?这可不是小事,是国家大事,前辈们应该关心。那你具体说说,你们都听到啥了,是哪方面不明白、想不开?还有,什么真的假的,直说好了。"

村民说:"我听人说,以后要把咱皇迷乡周围的这些村,都撤了,房子都拆了,都搬到咱皇迷村的乡政府所在地。皇迷村呢,把房子也得拆了,盖成几十层的大高楼,让全村和周边那些村子的人,都住到这个高楼大厦里,全把人集中起来,像城市那样成立什么社区。把腾出来的地方,国家都收走,统一规划干别的,但也不知道干啥……"

王金亮大惊:"哎呀!乡亲们,你们这是听谁说的?咱县啥时候有这文件?张乡长,周主任,你们见过有这文件吗?"

张副乡长说:"没有。"

周翔咧嘴:"这不都是谣言嘛!"

有村民说:"那报纸上、电视上,也都经常在说啊!好像有的地方,已经在这么做了,说是搞乡村振兴必须走这一步。这乡村振兴的说法,可是中央提出来的,难道还会有假?听说,都有大老板来这里看地方了,是不是要把俺们的地,都收走卖给他啊?"

另一位村民接着说:"王书记,我是真不相信这是真的,我们祖祖辈辈都是土生土长的庄户人,在这里几百年也有可能是上千年了,都是过着土里刨食的生活。啥叫庄户,那就是有村庄有门户,有院子。院子有围墙,围墙里有树,有桃树,有杏树,有枣树，有石榴树，树下能乘凉，还有猪狗鸡鸭在地上跑，出门能看见绿油油的庄稼地。冬天里一片青，那是麦苗，秋天一片黄，那是收来的棒子。傍晚时，老哥几个坐在村头的大槐树下，叼着烟袋唠叨闲话，说"三国"，讲"水浒"，喷"杨家将"，也排一排从前村子的来历，还数一数现在谁家的孩子最有出息……那心里可是很舒坦的。可是，以后把村子给拆了，把我们这些人都撵到大楼上，像城里那样像喂猪一样把我们圈起来，这不是把我们关到笼子里让我们等死吗？我儿子一家都在北京，去年把我接走了，我住了半个月，说啥也得回村里来。啥叫故土难离，啥叫乡音乡情？真要像有的电视里说的那样，盖成小方块水泥匣子把我们封进去，把我们的土地都收走，在村里的土地上都盖成工厂。没有了庄稼地，也没有了农民，那就没有乡村了，那还天天说建设美丽乡村干啥，还说振兴乡村干啥？以后就不要再提'乡村'这俩字了，也别说父老乡亲了。王书记啊，我们几个老年人吵吵了好几天，也没弄明白，你说，以后农村的发展，真会是这个样子吗？"

　　王金亮心里一沉，思忖片刻，想了想说："大叔，这个问题，我想了想，现在这样回答各位前辈：首先，前辈们关心的这个事，绝不是小事，也不是闲事。我刚才说了，这是国家大事，涉及每一个人，不单单是农村人，还有绝大多数城市人。不管他做什么工作，从事什么职业，他都有籍贯和老家，上查三代，他们的祖辈都是农村人，对不对呢？这一点毫无疑问，所以你们应该关心，也关心得对。第二，刚才各位提到的合乡并镇也好，乡村振兴战略也好，有这么回事，这也是党和国家目前在提倡和号召的，目的是加快乡村的建设和发展步伐，因为比起其他领域或者产业来说，这些年'三农'工作任务十分艰巨，制约因素也很多。全国面积这么大，农业人口这么多，各地发展非常不平衡，富的已经很富了，比如东部和沿海地区，穷的地方是特别穷，比如西部欠发达地区和我们这里的山区，所以这也是国家拿出大批资金大力开展扶贫和精准脱贫的原因，接着又提出了乡村振兴战略，目的，都是快速发展农村，让农民的日子好起来，一切为了人民，也可说一切为了农村，这是没有疑问的，大家说对不对？"

有村民连连点头："对，这没说的，现在政策不错，我们都得到了实实在在的好处。"

众人也都点头。

王金亮继续说："这第三个问题，我就说一下实施乡村振兴战略的举措，有些地方进行的合村并镇情况，确实有。我刚才说了，中国地盘这么大，环境和地域差别也很大。像南方一些地区的农村，城乡差别已经很小了，城市和农村，基本上都连到一起了。人家占据天时地利等因素，发展非常快，基础设施都建设得非常好，再稍做规划，集中起来居住，再搞好社区管理，进一步提高生活质量，也是很不错的。还有，在别的一些地方，也有撤村并村的情况，把几个相邻的小村合到一起，统一布局，发展上让强村带动弱村，也便于管理，最起码村支书和村干部会少了吧，这样能减少行政开支，集中人力物力和财力用于公共设施、医疗、教育、养老等方面的建设并提高档次……"

有村民嘀咕："村是合了，可人心能合到一起吗？再说，搬走了，那原来离自家很近的地咋种？给了谁？没地种了，还是农民吗？"

王金亮说："大叔，我这也是从报纸、电视和网上看到的一些情况，开会时也听一些领导讲过，议论过。这样做，也是人家根据自身的实际情况在摸索,肯定存在很多问题。好与不好我一时也不好评价,咱也不必去管。但在咱们县,特别是咱们皇迷乡,我本人不赞成这么做,县里也不打算这么做。咱县实施乡村振兴战略的发展规划,是五年期的,这个规划的草案,县委以书面形式征求过我的意见,上面说得很明白:按照集聚提升、融入城镇、特色保护、搬迁撤并的思路,分类逐步推进乡村振兴,不搞一刀切。听见没?这是文件原话,不搞一刀切。这个文件经县委常委会讨论,再经修改后可能很快就下发了。具体到咱们乡,也要根据这个文件制订咱们皇迷乡自己的规划。下午,县里开会研究了我们计划在山区搞个田园综合体的规划,县委和县政府的领导们,不但不赞成搞大拆大建,还要求我们根据自身的优势,对于传统的、历史悠久的、文化底蕴深厚的村庄进行保护,要求我们利用得天独厚的民俗民情和旅游资源,找到我们自己独有的振兴乡村之路。各位前辈,这一点,请你们放心就是。"

"王书记,经你这么一说,我们心里亮堂多了,吃了定心丸。"

王金亮微笑道:"放心吧,咱的党和政府,无论出台啥样儿的政策和措施,都是为了让大家都满意,都过上好日子。你们不高兴、不愿意、心里犯嘀咕的事,政府是不会做的,即使要做,也要在做之前,认真搞好调研,征求群众的意见,出台的政策和措施,都要符合大多数人的愿望和要求。"

"可有的做法,我看就是一些大官和专家,坐在屋里凭空靠拍脑袋想出来的馊主意,根本不了解下边的实情。"

王金亮笑笑:"也可能有这种现象,但总体来说,大的方向,是没有问题的。现在我们党和政府所做的,就是把人民对美好生活的向往,当作自己的奋斗目标,这一点,各位乡亲应该感受到了吧？"

"是，是，现在是最好的时代。"

"各位还有啥问题？"

"没了，没了……"一位村民连声说，"王书记，你这么忙，还这么耐心听我们这些没事瞎琢磨的老家伙们闲唠叨，谢谢了，我们走了，不耽误你宝贵的时间了。"

王金亮说："可不能这么说，前辈们是皇迷乡的财富啊，我和乡里的领导和干部，随时欢迎你们过来，这里和你们自己家是一样的，只要我在乡里，一定陪着你们聊天。"

王金亮把村民们送出了会议室。

在门口，王金亮对众村民说："这几天，县人大和咱们乡里还要组织一些人，对如何建设好新农村，深入到各村广泛征求大家的意见。刚才各位提出的那些问题，还有心里的迷惑、疑问，你们也可以放开对他们说。"

众人连声称好。

王金亮与村民们一一握手。

村民们一边往外走，还一边不时回头向王金亮招手示意。

周翔在旁边笑道："这帮老头，可真有意思，天天没事干，净操些八竿子打不着的闲心。"

张副乡长也说："王书记，你也真是有耐心，一大堆事等着你，还听他们絮絮叨叨，还跟他们慢条斯理解释，白浪费时间。"

王金亮认真地说："从这件事上，我突然想到，有好多乡亲，还真是对这个乡村振兴有不少模糊认识，甚至包括一些乡干部和村干部。这样，晚上，咱这个党政联席办公会，除了研究溶洞开发和田园综合体这件事，还要增加一项内容，那就是如何做好村民的思想工作，让他们正确理解目前进行的乡村振兴战略的具体措施，消除他们的模糊认识。"

17

晚上快十点散会后，王金亮从会议室回自己的宿舍，刚到后排平房的甬道上，突然从道旁的树下走出来一个黑影，吓了王金亮一跳。还没看清楚是谁，那黑影就突然跪倒在他的面前，还压着嗓子叫了一声："王书记……"

"快起来，快起来！"王金亮一惊，伸手拉起这人，定睛一看，原来是位中年妇女，大概五十来岁，很瘦，上身穿着一件深红色衬衫，头发有点凌乱，自己并不认识，于是连忙轻声问，"大嫂，你找我有事？"

中年女人站起来，拍打着整理一下衣服，怯声道："是的，王书记，我从七点多就在这儿等你了，说你在开会。"

"来，大嫂，到我屋里说话。"王金亮说着，打通了林秘书的手机，"小林，你马上到我宿舍来一下。"

王金亮推开宿舍的门，打开灯，把中年妇女让到沙发上，将笔记本放到桌子上，这时，林秘书也进来了。

中年妇女有些紧张地连忙站了起来。

林秘书看她一眼："你还没走啊？"

中年妇女垂下头嗫嚅道："我等王书记……"

王金亮对林秘书说："你给这位大嫂倒杯水，另外，看伙房有啥吃的没有。"

中年妇女显得惊慌，连声道："不，不用，不用，我是吃过晚饭来的。"

王金亮坐下来，看着中年妇女问："大晚上的，你等我三个多小时,有啥要紧的事啊,你赶快说吧。"

中年妇女偷偷看一眼为他倒水的林秘书,欲言又止。

王金亮明白了,让林秘书出去了。

中年妇女见林秘书离开了,从沙发上站起来,又要给王金亮下跪。

王金亮有点着急,站起来严肃地说:"大嫂,不许这样,有啥事,你就说,这是乡党委乡政府,不要整这一套。你一直等我,想必有重要的事情对我说。没事,大大方方,实事求是说,我们这些当干部的,就是为群众排忧解难的。"

中年妇女还是跪下了,抬起头说:"王书记,那你答应我,我如实说了,你能不能替我做主,为我伸冤?"

王金亮暗自一惊,想了想说:"能,但一定要实事求是,我刚才说过了。"

"那好!"中年妇女站起来,坐回到沙发上,低头沉思片刻,突然扬起脸道,"我是蝎子沟村的,我叫程月娥……"

"蝎子沟的?"王金亮皱了皱眉头

"王书记,你在俺村里分地时,我见过你。"

"大嫂,找我到底啥事?"

"我……我要告村支书周大鹏!"

"告周大鹏?"王金亮惊叫一声。

程月娥看见王金亮惊叫着皱眉头,沉吟了一会儿道:"王书记,我知道,村里人都说,周大鹏跟你关系不错,都说他是你的人,我可能根本就告不倒他。可是,我在村里,亲眼看到你为我们村分宅基地,还有对祁雪菊和田成堂的那些好,还听说你敢管赵家疃的那个冤案,觉得你是个好官,是为我们老百姓做主的好书记。所以,我才冒着处理不了周大鹏、我们一家可能会家破人亡的危险，来找你诉冤。这冤不向你诉，我是对谁都不敢讲，也不能讲，任何人也不能为我们一家人做主，只有你王书记才能让我们一家平平安安，无灾无难。"

王金亮悄悄出口长气，坐下来喝了口水，平静地说："大嫂，别着急，你慢慢说，究竟出了啥事？你放下顾虑，无论哪一级领导，哪一级干部，都不是谁的人，都是在共产党领导下为人民群众办事的领导和干部。干得好，党就使用，有问题，就不让他干。你只管说你的事，还是那句话，只要属实，该咋处理就咋处理。只要是在皇迷乡，归我管，不管是谁，我都会一碗水端平，不放过一个坏人，但也不能冤枉一个好人。"

"周大鹏，就是个坏人，是个披着人皮的色狼，他霸占我儿媳妇，已经快半年……"

"啊！"王金亮闻声，又惊叫了一声，眉头皱成了疙瘩，"有这事？"

程月娥声泪俱下道："一件丢死人的事，对谁都不敢说，我思前想后翻腾了半个多月，还跟我那个胆小怕事，树叶掉下来都怕砸破头的丈夫怄了一场大气，才壮着胆来找你的。王书记，你一定得为我做主，一定听我把话说完。"

"好，你说吧。"

于是，程月娥向王金亮泣诉了这半年多以来，周大鹏暗地里与她儿媳妇许晓娅"通奸"的经过。

程月娥的儿子，名叫朱春辉，今年二十五岁，三年前与他的高中同学、本乡留马营村二十二岁的女孩许晓娅结婚。婚后两人一起在八十公里外的市里打工，朱春辉在一家医院当保安，许晓娅在一家房地产公司做营销，两人收入还不错，在城里租房居住，逢年过节或有事了才回村里看看，日子过得风平浪静，很安稳。一年以后，许晓娅怀孕了，临产时回到老家蝎子沟村，接着在县城生完孩子就没再去城里打工。因为孩子小，婆婆一个人带不了，再说，许晓娅请假歇了半年，地产公司用了新人，也没她的位置了，所以她就在家里带孩子。而朱春辉，忙完妻子生孩子，就只身一人返回市里工作。就是在这时候，也就是孩子快要一岁的时候，在村里住着照看孩子的许晓娅，不知道什么时候，跟村支书周大鹏偷偷"好上"了。

发现儿媳妇许晓娅"有事"的，是婆婆程月娥。一天临近中午时，程月娥做好午饭，见许晓娅的牛仔裤在客厅的沙发上扔着，可能是还没来得及换洗。程月娥隔玻璃窗朝外看看，看见许晓娅抱着孩子在院子里玩，一会儿往大门外走了，就拿起裤子准备给她洗洗。泡到洗衣机之前，程月娥习惯性掏掏前后的几个口袋，发现除几张餐巾纸之外，还有一张小票，她顺手展开仔细看看，却是一张电影票，时间是昨天下午三点半，除了片名和电影院的名称，票上并没有显示是哪里的电影院。程月娥心里一动，心说昨天许晓娅可是说回娘家了啊！因为最近她正上高中的弟弟突然查出患了病，高烧不退，去天津、北京检查了一番，确诊为慢性粒细胞白血病，为此朱家还凑了两万块钱给了许晓娅。为弟弟看病需要钱的事，许晓娅还跟回村的朱春辉吵架，意思是嫌朱家出得少，想让再给点儿，算是借的也行，但家里实在没钱了，答应说这几天想想办法。昨天吃过早饭，许晓娅收拾打扮完毕，让婆婆带一天孩子，说是去娘家商量弟弟去北京做骨髓移植的事，就走了，直到天快黑了才回来。现在她的裤兜里，怎么会有一张电影票？难道不是她的，可分明在她裤兜里，还会是别人的吗？这不可能。她明明说是回娘家，怎么偷偷去看电影了？这不是掏瞎话骗人吗？去看电影，会是她一个人吗？如果不是，另一个人是谁？但绝不是和儿子，儿子在城里，根本没有回来，那么，这人是男是女，在哪里看的？程月娥越想越生疑，就把这张电影票藏了起来。之后找个机会在街上遇见了邻居家的一个叫亮子的年轻人，很随意地按电影票上的影院名，问"新时代影城"在哪里，亮子说在县城。程月娥把这件事压在心里，不动声色，但暗地里却对许晓娅处处留心。

过了几天，许晓娅又说去娘家，程月娥应一声，等她走后不久，就抱着孩子偷偷在后面跟踪她。只见她向南走出村口，去她娘家本来该向西拐，可她却往向东的一条小道上去了。程月娥躲在墙角处，见那条小道南边的一片小树林旁边，停着一辆米黄色的小轿车，许晓娅走到车的旁边，四处张望一番，快步走到车旁，拉开车门钻进去又关住了。这辆小轿车的车牌号，程月娥看得清清楚楚，是村支书周大鹏的……程月娥简直不敢相信自己的眼睛，这怎么可能？她精神恍惚地回到家，喘了一会气儿，平静下来以后，快临近中午时，用手机给许晓娅的母亲通话，不说别的，只问她儿子的病情，什么时候去北京做骨髓移植，说这边儿也在想办法凑钱。许晓娅母亲非常感谢亲家的鼎力相助，说借的钱以后有了一定会还，最后问女儿和孩子的情况，还让女儿接她的电话。程月娥谎称许晓娅抱着孩子去街上玩了，一会儿让她回电话。这证明，许晓娅根本就没有回娘家。

吃过午饭，程月娥抱着孩子，装着若无其事的样子来到周大鹏家，说找支书问问她家的电表怎么到现在还没有换。周大鹏妻子说他一大早就去县里开会了，可能到天黑才能回来，让她直接问电工。程月娥说，电工让找支书，就恳请她给支书打个电话催催。周大鹏妻子就打周大鹏的手机，却关机，便说可能是在开会，不让开手机。程月娥回到家里，越想心里越不是滋味，就直接给许晓娅打电话，可电话也是关机。程月娥是个急脾气，年轻时在村小学代过课，后来还当了几年妇女主任，有一定的处事能力，哪里能受得了儿媳妇的这种愚弄欺骗甚至是"红杏出墙"的行为。如今，丈夫在县城打工，儿子在市里打工，家里只有她、儿媳妇和孩子，出了这种事，究竟该怎么办？她思前想后，决定采取两个步骤解决：第一、搞清楚许晓娅和支书周大鹏是不是"通奸"，光凭她坐上他的车去县城看电影或者做其他什么事不行；第二、让儿子赶快从城里回来，必须赶快处理好这件事，不然后果是很严重的。而让程月娥最作难和最犯愁的是，家丑不可外扬，这件事，目前只能是自己一个人知道，对任何人都不能说，包括儿子和丈夫。

　　程月娥谎称自己身体不适，把打工的儿子和丈夫从城里叫了回来，说要去县医院体检。体检虽说没事，但她故意说这疼痛那难受，不让儿子回城。儿子在家待了一个星期，小两口开始吵架，吵得很激烈，具体原因程月娥不清楚，从他们吵架的只言片语中，好像是因为许晓娅手机里的微信，似乎是朱春辉责问她那个人是谁，许晓娅不肯说，于是就闹了起来，还饿饿了一些其他事。

　　第二天，朱春辉就逼问许晓娅给她弟弟治病二十万块钱的事，许晓娅说是自己借的，问借谁的却不肯说。原来，朱春辉在许晓娅的微信里，发现她跟一个微信名叫"爱拼才会赢"的人的聊天记录，里面提到这人给了许晓娅二十万元的事，说是给弟弟治病用。为此，两口子就继续大吵大闹，最后，许晓娅提出离婚，带着孩子回了娘家。很明显，许晓娅在外面"有人"了，而且很可能是这男人给了许晓娅二十万给她弟弟治病，她才以身相许。这男人是谁？朱春辉不知道，但母亲程月娥心里有数，但究竟是不是和支书周大鹏，没有证据，也不好一口认定，毕竟这是一件"惊天动地"的大事。儿子朱春辉很愤怒，又在家待了一天，第二天准备回城里上班。这时，程月娥才很婉转地让儿子再在家里待几天，只干一件事，偷偷跟踪村支书周大鹏。终于，在第四天的下午，朱春辉开着从邻村同学那里借来的一辆别克，尾随周大鹏平时开的那辆米黄色轿车，一直跟踪盯梢到他去留马营村东，接上许晓娅去了县城，然后来到一家宾馆……

"王书记，出了这种事，对我们一家真是五雷轰顶，不知道该咋办了……"程月娥拭拭眼泪道，"好端端的一个家，就这样给毁了，有冤也无处伸。王书记，我是没有一点办法，没有一点出路，才来找你的……"

王金亮耐着性子听完，义愤填膺，本想拍案而起，但瞬间又冷静了下来，从办公桌前站起，来到程月娥对面的沙发上坐下，想了想，平静地说："大嫂，我相信你说的这些都是实事，你放心，乡党委一定会管这件事。我看这样，你回去以后，不要声张，三天之内，我会派出专人，去悄悄调查此事，要以事实为依据，也希望你积极配合。大嫂，你看，我先答应你这些，你说行不行？"

程月娥连连点头："行，行，王书记，这件事，除了我家里人知道，谁也不知道，我们也不敢跟任何人说。"

说着，还把那张电影票交给王金亮，并且说，他儿子用手机，偷拍到了周大鹏和许晓娅去那家宾馆开房的照片，证据都在儿子那里保存着。

正说着，林秘书进来了，拿着两个面包端了一盘咸菜，放到程月娥旁边的茶几上："伙房里就这些东西了，大嫂，你凑合吃点儿吧。"

王金亮对林秘书说："你让肖副乡长到我办公室来一下。"

林秘书走后不久，肖副乡长进来了。

王金亮向程月娥介绍说："这是咱乡的副乡长肖帆同志，让她负责这件事。"

接着，又向肖副乡长介绍了程月娥，并将情况大致说了一下。

肖副乡长就愣住了："周大鹏？真……真有这事？"

王金亮对程月娥说："蝎子沟离这挺远的，天又很晚了，我让乡里派车把你送回村，不要着急，我会处理好这件事。"

程月娥连声说："不用，不用。我儿子开车来的，在外面等着我呢。"

送走程月娥，王金亮对肖副乡长说："霍胜海外出培训了，这一周都不在。这几天，你抽出点儿时间，带上纪委一个工作人员，再叫上妇联的同志配合你，抓紧调查周大鹏这件事，影响太恶劣了，如果情况属实，必须严肃处理！另外，魏风林和部分村民一直告他经济方面的问题，你们根据举报线索，也顺便查一查，要暗中进行，绝对保密。"

这一调查，发现周大鹏不单单是和许晓娅，和村中另两位年轻女人也有"奸情"，约会开房的地点，都是在县城一个叫"白荷假日酒店"的宾馆。

18

在洑河下游青云湖水库的东岸，一栋哥特式建筑风格的别墅里，县人大主任赵洪岐和本县著名企业家、华姿集团的董事长黄长江，面对面坐在二楼的客厅里说话，有一年轻女子在旁边为他们沏茶。雕花的落地窗外，近处，是阳光照耀下波光粼粼的湖面；远处，黛青色山峦连绵起伏，印在蓝色的天空上，如同一幅精心设计出的舞台布景。

今天是星期天，赵洪岐不上班，在家吃过午饭，他心烦，就主动打电话给黄长江，问他忙不忙，不忙就出来坐坐。平时，赵洪岐是很少主动约黄长江的，这叫避嫌。因为在青云县政界，大家都知道黄长江和他的华姿集团，是赵洪岐从当副县长、常务副县长到任县长，多年来一路扶植起来的，对此坊间闲话很多，说他在这里持有股份，甚至说他才是华姿集团真正的老板。平时，都是黄长河打电话或者去县委政府大院里找赵洪岐，赵洪岐从来没主动找过黄长河，因为身份和地位在这儿搁着，政府官员怎么能和私企老板平起平坐？虽然，赵洪岐现在不是县长了，改任人大主任了，从"一线"到了"二线"，没有那么大权力了，不再那么显赫和重要了，但毕竟还是县里重要的正处级领导干部。一个县，总共才四位正县级干部，而在县领导的排名中，除了县委书记、县长、县委副书记，就是人大主任，然后才是政协主席，他属于实实在在的四号人物呢，再加上他是这其中唯一的一名本县籍贯的领导，因此身份、地位和影响力，还是非常巨大的。决策权尽管没有了，但说话和办事还是"管用"的，别说各部门各单位各乡镇那些"小头头儿"以及县委、县政府这些副职，就是书记和县长，也得给他面子，遇事让他三分。

黄长江无论多忙，也不论有多大的事，听说赵洪岐找他，立即答应并安排到青云湖这个别墅里来见面。

其实，赵洪岐来找黄长江也没事，就是心烦，不想在家里待着。平时上班，虽然也没多少事，但可以在办公室里坐着，让家人和外人看来他工作很忙，这是他逃避的借口。赵洪岐的妻子是一位小学老师，已经退休一年了，爱唠叨，爱干净，有洁癖，整天拾掇来拾掇去。赵洪岐在家里，非常拘谨和小心，哪也不敢坐，在沙发上坐着看一会电视，待一会儿去一趟卫生间，回来就见妻子在他坐过的地方摆弄沙发巾，还在那里拖地。赵洪岐心里就不悦，似乎是自己多脏似的。还没等坐下要接着看电视，妻子又去了卫生间，放水哗哗啦啦不停冲马桶，好像他没冲干净似的，搞得赵洪岐心烦意乱，就跟妻子论理。妻子不服，说我讲究卫生，多干活儿也不对吗？妻子从前不这样，忙着上班，就是退休以后没事变成这样的。他们有一个儿子，在市里工作，结婚后生了一个女孩，三口人平时都住在市里，孩子由女方母亲看着，只有遇到双休日或者逢年过节，儿子和儿媳才带着孩子回县城他们家住一两天。这个双休日，儿子一家三口是今天上午来的，中午在家里吃饭时，妻子开始"教育"三岁的孙女了，一会儿说孩子乱夹菜，一会儿吵她筷子掉到地上了，一会又训她把吃的饭又吐到了碗里，接着就骂儿子是怎么教育孩子的。儿子不便说什么，但儿媳妇不高兴了，认为是在说她没管好孩子，就领着孩子要走。儿子劝老婆，又劝母亲，搞得非常不愉快。赵洪岐也不知道说什么好，唉声叹气一番，就出门下楼了。想了想，便给黄长江打了个电话，之后自己驾车来到了青云湖。

黄长江见赵洪岐情绪低落，就笑着问："老爷子，谁惹你生气了？"

家务事，不便对外人多说，赵洪岐就顿了顿，喝口茶道："长江啊，你说，我以后退休了，天天在家里蹲着，会是个啥滋味啊，现在我就有体会了。"

黄长江示意沏茶的女孩出去，之后对赵洪岐说："真退休了，来我这儿啊！办公室我早就给你布置好了，可你一次都没去过，就等你没了职务，来我这里上班了……"

赵洪岐摆摆手:"不,不,我可不去你那。我自己,得出去旅游,把全中国转个遍,好好饱饱眼福散散心……"

"你还可以周游世界啊,所有费用我出。"

赵洪岐笑了:"还是长江重情谊,我算是没看错人。"

黄长江感慨道:"滴水之恩,还要当涌泉相报,更别说你对我,几十年如一日地提携和关怀了。我和华姿集团能有今天,都是你的呵护啊,这一点,我黄长江没齿不忘。"

赵洪岐点点头:"所以,到了现在,我只觉得你值得深交。其他的,都他娘的是势利眼儿小人。我当常务和县长时,一天到晚办公室和家里没断过人,给多少人办过多少事啊!可一到人大去,都不傍边儿了,脖子上像是安着转轴,滑得很,我如果真要退休了,估计就成瘟神没人搭理了。"

"老爷子,没事,有我一个恭敬你,足够了。咱要钱有钱,要人有人,老爷子你想干啥,一句话,要啥有啥。今晚,咱在这里吃你爱吃的猴头菇炖野山鸡,完了回县城,到金帝大酒店好好泡泡脚,洗个澡。听说,那里新来了几个妹子,手法不错。"

"那就听你的安排吧。"赵洪岐舒展了眉头,"长江啊,皇迷乡蝎子沟溶洞开发的事,你往下是啥打算,咋安排的?"

黄长江想了想说:"县里不是说要招投标吗?我正派人筹划这方面的事,看县里安排哪个公司做标,你在上面,也给费心打听一下,有啥动静,咱好及时应对。"

"王金亮那边,你也要做些工作,这项目虽然是县里主导,文化旅游局参与实施,但在王金亮的地盘上,征地拆迁和建设等大量工作,他不积极主动和配合,事就难办。"

黄长江笑笑道:"没事,你放心,金亮我不生,跟我弟弟是高中时的同班同学,而且关系不是一般的好,由我弟弟这层关系在这儿，不成问题。"

赵洪岐吃惊地问："你是说，金亮和你弟弟黄长河，关系至厚？"

黄长江的弟弟黄长河，现在是县公安局副局长。

黄长江点点头："所以这边儿一点儿问题没有。"

赵洪岐说："你是你，你弟弟是你弟弟，该走到的，还是要走到，不要麻痹大意。王金亮这小子，可不是一般人，有点犟劲儿，在倪老板想投资开发溶洞这件事上，顶得很硬，还当场给这个老倪弄了个下不来台。"

黄长江笑道："那还不是因为你在齐书记那奏了老倪一本？"

"他可是齐书记的关系，不这么干，不让齐书记尴尬和着急，咋能先搬掉这个拦路虎啊！长江，我这都是为了你，目的是扫清你投资溶洞的障碍嘛。"

"谢谢老爷子。"黄长江高兴地拿过身边一个手提包，从里面掏出一个有半个鞋盒大小的方盒子，打开，拿出用黄绸缎裹着的一件东西，然后揭开，露出一只金光闪闪、但低凹处却有淡淡锈迹的金佛，一看就是一尊古代的金铸佛像。

"这是……"赵洪岐一惊。

黄长江把金佛摆到赵洪岐面前的茶台上："你损失了一个小金锭，我赔你一个小金佛。老爷子，这可是明代的哟！"

赵洪岐连声道："这是作啥？不行，不行，我可不能收你这个，太贵重了……"

黄长江把金佛包起来放到盒子里，笑笑道："我回头放到你车上，不成敬意，也不是啥子礼物，一件纪念品而已，是让金佛保佑老爷子事事如意，天天开心的。"

赵洪岐没再说什么，转移了话题说："除了溶洞的开发，王金亮搞的那个田园综合体，你也要参与进去。"

"那是肯定的，详细情况，周大鹏已经跟我说了。不过，我感觉，可能会先启动溶洞的开发和建设吧。"

"也许会绑到一块儿下手，这事要由齐书记来定。"

黄长江问："可这两天，咋没动静了？"

赵洪岐说："齐书记去省委党校学习三天，回来马上就会定下来。所以，这几天，你抓紧找一趟王金亮，最起码，你要表明自己的态度，让他知道你迫切想参与溶洞和田园综合体的投资和建设。"

"好，我赶快安排让长河约他吃顿饭，老爷子，到时你是不是也出席一下？"

赵洪岐摆摆手道："不了，你们在一起放开说吧，我在场了，你们会拘束。"

黄长江给赵洪岐盅子里续了一点儿茶，说："有个事，我正想跟你汇报呢。"

"啥事，你说。"

"听说，张宾近几天要来县里，还要去王金亮的皇迷乡考察。"

赵洪岐一时没反应过来："张宾是谁？"

黄长江说："张宾80年代跟我一块在老景的阀门厂当业务员，老家是皇迷乡草楼村的，当时他偷老景建立的客户通讯录，被老景赶走，跑到山东去闯荡。你忘了？当时你在皇迷当书记，跟老景是表亲，还调解过这件事，让他给老景认个错，这事就过去了，可他半句软话也不说，还让老景给他恢复名誉。"

"噢！"赵洪岐想起来了，眯着眼睛说，"张宾？噢，想起来了，就是那个小犟筋吧！对，那年他承包蝎子沟的荒山，我当时刚提拔为副县长,正好管农业,他还找过我,后来再没有联系。我听说,这小子在山东发展得不错,现在干大了,手下好几千人。"

黄长江说:"对,他那个公司上市了,叫润易集团。"

"是吗?"

黄长江点点头:"说是最近他要到皇迷乡考察,你分包这个乡,不知道这件事吗?"

赵洪岐说:"王金亮还没有跟我说。再说,他回老家来,只是来看看,鸡毛蒜皮的事,乡里安排就是了,不一定要向我汇报。"

黄长江忧虑地说:"张宾二十多年前承包了皇迷乡蝎子沟村三千亩荒山,一直没开发,王金亮来皇迷以后,知道这个事了,非常不高兴,让手下人和村支书周大鹏跟他联系,他听说后,说是要过来看看,有可能在那里进行大的投资。"

"你听谁说的?"

"蝎子沟的支书周大鹏啊。"

"就是那个你当兵时,救过你一命的战友吧?"

"对,我跟你说过。"

赵洪岐说:"我认识,我外甥申怀亮那个村的支书,怀亮领他找过我。"

说到这里,黄长江顿了顿,闪烁着眼睛道:"有件事,我还得拜托老爷子帮忙说句话。"

"啥事啊?"

"乡里想整我这个战友周大鹏,这些天一直在暗中调查他,你给王金亮说句话呗。"

"为啥要调查他,要整他?"

"嗐！现在想整谁，谁还能没点事吗？当支书，难免不得罪人，有刁民诬告他呗！这不扫黑除恶吗，乡里想借机抓他个典型凑数。"

赵洪岐沉吟片刻道："乡里要想拾掇个村支书，跟拍死个苍蝇一样简单，这点小事，以我的身份，不方便跟王金亮说。再者说，他到底有没有事，是哪方面的事，我也不清楚，如果真有事，让王金亮给我顶回来，我会很没面子。你想管，你去管吧，这事不要跟我说了。"

"这些年，大鹏在村里，对你外甥可是处处照顾啊！"

"无所谓，有我呢，谁当支书，也不敢欺负俺家怀亮吧？"

"好吧，我自己想办法吧。"黄长江没词了，改变话题道，"张宾如果真要在蝎子沟承包的荒山上投资开发，等于是一只脚可就插进来了。我有点儿担心，他会不会趁机插手干别的事啊？我和张宾可是有点儿旧仇，青云可是我的地盘，他走了这么多年了，现在又想回来抢生意，我可不能视而不见，让他在这里显摆逞能。"

赵洪岐撇撇嘴说："你这话说得就有失风度了，人家是二十多年前承包的荒山，现在回来治理，你有啥可嫉妒的，为家乡做贡献嘛，人人都有份，别小肚鸡肠。"

黄长江说："这么多年不治理不投入，早该给他收回来，县里也是没个正经事。"

赵洪岐瞪瞪眼说："长江，那些年我可是主管农业的副县长，后来又当常务副县长、县长，政府的事基本上是我在当家做主，好多事也都是经我的手办的。当时好多人承包'四荒'，不都没全力以赴投入吗，你这是在说我不管不问失职吧？"

黄长江笑笑道："不敢，不敢，我可不是说你。我是说，不能让张宾在青云做事顺当了，关键是这可能还会影响以后我在皇迷乡做事。"

赵洪岐说："如果先开发溶洞，那是要公开招标的，只要具备资格，够条件，谁都可以参与竞标，谈不上谁会影响谁。"

黄长江忧虑道："这就成没准的事了，多了个张宾，会多个竞争对手，多添个麻烦……"

赵洪岐笑笑："你做企业搞项目这么多年，招标前后该做哪些事，不用我教你吧？"

"我当然知道，我现在正在运作之中，正在找一些有资质的老板参与投标，到时候谁中了标都会是我的。但现在这形势，越来越公正和透明，都是在网上公开招标信息，就怕万一杀出个黑马，这个黑马，我怕是张宾。"

"那就没办法了，听天由命吧。"

黄长江问："这事王金亮说了不算吧？"

赵洪岐说："当然，招标跟他无关，即使溶洞的开发，他也插不上手。但项目在他地盘上，规划可以听他的意见，征地拆迁肯定由他全权负责。"

"这不是光有出力气的份儿，没他做主的份儿吗？"

"应该是这个意思吧。"

"那你到时候把主持招标的公司，能不能提前哪怕一个小时透露给我？"

赵洪岐想了想说："看情况吧，通过县政府那儿，我如果能知道了，会及时告诉你。"

第七章

19

一大早，王金亮和派出所于所长去了县公安局，为裴凤莉的案子，去找主管刑侦的副局长黄长河。

黄长河是王金亮高中时的同学，当时两人都在县一中读书，一个班的，关系最好，人称"黑白双杰"。意思是说，王金亮长得黑，身材魁梧，爱打抱不平，班里无论男生女生，只要谁受欺负了，他都敢出头去找人论理，最后把事摆平，让没理的一方赔礼道歉，而他学习则一般，算是中下游吧，但为人最为仗义，是一杰；而黄长河人长得白净，细皮嫩肉的，还瘦胳膊瘦腿，生性腼腆，像个大姑娘，但学习很用功，成绩在班里拔尖，也是一杰。

到高二刚开始的时候，有一阵子黄长河总迟到，天天都是一副慌慌张张的样子，一放学就急急忙忙走了。王金亮见状问他怎么回事，他却支支吾吾不肯说。有一次放学后，王金亮在后面悄悄走街串巷尾随黄长河，见他径直回了家。王金亮在墙角藏着，看他一会儿出来干什么去，结果等了半天也不见黄长河出来。王金亮心中纳闷儿，下午放学后，大多同学都会出去玩会儿，不是去刚刚兴起的网吧，就是去录像厅看会儿投影，他急急忙忙这么着急回家干吗，有什么要紧事？王金亮就过去敲他家小院的门，是想看看他究竟在家干吗。黄长河从里面开了院门，一看是王金亮，很惊讶，就让他进来了。到了屋里以后，王金亮才发现，黄长河的母亲坐在床上，正在剧烈地咳嗽着。黄长河顾不得对王金亮客气，只是说让他先坐会儿，返身坐到床上为他母亲捶背。屋子里散发着浓郁的中药味儿，室内乱得不能再乱，地没扫，桌子上、柜子上、黑白电视机上都是尘土，衣服、杂物、碗、盘、筷子随便放着。黄长河母亲弓着背坐在床上，一直咳嗽不止，还不时呕吐，但只是干咳，什么也吐不出来，一副痛苦的样子。黄长河一边捶打母亲的后背，一边含着眼泪问母亲："妈，好点儿不？不行吃两片药吧……"他母亲边咳嗽边呻吟着："不管用……你……你同学来了……别管我了……"王金亮叹口气，眼圈儿有点儿发热，没说什么，就开始收拾家里，归置杂乱无章的东西，擦拭家什，然后扫完屋里的地，又扫院子里的地。把碗盘收拾到厨房，一看锅碗瓢勺都没有刷，就下手都洗干净了。王金亮这才得知，黄长河这一阵子之所以过得如此忙碌和狼狈，原来是他母亲病重了。他母亲患支气管炎一年多，时轻时重。不犯病时，都是母亲做饭收拾家务照顾他上学。但最近，他在县物资局工作的爸爸去广州出差了，要一个月后才能回来。爸爸走后没几天，母亲的病就厉害了，不但不能做饭拾掇家务，还得让黄长河照顾，而哥哥黄长江一年前去北京郊区当兵了，现在就剩黄长河和他的生病母亲了。

王金亮看到这种情况，对黄长河说，伯母病得这么重，不治可不行，得赶快去医院，于是就帮黄长河将他母亲送到医院治疗。上楼下楼做各种检查时，黄长河背不动他母亲，都由王金亮背着。这期间，王金亮放学后到医院和黄长河倒着班照料他母亲，把黄长河感动得一口一个亲哥叫。黄长河母亲患的是慢性支气管炎，不犯病没事，犯起病来就咳嗽不止，很是痛苦。出院后，又是王金亮通过父亲打听到县城的一个老中医，便和黄长河领着他母亲去看，最终用偏方治好了他母亲的病。从此，两人像亲兄弟那样亲近。黄长河的母亲，至今仍然健在，经常跟黄长河念叨王金亮，对他说："儿啊，不是金亮，你娘这命，恐怕早就没了，以后无论到了哪里，都不能忘了这孩子，这孩子对我，可比你和你哥都孝顺啊……"后来高考，学习成绩一向突出的黄长河考得并不好，上了省里的公安学校，是中专；而成绩一般的王金亮，考到省农业大学的一个分校，属于大专。毕业后，黄长河分配到县公安局，从刑警干起直到提升为副队长、队长、副局长。王金亮毕业后则到了县农业局，后来就下乡去了乡镇任职，一走就是十多年，从副乡长、乡长再到党委副书记、党委书记。

赵家疃村裴凤莉的案子是县刑警大队侦办的，黄长河是主管刑侦的副局长。为此，王金亮心中暗喜，觉得找他过问一下，别的先不说，最起码通过他可以掌握一些案件的实情。

在蝎子沟村分地时，那个叫周二黑的跟王金亮叫板，说他姨夫是黄长河，当时，王金亮还笑了，心说我不但不怕这个公安局长，我说两句难听的他也得听着，但他当时没说那么多，周二黑和村民们，并不知道他们之间的特殊关系。

在路上，王金亮向于所长简单说了一下他和黄长河从前的友情，于所长高兴地说："原来这样啊，那这案子肯定翻了，你出面，黄局长他不能说二话。"

王金亮笑笑说："我们自高中毕业，好多年不交心了，后来都参加工作挺忙的，偶尔见过面，早些年同学聚会还在一起聊会儿。这几年聚会也没了，这么长时间了，人变不变，我不得底啊！有好几年我们都没有见面了。不过，就算是再变，我们之间，应该是不用客气，不用掖着藏着，这一点，我还是自信的。"

于所长说："有这就行，现在这世道，关系铁，能不打官腔就行。要不，有点权势的，能管点儿重要事的，且给你摆架子玩弯弯绕呢。"

到了县公安局，通报之后，不等王金亮和于所长敲门，黄长河就从办公室出来跑到楼道里迎接了，大远里就高兴地招呼："哎呀，金亮哥啊！是哪阵香风把你吹来了……"王金亮和黄长河同岁，但生日比黄长河大三个月，所以多年来一直称王金亮为哥。

黄长河上来握住王金亮的手，还拥抱了一下。

到了办公室里，黄长河又是让座，又是泡茶，热情得非同一般。

王金亮也很高兴，打量黄长河一番，感慨道："长河，比上次见你，你可又胖了，你看，小肚子都起来了。"

黄长河不敢在写字台前坐，把沏好的茶端到王金亮面前，坐到他对面的沙发上，笑笑说："可不是咋的，咱都过四十了，能不长肉吗？说明老了啊！"

王金亮说："你可不见老，还是那么白，再胖点儿，又穿这身警服，比从前可是有风度了。"

"哥，你还是那样，一点儿也不见老，比原来还瘦了点儿。"

"呵呵，我这黑人，上中学时就像三四十岁的，再加一直在乡下，风吹日晒，更黑不溜秋了。基层的事太多，两眼一睁，忙到熄灯，吃啥也上不了膘儿……"

黄长河问:"哥,咱有几年不见面了?"

王金亮想想说:"得有三年了吧,我记得是一个星期天,我从乡里回到县城,有一次我开车走到一条小巷里,跟你的车走了个顶头,我没让路,你的司机拉响了警笛,我当时也冲着呢,越这样越是不理你的车……"

黄长河接着王金亮的话说:"我心里想,在青云县,谁这么大胆,敢跟我公安局的警车叫劲,我气得跳下车,一看,是你王金亮……"

王金亮说:"结果,中午,我还做东请了你一回,喝得你夹着烟头当菜吃……"

黄长河不服道:"是我要请你,结果你偷着去买了单,提前把账结了,整得我心里难受了好几天。"

两人哈哈大笑,于所长也乐得前仰后合。

黄长河问:"我还是半个月前听说,说你调到皇迷乡了。你咋也不跟我说一声,让我请你一回给你祝贺祝贺。"

王金亮撇嘴道:"我这是平调,有啥可贺的。"

"那也是领导能想着你,总是动动你,就是好事,不是有句话,叫虽然是平调,但位置很重要吗?从小乡到大乡,下一步,还得提拔你。"

王金亮哈哈大笑:"提拔?提水拔牙吧!再干两年,我就该回县直弄个虚职,再混几年就退休了。"

"唉!也是,想想当年的咱们,是何等的抱负啊!可一眨眼,人到中年了……"说到这里,黄长河突然道,"对了,也就是半个月前吧,有人来我这告了你一状,我这才知道你去皇迷乡当书记了。"

王金亮一惊:"噢!谁告我的状?"

黄长河笑笑问:"你去蝎子沟分过宅基地吧?"

王金亮突然想起来了,连忙说:"是不是有个叫周二黑的,说你是他姨夫?长河啊,你一提这个,我突然想起来了,这件事,我正想要跟你解释呢!"

"哥,不必,不必!"黄长河真诚地说,"二黑都把事都给我说了,我也向周大鹏打听了情况。那小子就是个二百五,动不动就把我拿出来耍横吓唬人。你做得对,地就该那么分,不然啥时候也整不成。我把二黑好训,说别说王金亮夺了你的铁锨,就是拍你一铁锨,你也是白挨,找我替你出气,没门。知道我和王金亮啥关系?对我和我娘还有我们一家人都有恩。以后让他少找事,我还让他找你赔礼道歉,他去了没有?"

这一番话,说得王金亮很感动,拍拍黄长河的肩膀说:"好,好,长河,你理解就好,没怪我就好,哥哥我很感动。"

黄长河站起来给王金亮茶杯里续水,挚诚地说:"要说咱俩这交情也好,你对我的恩情也罢,别说你做得对,即使做得不对,我也不会说二话。在青云,我没几个朋友,有的都是所谓的用你时跑得快,不用你时躲着走的人,只有哥你,是我最敬佩的汉子……"

"好,长河,你还是原来的长河。"

"哥对我的恩德,还有娘嘱咐我的话,我至死都不能忘。"

说到这里,王金亮问:"伯母身体还好吧?自从下乡以后,我也没去探望伯母。"

黄长河说:"挺好的,我妈四十多点就得了支气管病,几年看不好。自你推荐去看中医吃中药,到现在没犯过,除根了。你说怪不怪,还活大岁数,今年都快八十了,啥病也没,只是耳朵有点聋。包括我爸、我哥,也多次提起你让我妈去看这个中医根除我娘病的事,说你是我们黄家的贵人。"

"太好了!"王金亮听后感到很高兴,"抽个时间,我去家里探望伯母。"

于所长见他们一直在叙旧,越说越热乎,越聊越亲切,就说去户籍科办点事,一会儿再过来。

叙过旧,又扯了一阵闲话,见于所长借故离开了,王金亮这才将话题切入正题。

"长河,我今天来找你,是有点儿事。"

黄长河笑笑道:"我猜出来了,哥你那么忙,肯定不是来找我聊天说闲话的,啥事?只要我能办。"

王金亮从手包里掏出赵新春和赵志豪签订的那份"协议",又把乡里了解的赵家疃村这起"伤害案"的大致情况叙述了一遍。

黄长河仔细看着"协议",并没有专心听王金亮对案子的复述,因为他清楚这起案件,但他还是耐心听王金亮讲完,之后问:"哥,你说你想怎样,是啥意思吧?"

王金亮说:"这不明摆着吗?这是一起冤假错案,不能让真凶逍遥法外,还受害人一个公道。"

"你为啥要管这个事?"

"这是我乡里的老百姓啊!"

黄长河笑了笑:"哥,你这乡里的老百姓成千上万,那么多人,这么多事,你要都管,能管得过来吗!"

王金亮不悦,皱皱眉头道:"长河,你这是啥意思?"

"别着急,哥,我是想知道一下,是你要主动管这个事,还是受人之托,人家知道咱俩的关系,通过你来找我,这个你得给我说实话。"

这次见面，王金亮发现黄长河最大的一个变化，就是能说了，会说了。从前上学时，他可不是这样，少言寡语，有时同学们在一块玩闹，有说有笑，他总是不吱声。

王金亮没有隐瞒，把裴凤莉装疯拦他的车，到赵新春家里家访，还有村支书赵志豪如何嚣张，现在已经被县纪委"留置"的情况简单说了说，最后道："我认裴凤莉做了我的干闺女，没人托我，是我主动要管这个事的。"

黄长河一惊，眉头跳了跳："认她做干闺女，哥，你这是……"

"感到奇怪，不可思议是不是？"王金亮出口长气道，"唉！这乡下普通的老百姓啊，无权无势的，可能是被社会上的不正之风整怕了。为这个冤案，求到我这儿，四处借着钱非要给我送，我怎忍心收？可不收，就说我不办事，不为他们做主。在他们看来，收钱才能办事。为了让他们相信咱们党和政府，是给他们排忧解难，敢于担当的党和政府，我就收她做干闺女了。唉！长河啊，你是没在乡下的基层工作过，你不知道老百姓办个事有多难，尤其是摊上这明知是冤却无力回天的大事，真是迈不过这道坎啊！你说，面对这样的农民，看着他们那无助的眼神，我该咋办？装聋作哑，视而不见吗？长河，你知道我的脾气和个性，上学时就这个脾气，我是眼睛里揉不得沙子的人，看见有人受苦受难，比我自己遭罪都难受……"

"哥，别说了。"黄长河站了起来，"这事我管了！"

"长河……"

"既然哥说到这儿了，你的事，就是我的事，即使免了我的职，我也得管。"

"有这么严重？"

"有可能比这还严重。"

"为啥？明明是错的……"

"唉，这年头啊……"黄长河叹口气说，"有些当领导的，哪都像你那样还讲啥党啊人民群众的啊，比咱们大得多大得多的官儿，台上讲话时说得天花乱坠，背后里一肚子男盗女娼。这个案，背后有人搞鬼，逼得我和我下边办案的不得不这么干，是谁我不能讲。"

王金亮心里咯噔一沉："还真的挺复杂啊！难度很大吗？"

黄长河沉吟片刻，拍拍"协议"说："有这个，会好办一些，可以戳穿他们搞偷梁换柱欺骗公安局的把戏。不过，把原来的案子推翻重审，难度的确很大，现在公安部门也在搞巡视，如果翻案，是会追究相关人员的责任的，所以我还要请示一把手。"

"长河，是不是让你作难了？"

"这么多年了，你从没有找过我，说过任何事。我刚才说了，意思是你能不管，就不要管，既然你决定要管，决心要管，我二话不说，一定，而且必须帮你。你不是为了自己，而是为了别人，为了普普通通的老百姓，冲着这一点，哥哥，你没有变，还是我心目中的大英雄！所以，再难我也得办，不惜肝脑涂地……"

"我的好兄弟！"王金亮眼圈发热，"长河，我代表裴凤莉一家谢谢你！"

黄长河笑着说："哥，咱俩胜似亲兄弟，说这话就见外了。"

这时，于所长办完事回来了，王金亮正好站起身准备告辞。

黄长河执意让他们留下吃中午饭，王金亮说回乡里还有事，得赶快走。

黄长河强留不下，只得把他们往办公室的门外送。

站在门口，黄长河说："这一两天，我正说要跟你打电话呢，我和我哥，想请你吃顿饭，在一块儿坐坐，聊聊天，看看你啥时候有空，具体时间你定。"

"你哥？"王金亮问，"你是说黄长江吧。"

"对啊，我就这一个亲哥，你们从前在我家里见过面。"

王金亮说："我听说，这些年他可是发了，成大老板了。"

"当兵回来当临时工，后来去广东闯荡，干到现在也不容易。"

王金亮笑道："咋现在想起来请我吃饭了，有事？"

黄长河说："没事。那天我俩在一起说话呢，提到了你。他说这些年一直没见过你，挺想念你的，也念及你对我妈和对我的好，就说由他做东，让我负责请你。"

王金亮想想说："好，长河，替我先谢谢你哥，我现在特别忙，乡里的事多得不行，等有时间吧。"

出了门口，黄长河让于所长先下楼，拉拉王金亮的胳膊又回到了办公室："哥，我还有一句话对你说。"

两人就站在室内的门口旁说话。

王金亮问："啥事？"

"周大鹏的事。"

王金亮一时没反应过来："周大鹏！哪个周大鹏？"

黄长河笑笑："你乡里有几个周大鹏，蝎子沟的呗。"

"噢！"王金亮大惊，根本没有想到他们还会有瓜葛，"长河，你和周大鹏……"

"千万别误会，我和他只是普通认识，因为我那个外甥二黑是他本家一个侄子，并没有啥特殊的关系。"

"那你说他是啥意思？"

"他跟我哥关系不一般，是战友。我哥让我找找你，替他请求你,求你放周大鹏一马,事后,我哥……"

"噢,明白了,这事我有耳闻,说是周大鹏救过你哥的命。"王金亮脸沉了下来,"就是为这事,你哥要请我吃饭?"

黄长河连忙解释道:"不是,不是,这是两码事,你别误会。这事,他哪好意思跟你说,他知道咱俩的关系,是托我跟你说的,也算是我求你行不?"

王金亮暗想,关系真是复杂啊,对周大鹏的调查还没完全结束,说情的就出来了,不是别人,而是黄长河,再加上他的哥哥黄长江。

王金亮皱着眉头问:"长河,你知道周大鹏犯的是啥事,啥性质的问题吗?"

黄长河说:"听我哥哥说,就是犯了点作风方面的错误吧?"

王金亮气愤地说:"一个村支书,在村里乱搞女人,简直不像话,影响太恶劣了!"

黄长河有点不屑,嗫嚅道:"嗨,不就搞俩娘们吗,关你啥事?你何必生那么大气……"

"长河,你说啥?"王金亮瞪大了眼睛,"身为党员干部,就不能干这个,干这个就别当村干部!我是乡里的书记,他倚仗职权糟蹋村里的女人,破坏人家的家庭,咋就不关我的事?我不替老百姓做主,要我这书记何用?我最看不惯道德败坏,奸盗邪淫!尤其是这好色之徒……"

"哥,你大眼一瞪,怪吓人的,我害怕!这是我哥的事,我是替我哥来求你,不能办就算了,何必大动肝火,你不答应,回头,我跟我哥说一声就是了。"

王金亮怔一怔,平静一下心绪,悄声问黄长河:"你不会是拿这个,跟刚才我说的那个案子作交换吧?"

"不！不！绝对不会！"黄长河坚决地说，"哥你千万别误会，这是两码事，跟那个毫无关系。"

王金亮长出一口气，思忖了片刻，看看黄长河说："好吧，这事，让我考虑一下……"

黄长河高兴地说："我替我哥哥先谢谢王书记。"

在这一瞬间，王金亮突然觉得黄长河有点陌生了。

20

牛金贵决意为祁雪菊急需用钱的事铤而走险。

祁雪菊急需用钱，是因为她的妹妹。

祁雪菊的妹妹叫祁雪梅，今年二十五岁，三年前嫁到了乡政府所在地皇迷村，有一个三岁的男孩。她丈夫叫余小可，在市里一家快速公司当"快递小哥"。平时，祁雪梅在家里带孩子，日子本来过得顺顺当当，但半年前，两人关系突然恶化了，原因是因为孩子的长相被邻居说了闲话。

他们的儿子叫余明明，有一次余小可从市里回来领着明明在村街里玩，邻居一位大叔摸着明明的脸蛋儿，仔细看看，对余小可笑着说，这孩子咋长得一点儿也不像你，是你的吗？这本来是一句玩笑话，邻居是无意说着逗乐的。但余小可就犯了嘀咕，认真打量一番孩子，越发感到这孩子的确长得不像自己，也不像祁雪梅，头大，脸大，小眼睛。回家就跟祁雪梅生气，黑着脸问她在外面是不是有别的男人。祁雪梅当然说没有，说结婚后不久我就怀孕了，一直在村里待着，根本就没有出过门。余小可又问，那结婚前呢？祁雪梅说，结婚前我在我们蝎子沟村，结婚后我就到你们村来了，孩子都这么大了，我是啥人你不知道，现在咋突然就猜疑我，你这是污辱人。余小可疑心越来越重，一回来两人就为这事吵架，再后来余小可就不回村了，也不跟她说话了，电话也很少打。祁雪梅一气之下，把孩子留给婆婆，自己通过同学，也到县城去打工了。当时，作为姐姐的祁雪菊，多次调解过他们的矛盾，还劝妹妹祁雪梅不要去县城打工，但两人都很犟，她谁也管不了。

三天前，也就是祁雪梅去县城一个饭店当服务员的两个半月后，晚上下班回住处时，在街边被一辆摩托车撞了，当场昏迷。摩托车逃逸，是一块儿下班的一个小姐妹拦住一辆出租车，把她送到了县医院。经抢救，祁雪梅脱离了生命危险，但一直人事不省。祁雪菊和余小可都到县医院去了，因一时找不到肇事的摩托车和司机，医疗费只能是自己先垫付。余小可交了五千元，两天就用完了，到了第三天，护士催交钱，余小可说自己这里没有了，得回家跟父母要或者是找亲戚朋友借一借，可他一走到了天黑也没有回来，打电话也不接。晚上，余小可的妹妹来了，说哥哥有急事回市里了，让我替他来照顾嫂子，这几天由她在病房里值班。祁雪菊说，那医疗费的事怎么办？余小可的妹妹说家里也没钱，我哥哥让你先想想办法，以后会还上的。护士又在催交医疗费了，祁雪菊找到科主任说了半天好话，才答应宽限一天，如果再不交，就停药了，而且还必须出院。祁雪菊独自供养女儿上私立初中，费用很高，靠自己收废品挣点儿钱勉强维持生活，虽说乡里和王书记要解决她的困难，把女儿转到乡中来，但现在她和女儿的户口正在解决之中，都还没有办妥和落实，家里根本没有闲钱，说句不怕人笑话的话，她微信上只有二百多块钱。余小可看来是不想管妹妹了，家里的哥哥瘫痪在床，自顾不暇，父母都不在人世了，妹妹昏迷不醒，只有她这个亲人可以依靠了。祁雪菊回到村里，思来想去，想不出去哪里借这笔钱，实在没有办法了，她就找到牛金贵说了此事。当然，祁雪菊知道牛金贵也没钱，但她还是愿意跟他说说，商量一下，看这事怎么办，去哪里筹笔钱交医疗费。救妹妹的命要紧啊，并且一再强调，不管先借谁的，等找到肇事者了，这钱一定还回去……

牛金贵听祁雪菊找他借钱，有点兴奋，因为平素里祁雪菊是个再难也不求人的女人，也从没向牛金贵要求过什么。有时，牛金贵主动帮她，她还极力拒绝。这次，祁雪菊肯定是一点办法也没有了。但她需要的这笔钱，三千也好，五千也罢，牛金贵手里也没有，这怎么办？于是，牛金贵思来想去，就想到了侯三业。

侯三业是邻乡换马店镇人，五十来岁，喜欢摆弄古玩，是牛金贵去年通过从前在广东一块打工的朋友介绍认识的，并知道他还盗挖古墓，手下有一伙人，以名谐音，都尊称他为"侯爷"。在侯三业的鼓动下，牛金贵参与过几次盗墓，给他们运送和放哨，之后侯三业给了他三千块钱。牛金贵觉得这钱来得真容易，但知道这是不走正道，违法犯罪的事，一般不去主动参与，除非是侯三业缺少人手非叫他帮忙不可，前几次就是这种情况。现在，祁雪菊急用一笔钱，牛金贵就想到侯三业手里有钱，找他借个万儿八千的，应该不成问题，因为他知道侯三业这人很仗义，也大方，对自己很不错。牛金贵给侯三业打电话，说了借钱的事。侯三业二话不说，满口答应，并问他最近在忙什么，也不联系了。牛金贵说在村里新发现的溶洞口值班，还简单说了一下情况。侯三业就噢了一声，说我听说了，原来最早是你发现的啊。牛金贵就说，那个洞先前没人知道，不知道里面有没有藏着别的东西，比如金银财宝什么的。侯三业迟疑片刻，说咱们今天抽空见个面，正好把你急需用的钱拿走。

牛金贵趁傍晚倒班的时间，骑着摩托车，去十公里外邻乡换马店镇见到了侯三业。侯三业把一个信封交给牛金贵，说这是一万，你数一下，拿去用吧。牛金贵连声说谢谢侯爷，不用数，我打个借条吧。侯三业笑笑说，这点小钱，不用，咱弟兄们，谁跟谁啊，拿走先花着吧，不够了随时张嘴。牛金贵很感动，觉得侯三业这人真是太够朋友了，便说侯哥你有事就吩咐，我随叫随到。侯三业问牛金贵啥时候在溶洞口值班，牛金贵说今晚八点就该他。侯三业说那好，今晚半夜的时候，你带着我还有几个弟兄，去洞里看看。牛金贵一惊，望着侯三业不知所措，不敢表态。侯三业笑笑说，你别害怕，就是进去看一看，正如你所说，看有没有藏着东西，如果有，就顺手牵羊，没有，就只当哥几个进去看看稀罕，反正现在溶洞还没有开建，也没人管，不会有人知道的。牛金贵还是有点儿犹豫，说值班看洞口的不是我一个人，还有一个呢。侯三业说，这个你不用操心，我有办法，保证让他发现不了，只要你领我们进洞，这一万块钱，不用还了，万一发现里面有老物件或者财宝，咱们还是按老规矩办，给你提成，这个你放心，我侯三业是个最重交情的人，保证不会让你吃亏。牛金贵想想祁雪菊急用的这笔钱不用还了，就答应了，但最后说，跟我一块值班的那个李广宾，是村里我最好的哥们，对他不能有半点伤害，这一点必须保证。侯三业信誓旦旦答应，并详细密谋了具体的行动方案。

就这样，牛金贵为祁雪菊筹措妹妹住院的医疗费，领着侯三业偷偷进了这个新发现但尚未开发的地下溶洞。

牛金贵在侯三业的一再挽留下，在他家吃了晚饭，并和侯三业的几个手下都见了面，商量了一些进洞的细节。见时间很紧张了，牛金贵才骑摩托车直接去了村北后山。他把摩托车放在山脚下，到了半山腰的洞口旁，见李广宾已经接班了。按乡里和村里的安排，由村里抽出六名年轻的村民轮流看守山洞，分成三班，两人一班，一班八个小时，在洞口旁临时支了个帐篷。乡里和村里都口头上答应了李广宾和牛金贵，将来溶洞无论由谁开发，都会考虑因他们发现这个溶洞而安排他们在这里工作，现在值班的补助，也会由开发者发给。因此，李广宾也不去县里打工了，等着参与溶洞的开发和建设。

见牛金贵匆匆过来，李广宾问："上班时，我去家里找你，你妈说你早出去了，你干啥去了？"

牛金贵撒谎道："我去雪菊家里了，她那有点事。"

李广宾问："对了，我听说她妹妹出车祸了，咋回事？"

牛金贵叹口气："挺严重的，住县医院了，是被摩托车撞的，现在昏迷不醒，撞人的那家伙跑了，住院费得先自己垫上。"

李广宾说："城里那大街上，不是都有电子眼吗？能照住牌照，一查不就找到了。"

牛金贵说："说是没有查到，夜里路灯不亮，不过还在查。"

李广宾也叹气道："雪菊和雪梅姊妹俩，咋命都不好啊。你看，雪菊长得那么俊俏，当初在村里上小学时，男孩子都那么喜欢她，后来却嫁到了外乡，还赶上不能生育，被人家抛弃了，要了个孩子也没户口，再婚吧，是个瘸子不说，还虐待人家娘俩……"

牛金贵锁紧眉头说："更可怜的是，她户口不在村里，现在不能享受低保，更别说贫困户了，周大鹏一句户口不在本村，啥好事也没她的。你看她住的那房子，是她离婚回村后，她那个瘫痪的病哥哥让给她的两间房，可危房改造时，她哥哥的房子修了，周大鹏就是不给她修，你说可恨不可恨。你看，祁雪菊只得整天靠收废品维持娘俩的生计,还他娘的扶贫,精准扶贫,狗屁!村里有这么个家伙,谁也过不好。这小子表面笑哈哈,一肚子坏水。好在这事乡里王书记知道了,正想法帮她解决呢。"

李广宾想想说:"按说,祁雪菊父母去世了,住的房子算是他哥哥的,房产应该是他哥哥的,修时应该一块儿修了,咋就留了两间不修啊?村里是不是一块儿报上去了,让周大鹏把这两间修房款给截留装自己腰包了。"

牛金贵气愤地说:"我也是这么认为的,准是叫那家伙给贪污了!"

这时,李广宾悄声道:"我听说乡里正暗里调查他呢……"

牛广宾一惊:"噢,说是啥事啊?"

"我听二黑说,周大鹏跟朱春辉媳妇有一腿,是朱春辉他娘去乡里把周大鹏告了。"

"真的?这太好了!"牛广宾心花怒放,"赶快把这个村霸抓起来,以解我心头之恨。"

就这样,他们一直叨扯着说闲话。

过了一会儿,牛金贵看一眼手机,见已经九点多了,就打算下山回村里一趟,去村里的小卖部买瓶酒和火腿肠什么的。同时,他还想把身上揣的一万块钱交给祁雪菊,他怕明天起得晚误了事。

按照与侯三业商定的,侯三业领着人,会在十一点半来到山下与他接头,之前,他要张罗着和李广宾喝酒,最好把李广宾喝高了,然后他们过来把李广宾用药迷昏,之后再进洞。

因此,牛金贵对李广宾说:"这会儿好想喝酒,我下山回村里一趟,买瓶酒过来,咱俩喝点儿。"

李广宾说:"都这点儿了,村里的小卖部都关门了吧?"

"没事，我叫开门拿上就是。"

牛金贵骑摩托到了村里，叫开张三家的小卖部，拿了一瓶酒和火腿肠、五香花生米等一些小食品，之后来到祁雪菊家破旧的院门前轻轻叩门。

祁雪菊打开门，见是牛金贵，有点吃惊地问："今晚，你不是在山上值班吗？"

"你不是着急用钱吗？我来给你送钱。"牛金贵从兜里掏出个信袋，递给祁雪菊，"这是一万，你先用着，我怕下班后回家睡觉，起不来误了事，所以先给你送来了。"

祁雪菊惊讶地看着牛金贵："天啊，你真借来了！"

"你不是说医院催得急吗？"

"我是说能借个三五千就行。"祁雪菊接过钱，看着牛金贵说，"你咋拿来这么多，从哪儿借的啊？"

牛金贵说："雪梅伤那么重，这点儿钱恐怕也顶不了几天，后边我再想办法。"

祁雪菊感动地说："让你费心了……"

"没啥，你的事，就是我的事。你回屋吧，我走了。"

"进屋坐一下吧，晓雅住校呢，没在家，正好有个事，我想跟你说一下。"

牛金贵本想赶快回山上，但听祁雪菊这么说，就走进了院子。

坐定后，祁雪菊给他倒了杯开水："家里也没茶叶，你就喝口白开水吧。"

昏暗的灯光下，靠正门山墙的方桌上，零乱地放着一些祁雪菊刚刚剪成的红纸窗花。牛金贵随手捡起一张，图案是双鱼福字，就问："你总剪这个，这两条鱼都翘着尾巴，是啥意思啊？"

祁雪菊说:"我也不知道啥意思,我见人家剪,我就比画学着铰,就铰顺手了。"

不知道从什么时候起,大概有三四年了,祁雪菊喜欢上了剪窗花,只要在家没事,就坐那剪。除了送村里人,外出收废品时,她还带着一些剪好的窗花,到乡镇里或者县城里那些小区,有保安不让进,她便从纸袋里掏出一沓,让人家挑拣,说是图个吉利,回家哄孩子也可以。

牛金贵笑笑说:"挺好看,我拿几张吧!"

祁雪菊说:"你随便拿,多拿几张吧!"

牛金贵挑选出几张,小心翼翼装到夹克的内兜里:"我得好好留着,这可是无价之宝,那天王书记都夸你呢,说这是啥艺术……"

祁雪菊嗔怪道:"别讽刺人了,我是闲着没事,家里也没个电视,也没装宽带,不能上网,只好这样打发时间,只当是闹着玩的。"

"对了,你不是说有事跟我说吗,啥事?我不能久待,山上就李广宾一个人,我怕一会儿有人去检查。"

祁雪菊皱着眉头说:"上次,电话里我只是跟你说钱的事了,别的事没跟你细说。我感觉吧,我妹夫不想管我妹妹了,这不,他让他妹妹替他在医院照顾雪梅,自个儿又回市里上班了。他妹妹昨天一直跟我嘟囔,想让雪梅出院,反正现在光是输液,可以转到乡卫生院来,这样离家近,照顾方便,医疗费也能省不少。肇事者现在还找不到,虽说新农合将来能报销一部分,但现在全得垫,说家里没钱。"

牛金贵听后瞪了眼:"你妹夫这人咋能这样,自己老婆出了事,咋能撒手不管?也太不是东西了!"

祁雪菊唉声叹气:"你是不知道,他们两口子,吵闹了半年多了,关系一直不好,我害怕,他会不会跟我妹妹离婚啊……"

牛金贵气愤地说:"这个时候,咋能这样!这家伙真不是东西,改天我去教训他一顿!"

祁雪菊眼圈儿含着泪:"还有,我最害怕的是,我妹妹如果一直昏迷不醒,成了植物人咋办?"

牛金贵安慰她说:"雪菊,没事,吉人自有天相。你放心,你觉得能转院就转院,这主意你拿就是。那小子不管,咱管,钱的事,我来想办法,就是卖房子卖地,咱也得管你妹妹治病。"

一串泪从祁雪菊眼眶里溢了出来:"金贵哥,这两年,你对俺娘俩的好,让我说啥好呢……"

牛金贵站起身,看看祁雪菊,嗫嚅道:"我牛金贵是个粗人,不会说那么多好听的话,雪菊,我会一直等着你,等你一辈子……"

从祁雪菊家里出来,牛金贵骑摩托来到后山脚下,放好车,拎着塑料袋里装的一瓶酒和食物来到了洞口一旁的帐篷里。

李广宾问他怎么去了这么长时间,牛金贵说回了趟家,于是两人就对着酒瓶你一口我一口,边喝边天南地北地瞎聊。

一瓶酒喝完,李广宾说头晕,一歪身子就躺下了,很快就睡着了,打起了鼾声。

牛金贵看看手机,见还有五分钟不到十一点半,就站起来出去撒尿。

这时,山脚下传来一声呼哨。

牛金贵知道是侯三业他们来了,打个哆嗦,在帐篷外大声喊李广宾:"广宾,你听,咋有呼哨声?"

见李广宾没有反应,牛金贵有点儿不知所措。因为按照议定的办法,是由牛金贵把李广宾引出来,由侯三业他们突然上来把他弄昏,办法是用毛巾蘸上一种致人昏迷的药水,让他失去知觉,他们才进洞寻宝。

牛金贵拍三声巴掌,侯三业他们从山下上来了,并带着手电、大绳、铁镐、小铲子、小锤子、编织袋等进洞的工具。

见面后,牛金贵压低嗓门对侯三业说:"那人喝高了,在帐篷里睡着了。"

侯三业说:"那正好,不用费事了。"随即吩咐两个手下,到帐篷里对李广宾施药并在那里看着他。之后,安排三个人在牛金贵带领下进洞,其余的,在洞口外面放哨和接应。

进洞后,牛金贵和三个人在洞穴里搜寻。在手电筒的强光下,看见千姿百态的钟乳石造型,个个脸上露出了惊奇的表情。

他们在洞里摸索走了一会儿,旁边出现了一个小岔洞,非常狭窄。

一个叫丁小棍的人侧身挤进去,里面则出现了另一个小洞,有一间房那么大。他用手电筒四处照照,用随手带来的小镐头在洞壁上一处稍显凹进去的岩石上,用力击打几下,一块石头突然散落下来,呈现出一个不规则的小洞口。接着,他用手电筒朝里一照,里面有一堆反射出各种光泽的器物……

"有宝!都进来!"丁小棍惊叫一声,招呼他们都过来。

牛金贵和另两个人进去以后,丁小棍用手电筒朝里面照着,对他们说:"看见没,排了一堆,咱们进去吧!"

洞很小,只能爬着进去。

丁小棍带头进到洞里,大家在光束的照耀下,都惊呆了。这些器物,堆放在一块比较平坦的石台上,有大的,有小的,有金银铜器,有玉石饰品,还有瓷器和陶器,似乎原来是在木箱里装着，因为旁边还有一些糟烂的木板和木屑。

丁小棍对身边一个长脸的瘦子说："鸡脸儿，你数一下，一共有多少件，都带走。"

鸡脸儿嘴里念叨着数数儿，大小一共是三十七件。

"你们两个，一人负责装一袋，按规矩，记住数。"

鸡脸儿和另一个留着长头发的开始往编织袋里装，第一袋里装了十三件，是比较大件的，第二袋里装了二十四件，都是满满的。

之后，他们便一起往外走，按原路返回。

到了进来时的洞口下面以后，丁小棍和鸡脸儿先拽着绳子上去了，让等在洞口外的人下绳往上提两个编织袋，因此下面留着牛金贵和丁小棍两个人接应。

第一个编织袋提上去以后，当第二个袋子要往上拉时，从袋子口处突然掉下来一件东西，正好掉到牛金贵脚下，牛金贵感觉到了，没吱声，下意识用脚踩住了。

丁小棍好像也察觉到了，用手电来回照照，问牛金贵："是不是掉出来一件？"

牛金贵说："没有吧，我可没看见。"

丁小棍用手电筒照照脚下，没发现有东西："那可能是我眼花了一下。"

两个袋子都提上去之后，他们二人拽着绳索出洞，牛金贵借机从脚下把这个手感很沉、长方形、大约像香皂那么大小的东西抠出来，偷偷装到自己夹克衫的内衣兜里。

到了洞外，丁小棍向侯三业报告了件数，并经牛金贵和进洞的人都证实后，侯三业很高兴，拍着牛金贵的肩膀说："这些老物件，等鉴定出手后，除给你提成三个之外，还会有重赏。另外,我再说一遍,那一万,你不用还了。"

牛金贵再次表示感谢,问:"跟我一块儿看洞的李广宾,不会有事吧?"

侯三业说:"没事,他睡着时给他用了药,再过两个小时,药劲儿过了,他就会恢复正常的,啥事也没有。咱这事,神不知鬼不觉,你放心就是。"

牛金贵出口长气:"噢,这就好,我光怕出事。"

侯三业他们走后,牛金贵回到帐篷里,见李广宾还在那里呼呼大睡,掏出手机看看时间,已经是深夜两点了。他毫无睡意,从夹克内兜里掏出那个偷偷带出来的小东西,用手机上的电筒照着仔细观看。见上面布满蓝锈,是金属的,但不知道是金银铜铁,香皂盒大小,四周有凸起的边,凹进去的是平面,像是个小砚台,底面上有图案,但看不清楚,类似小时候玩的泥模儿。

21

上午,皇迷乡召开党委会,研究决定近期几项重要工作。主要议题是:一、安排部署"守初心、担使命、找差距、抓落实,深入开展'不忘初心、牢记使命'主题教育"的开展;二、研究田园民俗文化生态观光景区综合体开发项目的实施办法;三、启动本乡十二个村庄文化生态观光产业建设的指导性意见;四、对各村"两委"开展自查自纠限期整改的通知;五、调整乡领导干部"分片包村"的决定;六、研究对蝎子沟村党支部书记违纪问题的处理意见。

会议由乡党委书记王金亮主持。

"不忘初心、牢记使命"主题教育,主要以乡、村两级干部为重点，为期三个月。把力戒形式主义、官僚主义作为重要内容，牢记党的宗旨使命，坚持实事求是思想路线，树立正确政绩观，真抓实干，转变作风，凝聚力量，团结奋进，努力达到五个目标，即：理论学习有收获，思想政治受洗礼，干事创业敢担当，为民服务解难题；清正廉洁作表率。

关于民俗生态观光综合体的建设项目，根据县委书记齐向明的意见，又经多次讨论，各方面和各相关部门补充，县委已经正式批准了这个方案，下一步，就是正式开展对外招商引资。县委建议按八大区域分期分批由最具开发能力和经验的投资商单独投资，今后各区域的收成由该投资商分享，皇迷乡全力以赴配合，尤其是做好征地拆迁工作。围绕乡里的这一重点项目建设，十二个村庄里，蝎子沟是重点，围绕"溶洞"的建设，有四个区域在这里聚集，即：险山奇洞观光区、民俗村度假区、古村落文化休闲区、特色农业观光区。从整体规划上，泒河下游的青云湖一带是湖上水岸消闲区，村子涉及鸭鸽营、漳北、徐家庄、留马营；有邢窑遗址的民间艺术博览区，含首岭、驾游、草楼；特色农业观光和采摘区聚集在"狐子沟"周边，主要分布在蝎子沟、石窝铺、首岭、前南峪、白云掌等几个村庄。

乡党委要求相关村子按照总体规划，紧密结合目前的"扶贫"，调整工作思路，陆续实施，并对原乡领导和干部分片区包村进行了调整。

至于对全乡各村"两委"的整顿，是王金亮到皇迷乡任职后，通过一个多月的观察、调研和思考，与干部群众深入座谈，针对目前全乡的干部队伍现状而提出的，为期半个多月，要求自查自纠限期整改到位。

王金亮说："我来皇迷乡最大的感受是，贫穷、落后，班子软弱涣散,有的村子甚至村霸横行,黑恶势力猖獗,发展缓慢,守着那么多那么好的优势资源视而不见。我们皇迷乡,自改革开放以来,这么多年了,咋就起色不大呢?咋就像是在鸡笼子里睡觉,一睁开眼睛,四处都是窟窿呢?种种此类问题关键在哪儿呢?我通过这一段和上上下下干部群众的接触,翻来覆去思考发现,主要是我们乡村的干部队伍有问题,软弱、懒惰、涣散,作风不硬,自身说不起话,失去了战斗力。常言道,村子富不富,关键看支部。党的十九大以后,各地都在大力推进实施乡村振兴战略,各级干部,都以'人民群众对美好生活的向往,就是我们的奋斗目标'为工作准则,一切以人民为中心,以实现两个一百年为奋斗目标,率领我们建设社会主义新农村奔小康。我们提出的田园民俗文化生态观光景区综合体开发项目,正是在这个指导思想的基础上,全面振兴我们皇迷,让广大村民彻底摆脱贫困的有力举措。也就是说,方向明确了,道给你划出来了,那么,就需要我们各级干部,尤其是园区项目涉及十二村的'两委'班子,必须团结一致,齐心协力,绝不能麻木不仁甚至相互掣肘。整顿期间,我们决不心慈手软,结合'不忘初心、牢记使命'主题教育,该帮的就帮,该扶的就扶,该调的就调,该撤的就撤,该处理的就处理。只有把党的基层组织建设得坚强有力,才能保障我们各项工作和事业顺利进行。只有在群众中威信高、办事公道,会干事、敢干事、能干成事,以人民的忧乐为忧乐,以人民的甘苦为甘苦,想群众之所想、急群众之所急、解群众之所困的好村干部带领下,我们的田园生态综合体项目才能顺利实施……"

最后一个议题,是研究对蝎子沟村党支部书记周大鹏的处理意见。

乡纪委书记霍胜海向大家通报了对其调查的情况,肖副乡长作了补充。

经查实,掌握到周大鹏涉嫌经济方面的问题有:一、修建村委会办公室及会议室费用共计2.35万元,但村里实际只支付1.8万元,另外5500元被他收入腰包。二、周大鹏家里退耕还林3.5亩,实际上却不足1亩,多上报2.5亩,每年多领取退耕还林款535元,五年间共冒领2765元。三、虚报危房改造面积,从中提取补贴1.5万元。四、村民刘某患食道癌去世,周大鹏去死者家中探望后,剥开电热毯的电线,贴在死者的手部,报案说是电击致死的,骗取国家保险金,他个人得1.4万元。合计共非法获取人民币37265元。这些都由当事人出具了证明材料,但并没经周大鹏本人认定。其他举报线索,因没有人证和物证,需做进一步的调查。尤其是村民反映他在小商品市场土地流转中的各种问题,因使用土地违规去年这个市场已经被关闭了,投资人在市里办有公司,经查此人半年前已经回老家义乌了,无法落实。另外,群众意见比较大的,是他任支书期间,在村里培植家族势力,这几年发展的新党员基本都是周姓的或者他的近亲。

肖副乡长的补充,主要是向大家汇报他的"作风问题"。目前所能落实的,是周大鹏和本村青年朱春辉的妻子许晓娅"通奸",缘由是周大鹏借给许晓娅二十万,让她患白血病的弟弟进行骨髓移植,许晓娅一再表示自己是为了感谢、"报恩"才以身相许。另外两个女人,一直不肯承认,那个两年前丈夫病故的女人,还把肖副乡长和妇联主任骂了出来,说,我愿意,你们管得着吗?再问这问那,我可拿棍戳破你们的裤裆……

王金亮说:"大家说说,看如何处理,都发表一下意见。"

大家互相看看,一脸严肃,都不先说话。

"那我说几句。"等了一会儿,副书记马春浩说,"就事论事说，周大鹏的确有违纪行为，按照《中国共产党纪律处分条例》，应该严肃处理。但是，现在问题是调查他的这些违纪行为，真正落实了没有，得到了他的认可没有。是啊，为了保持安定，我们只是悄悄在暗中调查。刚才提供到党委会上的这些材料，必须让当事人最后予以认定，现在我们缺少这个程序。因此，我建议纪委对周大鹏本人进行一次调查，现在不是要求各村'两委'进行自查自纠吗？让他本人对存在的问题进行一次检查，或者是对以上涉及的违纪情况逐一对号入座。最后，再由王书记和他做一次谈话，然后根据违纪事实和他本人的态度，再研究处理意见。这是我的建议，有不妥之处，请王书记和各位批评指正。"

在座的有几位连连点头。

王金亮心里一动，觉得马春浩说得有道理。由于程月娥的"控诉"，使得王金亮义愤填膺，想早点对周大鹏进行处理，还程月娥一个公道。但是，从目前调查的情况看，的确是有点复杂。有些程序，真的还没有走到。尤其是，即使周大鹏的问题比这更严重，那么，撤销他的职务甚至开除他的党籍后，谁来接替蝎子沟的党支部书记呢？还有，公安局副局长黄长河已经替他，或者说替他哥哥黄长江说情了，并且把裴凤莉的案子与这件事联系在了一起。尽管他嘴上没有那么说，其实是在提示王金亮，我给你办这么大的事，难道，关照一下周大鹏这点小事，你都不给我面子吗？

王金亮没有表态，皱着眉头想心事。

纪委书记霍胜海说："周大鹏和赵志豪不同，赵志豪那家伙就是个色魔，混蛋，二百五，是我党的一个败类。而周大鹏则不然。他从当村主任到支书，都十多年了，精明，脑瓜儿灵活，很积极，也努力，对乡里布置的各项工作从来没有马虎过。涉嫌的经济问题也不是很严重，才三万多元，再说刚才马书记也说，还没有得到他本人的确认，我们纪委可以找他，让他逐条进行说明，说不清楚的，最后核定数额，让他全部退赔就完了。至于女人问题吗……我觉得……说句不中听的话，有些事，也情有可原，比如那个许晓娅，周大鹏为她哥哥治病，一出手就拿了二十万，这似乎也是一件好人好事……"

"霍书记，你说啥？"肖副乡长打断了霍胜海，怒不可遏道，"还好人好事！乘人之危，引诱奸污良家妇女，必须严惩！"

霍胜海尴尬地笑笑："肖乡长，别着急，我是说经济方面，只要他说清楚，可以从轻。纪律处分条例总则第七条规定：'坚持惩前毖后、治病救人的原则。处理违犯党纪的党组织和党员，应当实行惩戒与教育相结合，做到宽严相济。'根据周大鹏多年来的表现，没必要非把他一棒子打死。至于作风方面，我还没说完呢，可以处分他……"

"处分？太轻了！"肖副乡长余怒未消，"我建议开除党籍，撤销职务！"

"好了，你们别争了，我来说两句。"乡长乔文杰笑笑说，"我同意刚才马书记的意见。我建议，王书记最好亲自跟周大鹏谈一次话，这个非常必要，有几个很关键的问题需要弄清楚：第一、周大鹏的二十万是从哪里来的？这虽然不能说是巨额财产来源不明，但作为一名村支书，也算一笔大钱，他必须也有必要向乡党委和王书记说清楚。第二、有许多事情已经发生了，魏风林和一些村民告他状，跟他闹事，加上他有作风方面的问题，这支书还咋干下去？不能再干了，建议让他主动辞职。辞了职，就算完了，当了这么多年村干部，没功劳也有苦劳，再说他也一直干得不错，给他个面子，也体现了乡里的胸襟和温暖……"

有人不赞成，说："这不是不了了之吗？人家会说我们官官相护，难以向群众交代。"

乔乡长慢条斯理道："纪律处分条例中有一条是，对党组织和党员违犯党纪的行为，应当以事实为依据，以党章、其他党内法规和国家法律、法规为准绳，准确地认定违纪性质，区别不同情况，恰当地予以处理。这里强调的'认定违纪性质，区别不同情况，恰当地予以处理'，我觉得非常适合周大鹏。他的作风问题，应该属于那种违纪不犯法的行为，'通奸'不同于'强奸'，你们说是不是呢？所以，我强调让王书记亲自跟周大鹏谈话，就是看他的态度和他违纪的性质问题。另外，让他辞职，本身也算是一种处分和处理……"

有人嘀咕说："周大鹏倒也聪明，你看，扶贫款啊，还有什么低保资金的发放啊，这容易出事还有容易引起民愤的事，他倒一分不动，可见他还不是太坏。"

看来，在对周大鹏问题的处理上，意见分歧不小，而且一些主要领导，似乎是在偏袒周大鹏。

乔乡长接着说："刚才我还没有说完。还有一个问题，是我们下一步的工作，在大力推进乡村振兴战略，全面开展建设田园生态景区综合体的实施中，蝎子沟是重中之重，按照规划，溶洞的开发要先行启动，是个开道的工程。在这个关键的时候，村支部书记换成谁，也就是说，我们乡党委提名谁为该村的党支部书记候选人，必须现在做到心中有数，特别是王书记要有所考虑。不然，会给我们的工作带来巨大的损失。我的发言就这些，供王书记和在座的参考。"

有人说："这不是有现成的吗，原村主任魏风林啊！"

有人则不屑一顾："魏风林？天天咋咋呼呼的，光爱闹事，还不如周大鹏呢！"

第八章

22

王金亮在办公室里,与周大鹏进行谈话。

对于三万多元的违纪款项,周大鹏的解释是,以不同形式收取的这些钱,用于三笔支出:第一笔是支付"田家大院"申报传统古村落时,从县里和市里找了三个人,两位摄影师拍照、一位作家撰稿,彩色打印,共装订了十五册,加上劳务费共计花费了一万五千元,两年多没地方出,人家一直讨要,就从这些钱里出了。第二笔是招待费,共花了八千元。第三笔是为自己的私家车加油的费用。这些花费,按规定都不能报账。

王金亮问:"我听你说过,你不是说申报古村落的费用,还没报吗?"

周大鹏低下了头:"其实已经报了,你可以调查,那三位专家都把钱支走了,我这里有他们的签字。"

"你自己车的油钱咋回事?"

"王书记,我错了。三天两头去乡里、县里开会,这个部门叫,那个领导找,总是为公事花我自己的油钱,有时候一个月就花一千多，我觉得冤，所以……"

王金亮瞪眼："瞎胡闹，不知道这是不允许的吗！"

"王书记，我错了！我退赔……"

问及借给许晓娅的二十万，周大鹏说："是向黄长江借的，也就是县公安局副局长黄长河的哥哥。"

"噢？"王金亮挑挑眉头，"对了，你们是战友吧？"

"对，战友，同年入伍，同年复员，在一个连队。"

"原来这样！"王金亮释然了，又问，"仅仅战友的关系，就借你二十万？这可不是小数目，这钱你将来咋还他？"

"在部队时，我救过黄长江的命。"

王金亮问："咋讲？"

周大鹏说："新兵连快结束时实弹投掷训练，我们排着队轮着投。轮到黄长江时，他出列到了投弹的掩体前，按老兵班长的指导，拧开手榴弹把儿的后盖，拉出套环，刚把小拇指穿到环里，不料手榴弹却脱手掉在地上，拉着火冒出了一条白烟。这时，班长也退了回来，只有黄长江一个人在掩体那儿，他顿时就慌了，不知道该咋办。我排队时正好是下一个，就站在他不远处，当时也没有多想，冲过去捡起快要爆炸的手榴弹拼命扔了出去。要不然，他就被炸死了，我为此还受到了全团的嘉奖。"

王金亮喟叹道："还真是救了黄长江一命。"

周大鹏说："钱我以后肯定还他，但不还他，他也不会跟我要。"

王金亮满脸鄙夷，瞪瞪眼道："用二十万博得少妇的芳心？这真可谓是出手大方啊！你就是这样泡娘们儿的！"

周大鹏委屈地说："王书记，不是的，没有那么简单。起初，我并不知道许晓娅是我们蝎子沟村的，我们是在微信上认识的，后来……"

"你接着讲。"

周大鹏回忆说："我和许晓娅互相添加微信好友，是我有一次在县里开会。那次是全县'三级干部'会议，中途我出去解手，打开手机，有微信消息的提示音。一看，是一个微信名叫'静静的午后'的人向我发出添加好友的请求，我就同意了。相互打过招呼之后，这人问我在干吗呢，我说在开会，出于礼貌也问了她，她说她在县城。之后我就去开会了，关了手机，没再说话。散会后，我看见有她发来的好几条消息，匆匆看了几眼，大意是问我咋不说话。在县政府招待所吃过午饭，我就开车回村了……总之吧，不说那么仔细了，我们就是这样认识的。我的微信名是'爱拼才会赢'，双方都不知道各自的真实姓名和身份，尤其都是在县城添加的好友，更不会想到我们会是一个村的。第二天又说话时，她跟我要二十块钱红包，说是正在商场买衣服，只差了二十块，让我帮她一下，还发了一排溜儿大哭的表情。我心想，她这么着急，也就为二十块钱，就帮帮她吧。于是就发给她了，她表示很感谢我，并说微信上有钱了一定还我，果然，第二天她给我发了个五十块的红包，还开玩笑说这是利息。这我可挂不住了，一个大男人，咋能占一个女人的便宜，就给她发了一百。如此一来二去的，就熟了，但并不知道对方是谁，是做啥的。谁都没问，也都没说。后来，她又通过微信借过我五百块钱，我对她很相信，就给她转了，过了几天便还给了我。这样渐渐熟悉后就经常聊那么几句，彼此都很信任。一个月后，她突然提出见面，我没有答应，再说我在村里，觉得她在县城，离这么远，互相又不认识，没必要见面。但几天后，她又提出要见面，我此时正好在县里开扶贫工作会，已经结束了，好奇心驱使我，觉得见见就见见，也没啥。在微信上约好见面地点，是一个都知道的饭店，计划中午在一起吃个饭。我订了一个雅间，把房间号告诉她并在那里等她。都快一点了，她才开门进来。我一看，傻了，这不是村里朱春辉的媳妇儿许晓娅吗？她也傻了，怔在那里不知所措，都以为等错了人或者找错了人。我连忙在微信上向她发了个惊讶的表情，她手机果然有了提示音，低下头去看手机。没错，许晓娅就里那个'静静的午后'。唉，我当时羞臊得，巴不得找个地逢钻进去，真是太尴尬太丢人了……王书记，我不想说下去了，不说了……"

王金亮心想，看来，这许晓娅，也不是个安分守己的女人。

"这二十万是她向你要的？"

周大鹏唉声叹气一番说："那我接着刚才的话往下说吧。当时我不想看见她，一句话也不想说。饭菜上来了，都没吃，她也不说话，也不敢看我，趴在桌上哭了起来。我一下子慌了，问她咋在县城，她说是从村里坐公交车赶过来的。我站起来说，咱走吧，我把你捎回去。坐到我车上以后，她还是低着头掉眼泪，我也没搭理她，她就这样一直哭哭啼啼。走到半路时，我忍不住问她，你一直哭啥？她还是不说话，快到村头时，她突然说，让我下去。我停下车，她就下了车。她下车后，我像逃避瘟神似的，一溜儿烟开车回了家。安定下来以后，我掏出手机，准备在微信里把她删除，可一看，她给我发了一堆消息，其中说到他弟弟检查出了白血病，因为没钱不能去北京做骨髓移植的事，今天相约，本来是想让我帮她出些主意想个办法，做梦也没想到会是这样……最后一口一个支书叔叔地叫，让我把她拉黑，只当啥事都没有发生过。在这一瞬间，我糊涂了，犯晕了，也可以说犯浑了犯傻了，忘记了自己是一名党员，是一个村干部，失去了定力。

我在微信上劝她，光哭和痛苦没用，没有过不去的坎儿，咱们共同想办法。再一说，她也是我的村民啊，突然遇上这么大的事，能帮就帮一下好像也是应该的啊！但实际上，这么一大笔钱，我哪有实力和能力帮她解决呢？这一夜，我也没睡好，想啊想啊，后来突然就想到了黄长江。如果他不肯借钱给我，也就没后边的事了。可我抱着试一试的想法给他打了个电话，他丝毫没有犹豫，也不问我干啥用钱，说啥时用随时来取。我开车去找他拿钱了，说给他打个借条，以后还他，他不让，说你有事从没找过我，这点钱愿意还我就还，没钱还，就算拉倒。通过微信，我和许晓娅商定，我开车在村东的小树林旁等她，她到后上了车，我在车上把一个纸袋里装的二十万现金给了她，她当时惊呆了，怔了怔眼里就流出了泪……"

"后来呢？"

"过了几天，她通过微信对我说，家里不用钱了，要还给我，约我还在小树林里见面。我开车过去了。她坐在副驾驶的位置上，看了看我低下了头。我见她也没有拿着钱，感到奇怪，正要问她咋又不用钱了。这时，她在旁边一侧身突然抱住了我，就这样……"

"这难道不是乘人之危、不遗余力来满足自己的欲望吗？"

"王书记，我有罪，我罪该万死，都是我的错，我愿意接受组织的任何处分，咋处理我都不为过。"

王金亮没有吱声。

周大鹏问："王书记，你准备咋处理我？"

王金亮认真看了看周大鹏，又将目光移开了。他突然觉得，周大鹏的品性还不错，他本质上是一个有热情，有爱心，能负责的人，尽管他有着种种的错误和缺点，有的甚至是不可原谅和宽恕，但金无足赤，人无完人，允许人犯错误，也允许人改正错误。在那晚程月娥向他"控诉"周大鹏的种种劣迹时，他的确很愤怒，因为他见不得老百姓受冤屈，受磨难。但是，既要让人有一告，也要允许别人有一诉。事情并没有那么简单，并不是一加一等于二的那种结果。也许，双方所讲述的，都不一定是全部的事实真相，可真相又在哪里呢？总之，不处理周大鹏，如何向程月娥一家交代？而处理周大鹏，又该是怎样一种处理方式呢？也许，乔乡长的主意是可取的，让周大鹏辞职吧……

想到这里，王金亮说："大鹏，事已至此，我想听听你自己的想法。"

"王书记，我主动辞职！"周大鹏说着，从衣兜里掏出叠着的打印纸，展开交给了王金亮，坦然地说，"辞职报告我写好了，正式呈报给乡党委，我辜负了组织上多年来对我的培养和重托，我感到自责、惭愧和伤心……"

在这一刻，王金亮有点感动。本来是要劝说周大鹏给他做做工作让他提出辞职，没想到他却是这么诚恳地主动提出了辞职，这有点让人出乎意料。

王金亮看看辞职报告，叹了一口气，想说点儿什么，但话到嘴边又咽了回去，沉吟片刻道："大鹏，你觉得，谁接替你比较合适？我想听听你的意见。"

"当然是魏风林了。"周大鹏不假思索道，"村里没有比他更合适的了！"

这又让王金亮一惊："可他一直跟你闹事啊，还告你状，既然相互之间矛盾那么深，你为啥还支持和推荐他呢？"

周大鹏坦然道："他是跟我闹，但我始终没有跟他闹，他是领着村里一伙人告我，但直到现在，我一句话一个字，也没有在公开场合说过他任何的不是。他是拿着矛,但我没举盾,并没有形成矛盾,在村里,我从来不说他的坏话,所以我支持他做支部书记的候选人。"

"好,大鹏啊,你真是高风亮节。"王金亮十分高兴,而且是发自肺腑地说,"我虽然来乡里不久,咱们接触也不算太多,但我还是很赞赏你的能力和人格。你能认识到自己的严重错误,主动承担责任,并且从大局出发,不计较个人得失,支持乡党委的工作尤其是支持我本人的工作,我再次表示赞赏。这件事咱们就这样定下来,你把通过各种渠道得来的、不该用的钱全部退回,乡里不再追究了,作风方面的问题,也不公开处理了,但与从前那些女人之间的瓜葛要一刀两断,悔过自新,不得再犯。从此,你的所有问题就算是过去了,咱都翻开新的一页。你年富力强,孩子大了,没有家庭负担,一定有更广阔的路可走。以后,你虽然不是支书了,但你还是个党员,还要多支持新班子的工作,继续发挥自己的作用。大鹏,你提到的战友黄长江,他弟弟黄长河,就是县公安局的副局长,是我最要好的高中同学,他也给我说了你的事,让我关照你,所以我跟你也算是朋友了。我觉得,这是最好的结果,现在说的这些话,也是我推心置腹的心里话。大鹏,你看,你还有啥要求、啥想法、啥建议,都直截了当提出来,我能办的,一定尽力办好。"

"王书记,我没事,看你还有啥指示吗?"

"那好,继续发挥你的余热和作用,配合乡党委,做好新支部和支部书记的改选工作。"

"请王书记放心,我会的。"周大鹏站起来,真诚地说,"感谢王书记对我的宽容和关照,最重要还应该是感激你对我的爱护和保护,真的很感恩。放心,领导对我的大恩大德,我会终生不忘！"

王金亮说："在没有选举之前，或者说乡里还没宣布撤销你职务之前，你仍然要履行好职责，负起责任。"

23

在县城华姿集团总部董事长办公室，黄长江和周大鹏坐在写字台一旁的沙发上说话。

黄长江看着愁眉不展的周大鹏说："大鹏啊，王金亮这么处理，已经是给咱们面子了，我让我弟弟长河递过去的话，肯定是起作用了。不干就不干了吧，一个小小的破村支书，有啥可留恋的。我早说过，让你过来跟我干，现在这不是正好吗？按你刚才说的，正式改选后，你就来我这儿吧。"

周大鹏心有余悸道："我怕我一倒了，他们接着往下整我，别的我不担心，就害怕小商品市场的事发了，老魏和村里那帮人告的，也有这件事。"

黄长江说："这事不是过去一年多了吗？市场早已停了，还害怕啥？"

"我怕他们一直要查吴老板，如果查到了……"

"吴同玉不是回浙江义乌老家了吗！"

周大鹏眨了眨眼睛，望着黄长江没有说话。

黄长江问："咋了？大鹏，你咋不说话？"

周大鹏耷拉着脑袋说："我怕他嘴不严，把他……"

"啊！"黄长江大惊，"灭口了？"

周大鹏没说话，长长叹了一口气。

"这是啥时候的事，多长时间了？"

"有三个多月了。"

"大鹏啊大鹏,我早跟你说过,你缺钱花了找我,为贪那俩钱,不值得冒那么大的风险!"黄长江急得在地上踱步,"你说实话,在村里的小商品市场那里,你到底弄了多少钱?"

"八百多万。"

"那你搞娘们儿,还让我给你拿钱?还有长期租的宾馆,也是我付的账!"

"长江,那笔钱我现在不能动啊,怕被人查到,在我小舅子名下。"

黄长江冷笑:"担这么大风险,甚至还背了条人命,钱还不敢花,你说你图啥呢!挖一个坑又一个坑,光挖坑还不填坑,早晚把你自己埋进去。"

周大鹏无奈道:"杀吴同玉我也是一时气急,现在很后悔,也很后怕。"

黄长江说:"赶快,按王金亮说的,把村支书赶快辞了。"

周大鹏沉吟片刻道:"村里的党员,这几年大部分都是我发展起来的,都听我的,乡里既然还保留着我的党籍,我还有选举权和被选举权啊……"

"那也不能再干了,听我的,可不能再闹事了。"黄长江不容置疑道,"你趁现在还是支书,在下台前,帮我办一件事。办完后,你就带着老婆离开村子,避开风头,来我这里,或者我安排你们两口子去外地也行,反正孩子上大学也没在家,你们两口子,一走了之。今后,你的所有费用,都由我负担。"

周大鹏问:"啥事?"

黄长江说:"我有一位朋友,想在你们村的山上,找个僻静的地方,临时加工点东西。时间最多也超不过一个月,干完就走，租金优厚，不到一个月也按一个月先付。"

"是加工啥东西？"

"具体我也不清楚，好像是洗发水啥的。不过，人家看好你那地方了，你出面协调一下，成全就是。"

周大鹏挑挑眉头："噢，找好地方了啊！在我们村啥地方，我看好协调不？"

黄长江说："说是狐子沟西边那片荒山，就是张宾承包的那片山上，有他们闲着没用的房子，正好可以租用一下。听说那里有两个看山的，你出面给他们说一下，把租金给了他们，临时用个十天半月，应该没有问题吧？"

周大鹏想想说："他们为啥选那么偏远的地方加工东西，是不是做假货，假洗发水啊？可别出了事。"

黄长江说："这我就不清楚了，就算是做假货，跟咱也没关系，再说时间很短，不会出啥事的。人家看好地方，找到我了，知道我和你的关系，就让我跟你说，通过你给介绍引荐一下，这也不是啥大事。"

周大鹏说："行，我帮他跟看山的见个面，具体事他们自己谈吧。不过，张宾最近要来考察，看山的租不租他们，我可说不好，让他们见面说吧，行不？"

"行，我把他叫来，你们见个面，以后你们就单独联系吧，我就不再管了。"

黄长江打了个电话，不大一会儿，一位中年人来到了办公室。

此人四十岁左右，姓粟，说话是广东口音，黄长江称他为粟老板。在黄长江介绍下，他与周大鹏彼此寒暄后，讲明了租地的意向，并说事情很急，提出要跟周大鹏一块儿去选定的地方看看。

吃过午饭，周大鹏和粟老板各自驾车去蝎子沟村。

周大鹏把车放到家门口，给看山的打了个电话，然后坐上粟老板的车，前往村东北承包给张宾的那片荒山上。周大鹏指路，粟老板开车。在车上，粟老板掏出一个信封，递给坐在副驾驶位置上的周大鹏："周书记，辛苦你了，不成敬意，买条烟抽吧。"

周大鹏捏住信封，感觉大概有五千块钱，连忙放回他的腿上："这可不行，举手之劳的事，再说，我和黄总不是外人，他的朋友，就是我的朋友。另外，这地方也不是我的，我说了也不算，只是引荐一下，能不能租下，你和他们谈。"

粟老板又把信封扔给周大鹏："就算没这事，你和我都是黄总的朋友，见面送你条烟抽，也是应该的啦！"

周大鹏拒绝，推辞道："我不抽烟。"

粟老板一只手按住周大鹏的手："那就买包茶叶啦！"

这时，前面是个岔路口，有一辆摩托车快速驶来。粟老板本来是一只手握着方向盘，吓了一跳，手一抖，车打个弯，险些撞到摩托车上。摩托车吓得往外一偏，连人带车倒在路边的树旁。

摩托车上除了一个开摩托的，还坐着一个人，这两位都是三十岁左右的年轻人。

他们是侯三业的手下，一个叫丁小棍，另一个叫鸡脸儿，是去蝎子沟村找牛金贵的。

他们从地上爬起来，跳过来把轿车拦住了。

粟老板和周大鹏下了车，连声说对不起。

丁小棍呵斥粟老板："你他娘的是咋开车的，为啥好好别我？"

粟老板诚恳地说："对不起，是我的不对……"

丁小棍听他口音是南方人，看车牌也不是本地的，便说：

"人伤了，车也坏了，赔吧。"

周大鹏走过去，把摩托车搬起来，试着打了打火，发动了："朋友，这不是没事吗？"

丁小棍见他是本地人，过来看看他："开车的是你啥人？"

"我的朋友。"周大鹏说，"我向两位兄弟道歉了，车没事，如果人也没事，就算了，哥们儿，给个面子，咋样？"

"你是哪儿的？"

"我就是这个村子的，我是村支书，叫周大鹏，给个面子。"

"噢，还是个官儿啊！"丁小棍仔细看他几眼。

"我看你们眼生，好像不是这一片儿的人，你们这是干啥去？"

丁小棍说："去你们村找个人。"

周大鹏问："找谁啊？"

丁小棍没正面回答他："算了，我们和摩托都没事，看在你的面上，你们走吧。这个开车的外地人，太他娘的二把刀了。"

丁小棍和鸡脸儿走后，粟老板和周大鹏的车下了村道，沿着一条崎岖的山路往东北方向走。在山里转了几个弯儿，就到了张宾承包的山坡处那一排简易的平房前。

被安排在这里"看山"的有两个人，都姓张，一个五十来岁，一个三十来岁，大家分别称他们为老张和小张，是张宾老家草楼村本族的村民，被张宾派到这里"看山"好几年了，每月给他们两千块钱。荒山上什么也没有，从前栽的树都死了，没什么可"看"的，所以他们在这里也没事，有时来一下，转一圈儿就回本村了，来这里就是做个样子，让外人知道这山上有人管。最近，听说张宾要来山上看看，所以这几天他们白天基本上都要过来，没事把房子收拾打扫一下，把通往蝎子沟和石窝铺村的山路，有坑的填填，说张宾是带车过来，怕张宾训他们在这里什么也不干。周大鹏带着粟老板来之前，给老张打了个电话，知道他们在山上。

见面后，周大鹏把粟老板介绍给老张和小张，并说明了来意。

老张听后有点儿犹豫："临时占一占这山上的房子，要搁从前，一点儿问题没有，反正闲着也是闲着，里面又是空的，根本不成问题。但听说张总要来这里视察，这个时候我们就不方便让人占了，要是他来了发现了，我们没法儿交代。背着公司往外租赁房子，他知道会骂我们的，小张，你说是不是？"

小张没有回答他，问周大鹏："周支书，他能给我们出多少钱啊？"

周大鹏看看粟老板，粟老板连忙说："就用几天，不超过半个月，我出一万，行不行？"

小张满面惊喜看看老张："叔，咋样？"

老张瞪小张一眼："不是钱多少的问题，要是张总不来，有周支书的面子，不用出钱我们也让占。"

小张过来朝老张腿上捏一把："叔，你咋死脑筋，谁知道他啥时候来！等他来了，说不定人家用完地方就撤了，粟老板，是不是这样？"

粟老板笑着说："是的，是的，如果做不完，张总来时，我们可以停工不干，把设备掩藏起来，肯定没事的。"

老张问："你们都往这里安装啥家伙，是不是有机器啊？我们这里可是只有照明的电线，没有动力线。"

粟老板说："不用，我们的设备很简单，就是用煤气罐和灶，还有一些瓶瓶罐罐和原料，我们用一个货车都能拉来，如果有什么情况，比如不想叫张宾知道，我们可以随时运走，不会给你们找麻烦的。"

"你们到底在这里做啥东西？"

粟老板想了想说："我也不瞒你们，直说吧，就是一种化工产品。"

老张又问："那为啥要到这里来弄？"

粟老板小声说："实话告诉你，这是一种塑料制品的添加剂，有个厂家急需，在城里加工有污染，手续还特别复杂，一时也办不下来，所以才找个比较偏僻的地方。加工完了，我们立即就走，不会有任何问题的。"

"噢，原来这样……"老张还在犹豫。

小张把老张拉到一旁，对他耳语道："叔，让他们占吧，就几天的事，咱俩一人五千，这不白捡来的吗！"

这时，周大鹏在不远处大声说："老张，要不我跟张总打个电话，让他跟你说。这可是我村的地，占你几天闲着没用的房子，况且也不是白占，咋费这么大的劲儿啊！"

"这事不能让张总知道，叔，快答应他得了。要不，我去说，让他再加五千，你要了。"

"倒不必惊动张总。"老张走过来，对周大鹏说，"你是支书，得担保这个事，万一出了问题或是张总怪罪我们，你得出面说话，全部负责。"

24

牛金贵决定离开村子，去外面躲一阵子。对他娘和祁雪菊说的是，要去外面打工，有朋友介绍，去看看，如果行，就待一阵子，如果不行，就很快回来。

其实，牛金贵外出，是躲避侯三业。

侯三业他们把从溶洞里盗窃出来的文物带回去以后，一数件数儿，少了一件。当时，侯三业并没有在意，就带着这两袋东西去县城，悄悄找这些年一直为他们作鉴定的一位"行家"作"评估"。当他们把两个编织袋里的东西摆到桌子上，"行家"两眼放光，拿出放大镜一边看一边惊呼。之后，拿起一个鼓囊囊的，形状像是一块香皂，鼓面上有花纹的物件问，就这一件吗？侯三业说，是的。"行家"说，不对，应该是一对，这个是阳模，公的，还应该有个阴的，是母的，这叫阴阳模儿，是宋代的金模，墓里该有两个，难道墓主是陪葬进去一个阳的，把阴的留下了？不可能，不可能。侯三业眨眨眼睛，看了丁小棍一眼，说这不是墓里的。"行家"问，是从哪里得到的？侯三业不往下说了。"行家"说，如果是一对儿，就价值连城了，现在只有一个，太遗憾了！打个比喻说吧，一对儿在一起出手，是一百万，只这一个，也就二十万，当然，遇到识货的，还不止这个价，这可是无价之宝。

在回去的车上，侯三业问丁小棍，你们在往里装时，印象真的是一对儿？丁小棍说，是啊，经"行家"这么一说，我回忆起来了，在洞里往袋里装时，好像是这么一对儿，还说到往洞外提编织袋时，好像掉出来一件，但牛金贵说没有，其他没有问题啊，东西出来后，你和咱几个都一直在场，原封没人动过啊。侯三业沉默了一会儿说，我说这两天金贵这小子咋没动静了，准是他偷藏了。当即给牛金贵打电话，牛金贵当然矢口否认，侯三业说让他来一趟见面说，牛金贵说没时间，再打电话，牛金贵就不接了。这让侯三业大为光火，更加怀疑，就指派丁小棍和鸡脸儿去蝎子沟村找他。那天在村口他们骑的摩托车险些和粟老板的轿车相撞，就是去村里找牛金贵的。见面后，牛金贵还是不承认，丁小棍让他跟侯三业见个面，把事当面说清楚。牛金贵说行，抽空一定过去一趟。丁小棍他们走后，心虚的牛金贵想来想去，就决定出去躲一躲，避开侯三业的一再追问。

到哪儿去呢？牛金贵在第一时间里，想到了趁这个机会，去找一找自己的亲生父母。因为，牛金贵是抱养的。这件事，要从三十八年前说起。

三十八年前，不知名谁家住何地的一位近三十岁的母亲，把双胞胎的其中之一送给了一个名叫牛福林的人，此人就是牛金贵的养父。当时，牛金贵养父在县城的副食品公司工作，也把妻子，也就是牛金贵现在的母亲接到县城一块生活。但五六年过去了，他们夫妻却一直没有孩子。

有一天，牛金贵养父的同事也是他的好友老孙，领了一个中年妇女来找他们两口子。这女人抱着一个孩子，领着一个六七岁的小女孩，小女孩也吃力地抱着一个孩子。老孙对牛金贵父亲说，这女人是山东聊城地区一个要饭的，有一个小女孩和一对刚满月的双胞胎兄弟，他已经跟这个女人说好了，女人同意送人一个男婴，条件是给她二百块钱，因为她男人急着用钱治病。老孙知道牛金贵父亲这些年一直没有孩子，就领着这女人来了，看他两口子有没有抱养一个孩子的意思。夫妻俩见是男孩，简单一商量，当即同意给她二百块钱抱养这个孩子，但提出主家事后不能再找。女人临走时，告诉他们这孩子的出生年月，是双胞胎中的弟弟。

晚上，两口子挺高兴，一直逗着孩子睡着了，又说了半宿的高兴话，并给孩子起名叫牛金贵，从此，牛金贵养父就有了儿子，当了牛金贵的父亲。这时，牛金贵父亲突然对媳妇说，村里人知道咱抱养了个孩子，还是会小看咱，难道，咱就不能说是咱自己生的吗？牛金贵母亲说，我都没怀过孕，那咋能瞒得过去啊？牛金贵父亲想了一会儿说，这样，你明天赶紧回老家一趟，在肚子外面裹上棉花套，弄大点儿，装出有了孩子的样子，在村里待两天，在街里走几圈儿，让人知道你怀孕了就赶紧回来，对咱娘也不要说，就说要到城里坐月子。牛金贵母亲说，那这孩子已经有了，可是差着月份的啊，能行吗？牛金贵父亲说，从今往后，你不要出门了，过几个月，咱再抱着孩子回村，没人仔细算时间的，再说，就差一个来月，看不出来的。牛金贵母亲忧虑地说，可老孙知道啊。牛金贵父亲说，没事，老孙是我最好的朋友，我跟他说，让他守口如瓶，没问题的。

就这样，神不知，鬼不觉，牛金贵成了牛家的"亲生儿子"。据说，卖孩子的女人后来到县副食品公司去找过老孙，老孙骗她说，这户人家早就搬走了，并告诉她，孩子不到三个月时，患肺炎死了，意思是断了她再找的念头。那女人走时，给老孙留下个她的住址和自己的名字，还哭了好一阵儿。因此，蝎子沟村的人，无论大人小孩，包括家族里最近的人甚至是牛金贵的奶奶，都不知道牛家的这个秘密，丝毫没有怀疑过牛金贵会是抱养的。牛金贵一直不长头发，幼年时大家都没在意，但几岁后还是光秃秃的脑袋，就让人费解。为此，父母还带着牛金贵四处求医，也吃过不少治秃头的偏方，但丝毫没有效果。后来，有一位老中医说，这是天生的，有可能是遗传的，治不了的。牛氏家族里，上查三代没有人是秃子，于是，有村民就在暗地里议论，怀疑牛金贵是不是"捡来"的啊，村里人，对抱养来的孩子也称"捡"。但私下里说是说，没有真凭实据，时间一长，再说这事与别人无关，也就没人再提及了。

牛金贵知道自己是被抱养来的，是六年以前。当时，牛金贵从南方打工回来，与那个有"羊角风"还出轨的前妻也离了婚，父亲气得一病不起，就在家里伺候父亲。这时，有人捎信儿来，说父亲从前的好友，目前住在县城的老孙生大病了，可能快不行了，想最后见牛金贵父子一面。牛金贵因父亲重病卧床不起，他就代替父亲一个人去了。在老孙的病床前，老孙让家人走开，从褥子下摸索出从一个笔记本上撕下来的一张纸，交给了牛金贵。牛金贵仔细看看，见上面写着一个地址和名字。接着，老孙就把他被牛家抱养的经过详细说了。

牛金贵极为震惊，装着这个地址和亲生母亲的名字回了村，对谁也没有讲，一直把这个秘密默默压在心底。因为，他觉得从小把自己养大的父母很不容易，还提这事干吗，同时还愤恨亲生父母，为什么非把我送给人家，既然是双胞胎，为何不把那一个送人？几年过去了，父亲去世了，母亲身体也不好，随着自己年龄的增大，他经常惦念起这件事。他倒不是想"寻亲"企图得到什么，他是想有机会去找找亲生父母和老家，看这事是不是真的，能不能找到。尤其是，自己从小就是个秃子，那他的孪生哥哥，是不是从小也没有头发啊？这件事最近一直困扰着他，但却一直没能下定决心出去按地址走一趟。现在，终于有了机会，出去躲几天，不妨试着按这个地址找一找。找到了，了却一桩心愿，找不到，只当暂时躲避一下侯三业。

走之前，牛金贵把那件偷偷藏带出来的古物交给了祁雪菊，因为他怕侯三业他们找不到他，来家里乱翻，同时，祁雪菊万一再急需钱的时候，可以出手卖了。于是，他掏出那个提前用旧报纸裹着的东西，交给祁雪菊说："这个老物件放你这儿，有机会你可去县城的古玩门市，让懂行的估个价，实在需要钱了，就把它卖了。"

祁雪菊接过来,问:"这是啥东西啊?"

牛金贵说:"我也不知道,反正是个老物件,肯定很值钱。"

"你从哪儿弄来的?"

牛金贵说:"这个你就别打听了,也不要对任何人说。"

祁雪菊点点头:"好,我先替你保管着吧。"

牛金贵转身要走,又回过头来说:"我出去这些天,拜托你有空儿就去我娘那儿看看。我都跟她说了,她自己能做饭,也不用咋照顾,你就是偶尔去一下,看她没事就行。"

祁雪菊说:"你不用说,我也会一早一晚去看看大婶的。"

"好,那就拜托你了。"

祁雪菊叹口气:"唉,你不说溶洞以后搞旅游,你可以在那里做事吗?在家门口上班,多好啊,非要去外面打工干啥!"

"不是跟你说过了,我朋友一直让我去,我去看看,不行就回来了。"

"好吧,看看不合适,就早点儿回来,有事手机联系。"

牛金贵拉了个手提箱,见有去县城的班车过来停下了,就连忙和祁雪菊告别,上了大客车离开了村子。

第九章

25

一辆"宝马7系"轿车驶进皇迷乡政府大院。

车停下后,从副驾驶车门里走出来一位年轻人,下来打开后车门,黄长江端着喝水杯走了出来。年轻人是黄长江的秘书,他从前面提出一个纸盒,接着又去接黄长江手中的水杯,并问门卫老孙:"请问师傅,王书记在哪个屋?"

老孙冲着大门正北的甬道指指:"进去第二排平房,东边第二个门,门口上挂有牌子。"

黄长江腋夹手包,跟着秘书走过去,见这排房子的第二个门头上,挂着"党委书记"字样,秘书就上前敲门。

门开了,是林秘书:"你是?"

黄长江秘书说:"请问王书记在吗?我们黄董事长来拜访他。"

王金亮闻声站了起来:"噢!是黄总到了,快快请进,小林,快去接一下!"

正说着,黄长江已经进来了,笑着说:"金亮,你可真难约啊!"

王金亮连忙上前与黄长江握手："咋能呢，这不，我接到长河的电话，专门在办公室等你嘛！你能大驾光临我这穷乡僻壤的山沟，我是求之不得呢！黄总，快坐快坐，小林，快给黄总沏茶。"

黄长江的秘书把纸盒放到沙发一旁，拧开了水杯的盖子："不用，续点水就行了。"

"我让长河约了你几次，你都很忙，看来是请不动啊。"黄长江坐到沙发上，笑笑说，"我只好登门给你添麻烦了。"

王金亮说："唉，这乡下的事啊，可是真多。芝麻大的官，不是陪领导来检查，就是下乡去村里。这不，长河给我来电话，说你要来，说啥我也得专门等你。"

寒暄之后，林秘书和黄长江的秘书出去了，王金亮问："黄总，着急找我，有啥吩咐的？"

黄长江脸一沉："金亮，你可不能老这么跟我说话，我是长河的哥，当然也是你的哥，没外人了，就咱两个说话，你就叫我哥好了。"

王金亮笑笑："好，好。"

黄长江从手包里拿出一份材料，放到王金亮办公桌上："这是我们集团这些年来发展的一些基本情况，你大致先了解一下。这么多年了，我也没有专门向你说过我的情况，你可能也不太了解我。这个文字材料，只是供你参考。我让长河请你出来坐坐的意思，除了感谢你对我母亲和长河的恩情，叙叙旧，再一个意思，就是向你汇报一下我和我集团的一些情况。"

"哥，你看，刚才你还说不要客气，你这叫啥话，啥叫汇报？"王金亮戳戳材料，笑着说，"长河跟我说过一些，黄总和华姿集团，别说在县里，就是在市里，也是大名鼎鼎。县人大代表，省级劳模，全县十强企业，你看，还是市里的拔尖人才，企业家协会副会长，这些我还真是不知道……"

黄长江说："徒有虚名而已。其实，近些年，我主要是朝两个方向发展，一个是电缆，一个是房地产。电线电缆起步早，一直做得不错，目前已经占到了全国市场的百分之十，欧洲市场的百分之四，前景看好。现在，房地产不太景气，我一直在压缩这方面的投资，打算转向农业产业化，用你们政界的说法，就是在'乡村振兴'方面搞谋划，求发展。"

"好啊，不愧是大企业家，有战略眼光。"

"金亮啊，咱都不见外，你乡里有啥好的项目，可记得你哥我哟！"

王金亮高兴地说："那是自然，你要能来我这里投资，就是对我工作最大的支持。"

"好，兄弟，我今天来，要的就是这句话。"黄长江兴奋地说，"我听说，你搞了个田园综合体的项目，县里已经批准了，不知道下一步是啥打算。你哥我愿意参与进来，希望能先在你这儿挂个号，记住有我一份儿。"

王金亮不假思索道："没问题，谁都可以参与，尤其是像哥你这样有实力和胆识的企业家。"

黄长江问："发现的那个溶洞，会不会先单独启动？"

王金亮想了想说："很有可能，因为齐书记是这意思，要分进合击，稳打稳扎，步步为营，成熟一个建一个，把一连串项目完成，最后形成那个综合体。"

黄长江又问："溶洞的建设投资，是要公开招标吧？"

王金亮说："是的，这个工作由县里组织进行，乡里只负责周边的征地和拆迁。哥，你报名吧，如果能中标，你进驻后，我会全力配合。"

"好，我肯定全力以赴。"黄长江站起来，把秘书从车上拿下来放到沙发旁的那个纸盒提起来，放到了王金亮的桌子上，"金亮，第一次来乡里看你，我也不知道带点啥礼物送你。你在乡下，挺辛苦的，想了想拿盒好茶叶吧。不成敬意，这个你不会见外吧？"

王金亮连忙站了起来："哥，这可不行，绝对不行。"

黄长江正色道："咋？嫌礼轻，看不起我呀！这也是我母亲的意思，说来看你，不能让我空手。我拿别的，就是怕你见外，一盒茶叶算啥？咱们是好朋友，这不能算是行贿受贿吧！金亮，不要说别的了。"

"这……"王金亮不知道说什么了。

"金亮，就这样，你挺忙，我不多耽误你了。"

黄长江往外走，王金亮提着茶叶往外送。

到了门口，黄长江瞪了眼："金亮，你这是啥意思？放下，不然我不走了。"

王金亮笑道："我有茶叶喝啊……"

"那是你的，我这茶叶，你是买不到的，要自己喝，一定不要送人啊！"

王金亮无奈，只好把茶叶盒放到桌子旁边，招呼黄长江道："对了，哥，我突然想起来了，还有几句话对你说。"

黄长江转过身，站在门口："金亮，啥事？"

王金亮说："我听说，你跟蝎子沟的周大鹏是战友，关系不一般。周大鹏也亲口对我说过，在部队时，你训练投真手榴弹时失手，是他拉开你救了你的命。"

黄长江点点头："千真万确，周大鹏对我有救命之恩。"

"长河也向我转达了你的意思，我明白，可这事必须严肃处理，打算撤了他，我不清楚你知道这事吗？"

黄长江淡淡道："我知道，金亮，谢谢你的关照！我没当面向你提这件事，是觉得你做得对，我没二话可说的，应该，他做的那些事，让我羞于启齿。"

"理解就好，你也劝劝他，组织上和我，没有任何恶意，相反还念及他从前的贡献，让他振作起来，不要有思想包袱，配合好村支部的改选。"

"金亮，你放心，我会开导他的，我也替他感激你的宽宏大量和高抬贵手。"

送走黄长江，王金亮重重叹了一口长气，坐到办公桌前把茶叶盒打开，里面是一个紫色木盒，掀开才看见，里面排满了一沓沓崭新的钞票，一共十捆！

王金亮大惊，同时也很恼怒，当即给黄长河打电话，说有急事，但没说什么事，让他赶快来皇迷乡找他一趟。

黄长河抽空从县城开车过来了，王金亮拿出他哥哥黄长江送他的"茶叶"，打开盒子说："这是你哥送我的茶叶，你看看，哪是茶叶？整整十万人民币！啥意思？别的我不多说了，我也不能再见他了，这事交给你，你替我还回去！"

黄长河也吃了一惊，挠着头皮说："是不是因为你照顾周大鹏的事，他要感谢你。"

王金亮冷笑："长河，你说有这必要吗？我看不是因为这个。"

"那是……他还有别的事求你吗？"

王金亮无奈地说："长河啊，以后，再别替你哥约我吃饭了，你知道我的脾气，我可见不得这个！"

26

  由蝎子沟村全体党员参加的村支部改选大会，在村委会大会议室里进行。在此之前，由乡党委副书记马春浩带队，已经提前与大多数党员进行了座谈和沟通，通报了乡党委批准同意周大鹏主动辞职的决定，还表扬了他在任支部书记期间所做出的贡献，广泛征求党员们对下一任支部书记候选人的建议和意见，基本上取得了共识。

  座谈中，党员们都没有多说话，马春浩说什么，大家都表示赞成，坚决拥护乡党委的决定，从党性出发，一定投出负责任的一票。总之一切都很顺利。

  但是，在村中与一些党员座谈结束后，向王金亮状告过周大鹏勾引霸占她儿媳妇的程月娥，悄悄来找马春浩，质问他："你们就这样处理周大鹏？我有意见！"

  马春浩说："这是乡党委的决定，你认为该咋处理？"

  程月娥愤怒地说："王书记答应我严肃处理，只掐了他的支书，就算完了，你们这是糊弄我们平民老百姓！"

  马春浩向她解释道："大嫂，支书不让他干了，这本身就是处理啊。"

  "像这种人，得抓了他，让他坐牢，最低也得开除他的党籍！"

  马春浩挺忙，不愿意被她纠缠，便说："你有啥意见，可以找王书记去说。"

  "当我不敢去找啊！"程月娥气冲冲地说，"哼，你们这样整，这支书早晚还得是他的……"

马春浩笑笑说:"开玩笑,不可能的事。"

"不信,你就等着瞧吧!"

周大鹏也参加了选举,因为他还是党员,有选举权和被选举权。他显得很平静,很大度,很热情,积极配合选举的各项组织工作。他自始至终里里外外忙碌着,挂会标,拾掇会议室,摆喝水杯子,为乡领导制作桌签,热情接待马春浩和乡干部,催人开广播通知党员开会的时间和地点。有几名党员联系不上,周大鹏很着急,打不通手机,就踅圈儿在村子里四处找……按他的话说,是站好最后一班岗。

马春浩和几名乡干部心里很感动,原先担心周大鹏有情绪、不配合,甚至是搞点儿小动作的顾虑荡然无存。觉得还是王书记说得对,周大鹏是个讲党性,有原则,真诚,实在,思想觉悟高,大局意识强的人。虽然要下台了,但仍能积极主动地配合乡党委工作,可见周大鹏的涵养和度量真是不凡。

蝎子沟共有三十八名党员,因病因事外出或在外地打工不能到会的九名,实到党员人数二十九名,符合法定人数。

会议开始后,马春浩代表乡党委作了简要的讲话,大意是:周大鹏同志由于个人的原因,主动提出辞去蝎子沟村的党支部书记,乡党委研究同意了,现在按照《党章》的规定,按程序改选新的支部和支部书记。经过全村大多数党员们的充分酝酿和讨论,广泛征求意见,并经乡党委同意,提出了两名支部书记候选人,下面就开始无记名投票。

这时,作为一名普通党员坐在会场里的周大鹏,突然举了举手,站起来说:"马书记,我有几句话要说,能允许吗?"

马春浩看看周大鹏说:"好,大鹏同志,请讲。"

周大鹏站起来,望望会场,给大家深深鞠了一躬,还从衣兜里掏出一份事先准备好的讲话稿，看了看平静地说："各位党员，老少爷们儿，我现在很惭愧，有一肚子的话想对在座的乡领导和大家说，但限于时间关系，我只能借此机会，长话短说，简单说几句我的心里话。我自从得到父老乡亲们的信任，从当选村主任到担任支书，已经十多年了，一直以来，村民们能够支持我，帮助我，特别是一些在座的党员和支委积极关心我，配合我，我周大鹏在此向各位致谢了。当干部时间长了，我放松了学习和思想改造，对自己要求的标准降低了，有不少的缺点和错误，做了很多对不起大家的事，在此向大家深深道歉，对不起大家了……"说着，又向会场深深鞠躬。

与会的都拍了拍手，算是对他鞠躬的回应。

"谢谢大家能够原谅我，"周大鹏接着说，"从今以后，我虽然不是支书了，但我还是个党员，还是咱蝎子沟的村民，该我出力的时候我还会出力，该我贡献的时候我还会贡献，还会处处发挥一个党员的先锋模范作用。这次支部改选，在乡党委的正确领导下，一定能够选出一个更好的，更受村民们拥护的新支部班子。无论谁当了支委，谁当了书记，我都会举双手赞成。鉴于我的情况特殊，我请求回避选举，不再参加投票了。目的是让大家放下包袱，为村里选出一个称心如意的支部和支部书记。马书记，我的请求你能同意吗？"

马春浩想了想，与坐在身边的两名乡干部交头接耳说了几句，点点头说："好，大鹏，我同意了，你可以退场。"

"谢谢马书记，谢谢各位！"周大鹏冲大家拱拱手，转身走出了会议室。

投票正式开始了。

周大鹏离开会场后，与会的党员们从投票选举一开始到投票结束，自始至终都没有说话。一个个眘眯着眼，像刚睡醒似的无精打采。大家默默地来村委会，默默地走进屋子里，默默地坐在椅子上，默默地听乡里领导讲话，默默地在纸条上写人名，默默地投选票。冷漠的表情和压抑的气氛，就像是每个人的家里都有不幸的事情刚刚发生过。

今天的选举，原村党支部副书记、村委会主任魏风林也来了。在这次改选中，他是乡党委提名的候选人之一，之前乡里已经跟他谈了话。但他比较消极，像其他党员一样，也是表情冷漠。他最后一个到，躲到角落里，一直闷头抽烟，投完票后，他提出请假，说家有急事，说完就往外走。

马春浩见状追出来，一把拉住魏风林，往旁边推推他，低声道："咋回事，你这是啥意思啊？马上唱票了，你又是乡里提出的候选人，必须知道个结果，不能走！"

"结果我已经知道了，不用等了！"魏风林大步走了出来。

马春浩从后面追出来："你说啥？魏风林，你站住，等一等……"

魏风林停下脚步，马春浩上前生气地问："这到底是咋回事？"

魏风林拿着手机，打开短信，举到马春浩面前："马书记，你看看这条信息就明白了，是昨晚半夜里有人发给我的。"

马春浩伸过脑袋看看，见这条短信写的是："周昨晚在家里偷偷召集党员会。"

魏风林冷笑一声说："明白咋回事了吧？"

马春浩心里一惊，问："不明白，这是谁发给你的，是啥意思？"

"啥意思你咋还不明白啊？周大鹏在家里召集一些党员开会，是有一个参加会的人给我发的短信。"魏风林撇撇嘴，"今天的选举，他都布置好了，还是在他的操纵之下啊！"

马春浩大惊，怔了怔道："这……这不可能……"

魏风林笑笑："有啥不可能的！你和王书记，都让他给耍了！"

"啥意思？这不可能，他可不敢……"

魏风林说："好，我不跟你多说了。你一会儿看看选举结果，就明白了。"

马春浩吓得心里怦怦直跳，骇然道："你是说，投票都选他?"

"对！周大鹏自始至终都在演戏！"

魏风林转身就走，马春浩一把拉住了他："老魏，这要出大事，你不能走！"

魏风林转过身，叹口气，望定马春浩说："马书记啊，这事我提醒过你，也给王书记说过，可你们都不以为然，还觉得我小肚鸡肠，风格低，说我脾气不好，好斗。那我还说啥，听你们安排吧！你们不开除周大鹏的党籍，人家有选举权和被选举权。你看那些参加投票的党员，大多是他这几年扶植起来入的党，都是自家门里的和亲的厚的，还能不听他的？还不都填票选他？你让我在这儿干啥，让我这候选人落选丢人败兴啊！"

马春浩咬着牙吼道："好哇，周大鹏敢这么干！"

"对不起，马书记，我走了，你快去看看咋样收场吧。"

果然，开始唱票计票，唱到第十六票时，周大鹏居然得了十二票，魏风林才三票，另一个仅一票。再往下念几张，全都是周大鹏的，也就是说，二十九张选票，周大鹏现在已经过了半数。

马春浩大惊失色，连忙中止了唱票，拿起余下的选票看看，全都写着周大鹏。

上次在赵家疃村要撤销赵志豪的支书时，赵志豪是抗拒、威胁，不接受乡党委决议，但那是明着来。可这次在蝎子沟，却是周大鹏不动声色，笑里藏刀让乡党委的改选失败。马春浩从没有经历过这种事，连做梦也不会想到。他又气又急，嘴唇发抖，面色苍白，额头和身上立即出了一层虚汗……

马春浩一时不知道该怎么办了，急忙将选票放进了提兜里，压低嗓门问跟他一起来组织选举的乡干部："你们说，这可咋办，咋办？"

一位乡干部们说："不知道啊！不行，赶快向王书记汇报吧！"

这时，还有一些党员在起哄，撇起嘴斜瞪着眼说："马书记，我们还都等着选举结果呢，你咋好好的不叫唱票了？"

马春浩急中生智，大手一挥道："本次选举无效，散会！"

27

听完马春浩的详细汇报，王金亮简直不敢相信自己的耳朵："真的？"

马春浩说："你看，我把选票都带回来了，二十九个党员参加投票，周大鹏得了二十二票，魏风林才五票，其他的有两票。"

"唉，怨我……怨我……"王金亮拍拍脑袋，冷静地说，"这事都怨我，怨我麻痹大意，对事情作了误判。"

"这周大鹏真玩出花样了，王书记，下一步咋办？"

王金亮想了想，眨着眼睛说："我要去蝎子沟蹲两天点儿，再找周大鹏谈一次话，也跟党员们深入交流一下。"

乡长乔文杰说："你还找周大鹏谈啥？他会矢口否认，会说是党员们自己的决定，还说明他威信高，党员们还支持他干，这不明着跟乡党委对着干吗！可咱还说不出啥不对。再说，他投票时故意不在场，咱抓不住他的任何把柄啊！"

副书记马春浩说:"是啊,他不像赵志豪,雷烟火炮,气势汹汹,一股牛劲儿,倒也好整。可周大鹏这小子阳奉阴违,明一套,暗一套,一副客客气气的样子,笑面虎最难斗啊……"

纪委书记霍胜海说:"我看,还是从经济上再下手吧。我带几个人,再去深入查一查那几个重大线索。有一些人,一直在告几年前村里小商品市场土地流转的事,说他土地流转吃回扣,还参暗股,我接这个茬儿,再往前试着走一走。"

"当初开发市场的老板,不是已经回老家了吗?他叫啥名来着?"

"吴同玉,浙江义乌人。"

这时,王金亮的手机突然响了,是县公安局副局长黄长河打来的,说是赵家疃村的案子已经"重审"结束了,赵志豪于昨晚被正式批捕,把他从县纪委带到了看守所,释放了在押的裴凤莉哥哥裴凤山。

王金亮高兴地对着手机说:"谢谢,长河,我代表裴凤莉一家谢谢你!"

接着,王金亮的脸忽然沉了下来,连声说:"不必,不必,我知道了……"

黄长河在手机里,又提到了周大鹏的事情,说是他哥哥让代他感谢王金亮。

放下手机,王金亮向大家报告了刚才赵志豪已被逮捕的消息。

大家兴奋得一阵雀跃和欢呼。

王金亮却表情木然,在地上来回踱步,大家都莫名其妙望着他。

"王书记,裴凤莉的案子翻转了,你咋还心事重重啊?"

王金亮没有吱声,踱了一会儿步,突然停了下来,望望众人道:"我看这样,周大鹏的事先放一放。先恢复魏风林的村委会主任职务，再说，他只是口头辞职，乡里并没批准，让他暂时把村里的事务性工作负起责来。驻蝎子沟扶贫队的负责人陈博是第一书记，我看这小伙子不错，由他负责党务工作，保证村子党务政务的正常运转。这两件事，在党委会上过一下。这几天我腾出时间，一定去一趟蝎子沟，把工作做仔细了，深入了，待时机成熟，我们再正式改选村支部。这样，通过一段时间的工作，我们也对魏风林进行一下观察和考察。"

大家都赞成这样做。

王金亮问乔乡长："文杰，溶洞的开发，县委县政府最后确定由谁投资？"

"还没最后定。"乔乡长说，"听说，只是听说啊，竞争很激烈，传言，华姿房地产集团有限公司中标的希望很大。"

"华姿集团！黄长江？"

"对啊，就是黄长河的哥哥。"

王金亮一惊，拧紧眉头问："为啥说他中标希望最大？"

乔乡长说："我听县旅发委一位副主任说的，说黄老板门路硬，耿县长看好这个集团，不过还要到揭标了才能知道，现在都是瞎猜，招拍挂程序没走完，啥情况都有可能出现，谁说了也不算。"

"噢……"王金亮心事重重。

乔乡长说："这事，咱乡里也没有发言权，谁投资都行，咱只管干活儿就是了。"

王金亮点点头："我只是挂个名，你可是乡里的项目组长，全权负责，到时候一定配合好人家，组织好占地的拆迁工作。"

"放心，这也好办，只要开发商补偿款及时到位就行。"

王金亮问："对了，蝎子沟村和石窝铺村交界的那片荒岗狐子沟，按照咱们的规划，必须赶快治理和开发，你跟原来的承包者接触了吗？就是那个叫张宾的，谈得咋样？"

乔乡长说："我正说要向你汇报呢。张宾董事长也听说咱乡发现了溶洞，离狐子沟不远，很高兴，表示马上启动对狐子沟的开发建设。我把咱们的规划和想法跟他说了，他很高兴，说是与他的想法不谋而合，他想的也是搞农业观光。但提出个条件，把沟东这块荒山，也就是属于石窝铺村的这一块，也让他承包了，这样才够规模……"

王金亮高兴地说："好啊，正符合咱们的想法和统一规划！好，支持他整吧，动作要快点。"

"他已经提前派人过来了。"

"噢，是谁啊？"

"就是石窝铺支书老赵的外甥女，家是蝎子沟村的，叫米雅丽，我还没见。"

"张宾啥时候来？"

"还没最后定，他说那边有事，现在来不了，啥时来，会提前跟你说的。他说，米雅丽全权负责这方面的工作，包括征用沟西石窝铺的地和项目的前期谋划。"

"好，除你之外，你再安排两名乡干部，做好协调工作。"

乔乡长说："蝎子沟那边占地不用说了，协议早就签了。现在他们正在和石窝铺村支书老赵磋商，老赵特别积极，组织过好几次村民大会讨论了，主要是土地的价格问题。"

"文杰，你盯紧点，按规定和程序来。一定加快速度，既有观赏价值又有经济收益的农业项目，培育时间长，见效慢，必须早谋划早起步。"

这时，突然一阵锣鼓喧天的喧嚣声，从大院里越来越响地扑进了办公室里，同时还夹杂着脆响的鞭炮声。

"这么热闹，出啥事了？"

大家正恍惚时，只见林秘书跟跟跄跄跑了过来："王书记，赵家疃村的支书薛起东和裴凤莉还有她哥嫂，带着一帮人，来感谢你了……"

院子里，两位村民放着鞭炮，鼓乐手为前导，薛起东手里擎着一面锦旗，锦旗上写着："洗清冤案，百姓好官。"

裴凤莉哥嫂，还有几十位村民紧随其后，径直向王金亮办公室走来。

乡干部们纷纷拥出办公室，对村民们鼓掌表示欢迎。

王金亮撇撇嘴，用手推着林秘书："这叫啥事！快出去，快出去，就说我不在，快去把他们支走！"

林秘书刚要出门，鼓乐手就已经来到了办公室门前，对着屋里起劲地吹着、敲着……

村民们都围到了门前。

林秘书示意大家："大家静一静，静一静！"

鼓乐手停止了吹奏，围观者站了一院子。

林秘书大声说："王书记说，大家的礼送得太重了，他不敢接，现在请王书记出来跟大家讲话！"说着带头鼓掌。

村民们热烈鼓掌，情绪激昂。

王金亮无奈地从办公室走出来，两手合十冲着大家道："谢谢乡亲们，谢谢乡亲们！大家不用感谢我，应该感谢党感谢政府。我就讲一句话，今后不管遇到啥事，相信党，相信政府，只有共产党和人民政府才是大家的主心骨……"

村民们又是一阵掌声，旁边有不少人用手机拍照和录像。

"王书记，这是我们赵家疃全体村民的一点儿心意，请你收下！"薛起东说着，把锦旗高高举了起来。

王金亮并没有显示出高兴，示意林秘书把锦旗接过来，把脸往下一沉道："薛起东，对你的这种方式我是极不赞成。这些事，都是当干部应该做的，是应职应分的事，不值得张扬。以后，不许再搞这一套，不然，我要狠狠批评你。"

薛起东惭愧地说："这都是凤莉的哥嫂和乡亲们的主意，是没别的办法表达了。王书记，我以后不了……"

王金亮和乡领导还有乡干部们把薛东起、裴凤莉及哥嫂等人送出乡政府大院。不料，在大门口一侧，站着一帮年轻人，大概有十来个，大都戴着墨镜，手里都拿着家伙，有的是铁锹，有的是棍棒，还有个人手里提着一尺多长的大扳手。

其中一个矮胖子，横眉立目对身旁的人小声说："那个高个儿，长得黑的家伙，就是王金亮！"

薛起东见状，立即挡在王金亮面前："坏了，这帮家伙准是屁股后跟着我们来的。王书记，你赶快回去，我来对付这些人。"

说着，就招呼裴凤山和跟他一起来送锦旗的村民们。

王金亮皱着眉头问："这是啥意思？"

薛起东紧张地说："这都是赵志豪一个家族的人，可能是见我们来乡里给你送旗，跟过来要跟你闹事咧！王书记，你快躲一躲，由我来对付。"

"找我闹事？"王金亮瞪瞪眼，大声道，"我倒想看看，要闹啥事！"

"那不明摆着，赵志豪被你送进了……"

"那是罪有应得！"

王金亮一把将薛东起推开，站到这些人面前，挨个儿扫视一遍，正色道："你们手里提着家伙，守在乡政府大门旁边，想干啥？"

有人吼了一声："找你王金亮！"

"好，我在这儿，找我干啥，说吧。"

少顷，有人叫了一声："为我二叔报仇！"

王金亮不动声色，故意问："你二叔是谁？"

"赵志豪。"

"噢？那你们都是赵志豪一姓的族人吧？"王金亮点点头，微笑着说，"我明白了，他被公安局抓了，你们是来为他喊冤叫屈的，认为是我整了他，想来报复我，想出口气，对不对？"

有人在鼓动："别跟他废话，动手，打王金亮这个狗操的……"

"来啊，动手吧！"王金亮朝他们走几步，拍着自己的胸膛说，"有种的，照这儿来，我如果眨眨眼睛，皱皱眉头，就不叫王金亮！"

那帮人掂着家伙往后退，后面是墙不能退了，挤缩到了一起。

王金亮指着他们，义正词严道："不错，你们都是姓赵的人。赵志豪犯了事，你们觉得以后没有靠山了，就想替他打抱不平，或者说，出于他平时对你们的关照和小恩小惠，现在想替他给我整点事，是不是这个意思？可是，你们知道赵志豪是啥样的人吗？你们是真的不清楚，还是故意装糊涂！你们知道，这些年赵志豪背着你们和村里的乡亲们，贪污、受贿和非法侵占、挪用村集体多少钱吗？我想问问，你们知道不？"

这伙人面面相觑，有两个人忽闪着眼睛摇了摇头。

"共计一百二十万啊！"王金亮情绪激动地说，"这是县纪委这几天查实的，我都吓得差点摔了个跟头啊……别的我就不再细说了,仅你们村那个玉米淀粉加工的项目占地,他一次性就从投资商那里回扣了五十万,都装进了他个人的腰包,这些事,你们知道吗?从他那得到过一分钱的好处吗?"

有人轻声唏嘘,惊恐地瞪大了眼睛。

王金亮继续说:"他贪占的这些钱,是你们的血汗,是你们共同的财富,可你们却蒙在鼓里,现在还来替他叫屈,你们不是傻吧!他开着三十多万的丰田越野,整天花天酒地,飞扬跋扈,可你们呢?在外面辛辛苦苦打个工,吃苦受累,却为啥反过来为他喊冤呢?他关心过你们吗?关心过全村老百姓和你们的长辈吗?根本没有!你们愿意叫他继续坑害你们,继续敲你们的骨吸你们的髓吗?愿意拿全村的血汗钱,去供养赵志豪一个人的肚子滚瓜溜圆和逍遥自在吗?都是本家族咋了,亲爹亲娘生的,还有不肖子孙咧!如果他有孝道讲仁义,该让赵家或赵家疃村的父老乡亲都过上好日子。可是,现在大家的日子咋样呢?你们自己清楚,回去琢磨去吧!他赵志豪今天的结果,是咎由自取,是罪有应得!你们太善良了,只顾及亲情而不考虑他自私自利的赵志豪并不管你们的死活,对你们薄情寡义!你们是年轻人,单纯,容易冲动,一直被他蒙蔽着不知真相,我不怪你们,都赶快回去吧!该干啥干啥去……"

"王书记说得好,说出了我们的心里话!"有村民高兴地吆喝起来。

"好!好!说得真好!"有人随声附和。

那帮人个个耷拉着脑袋,灰溜溜散去了。

第 十 章

28

这天上午,陈博在蝎子沟村一条称作狐子沟西山坡的板栗林里,继续为村民们修剪从前就分到各家各户的板栗树。

现在,陈博是县林业局驻蝎子沟村扶贫工作队队长兼第一书记。

狐子沟在村子的西北方向,是与石窝铺村的分界线,沟西归蝎子沟村,沟东是石窝铺村的地面。这条狐子沟呈南北走向绵延六公里左右,人迹罕至。沟底是一条大沟,沟里有一条溪水,穿过乱石滩向下流淌,传出清脆的响声,似有轻柔的琴弦弹拨。从沟西荒岭再向西的山坡上,用石块砌成的梯形坡道,层层叠叠朝深处的山坡上延伸,一条条狭窄但却平坦的山地上,伫立着一片片粗壮的板栗树。这些板栗树生长在坡式梯田上,是老辈子留下来的,大多是民国初年"田家大院"的主人田家辉发动民众栽植的,也有更长时间的,最晚的树龄也有七八十年了,很粗,枝叶繁茂,高大而壮实,但就是挂果不多,收成很少,按村民的说法是"懒",身大力亏。板栗林的西北,就是张宾承包的属于村里的三千多亩荒山。

村支书周大鹏虽然辞职了，但在改选支部时却暗地里操纵选举，致使选举失败。王金亮和乡党委经过研究，恢复了魏风林的村委会主任职务，明确驻村扶贫带队的陈博暂时负责全村的党务工作，等时机成熟后，再正式进行选举。这时的周大鹏，已经不在村子里了，据说是去县城黄长江的华姿集团打工了。

魏风林被恢复村委会主任后，知道这是乡里对他的考验，现在周大鹏已经下台，又不在村里了，他就想放开手为村民们干点实事。前几天，魏风林与陈博闲谈，说到了狐子沟西山坡上的板栗树。陈博听后，就抽时间在魏风林带领下去狐子沟看了看。在板栗林里，魏风林哑巴嘴道："你看见没？那么大的树，看着枝繁叶茂的，可挂果却稀稀拉拉，一棵树也就能收二三十斤。"陈博在树林里走了一趟，仰望着蓬乱密实的树枝说："知道一瓶水一个人喝和一群人喝的道理吗？营养和水分都分散了，都长疯了，必须修理啊！"魏风林知道陈博是省农大毕业的，学的是林果专业，懂得这个，就问修理之后是不是就能提高产量了。陈博信誓旦旦地说："当然了，把那长疯的树枝砍了、剪了，除去没用的，让各种营养成分集中起来，结的果自然就大了也多了。按我说的做，一点儿问题没有，保证来年的产量至少翻上一倍。"魏风林高兴地说："太好了，你就给咱干吧，这也算是咱们的一次精准扶贫。乡里信任咱，先让咱挑头干，咱得表现表现才是。"陈博想了想说："行，风林叔，事先，你可一定要做好这些村民们的思想工作，得同意我修剪，不然可不能干。"魏风林撇着嘴道："这是好事，帮他们多收栗子，还会不愿意？"陈博笑笑说："那可不一定，你在村里做好工作，都同意了，我才能开始干活儿。"过了两天，魏风林召集在狐子沟有板栗树的村民开了会，还让陈博讲了讲修剪板栗树的科学道理，村民们基本上都同意了。于是，魏风林领着陈博，差几名村干部抬着梯子，陈博拿着驻村时就带来的大剪刀和小钢锯，进入狐子沟修剪板栗树。

陈博登着梯子，攀到高大的树干上，依据自己所学的专业知识和实习时的经验，对粗大的枝丫用钢锯锯掉，细小的则用剪刀剪，从南向北挨个儿一棵一棵地进行修剪，地下落满了大大小小的枝丫。

在树下帮忙和围观的，除魏风林和村干部外，还有一些在这里有板栗树的村民。

有村民看见粗大的树枝被锯掉不免心疼，皱起眉头发出疑问："多少年好不容易才长成这么粗的树枝，这小伙子咔嚓一家伙都给弄掉了，多可惜啊！"

"他不是来扶贫的吗，咋剪树啊，到底懂不懂？大学生咋了？遍地都是，说得好听，树让他都砍成这样了，会不会死啊？"

"听人家的吧，砍有砍的道理，这叫科学。"

"树枝都没了，还结啥子果嘛！也罢，看来年的收成吧，不成得让他包赔……"

个别村民，开始阻止他，不让陈博如此这般修剪自家的树。

有村主任魏风林在场，陈博不强求，也不多解释。魏风林安排他修剪哪棵树，将梯子顺到哪棵树干上，他就往哪棵树上爬。

中午他们回村吃了点饭，下午早早上山接着修剪。

下午，大概五点多，太阳已经开始朝西山里坠了，有一片片晚霞在云层上涂抹，如同肆意泼出的彩墨。这是最后一棵树了，按魏风林的意思，修剪完，就收工回村了，没修剪的待明天再继续。

这时，山下一条碎石路上，有一辆浅蓝色面包车缓缓驶来，接着停下了，从车里钻出几个人，指手画脚朝板栗林这里比画着，不知说的什么，随后就朝板栗林里走来。

近了，魏风林看清楚了，原来是在这里为张宾承包山坡看山的大张和小张，领着几个人，其中还有两个女的，一个岁数大点儿，一个很年轻，是个女孩儿。

但陈博趴在树上修剪，由于茂密的树叶遮挡着，没有看清楚是谁。

魏风林连忙上前打招呼："哎呀，是你们两位啊，咋到这边来了？"

老张说："山东公司那边来人了，是为张总前来考察打前站的，来看看，我们要往那边的山上去。"

正说着，几个人拐个弯儿，从林子那边过来了。

魏风林眼一亮："哟，这不是米雅丽吗！"

这时，米雅丽也走了过来："是风林叔，你在这儿干吗？"

魏风林问米雅丽："雅丽，你啥时候回来的？"

米雅丽说："昨晚上。"

"米……米经理，不过年不过节的，你咋回来了，家里有事了？"

米雅丽笑笑道："公司派我提前过来的。"

老张在一旁说："米经理是给张总来这里打前站的。"

"噢！"魏风林恍然大悟，"对，对，雅丽一直在济南张宾那打工。"

小张说："米雅丽现在是我们山上这个项目的执行经理。"

米雅丽见前边有人在板栗树上又锯又砍，再看看树下的地面上，散了一片树枝，就问："风林叔，你们这是在……"

魏风林笑笑说："噢，都长疯了，我请专家给修剪修剪。"

米雅丽惊叫一声："长这么粗的树枝，你都让锯了？"

说着，又颦蹙双眉，探头望望里面咔嚓咔嚓的剪刀声和锯树声，见树上的枝叶里晃动着人影，惊叫了一声："呀，那不是我家的树吗？"

还没等魏风林解释，米雅丽就冲了过去，并随手捡起地上的一根树枝，锐声呵斥道："小子，你给我下来，不准砍我们家的树！"

正骑在树干上专心剪枝的陈博不知道发生了什么事，停下手里的动作，这时，米雅丽举起树枝，朝树上的陈博捅了一下："还不快下来？"

陈博吓了一跳，脚下一滑，踩断一根树枝，就从树上掉了下来……众人喊叫着跑过来，见陈博捂着脚坐在一堆乱树枝上咧着大嘴呻吟。

老张撇着嘴大叫："米经理，你这是干啥？咋把人给打下来了？"

魏风林也叫道："雅丽，你咋打人啊！"

米雅丽斜眼看陈博一眼："我可没打他，是他自己掉下来的。"

"你为啥喊他，还吓唬他……"

米雅丽怒气冲冲道："那是我家的树，不许他乱砍乱锯！"

"哎呀！雅丽啊！"魏风林焦急地拍着巴掌叫道，"这是咱村里定的，大伙都同意，你爹也知道，不信，你给你爹打个电话问问！"

米雅丽扬着脸说："我不管我爸同意不同意，反正我是不同意。"说着就往外走。

这时，众人连忙去看陈博，问怎么样，感觉严重不。

陈博已经站了起来，试着走两步，脚下有点儿疼，但觉得没大碍，就咧咧嘴说："没事，没事，不要紧。"

米雅丽可能是觉得做错了事，远远躲在了一边，只是偷偷朝这里张望。

"雅丽跑哪儿去了？"魏风林扶着陈博，四处寻找米雅丽，没有看见，就冲老张道，"我说老张啊，要是王书记有了事，我可得找你算账！是你把她领到这儿来的。"

"切，她可是你们村的，还能跑了她？"老张撇撇嘴，拥着陈博说，"王书记，你观察两天，估计没啥大事，过一半天，我带着我们经理专程去向你赔礼道歉。"

过了一夜，第二天，陈博的脚面就肿了，像块面包。吃过早饭，魏风林开车带陈博去皇迷乡卫生院做了个检查。经透视拍片，虽没有骨折，但踝关节外侧副韧带轻微撕裂，走路得暂时瘸着。医生说，恢复差不多需要十天半月。

米雅丽可是蝎子沟村的"明星"，人人皆知。她是村南米振海家的二闺女，自十六岁那年考上市里的职业技师学院，就再也没有在老家的村里长住过，只是逢年过节或者有什么事了才回村看看。这两年，回来更少了。去年过年的时候，她是年前回来的，有村民看见，是一辆高大的黑色越野车来送她，把她送到村边的一棵大柿树旁，她下车提着几大包东西步行回家，然后轿车转头就回去了。等她过完年走时，又是这辆车来这个地方接她。但村里人只见有车接送不见接送她的是什么人。有见识的村民知道接送她的这辆车的牌子是"路虎"揽胜盛世版，至少也要一百二十万，就很羡慕，同时也有一些非议。问她这人是谁，她莞尔一笑说是朋友，又问男的女的，她噘起小嘴嗔怪说，你是不是吃河水长大的，想当警察了吧。不回答，或者是不正面回答，其实已经告诉大家了。听说闺女有了男朋友，米振海两口子很高兴，觉得闺女已经二十二岁了，村里像她这么大的，有的都结婚了，也该谈婚论嫁搞对象了，就让她把这位男朋友带到家里来看看。但米雅丽从不让这位开车的朋友进村，更不会带他去家里。她对父母的解释是，我们只是朋友，男的朋友和男朋友，是不一样的，该让你们知道时，我自然会领到家里来，但现在不行。

这次回来，是她自己开着一辆红色的小轿车回来的。这小红车很矮，像是趴在地上的一只大瓢虫，前面的车灯像是一对螳螂的眼睛，在外面鼓鼓着。这是什么车村里人不知道，因为车尾写的是外国字，车标是一匹跳跃着的黑马的侧面。有点儿见识的村民说是跑车，但是什么牌子的没见过，说不上来。米雅丽自去城里上学到去山东报考，已经在外面生活工作四五年了，之后不但没给家里要过一分钱，每次回来，都会给家里留下点儿零花钱，遇上有事了，还三千或五千地往外拿，让村民和邻居都赞不绝口，觉得这闺女不但人样儿好，还有本事，混得真不错，真是有出息。老两口听着村里人的称赞，自然是心满意足，一般不管她的闲事。因为，他们知道，雅丽这闺女懂事、聪明、孝顺、倔犟、有主见，不会做出让大人不放心或者让村里人戳脊梁骨的事。村里有人问她的车，她莞尔一笑说："哟！这我可买不起，是公司配的。"又问："这叫啥牌子啊？"她说："法拉利458。"说也白说，人家也听不懂，接着问："又低又小，得几万啊？"米雅丽扑哧一声笑了，看看从小一起长大的小伙伴停在路边的车说："你这车是长城的哈弗H2，我这车两个轮胎的价格，可以换你这辆车，就别说价钱了，说出来怕碰坏你的耳朵。"

米雅丽在技师学院学的是财会专业，开始在张宾集团下属公司当会计。三年前，集团在山东龙口开发的海景房销售不好，就从下属公司抽选了十几名年轻漂亮的职员到北京、河北省会和一些地市帮助销售，其中就有四海市场的米雅丽。她在北京只待了三个月，就卖了十五套海景房，回来就被集团提拔为部门经理，还奖励她一部轿车。她这次回老家，开的就是这辆车，而过年时开着"路虎"接送他的男人，是集团董事长张宾的儿子，现任集团总经理张扬帆。目前，张扬帆一直在追求她，她还没有答应正式和他"处对象"，只是好朋友而已。

这次回到老家，她是以狐子沟农业观光项目执行经理的身份，来主持开发集团董事长张宾承包的蝎子沟村的那三千亩荒坡地。当时，张宾承包这片荒地时，目的是为了圈地，他怕长期不投入不治理村里会把地收回，每年也装模作样在上面种点儿树，还盖了一排房子，其实是一直撂在这儿。前几天，他听说皇迷乡蝎子沟村后山上发现了溶洞，离狐子沟上这片荒地不远，很高兴，表示马上启动对荒地的开发建设。这时，正巧乔乡长按王金亮的叮嘱，让蝎子沟村原支书周大鹏给他打了电话，把乡里的规划和想法跟他说了，这与他的想法不谋而合，他想的也是搞农业观光。同时，米雅丽也接到舅舅、石窝铺村支书老赵的电话，想通过她，让张宾也把狐子沟东边的荒山承包下来，与原先承包蝎子沟村的荒山连在一起。米雅丽把这个想法跟张宾汇报了，张宾口头上同意了，还说最近要亲自回来看看，最后再做决定。由于张宾事情非常多，一直抽不出时间来这里，所以就安排米雅丽先过来，为张宾来考察做一些准备工作，有可能的话，可以先期拿出一个大致的开发方案。因为，米雅丽是本村人，情况熟悉，而要新征石窝铺村的地，村支书正是她的舅舅，工作起来就更有利，再加她优秀能干，张宾和他儿子，都赞同她来主管开发这个项目。昨天，她是带着随行人员，由一直在这里看山的老张和小张引领，考察狐子沟两旁的地形地貌，从自己村里上山，看完本村的，再去看石窝铺那边的，不料路遇陈博在高大的板栗树上修剪。这些板栗树，虽然从外面看是很大一片都连在一起，但谁家多少棵，从20世纪80年代都分给各家各户了，其中也有米雅丽家的八棵。米雅丽从这里过时，看见有人骑在她家树上锯树，而且把那么粗的树枝都锯了下来，顿时就急了……

米雅丽知道陈博脚肿起来受伤，是第二天上午。魏风林带着陈博去乡卫生院看完脚伤回来，就到米雅丽家找她父亲米振海了。米雅丽又带公司的人上山了，没在家。米振海得知大惊，等米雅丽回来，把她好一顿数落。米雅丽闻讯也很吃惊，知道是自己错了，吃过午饭，在村里的超市里买了一堆水果什么的，去村委会向陈博当面道歉。

由于事先米振海给魏风林打了电话，魏风林在村委会等着。米雅丽进了村委会，一见魏风林，连忙喊叔。魏风林还在生气，白眼斜瞪着米雅丽，冷淡地指指会议室的门说："陈博在那屋，你自己去说吧！"

此刻，陈博坐在村委会大会议室东南角靠墙的办公桌前，正对着电脑看材料，还时不时打一阵字。

米雅丽提着一个大塑料袋，里面装着香蕉、苹果还有几瓶水果罐头。她上了几层台阶，见外面挂着一个窗纱做的门帘，里面的门敞开着，因此也不用敲门，就径直挑开门帘走了进去。

米雅丽一进门，陈博见是一个陌生的女孩儿，抬起头来问："你找谁？"

"你是陈博吧？"米雅丽微笑着问。

其实米雅丽也不认识陈博，当时陈博在树上，她根本没有看清楚也没特意去看，后来陈博从树上摔下来时，她就吓得躲开了。是刚才魏风林指着门说陈博在里面，而这屋里面又没别人，所以她知道这无疑就是陈博。

"是我。"陈博仔细看看她，知道她是谁了，因为刚才魏风林说了，说一会儿村里那个疯丫头来看望你，但他故意装着不知道，"你是……"

"我是米雅丽，从外地刚回来，昨天……"米雅丽说着，坐到旁边会议桌旁的椅子上，并把一塑料袋水果放到桌子上。

"噢，是这样……"陈博低声嘟哝一句，脸顿时沉了下来，面色显得更黑了，扭头朝电脑显示屏上看。

米雅丽站起来，朝陈博走两步，停下来红着脸说："对不起，我是来向你道歉的。我不知道该怎样称呼你。听说你是县里来的下乡干部，是来帮助我们村扶贫的，还说你是个技术员。那我就叫你王老师吧，要不叫你王哥也行。王老师，是我不对，我错了，我诚恳向你赔礼道歉！"

"不用。"

"你的脚怎么样了？"

"没事。"

"用打石膏吗？"

"不用。"

"是怎样治疗的？"

"贴膏药，吃药。"

"没伤着骨头吧？"

"没有。"

"那你受苦了，多休养，多保重。"

陈博没有吭声，脸一直面向电脑显示屏，刚才的一问一答也是机械的，似乎是一副无所谓的样子。

"这是一千块钱,不好意思,你自己愿意吃啥,就再买点吧!"说着,把一个信封掏出来,放到了水果袋子的旁边。

陈博依然没有说话,也不看她。

再往下,米雅丽不知道说什么了,原先想好的,都基本上说完了。

见陈博冷冰冰的,米雅丽有些尴尬,退回到原来坐过的椅子旁,把塑料袋里的水果朝前推推:"王老师,都是我的错,真心再说声对不起,再次向你道歉,盼望你早日康复!"

陈博还是没有说话,木然坐在电脑前,这会儿是在看手机。

面对陈博的冷漠或者对自己的麻木不仁,米雅丽有点失落,甚至有些气愤。按说,这时候她该走了,该说的都说了,礼节到了,人家接受不接受道歉,无所谓的事,再说这件事本身也不是什么大事。他就是一个从县城机关来到乡下扶贫的工作人员,说白了也就是个临时工,自己在济南大公司工作,项目上的事大部分是在自己的村子里,以后跟他和他的工作队也不会有什么瓜葛,双方谁也用不着谁。出的这点儿事,纯属意外,也不完全是自己的责任,如今从自己这里主动把理儿补上了,也就过去了,把这一篇翻过去,就算完事了。但该告辞的米雅丽没有走,她想了想,总觉有点儿不舒服,心里堵得慌,有点儿被冷落,被奚落,甚至被羞辱的感觉。感到这个跟自己岁数差不多的年轻人,太没有礼貌,太高傲,太没有人情味儿了。自己主动带着礼物甚至搁下钱来给他赔礼道歉,他既不站起来,也不说句客气话,还耍大牌儿似的哼哼哈哈,装什么大瓣蒜啊!真是没教养的家伙……

"好大的架子!"米雅丽沉着脸坐了下来,胸脯一起一伏的,突然拍拍桌子大声道,"我说,我刚才说的话,你听见了没有？"

陈博吓了一跳，抬起头来，平静地看着她说："我听到了，你不是要走吗？咋还不走？"

"你可真牛啊，有啥了不起，本姑娘可不吃你这一套！"

陈博吃惊地问她："啊！你这是啥意思？"

米雅丽愤怒地说："陈博，你的脚伤，根本不能怨我，就算我不了解情况，不该喊你、吓唬你，但从树上摔下来，可是你自己的责任啊！我现在主动来向你道歉，可你呢，装腔作势吊着个脸，一副带搭不理的样子，好像就是我亏欠你的……"

陈博微笑着说："美女！我的脚崴伤，我怨你了吗？没有吧！我从没说过责怪你的话。我让你来道歉了吗？也没有吧！咋了？难道还让我感谢你，感谢你带着礼品来看望我？是这个意思不？还有，你放这一千块钱是啥意思？啊！你说说，啥意思，侮辱我……"

几句话让米雅丽突然没词了，气也消了大半，忽闪着大眼睛嗫嚅道："我……我不是这个意思……"

"那是啥意思啊？"

米雅丽迟疑片刻道："觉得你太冷漠，高高在上，有点太牛气了，看不起人……"

"你错了。"陈博坐下来，叹口气说，"我刚参加工作才一年多，生活和未来对我来说是一张白纸，我有啥资格高高在上？我凭啥牛？我连村里的农民都比不上，农民有土地有房子有医保还有现在的扶贫，可我陈博有啥呢？除了有个工作，一月挣上两三千块钱，啥都没有啊！我能做的，就是听从领导的安排，让我干啥就干啥，多长见识，做一些应做之事，尽可能为农村为农民多做一些好事，争取进步快一点。现在，领导派我来村里扶贫，还让我领队当队长,我压力很大,吃不下,睡不着,没项目扶贫,也没技能扶贫,动不动就让上边领导责怪,没有星期天和节假日。我这脚崴伤,起码得十天半月不能走路,我是带队的,一个年纪轻轻的大男人,身强力壮,这些天却只能坐在屋里,让一个女同志和一个老同志在村里四处跑来跑去,我能不着急吗!我没抱怨你,是我自己不小心,我与你素不相识,咋能和你谈笑风生、夸夸其谈呢?"

"那是我的不对了?"

"你没有不对。"

"算了。"米雅丽感觉和他说话很费劲,怎么说都不搭调,就站了起来,转身朝门口走,"走了,祝你开心!"

陈博说:"美女,请把你拿的东西和钱都拿走!"

米雅丽怔怔,停下身子,想了想说:"我送的东西,不能再收回。"

"有钱就任性是吧!"

"什么!"米雅丽尖叫一声,怒不可遏道,"我是拿来喂狗的!"

陈博笑笑:"也罢,我就是属狗的。"

米雅丽吃惊地望着他:"属狗的今年二十三,我属猪,你才比我大一岁?看着可是……"

"看着面老是吧?"

米雅丽扑哧一声笑了:"长得是着急了点儿……"

"哈哈,那你可以叫我大叔。"

"少占我便宜,我可是大叔控。"

"好了,不开玩笑了,这你就不说我牛了吧!"陈博站了起来,"把你的东西拿上,快走吧,我还有事。"

米雅丽不悦道："话不重叙，别再说了。"

"好吧，水果我收了，但钱我不收，一定会还给你，虽然我很缺钱，你很有钱，还是个经理，开着三四百万的法拉利……"

"噢！"米雅丽怔了怔，"你怎么知道？"

陈博撇撇嘴说："我来村里也快一年了，谁还不知道村里有个女神叫米雅丽啊！"

"你背后打听我？"

"这还用打听吗！"

"这是谁在背后乱嚼舌头根！"米雅丽转身要往外走。

陈博跛着脚从里面走过来，冲米雅丽道："好了，现在说声谢谢了。"

米雅丽回过头，认真打量陈博几眼："好高的个子，稍一收拾会是个型男，除了黑点儿，这不挺精神的吗？也算是一枚帅哥呢！"

"拉倒吧！"陈博撇嘴道，"就我这困难样儿，还帅哥，不把帅哥都气死啊？在颜值爆表的美女面前，我显得太砢碜！"

这话让米雅丽很高兴，她朝陈博走两步："咱们加个微信吧！"

陈博迟疑片刻，笑笑道："有这必要吗？"

米雅丽的脸微微一红："那算了，不勉强。"

陈博想了想，拨弄几下手机，举起来说："好，那我加你吧。"

双方加过微信之后，米雅丽说："我听说，你们下乡来扶贫，要在村里住两年？"

"是的。"陈博点点头。

"你还是第一书记，说是现在主持村里的工作？"

陈博笑笑:"纠正你一下,是主持村里的扶贫工作。本来,领头的不是我,可原来带队的领导出了点事,走了,没合适的人来替,逼着鸭子上架,没办法的事。"

"你觉得,你在我们村里扶贫,能干好吗?"

陈博摇摇头:"不知道,我上边一堆头头儿,我左右不了局势,组织让我干啥我就干啥。"

米雅丽顿了顿,突然问:"我听说,你是省农大毕业的?"

"嗯。"

"学的啥专业?"

"林果。"

"噢,怪不得会修剪果树呢!"

陈博笑笑:"这是最起码的,就像是小学生认字。"

米雅丽眼睛亮亮:"你们学校,有没有在这方面的专家教授?"

"当然有了。"

"好,到时候需要了,麻烦你给我推荐一个资深的,有名望的,行不行?"

"干啥?"

"规划和指导我们狐子沟的农业观光项目啊!"

"噢?"陈博眨眨眼睛,咧嘴笑笑道,"那不用找别人了。"

米雅丽奇怪地看看他:"什么意思?"

陈博拍拍自己的胸脯:"找我啊!"

29

在首岭村西北一块玉米地南头一处废弃的枯井里,发现了一具无名男尸。

这具男尸是一位姓左的老汉发现的。

这天下午大概四点多钟，左老汉趁天不那么热了，去自家玉米地施化肥，忽然一阵风把他戴的草帽吹掉了，正掉进不远处地头上一个早已废弃的机井里。他过去看看，见周围长满了荒草，里面没水，也不太深，还能恍恍惚惚看见那顶掉进去的黄色草帽。枯井的井口很细，也就是比普通的洗脸盆粗那么一圈儿，人根本进不去。左老汉施完化肥，回家翻遍墙旮旯，找到了一把从前用于松土的带有四齿钉的铁耙子。他怕木把儿不够长，还带了一条绳，就又返回到了枯井旁。他趴在井口旁，将铁耙子伸进去，把脑袋也尽量往下探，只觉得满鼻子恶臭。他伸开手臂往下勾，勾了几下，觉得是勾住了，还感觉有点儿分量，认为不一定是草帽，就提了出来。一看，左老汉吓得一屁股坐在了地上：原来是一只带着手掌的胳膊，已经腐烂了……

报警后，皇迷乡派出所报告县刑警大队，一起来到枯井旁勘查现场。从枯井里共捞出了五块已经腐烂的碎尸，验装后运到县公安局进行尸检。很快得出结论：被肢解的尸体为男性，年龄在四十至四十五岁之间，身高估计一米六七，死亡时间大概在三个月以前。由于尸体高度腐烂，加上是被肢解后投入井中，面目无法辨认。死亡原因是被钝器击打脑后骨粉碎性骨折致死，然后被肢解。

打捞尸体的时候，在井内发现了一把斧头，推断这有可能就是作案行凶时的凶器，除此之外，没有任何破案线索。死者穿着单层皮夹克和牛仔裤，口袋内和身上无任何遗物。可见，罪犯行凶时非常狡猾，将其致死后把他身上的所有物证都搜罗一空。

发案地点的枯井，是在皇迷乡辖内三个村子的交界处，虽说是在首岭村的农田里，但距蝎子沟村和草楼村都不远，地界相邻。枯井的正北半里外，是泜河，东边三百米处，有一处"邢窑"遗址，距县道五百米左右。去石窝铺村、草楼村、蝎子沟村，都要从这里经过。

既然没有别的线索，那首先只能是确定死者的身份。这很重要，只有知道了死者的身份，才能掌握到他周边的关系人，或者通过亲属发现他的交际圈与什么人有重大纠纷或者瓜葛，之后才能往下进行。

案件既然发生在这一带，那么，死者和作案者极有可能都是当地人。于是，警方首先在皇迷乡进行排查。尸体被肢解投入井中这么长时间，警方一定会接到失踪人口的报告，但在近半年各村上报的十三起人口失踪案中，无一例与无名男尸的特征疑似相符或者接近。之后又进一步扩大范围，全县、全市甚至全省排查，但还是没有线索。

困境之中，有人提起了在枯井中发现的这把斧头，这是目前犯罪嫌疑人留下的唯一作案证据。由于浸泡时间过长，在这把斧头上没有提取到指纹和血迹，但却发现斧头上嵌有金属加固片。普通的斧头，是没有金属加固片的。于是，民警通过走访皇迷乡的所有五金门市，发现只有两家出售这种斧头，分别进货十把和五把。经询问他们三个月以前售出的情况，都说记不清楚了。

至此，首岭村田野中的无名男尸一案，陷入困境，无法进行下去了……

30

溶洞的开发建设进入准备阶段。

按照规划，前期的景区入口和停车场建设，需占用土地一千五百亩，其中要搬迁蝎子沟后山脚下周边的农户十二户，涉及十九户承包的荒岗薄地和部分可耕种的农田一千二百亩。依据征地补偿协议，涉及拆迁的农户积极配合，很顺利达成了协议，但在征用一千二百亩土地的补偿问题上，却发生了激烈的矛盾。

矛盾，主要集中在村民申怀亮承包的三百亩荒岗薄地上。

村民们对申怀亮家从前在这里承包的三百亩荒岗薄地不认可，认为他的承包手续不合法，不应该得到这笔巨额补偿款。因为，按照国家当时规定的最低补偿标准，荒山薄地每亩每年补偿一百六十元，申怀亮一家每年光在这块地上就能拿到将近五万元的补偿金。

这不是申怀亮平白无故就捡了个大金砖吗？

对这块一千二百亩荒山薄地的征地补偿方案公布后，村里变得不安宁了，开始仅限于涉及补偿除申怀亮之外的十八户村民，后来就波及了全村，几乎是一边倒地反对村里对申怀亮的补偿。

村民反对的理由是：申怀亮承包这块地时，没有经过村民代表大会，是私下里通过关系给当时的村支书和乡领导送礼才签订的合同。合同规定是治理荒山，搞绿化和种植，但实际上他是想在这块荒坡地上寻找贫铁矿，找了几年也没找到，就放在这儿一直撂着荒，一分钱的投入都没有。现在，这块地因突然发现了溶洞要开发征用，这属于"投机取巧"获得的不义之财，坚决不同意这笔补偿归他所有。

但申怀亮有理有据，拿出了当年实行承包"四荒"时，与村里和乡里签订的承包合同，规定期限是五十年，每年需上交两千元的承包费。在申怀亮提供的合同上，有当时村委会的公章和乡领导的签名，还有承包费的交款收据。看不出有什么问题，应该拥有这块土地的承包权，有凭有据，现在由他得到这笔补偿款是理所应当的。

但村民们反映说，申怀亮获取合同的渠道不合法，对外承包时并没有经村民代表大会表决，也没有按要求和规定治理荒岗，更无任何投入，现在应由村委会收回。

因此，双方的矛盾到了最后，主要是集中在承包这块荒岗地的合同是否有效。

蝎子沟村"两委"多次讨论研究，也决定不下来，村委会主任魏风林也不敢表态，哪头他也不愿意得罪。他不敢否认申怀亮的合同无效，因为这是周大鹏之前的那一任支书和当时的乡领导决定的，十五年过去了，前任支书已经去世，前任乡领导已经退休住在县城，无法再去调查确定这份合同当时是怎么签订的，也没必要去调查，事实是当时的合同已经生效了。但现在村里大多数村民联合起来闹事，是见申怀亮突然"发一笔横财"而产生嫉妒，故以种种理由阻止对申怀亮的征地补偿。有人扬言，如果村里这次胆敢和申怀亮签订建设溶洞的征地补偿协议，就发动村民联合起来去省里上访。支书周大鹏辞职后，驻村扶贫队长兼第一书记陈博临时主持支部工作，但陈博不了解村情，对村里从前的这个遗留问题不便表态。再加申怀亮不是一般的村民，他舅舅是县人大主任，哥哥在市检察院工作，上面"有根"，关系挺硬，惹了他挺麻烦，甚至有人传言，这合同，就是当年他舅舅赵洪岐任副县长时，利用职权让乡里和村里为他办的。

于是，溶洞开发的拆迁工作陷入僵局，无法进行下去了。

魏风林和陈博实在无计可施，就通过乔乡长专程向王金亮汇报。其实，在此之前，他们已经多次找过主管溶洞开发的乔乡长了，在一起多次商量解决的办法，但苦于没有良策，才建议一同来找王金亮。

王金亮听完情况介绍，仔细看看当初签订的合同，皱着眉头不说话。

乔乡长在一旁无奈道："王书记，但凡能有办法，我们就不来惊扰你了。好几天过去了，实在是无计可施，无路可走了。"

王金亮想了想说："从前这协议，签订时肯定有一些问题，从程序上不那么严格。但当时的客观环境就是那样，再说，那时候土地也不值钱，尤其是荒岗薄地，能有人承包，好歹给个钱，都赶快放下去了，有的荒山坡一块钱一亩就承包出去了，政府当时就是这政策，这个我是了解的。现在我们说从前的合同不算了，道理上讲不通，申怀亮也肯定不接受啊！你们说是不是？"

陈博说："是啊，王书记，这就是最大的难处，帮我们出个主意吧。"

魏风林也说："村里的群众，倒没说申怀亮与村里的合同完全无效，只是咬住说缺少全体村民表决的程序，其实是见有人突然得了这么大的好处，心理不平衡，鸡蛋里挑骨头，找出点事故意闹腾。"

王金亮说："是啊，这是最主要的原因。"

"那咋办？"

王金亮眯着眼睛自言自语道："按当初的合同补偿申怀亮，群众不干，而且还是村里大多数的群众不干，众怒难犯，这样会造成村里的不安定，甚至还会出现上访的严重后果。如果按群众的要求和说法，收回申怀亮的合同，说以前的不算数了，于情于理都说不通，申怀亮更不接受……"

乔乡长、魏风林和陈博，都求救似的望着王金亮。

"咋办呢？"王金亮沉吟片刻，突然说，"我看只好这样办了!"

大家直勾勾看着王金亮。

"通过司法的办法解决吧。"王金亮对魏风林和陈博说,"既然我们说不清楚申怀亮的合同有效无效,或者是合法不合法,并且现在处理此事的决策人都不在了,那就让法院来裁定这个合同是否有效吧。这样,无论结果如何,村里都按法院的裁定执行。我们村里和乡里,也避免卷入双方的纠纷之中,你们看这样行不?"

"行,这办法太好了!"

魏风林问:"具体咋操作,谁告谁?"

王金亮说:"当然是让申怀亮告村委会了。回去以后,你们找到申怀亮,就说根据村民们的反映,他长期对承包的土地不治理,按规定要收回他的承包权,他肯定不同意。你就暗示他赶快起诉村里,不然就要召开村民大会表决了。如此一来,他会很着急,会想方设法在法院那边加快对此事的判决。"

乔乡长闻声担心地问:"申怀亮上面有关系,活动能力很强,肯定上上下下找人。如果申怀亮胜诉了,还不到五十年,判决合同继续生效,我们该咋办?"

王金亮笑笑说:"那就按法院的判决执行呗。"

"万一群众继续闹事呢?"

"让他们去找法院闹,我们没有责任。"

"这……"

第三天,县法院驻皇迷的法庭方庭长来找王金亮了。

见面后,方庭长单刀直入,说起了蝎子村村民申怀亮起诉村委会中止他承包三百亩荒坡地一案,一再表示是专程来向王书记汇报此案的进展情况,征求意见。

王金亮有点儿不解地说:"方庭长,你们司法独立,没必要跟我说,更不用征求我的意见。以事实为依据,以法律为准绳,该咋判就咋判。这件事我是知道的,但鉴于情况复杂,乡里和村里解决不了,他们诉讼到你们法庭了,由法庭判决就是。"

方庭长说:"接到申怀亮的诉状,我们去蝎子沟村进行了调查。王书记,你也知道,其实这起诉讼并不复杂,原告会胜诉,村委会要败诉……"

王金亮虽然预料到了,但还是有些吃惊,想了想说:"我刚才说了,依法办事,该咋判你们就咋判。"

方庭长笑笑道:"我今天来,就是要给你汇报这事呢,也算是在开庭前,跟乡里和你提前沟通一下吧,这也是我们县法院郭院长的意思。王书记,你以为,法院开庭判决了,就能把问题解决了吗?"

"现在一切都要按照法律办事,法院判决了,就是把争端摆平,最后画上句号,咋不能解决?"王金亮眨眨眼睛问,"方庭长,你这话啥意思?"

方庭长摇摇头道:"如果开了庭,一旦申怀亮胜诉,问题不但得不到解决,反而会更加复杂,更难办,甚至酿成群体性事件。"

"有这么严重?"

方庭长说:"这起土地赔偿纠纷的根子,表面上看,是合同签订的程序有问题,并以这个理由反对给予申怀亮赔偿,实质是村里大多数的村民对申怀亮突然得到这笔巨额赔偿眼红,心理不平衡。现在的老百姓就是这样,利益至上,一块儿受穷行,一块儿富裕也行,但看不得身边人突然发了财。所以,村里的大多数人,几乎是一边倒地在强烈攻击申怀亮。"

王金亮连连点头:"我同意你这个分析。"

"在这种情况下，如果开庭判决申怀亮胜诉，村民们不干咋办？联合起来上访闹事咋办？王书记，这个问题你想过吗？"

"不会吧？现在老百姓法律意识都很强的，法院判了还闹事，你们可以采取强制措施啊！"

方庭长撇着嘴道："蝎子沟村一千五百多人，就算出来一半人闹事，大几百口人啊，法不责众啊！四处跑着跟你瞎折腾，就不好收拾了，后果很严重，这可使不得。"

王金亮眨眨眼睛，重重叹了一口气。

方庭长接着说："所以，郭院长和我的意思是，最好不要开庭，让申怀亮撤诉，让矛盾不要进一步激化，最好通过村里和乡里私下做工作化解掉。"

"我想问一下，"王金亮看着方庭长说，"申怀亮就一定胜诉吗？"

方庭长不假思索道："那是肯定的啊！这个案子，最为关键的问题，是合同上盖有村委会的公章，又交了承包费。别管这公章通过啥形式和啥渠道盖上的，经没经全体村民表决同意。法院开庭时主要是对证据的认定，盖了公章，即视为代表村委会的合同生效，说别的没有用。至于说治理没有，据我们调查，不只是申怀亮一家没有治理，承包那块地的其他承包户，大多没有治理，为啥现在只提出申怀亮一家不治理呢？另外，多少年过去了，早点干啥了？为啥不早不晚，偏偏在征用这块土地的时候，村委会要以不治理荒山的理由收回人家的承包权呢？很显然，一旦开庭，申怀亮胜诉的概率很大，而村委会败诉，影响也非常不好。一旦判决书出来，群起而攻之，村里又执行不下去，法律的尊严受到挑战，后果会更加严重。"

王金亮皱紧眉头："原来是这样！"

"所以，王书记啊，我理解乡里想通过法院解决这起纠纷的用意，但就事论事来说，这件事走法律这条道儿行不通。因此，最好不要开庭，还是通过艰苦细致的工作把这件事摆平，调解了，才是上策。王书记，你说呢？"

"好吧。"王金亮出了口长气，笑了笑说，"想通过你们省点事，看来是行不通啊！方庭长，让你费心了，谢谢你！"

"那就叫申怀亮撤诉？"

王金亮想了想道："好，你们安排吧。"

方庭长说："另外，王书记，解决这件事，我想给你提供一些信息。"

"你说。"

"其实，在这场纠纷中，有一个至关重要的人物。"

王金亮舒开眉头问："噢，谁啊？"

"咱县人大主任赵洪岐啊，他是申怀亮的舅舅，只要动员他出面做通申怀亮的工作，事情就会出现转机。"

其实，王金亮早就想到这一点了，但感觉难度太大，就苦笑道："这不可能吧？赵主任能不向着自己的外甥，这不是让领导为难吗？"

方庭长说："领导干部，才更有责任帮政府排忧解难嘛！这是冠冕堂皇的事，你就给他摆在桌面上，他就是不情愿可也说不出来啥。王书记啊，找赵主任，你必须出面，别人都不好使，就看你的本事了。"

第十一章

31

　　祁雪菊的妹妹祁雪梅被摩托车碰撞昏迷后，在县医院住了一段时间，因为找不到肇事者，家里垫不起高昂的医疗费，她丈夫余小可执意要转到本村的乡卫生院治疗。其实，她的病也没什么可治的，就是每天输液，能不能彻底恢复知觉，谁也说不好。祁雪菊一有时间，就从村里去乡卫生院探望妹妹。

　　这天，祁雪菊去皇迷乡卫生院病房时，正巧遇到妹夫余小可回来了。余小可平时在市里当"快递小哥"，并以工作脱不开身为理由，不愿意多管妻子祁雪梅。这两年来，他们小两口因为孩子的事，一直在闹矛盾，闹到都快要离婚的地步了。正是在这时，祁雪梅突然出了车祸。

　　余小可这次回来，是去县交警大队再次催问寻找肇事者的情况。现在，找不到肇事摩托车，在医保有规定不能报销的情况下，家里一直没完没了往外垫付医疗费，当然十分着急。

　　祁雪菊问余小可："情况咋样？"

　　余小可愁眉不展道："负责这事的交警还是那句话，说让等着,有了消息会给我打电话。唉,都这么长时间了,啥时候才能找到啊,急死人了!"

"我听说,现在城里的大街上,不是都有监控吗?调出来查一查,这不难吧?"

余小可咧着嘴说:"姐啊,我不是跟你说过了吗!人家说调出监控查了,可由于是晚上,路灯不亮,牌照也正巧被树枝挡住了。还说需要调出别的路段的监控,看这辆摩托车肇事后又往哪儿跑了,在一些重要的路口或者路段,看监控能不能拍摄到车牌号。这都需要时间,让我不要着急,先治伤,等找到那个摩托车,费用他都得出,啥问题都会解决了。唉!光这么说来说去,有啥用,谁知道他们是不是真费心给查啊?事故大厅那儿,人可多了,负责咱这事的交警,可忙了……"

"也难怪啊!"祁雪菊叹口气道,"现在办啥事,都得找熟人。不行,你托托人吧,要不,给管咱这事的交警送点儿礼……"

余小可苦笑一下,摇摇头说:"哪有钱?家里已经借了好几万了,姐,还让你垫了不少。我不敢请假,也是想多挣钱啊!姐,你千万别怨我不回来照顾雪梅……"

"没有,没有。"祁雪菊连忙说,"只要你们两口子别再闹,等雪梅好了,你们好好过日子,当姐的最大心愿就了了。"

"姐,你放心。我和雪梅之间无论有多大的事,但在这个时候,我不会撒手不管的。姐,这一点,你不必担心就是。"

"好,好……"祁雪菊欣慰地说,"小可,你这话,挺让我感动的,我知道你们之间的事。等雪梅伤好,恢复过来了,有啥问题再解决也行。"

余小可点点头,沉默片刻道:"姐,有件事,我拿不定主意,对外人也不能说,正想着跟你商量呢。"

祁雪菊问:"啥事拿不定主意?"

余小可看看其他的病人和家属,打开手机里的微信,拿到祁雪菊面前压低嗓门说:"你看,这是雪梅出事前,发给我的消息。"

祁雪菊接过手机,仔细看看,见上面写道:"这几天,我如果发生了意外,一定是被人害的,千错万错是我的错,是我对不起你,看在夫妻一场的情分上,一定要替我报仇!"说话的头像,显示的正是祁雪梅一直用的梅花图片。

"也是这个时间,她也发给我类似的消息。"祁雪菊把手机递给余小可,小声道,"我以为她只给我说了,怕你心里不好受,我一直没敢跟你提起这事。"

"是吗?"余小可显得惊讶,"这说明,雪梅事先有预感,是遇到啥事了,有人要害她。这车祸,有可能是坏人故意制造的。"

祁雪菊说:"我也想过这事,有这种可能,但也不能完全肯定,雪梅人事不省,也没办法证实啊!"

"所以,我想把这事对交警如实说,这样,他们是不是会重视起来,早点把案破了。但想来想去,又觉得不好,这样会不会把事弄得复杂了?调查来调查去,雪梅一直昏迷,不能说话,警察把我问个底朝天,最后还是没有结果,好麻烦的。再说,这里面,涉及我和雪梅的好多隐私,不愿意对外人说。所以拿不定主意,不知道是说了好,还是不说好。姐,你的意见呢?"

祁雪菊没有说话,因为,她知道妹妹祁雪梅,的确是"有事"。这件事,发生在三年前,也就是妹妹和余小可结婚前一段时间。但妹妹是在半年前才跟祁雪梅讲这桩"奇遇",并且再三强调,此事一定要祁雪菊严格保密,不能告诉任何人,尤其是不能让余小可察觉到一点儿蛛丝马迹。后来,余小可因为孩子的长相怀疑祁雪梅"不贞",两人矛盾加剧,陷入感情危机。祁雪梅只身以去县城打工为名，其实是去"处理"那件事了，当时，她只是对姐姐祁雪菊说了实话。祁雪菊帮她分析情况，还劝她，认为没有这个必要，事情过去三年多了，孩子这么大了，再说，别说不可能找到"那个人"，就算是找到了，又能怎么样呢？还是和余小可好好过日子吧，时间一长，余小可就没事了。但祁雪梅天生倔强，发誓一定要把那个"恶人"找出来，以雪心头之恨。

祁雪梅与余小可结婚前，究竟发生了什么事？而祁雪梅对姐姐祁雪菊诉说的那个埋藏在心中很久的"秘密"，以及要进城寻找"那个人"报仇雪恨，又是怎么回事呢？

三年前，二十二岁的祁雪梅与皇迷村的余小可领了结婚证。当时，余小可在县城打工，两人领完证就一同去了县城，当晚住在县城春湖旁边的一个宾馆里，开的是标准间。夜晚，余小可想和祁雪梅同房，但祁雪梅很保守，说等到结婚典礼那天吧，反正只剩下半个来月了。半夜时，祁雪梅想解手，却发现马桶坏了，再说平时在村里都是蹲着解手，坐在马桶上实在是不习惯，于是，就开门虚掩上走出了房间，在走廊里找到最西头的公共厕所，因为入住前她去过一次。解完大手回来，因为没留意房间号，再加楼道里也暗，推门走进了紧挨着的那个房间里。巧的是，这个房间也是虚掩着的，一推就开了，这跟她出来时虚掩着房门的情景一模一样，就认为是回到自己的房间了。屋里没有开灯，她借窗外院子里昏暗的灯光，感觉房间也是一模一样，于是就摸到里边她认为是自己刚才睡的那张床上。床上的被子也是散开的，看看对面那张床，也睡着一个人，迷迷瞪瞪地认为是余小可，就躺下，并且很快睡着了。不知道什么时候，一个男人赤条条钻进了她的被窝，她懵懵懂懂醒来，迷糊着连想也没想，就以为是余小可，因此也没有强行拒绝。那男人抱着她，压着她，又是亲又是摸，两只大手搬开她的双腿，她一疼，叫了一声……完了后，她也清醒了，突然感觉不对：这人胖，头也大，酒气熏天……祁雪梅吓得突然往起坐，那男人也从她身上滑下来躺在了一边。她很恐惧，这才惊恐地意识到自己可能是走错房间了。她惊慌失措，不敢吭声，穿好衣服飞快跑出了房间。在走廊上，她急得走来走去，找不到和余小可一同住的房间了，就在走廊里徘徊，这躲一会儿那藏一会儿。正害怕得不知所措时，余小可出来了，说是醒来见她没在床上也不在厕所，就出来看看是怎么回事。她说厕所没水，她解大手，就到外面的公共厕所里去了，出来忘记住在哪个房间了，正找呢。余小可没再多问，也没往心里去，还笑话她真笨。到了房间，祁雪梅精神恍惚，全身发抖，余小可问她，她说外面好冷，根本不敢说刚才走错房间所发生的事。但第二天上午退房走时，她留意了一下她左边的那个房间号，并牢牢记在了心里。

半月后，祁雪梅和余小可结婚了，十月不足，祁雪梅就生下个男孩儿，取名叫余明明，这也正常，谁都没有在意。明明一岁半以后，孩子长得大头大脸，根本不像余小可的五官和面相，就有村民跟余小可开玩笑，说是你儿子吗？余小可开始没在意，后来就有点儿怀疑，实在憋不住就问祁雪梅，还叫她一块去做DNA检测，祁雪梅当然不同意，这就闹起来了。余小可一气之下，跑到市里打工去了。这时，祁雪梅就怀疑那天晚上被这个男人奸污，是不是意外怀孕了，但这种事对谁都不能说啊。于是，她把孩子留给婆婆，谎称到县城打工，其实是想通过查找那晚宾馆的住宿登记，找到这个奸污她的人再行报复。

进城后，她在一家饭店打工，没事时，找到自己的初中同学，这同学正巧在那个宾馆的辖区派出所当民警。她把三年前的具体时间和那人当时住的房间号告诉了同学，让他帮助查一下当晚住在这个房间里那个客人的身份，因为时间是她领结婚证的第二天，她永远会记得这一天。同学以职务之便，很容易在宾馆的电脑里查到了当晚这个房间的住宿情况，但记录却显示是预留的，说没有客人入住。祁雪梅认为不可能。同学又找到经理，让他回忆是怎么回事，客人都住满了，为什么留了一间？经理想了又想，突然想起来了，说是位县领导，那晚，这位领导和省里来的客人在这儿谈事，陪客人，我怕他喝多了不能回去，就提前预留了个房间，果然是不走了，所以就在那个房间睡了一夜。但经理不肯告诉他这位领导是谁，叫什么名字，还一直追问为什么要打听这事。警察同学说是一位朋友托我问的，经理就说你实话告诉我是谁打问这事，我就告诉你当时留宿的客人是哪位县领导。警察同学不知道那么多事，因为祁雪梅也没跟他说那么多，只是简单托他了解一下，因此也没想那么多，就把祁雪梅是她初中同学，现在县城哪个饭店打工说了。这样，宾馆经理才把这位领导的名字告诉了警察同学。警察同学转告了祁雪梅，还问她到底打听这事是什么意思，祁雪梅谎称是受人之托……之后不久，也就是不到半个月，祁雪梅就出了"车祸"……

宾馆经理说的那位县领导是谁？祁雪梅没有告诉姐姐祁雪菊，因此，这事件背后的许多蹊跷，祁雪菊只知道这些，再往下，只有祁雪梅自己知道了。但是，这件事不能让别人尤其是余小可知道，而且，很有可能，妹妹那晚受辱"失身"，十有八九是怀了那位"县领导"的"孽种"。这可是比天还大的事，绝不能让任何人知道啊！也许，妹妹的"车祸"，极有可能跟她要寻找的那个人有关。但是，如果当作谋害的案件查来查去，万一把这些事情都一一抖搂开，那可是要命的事啊，特别是余小可，是根本不能接受的……想到这里,祁雪菊眉头一皱说:"小可,你刚才说得对,我看,这事还是按现在的交通事故处理吧,别再六个指头挠痒痒,多那一道了。你那微信里,我妹妹说是她的错,还有一句对不起你,警察一定会追问你们两口子的关系,你咋说?因为孩子的事?说不出口的,咱自家的事,没必要让外人翻个底朝天,你说是不是?"

"唉!"余小可长叹一声,"是啊,这也是我犯愁的地方。可这凶手,交警不当大事抓紧好好给查找,治病的钱没人出,急死人了……"

祁雪菊安慰他说:"我觉得,雪梅一定能恢复的,等她醒过来了,啥事都会解决的。钱的事,你也不要着急,车到山前必有路,我也想想办法,只要我一有钱,就会及时拿过来。你该上班上你的,卫生院在家门口,有你妹妹经常在这儿,我一有空,也会过来,你别多想,放心就是了。"

"姐,你们娘俩也很难,晓雅上学花不少钱,我们本来应该帮助你,可……"

祁雪菊笑笑说:"没事,很快就会好的,乡里领导,已经把她转到乡中读书了,上户口的事,也正在办……"

这时,祁雪菊手机突然响了。祁雪菊看后,连忙起身去外面接听,一听声音,是牛金贵打来的。

祁雪菊连声问:"你在哪儿?咋好几天都没个信儿?聊城的号码?你在山东……"

32

王金亮决定到蝎子沟村"蹲点",解决三件事:一是征地补偿的纠纷，二是考察村党支部书记候选人，三是解决小商品市场的遗留问题。

处于征地补偿纠纷冲突中心的村民申怀亮，就是曾经到村委会闹事，说原驻村第一书记刘尽忠误入女厕所看他媳妇撒尿，大闹村委会，逼走刘尽忠的那个人。他常年跑运输，家里有三台大车，不但有钱，还有势。他舅舅赵洪岐两年前政府换届时，因年龄超线，从县长任上转成了县人大主任。他的哥哥申怀明，是市检察院法规处的处长。

王金亮进村之前，先去了一趟县城，找县人大主任赵洪岐，试图通过他做工作，让申怀亮在补偿款上做出让步。来之前，王金亮感到没有把握，但方庭长的说法，也有一定的道理，因此，他是抱着试一试的态度来的。事到现在，别的办法没有，只能死马当成活马医，有枣没枣打一竿了。

见到赵主任，王金亮把这件事从头至尾说了一遍，其实赵主任都知道，但还是拿出一副认真的样子听王金亮讲完，之后笑着说："金亮，这事有点儿难。不过，啥事都那么容易，要乡镇这一级政府干吗，要你这乡党委书记干吗？办法你们定，主意你们拿，不用跟我说这么仔细。"

王金亮诚恳地说："你分包我们皇迷乡，这征地方面的事，也属于项目建设。我实在没办法了，才来找老领导给出个主意。赵主任，你基层工作经验丰富，见多识广，就帮我一把吧。"

赵主任说："分包你们不假，但我也不能管你们这些琐碎的具体事。再说，这事涉及我外甥，就更不能乱说话乱表态了。金亮，让大家都没意见就行，只要基于这个出发点，我都支持你的工作，你就放开手大胆干吧！"

王金亮见赵主任主动提到了他外甥申怀亮，连忙接过话茬说："赵主任，我今天来找你的意思，就是想让你帮我和乡里，做一下你外甥申怀亮的工作，现在，所有的矛盾和焦点，都集中在他身上……"

"这事我可管不了，我刚才说过了，我得回避，得避嫌。"赵主任看王金亮一眼，"再说，这工作我也没法做，我能说不让他拿这笔赔偿款吗？不可能吧？涉及个人的切身利益，数额又这么大，这小子的脾气你知道，他肯定给我尥蹶子，不听我的。所以，这话我也不能说啊！金亮，你找我，也是白找，别的事可以，这件事我帮不了你。"

见赵主任把话封死了，王金亮无奈地叹口气，站起来想走，但想了想，又坐下说："赵主任啊，还有点事，我得跟你汇报一下。"

"啥事？你说。"

王金亮皱紧眉头说："我也想按当初的合同全部补偿申怀亮，但村民不干，一直嚷嚷着要上访告状，状告当时是通过谁，是哪个领导同意让村里和申怀亮签订的这个合同。如果群众真都出来闹事，可不光是我皇迷乡的事，闹大了，真要追究当年他那份合同的事，我怕牵连出当时的村里、乡里、县里的一些老领导。齐书记一着急，让纪委立案追查，我怕影响不好。这些老同志大都退休了，你说，因为这点小事，让人一直翻来翻去的，多丢人现眼啊！所以，尽管老百姓一直盯着这件事，但我一直顶着，压着，不让村里提这个事。你说，你外甥申怀亮如果一直坚持要合同上的全额补偿款，村里敢给他吗？肯定不敢啊！村里没办法，一直找我拿主意，说实话，我的本意，是想按合同全部补偿给申怀亮的，但我这么做，就是怕村民一窝蜂去告状，不依不饶追究合同的事。老领导，你不愿意出面做申怀亮的工作，我理解，但你能不能帮我拿个主意，这次赔偿，就按合同如数兑现给申怀亮，让村里老百姓随便闹吗？我想听听你的意见。"

"这个……"赵洪岐一时语塞了。因为，那份合同，是当时的皇迷乡领导，在他任副县长时授意才签订的，万一真追查起来，他是负有主要责任的。

王金亮接着说："平心而论，在我这个书记的任期内，我可不愿意翻扯那些陈年旧账，把老同志们闹个大红脸，丢人败兴的……"

"是啊，这样做不好，会让人戳脊梁骨的。"赵主任沉吟片刻，问，"那咋往下进行，难道，你不赔偿怀亮吗？他肯定不干啊！"

王金亮连忙说："不是不赔偿，一定赔偿，是减少额度，让村民们不那么眼红。"

赵洪岐眼睛闪了闪："减少？要减多少？"

王金亮说："给他三分之一，这是村里研究的，认为这也是他白捡的。每年一万五，差不多够个小伙子打工挣的了。王主任，我觉得可以了。"

赵洪岐问："那这三分之二，也就是三万五，分给谁？"

王金亮不假思索道："不分，谁也不分，留给村委会，用于改善村里的基础设施或者民生，让全村人都受益。"

赵洪岐沉吟片刻，看看王金亮，自言自语道："原来是这样啊！"

"这样做，其他村民意见就没有那么大了，你外甥也不至于吃那么大的亏。这是两全之策，目的是安抚那些得红眼病的人，不能让他们随便闹。我刚才说，闹来闹去会生出别的事端。"

"我看这样吧，"赵洪岐点点头，顿了顿说，"金亮，别三分之一了，给他一半吧，你要同意，我替怀亮做主了。"

王金亮怔了怔，有点不情愿，想再坚持，但又怕赵洪岐再反悔，就咬咬牙说："行，赵主任，谢谢老领导。申怀亮这边，你跟他说好后，给我回个话，我好去做村里群众的工作。"

王金亮走后，赵洪岐立即给外甥申怀亮打电话，把征地对他补偿的额度说了，申怀亮闻后暴跳如雷，叫苦连天道："舅舅，你可是我的亲舅舅啊！你咋胳膊肘朝外拐？这可是钱啊！我不干！舅舅，这事你别管了，我要跟村里和王金亮闹，非闹到底不可，我拿合同，去法院告他们，一分钱也不能少我的！"

"浑小子，别说了，听我说！"赵洪岐大怒，训斥道，"你一天到晚晃着膀子，光知道在村里耍横，脑袋还不如脚好使，你是不是要把村里人全得罪完，不想在村里混了！不是我和你哥，人家早把你揍趴下了。你知道啥叫能屈能伸，见好就收吗！一年白拿好几万，捡多大的便宜，还不知足啊！行了，别闹了，当年我让他们给你承包的地，暗里签了那份合同，现在不要拿不是当理说。听见没？我现在替你做主了，送王金亮和村里人一个人情，你也在村里落个好，没亏儿可吃。你小子别再说别的了，听村里和王金亮的！"

申怀亮这才不喊叫了，哼呀了一阵之后，对赵洪岐说："好吧，我让一步，可不能白让，得让王金亮答应我个条件。"

赵洪岐问："啥条件？"

申怀亮说："周大鹏的支书给撸了，改选没弄成，我听说过几天要重新改选。舅舅，你让王金亮给我弄个候选人，我也想当支书。"

赵洪岐哈哈大笑："就你这材料，别胡闹了，该干啥干啥。你又不缺钱，跑你的大车，做你的生意去吧，别瞎捣乱了。"

"舅舅,你咋小看人啊!钱我挣得差不多了,我也想弄个官儿当当。我是党员,有资格参加支书的选举,你只要让王金亮把我整成候选人,就让党员们选好了。选不上,我二话不说,可得让我掺和一把。"

赵洪岐不想跟他废话了,就说:"你自己找他说去,我不管这种事。"

"舅舅,那我可打你的旗号了啊,就说是你说的……"

赵洪岐气得挂了电话。

征地"受阻",主要问题是在对申怀亮的补偿上。现在,通过赵洪岐这个渠道,问题基本上解决了。剩下的,就是跟申怀亮见个面,签订一个协议。然后再做村民们的工作,让他们接受征用申怀亮这块地只补偿他一半地价款的条件,另一半,由村里收取当作村里发展的基金,让全村人共享。

王金亮带着副书记马春浩和林秘书,来到蝎子沟村委会。

先把申怀亮叫了过来。

因为事先做了工作,提前沟通好了,申怀亮态度很好,没说别的,一再表示,自己作为一名党员,要比一般群众有觉悟,要倾听大多数村民的呼声,积极配合村支部和乡党委的工作,为村里发展做贡献,自己吃点儿亏,也是应该的。但最后提出一个条件,要求参加村党支部书记的改选,同意他这个要求,他马上在协议上签字。

这要求让众人愣住了,因为,候选人由乡党委根据村子里的实际情况,认真考察研究后确定,申怀亮根本不在考察和视野之内,这怎么可能?

王金亮笑了笑,不置可否道:"怀亮,你不是有跑大车的运输生意吗?效益不错,天天挺忙的,哪有时间管村里的事?还是算了吧。"

申怀亮认真地说："不行，王书记，我一定要参加支书的竞选。钱挣多少都没个够，我不想挣了，想为群众做点儿事，想为村里干点儿事。"

王金亮想想说："好吧，我本人，对你的想法表示欢迎和支持。可我想问问，你咋突然想起这个了？"

申怀亮反问："王书记，我也想问问你，我这党员，有资格参加支书的选举吗？"

王金亮正色道："有啊，每个党员都有资格。"

"那就行，王书记，你把我定成候选人就行，让党员们选，选不上，我没意见，"

王金亮说："我自己没有权力决定，这要征求全村党员们的意见，由支部决定候选人报给乡里，乡党委还要考察，最后集体研究提名候选人。"

"那好，我等你们研究。"申怀亮说着站起来，"我是个急脾气，直说吧。答应我了，我再签字，不答应，不签字！"

大家都沉默了，一时不知道说什么。

"我打听了，现在提倡能人治村，我这些年能挣钱，就说明我是能人。我可比周大鹏强得多，起码我有钱，不会贪，也不搞娘们儿，也比魏风林强，一个病秧子。你们如果不让我干支书，是看人下菜碟，有偏见，不公正，我不服！"

申怀亮说完，晃着膀子扬长而去。

王金亮和马春浩、林秘书相互对视一眼，有些不知所措。

不料，申怀亮又返回来，冲王书记招招手："王书记，你出来一下。"

王金亮走了出去。

申怀亮近前道:"这也是我舅舅的意思,王书记,请你考虑。"

王金亮一惊:"赵主任?"

申怀亮耷拉着眼皮说:"你不信,可以打电话问问他。"

"不必了,我知道了。"

王金亮回到屋,马春浩问:"跟你说啥呢?"

王金亮笑笑说:"说是赵洪岐让他竞选支书的。"

林秘书叫道:"这不可能,赵主任那么大的领导,咋会管他这个,准是打他舅舅的旗号,王书记,别信他这个!"

马春浩说:"就让他当个候选人吧,就这个二百五,肯定选不上。要不,他拿这个事要挟补偿款的事,征地的事就不能往下进行了。哄哄他吧,只当先给他个甜枣吃,让他把协议签了。"

王金亮叹口气:"唉!让他当候选人,行是行,但我们必须在村里挑选出另一个强有力的竞争对手与他竞选,把他压过去。就魏风林目前的状况而言,上次选举已经表明,肯定是不行。这个事,我们心里要有底,研究好了,万无一失,才能答应申怀亮。"

马春浩点点头:"你想得周到,可村里,哪有这个支书的人选呢?魏风林不行,陈博是来扶贫的,组织关系不在咱们这儿,不符合条件。村里,还有哪个党员具备参选条件而且威信足够高呢?"

正说时,外面突然一阵喧哗,好像有人在大门口嚷嚷什么,只见魏风林和陈博从他们的办公室跑了出去。

马春浩站了起来:"小林,出去看看,看出了啥事!"

林秘书出去片刻后,快步回来了,对王金亮说:"王书记,门口有个老大娘,说要见你,老魏和陈博正在那里劝说。"

"找我？"

"还围了好多人。"

"我去看看。"王金亮说着往外走。

到了大门口，见魏风林正跟一位中年妇女激烈地吵吵着。中年妇女双手还搀着一位白发苍苍的老大娘，满脸皱纹，驼着背，至少七十岁，周围有不少围观的村民。

有村民见王金亮出来了，喊了一声："王书记来了！"

中年妇女搀着老大娘朝王金亮走几步，突然跪倒在王金亮面前，声泪俱下："王书记，你得帮帮我们……"

老大娘也颤巍巍往地上跪。

王金亮连忙弯腰去扶老大娘，用另一只手去拽中年妇女："别这样，快起来，有啥话起来说。"

魏风林和陈博上来拉起他们俩，面色有些尴尬。

老大娘起来了，颤抖着双手摸索着说："哪个是王书记，来俺村分地的那个……"

看来，老大娘眼睛看不清楚。

王金亮近前道："我是，我叫王金亮，大娘，有话你说吧。"

老大娘说："你得给我做主，帮俺把俺老伴儿这个死鬼埋了，我先给你磕头了……"说着又要下跪。

王金亮用力揪住她："大娘，咱不兴这个。"

中年妇女在一旁，红着眼圈儿说："俺爹过世了，村里不给埋。俺娘听说你在村里，非要来找你，我跟她来了。王书记，你可得给我们做主啊……"

原来，这中年妇女是老大娘的女儿。

王金亮不明白怎么回事，问魏风林："老魏，这是咋回事？"

"唉，王书记啊，这老婆子的男人叫崔长顺，前天病死了。

因为这崔长顺生前搞非法集资，在村里骗了很多人，大家都恨他，他死了以后，没人出来帮忙埋……"魏风林拧着眉头简单叙述了事情的经过。

原来，崔长顺生前，在村里充当民间非法集资的中间人，骗了村子里很多人的钱，虽然数额都不是很大，但村里受他高利息蛊惑的人却很多。因为当时确实是有人拿到了很高的利息，存一万，半年就能拿到三千，这事说起来是五六年以前了。后来，非法集资的公司头目突然"跑路"失踪了，当初承诺的高利息借贷都打了水漂儿，所以大家都对他恨之入骨。半年前，崔长顺患了直肠癌，发现就是晚期了，是前天晚上去世的。

崔长顺没有儿子，只有一个闺女，就是刚才那位中年妇女，她很早就嫁到了外省，得知父亲去世，带着丈夫和两个孩子前来奔丧。但村里人因为恨他，没一个人愿意出来帮忙处理他的后事。在农村，这叫"死了没人埋"。这老大娘和她闺女在村里四处求人，但就是没人出来，连他本家的人，甚至他亲弟弟都不管，因为他弟弟被他骗得最惨，据说放进去五万都打了水漂儿。女儿看父亲的尸体放在家里没人帮忙料理后事，就来找村委会。

周大鹏被免了，没有支书，是陈博临时主持工作，魏风林是村主任。找到魏风林，魏风林怕"出头"处理崔长顺的后事被村里人骂，就推给了陈博，说他是书记。陈博是外来扶贫的，不了解村情，一问，知道是这种情况，也不敢出面张罗，再说他也试着找了几个人，人家都一口拒绝去埋崔长顺。陈博没必要去找这个麻烦，就又往魏风林那推，结果，到了天黑也没人来家里处理崔家的"后事"。今天是第二天，按照当地风俗，第三天，也就是明天必须埋了，现在，连个"伐墓"和"抬棺"的都没有，急得老大娘和女儿惶惶不安。刚才，听人说乡里王书记和乡干部来村里了,在村委会开会呢,于是,女儿领着母亲,就来这里找王金亮,魏风林和陈博得知后,把她们拦在了大门外……

王金亮听完情况介绍,叹了口气说:"唉,自己上当受骗,还怨是人家骗的,还记仇,那当初别放钱出去啊!"

魏风林说:"王书记,你不了解情况,这崔长顺,当时他自己也往里放钱,大家这才被他蒙蔽上当的。"

"他自己也放钱参与非法集资了?"

"是啊,要不村里人才相信他,最后都让他给骗了!当时,他还带着开一辆高级轿车的老板来村里,他找了好多村民来他家听那老板讲课。那老板当场奖励他一台大彩电,把村民们眼气得不行。后来好多人纷纷通过他参加了非法集资。可他自己,最终也成了受害者,投进去的一辈子积攒的两万块钱,也是血本全无。"

"原来这样,唉!老百姓真是见利就上,也不管是啥门路来的,合法不合法。"

有村干部在一旁说:"所以村里人都非常恨他,说都是他让大家上当受骗的,多年攒的这点血汗钱都白白扔了。"

陈博说:"下乡后我发现,现在村里的农民,最恨骗了他们钱财的这种人。"

王金亮皱皱眉头说:"这就不对了吧?"

魏风林说:"这有啥不对?农村就这风俗。人缘不好,或者是得罪人太多,你家有事了,不管大事小事,就是没有人傍边儿。"

村干部说:"王书记,这是真的。即使你给多少钱,也没人去,崔长顺死了,没人往跟前凑,就属于这种情况。"

魏风林说:"他从外地来的这个闺女,见我就磕头。我没法表态,我要管了,村里人会骂死我,我这村主任以后在村里也就没有威信了。"

"你说啥?"王金亮怒目圆睁,"好啊!一个村主任,还有驻村的第一书记,一个个还振振有词的。我想问问你们,党员和群众信赖你们,让你们在村里管事,可村里有个急事,有个难事,有个马高镫短磨不开的,你们一推六二五,还有那么多理由和道理,那老百姓要你们干啥?摆在那里供奉啊!"

魏风林和陈博都吓了一跳。

陈博吓得嗫嚅道:"王书记,你……你咋好好的就急了……"

魏风林不服:"崔长顺他不是好人,是坏人,民愤极大,是活该这个下场。"

"放屁!"王金亮从没有这样骂过人。

在场所的人都惊呆了,都不敢吱声了,直勾勾望着王金亮的嘴唇打哆嗦,连经常和他相处的马春浩和林秘书,也没见过他这么着急骂人。

这时,从街南快步走过来几个人,走在前面的是田旭辉。

田旭辉近前,见众人都直勾勾望着王金亮,而王金亮正黑着脸生气,就叫一声:"王书记,这是咋了?"

王金亮本来还要训斥他们,但田旭辉一来又一叫他,他平静了下来,出口长气,看看田旭辉道:"噢,是旭辉啊!"

田旭辉说:"王书记,我刚才听见了,这事你别管了。我刚才去长顺大爷家,听说大娘和姑姑来村委会找你,我就赶快过来了。我从徐家庄带来了一些人,过来帮助料理长顺大爷的后事。大娘、姑姑,跟我回家,这点儿小事,不用惊动王书记,王书记事很多,别打扰领导了。王书记,你回吧,放心,不用找别人了,我会把这事管好的。"

老大娘过来摩挲着田旭辉的手，流着老泪说："辉儿……好孩子……"

"好，田旭辉，你做得好！"王金亮眼睛亮亮，指指低着头的魏风林说，"看见没，还不如村里一个普通的年轻人！本村老人去世，没人出来埋，还得让田旭辉从外村找人。老魏，还有陈博，你们丢不丢人？老魏，你想想你刚才都说些啥？又是坏人，又是民愤，还说活该这个下场！这是一个村干部该对本村村民说的话吗！我不管这个去世的老人过去怎样，做了多少对不起乡亲们的事。但'死者为大'。村里别人不去为他办丧事，那好，'两委'班子成员全上，你们两个带头。明天一早一晚，按你们当地的风俗来，必须让死者入土为安。我让春浩书记在这儿盯着，如果办不好，你们两个都给我写检查！"

说完甩开大步进了村委会，坐在那气得胸脯剧烈起伏着，喝了口水，对马春浩说："看来，这个村的支部改选必须马上进行，支书的候选人也有了。"

"谁？"

"田旭辉。"

马春浩看一眼林秘书，林秘书竖起了大拇指。

"好，我同意，只是……"

"说！"

"是不是太年轻了？"

"有志不在年高，再说，农村需要培养和历练这样的年轻人。"

"好！"

"你负责组织去考察，到他当'村官儿'的徐家庄搞个调查，再在村里征求党员和一些村民的意见。"

33

　　米雅丽开车，拉着陈博还有他从山东带来的两名员工，在山路上颠簸着不断转圈儿，最后来到狐子沟一带的荒山上。

　　时值初夏，万木竞荣，岭坡上青草萋萋，偶尔有几棵树在其间点缀。他们开车沿着狐子沟东边的一条山道，走一阵停一阵。

　　陈博拿着地图，一边看，一边在地图上标注，还不时拍照。

　　在沟东属于石窝铺村的荒山上，米雅丽的舅舅、该村支书老赵和几位村干部，在这里与米雅丽、陈博他们会面后，将这块山坡的情况向他们作了介绍。

　　米雅丽对陈博说："沟东这一块地，我们也计划租下来，具体协议正在商谈中。根据乡里的想法和我们张总的意思，是把沟西和沟东连在一起。"

　　陈博在地图上圈了一个大致的范围，问："这两块山坡地合在一起，有多少亩？"

　　赵支书说："大概六千多亩吧。"

　　陈博高兴地说："一说这面积、规模，我老师肯定感兴趣。"

　　往沟西去，是蝎子沟村的地界。

　　赵支书他们回去了，米雅丽和陈博一行，开车返回到通往沟底的一条岔道上，沿着沟底开车进去，行驶十多分钟，上个高坡，就是公司从前承包的属于蝎子沟村的三千亩荒坡地。前面，又是一道高坡，山路变狭窄了，而且更加崎岖。

　　米雅丽和陈博他们把车停在高坡下，准备步行去山上。不远处，是公司从前盖的那一排"看山"用的简易工房。

　　陈博是在米雅丽的一再邀请下才来这里的。

昨天下午，米雅丽到村委会找陈博，让他帮助谋划一下公司计划在这里投资开发的初步设想。陈博不愿意掺和米雅丽的事，他觉得这个姑娘太强势，把自己的脚弄伤了不说，说话办事还风风火火的，似乎跟自己不是一路人。当时，米雅丽拿着一张地图，领着他从山东带来的一男一女两个手下，风风火火地来找他。米雅丽指着狐子沟的简易地形图，比画着对陈博说，他们公司董事长张宾要启动这里的荒山开发，打算搞一个现代农业观光项目，让她在这里负责，先期拿出一个方案，还说陈博是学林果的，又在这里扶贫，还任村第一书记，看这项目怎样进行，搞点儿什么好，给出出主意。陈博心想，一个丫头片子，懂什么啊，接待个客人，搞点儿攻关，跑跑腿搞点儿服务还差不多。就说自己挺忙的，除了扶贫，现在又临时负责支部工作，事情实在太多。米雅丽就冲他瞪眼睛，说你答应我了，怎么说话不算数。陈博说，我答应你啥了？米雅丽就说，当时，我说我们准备在狐子沟搞农业观光项目，你是学林果的，让你帮忙找个专家给指导一下，你说不用找别人，找你就行，说过的话怎么忘了？陈博咧嘴一笑说，我也就那么顺嘴一说，逗你玩呢，你还当真啊！米雅丽怒目而视道，哎哟，一个大男人，亏你说得出，你还扶贫队长、第一书记呢，是不是都是这样糊弄俺村的老百姓啊！陈博不搭理她。米雅丽坐在他身旁，板着脸说，我就赖上你了，你要不答应帮我，我就坐这儿不走了。陈博还是不说话。

　　待了一会儿，米雅丽和颜悦色道，这个项目，占地在咱们村，你下乡来扶贫，咱们联手把这片荒山改造成花果山，是造福咱这山区老百姓千秋万代的事，咱都是年轻人，为自己家乡的父老乡亲办点儿好事，多么有意义啊！上边领导肯定支持你，赞赏你，也算是你下乡扶贫的功劳和成绩。你能帮帮我，我可以向公司汇报，让张总聘任你为这个项目的技术顾问或者总监什么的。说不定，你还可以入股，以你的知识和技术入股，做成了，不但你致富，还带动这一片山区的年轻人，都回来在咱这个观光区参与管理和工作。陈哥，我说的这些，请你考虑考虑，再不行，你搭个桥，给我推荐个你们大学的专家教授也可以，帮我们规划一下，等我们老总来了，我也好有个交代。

这番话，把陈博的心说得动了动，他看看米雅丽，想了想说，你要是真做，我不行，我可以让我的老师过来看看，我老师可是这方面的专家，在太行山地区研究林果栽培技术三十多年了，在深山区的井陉县和平山县一带，设计规划过好几个项目。米雅丽高兴地说，那太好了，咱们去请他过来，所有费用由公司出，也会给他劳务费。陈博笑笑说，我老师可不是这样的人，你可千万别跟他提这个，他要感兴趣了，是会作为课题来搞研究的，如果相中了这个地方，不但不要你的劳务费，很可能还会给你带来一笔科研资金。米雅丽惊喜地说，还有这好事，王哥，我们什么时候去请他，不行现在就走，咱开车去接他吧。陈博沉吟片刻说，我老师非常忙，我看这样吧，我跟你去山上看看，把大概的方位和地形地貌画一张草图，拍些照片，通过微信先发给他，让他先看看，有个感性认识，看我老师有没有兴趣，然后再说请他来的事……

就这样，陈博跟米雅丽来到了狐子沟的荒山上。

在山坡下停车的时候，有一辆货车停放着，车上没有人，米雅丽皱着眉头，自言自语说："怎么有车在这儿，谁来山上了？"

他们沿着山道上了高坡，看见一排平房前，有几个人影儿来回走动，好像是在搬什么东西。近了才看清楚，原来有一伙人，正七手八脚从屋里往外搬运煤气灶还有一些大大小小的塑料桶和编织袋。

负责在这里"看山"的大张和小张，在一旁站着。

米雅丽近前问老张："这是干吗呢？"

老张面色紧张："让……让他们把东西搬走……"

原来，那位姓粟的老板通过周大鹏临时租用这里的房子当工房，老张怕公司派来打前站的米雅丽发现后怪罪，让他们赶快搬走。米雅丽刚到村里来山上时，老张让租房子在这里干活儿的停工了，都暂时躲了起来。好在米雅丽也没有进屋，只说让老张和小张抽空把房子收拾一下，计划在这里搞一个筹建处什么的。之后，老张就给粟老板打电话，让他赶快从这里搬走，再说，都十来天了，当时说的，最多也就租用十天半月的，这也差不多了。在老张一再催促下，粟老板今天才派人来搬东西，但他本人没来。不料，就碰上米雅丽和陈博等人过来了。

米雅丽看看这些人和搬运的东西，感到很奇怪，问："老张，怎么从这里搬东西，这是什么意思？"

老张支支吾吾道："他们在……在这里做点东西，临时……用……用一下房子，这不，要搬走了嘛！"

"做什么东西？"

老张面红耳赤："我们不懂，不清楚，也没细问。"

"你允许的？"

老张连忙解释："不是，是村支书周大鹏领来的，同意的，说是临时用一下。"

陈博说："周大鹏被免了，不是支书了。"

老张说："我知道，可当时人家还是啊，说话我咋能不听？"

小张在一旁嘟囔道："房子闲着也是闲着，人家支书说了，用几天有啥大惊小怪的,这不,正要撵他们走吗!"

米雅丽想了想,没再说什么,和陈博一起到各个屋子看了看,见有两个人正在搬一个大塑料桶,里面还有半桶白色的液体晃荡着,就问:"这里面是什么?"

"不知道,我们只管干活儿。"

"你们不是在这里租房子的?"

"不是,是他们租用我们的车拉货。"

出了屋,一股浓烈的气味传来,味道很怪,说臭也不是臭,很刺鼻,定睛一看,有两个人,在房后的不远处焚烧东西。

陈博连忙说:"这是烧的啥?老张,快去叫他们弄灭,山上不许有明火,上边都有卫星监控,会被发现,县里是要追责的。"

老张过去制止他们,陈博对米雅丽说:"我怀疑,他们是不是偷偷在这里加工违法的东西啊?"

米雅丽说:"也有可能是假货什么的,算了,反正要搬走了。"

陈博拧着眉头道:"就怕以后有事。"

于是问小张:"当时周大鹏介绍来的这个人,你们了解他吗?留有他的身份证复印件,或者有他们公司的证明吗?"

小张说:"没有,这老板姓粟,说是临时占用十天半月的,所以我们也没细问。"

"他今天为啥没来?"

"就是租这个地方和往这里运设备时,他来过,此后都是光干活儿的在这里。"

陈博掏出手机,对正搬运东西的人拍了几张照片,又对米雅丽说:"你让你手下的人,去刚才咱停车的地方,把那个拉货的车牌照拍下来,别以后出了事,连人也找不到。"

第十二章

34

丁小棍是在县城长途汽车站无意间发现牛金贵的,因为在这里上车的旅客中,就那么一个大光头秃子。

今天下午,侯三业安排丁小棍开着他的轿车,去县城长途汽车站送河南来的两个文物贩子,刚送他们进了站,丁小棍就看见那边排队检票的人群中,有一个大秃脑袋非常显眼,定睛一看,就惊得张大了嘴,呀哈,这不是牛金贵吗!这么长时间一直找不到他,手机可能是换号了,怎么也联系不上,人更是没有踪影,据说,他外出打工了。从溶洞里弄出来的那一对"金模",肯定是被他偷偷藏了一件,然后才"畏罪"潜逃的。为此侯三业怒不可遏,扬言掘地三尺也要找到他,把那物件追回来还要给他放点儿血。正苦于不知道他究竟去了哪里,无计可施之时,这小子居然在汽车站出现了……

丁小棍看见牛金贵推着一个拉杆箱,双肩上还背着一个旅行包,顿时明白了:噢,这小子肯定是从外地回来了,从这里转车回老家。丁小棍想过去抓住他,但隔着栏杆过不去,再说自己就一个人，在大厅里也不方便下手，弄不好还会惊动牛金贵使他不回家再次逃走，另外，他已经检票进站了。

丁小棍绕到停车场的栏杆旁，看牛金贵上了车，并用手机拍下他所乘的车牌号，接着，给侯三业打电话报告情况。

侯三业又惊又喜，同时也大为光火，当即吩咐鸡脸儿骑着摩托车带着另一个手下，在半道上按丁小棍提供的客车牌照，拦截牛金贵，把他的腿先打断了，让他不能再次外逃，之后再追讨他偷藏的宝物。

鸡脸儿开着摩托车，载着后座上的另一位同伙，是在通往蝎子沟村的半道上，追上牛金贵乘坐的这辆客车的。但车在路边的村庄停靠时，只是有零星的乘客下车，牛金贵在车上坐着，他们没办法下手，更不能去车上打人。因此，他们就一直开摩托车尾随着这辆客车，直到在蝎子沟村的村头停下，牛金贵背着包，拎着拉杆箱下车。

从这辆客车上，下来的只有牛金贵一个人。

牛金贵下了车，站在村头，把箱子放在路边，抽出拉杆，在肩头耸耸背包带，正迷茫着双眼朝村子张望时，脑后，突然被重重击打了一下，身子一歪，便倒在了路边。

是鸡脸儿所开摩托车后座上的那个人，用伸缩警棍，从后面狠狠击打了牛金贵的头部一下。见牛金贵已经倒地，这人跳上并未熄火的摩托车，驾摩托车的鸡脸儿一加油门，迅速掉头驶去……

不远处，有两位村民开着农用车路过，看见有人倒在路边，连忙停下来，近前一看，见是牛金贵昏迷不醒，后脑袋上全是血，便大惊失色，急忙把他抬上农用车，又捡起他的箱子，一同拉到了村卫生所。

但是，村里所有人也包括侯三业他们，并不知道这个回村的牛金贵，并不是他本人，而是他山东聊城某镇的孪生哥哥柴全超，从相貌上看，俩人几乎是长得一模一样。

孪生哥哥为什么要来到弟弟牛金贵的老家蝎子沟村？这要从牛金贵为躲避侯三业，离开村子去寻找孪生哥哥说起。

牛金贵按照父亲的同事老孙临终前告诉他的亲生母亲的名字和其老家的地址，乘车辗转来到山东聊城下边的一个镇子。遇见一位老人便打听，一提他母亲的名字，人家都知道，还惊呼他和柴全超像是一个人，这肯定是老柴家把一对双胞胎中送出去的那个吧！于是就让他去西关街一个叫"好香酒楼"的找柴全超。就这样，牛金贵很顺利地与同胞哥哥柴全超见了面。两人一见，不用介绍，五官、胖瘦、个头，连说话的声音，走路的姿势，都极其相似，而且，都是天生的秃子……牛金贵得知，亲生父亲早去世了，母亲也在五年前病逝。三年前，同胞哥哥在镇上开了一个名叫"好香酒楼"的小饭馆，妻子去年患尿毒症去世，女儿在城里上初中，姐姐出嫁到了武汉。牛金贵讲了自己的情况，哥哥柴全超很高兴，让他帮自己打理饭店，还让他去老家把母亲接来一起过。牛金贵说，我先帮你做事，等过一段时间再说吧。就这样，牛金贵暂时在这里住了下来，帮哥哥做饭店的生意，把手机号也换了。等完全安顿下来，才跟祁雪菊联系上，并询问了母亲的情况。平时哥俩无话不谈，牛金贵也毫不避讳亲哥哥，说一些盗挖古墓的事，特别说到了村里发现的溶洞，和盗墓团伙的头子侯三业去溶洞盗取宝物，自己偷偷藏了一件，给了祁雪菊，还讲述了和祁雪菊的关系以及她们母女的一些情况。哥哥柴全超很吃惊，说怎么能干这事，劝他赶快和那些坏人一刀两断。

这天一早，哥哥柴全超带着会计和一个员工，租了个小面的，去山区一个企业催收欠款，刚要走，防疫站来电话说一会儿去店里检查，让他必须在场。牛金贵就说，哥，我替你去吧，反正咱俩长得一样，你把条子给我，我替你去要账。没想到，面包车在去山区的盘山路上，翻进了峡谷里，连司机在内，一共四个人，三人当场死亡，只有会计重伤双腿截肢了。柴全超将弟弟牛金贵遗留在烂车旁的手包捡回去，里面有身份证。为赔偿三人死亡和治疗另一人的瘫痪，他转让了门市，变卖了所有家产，拿出所有的积蓄，还借了很多债，才勉强抹平了这场突起的大祸。事情处理完以后，哥哥心灰意懒，决定从此离开这个令人悚惧的小镇，去武汉投奔姐姐。而在此之前，他最大的一桩心事必须了却，那就是将弟弟的骨灰、遗物和自己留给他家人的一笔钱带上，把保险公司的赔偿金办到牛金贵母亲的名下。

因此，一个月之后返乡，出现在蝎子沟村的牛金贵，相貌上是，而实质上却是另外一个人——他的孪生哥哥柴全超。但谁都不了解真相。因为，除了他自己清楚，凡是认识牛金贵的人，都毫不怀疑他不是牛金贵。

牛金贵昏迷了，脑后侧部有一个大包，好在出血不太多，发现及时。村卫生所的医生为他止血上药包扎，说估计没什么大事，回家后观察三天，如果还昏迷不醒，必须赶快送到县医院。

消息很快在村里传开了，牛家本族和邻居们听说了，赶快来到卫生所，守他输完一瓶液，就把他送回家了。他娘快七十了，眼神也不好，见状哭哭啼啼的，李广宾听说后也来了，想问他那晚的情况，但他一直昏迷不醒。到了晚上，祁雪菊从乡卫生院也急匆匆来了，得知情况后，说是不是赶快报告派出所啊。发现牛金贵被打的村民说，那两个人都戴着头盔，打一下就跑了，报案有什么用，准是金贵在外面得罪什么人了。祁雪菊打个寒噤，想起当初那两个摩托车上的人来村里找牛金贵时鬼鬼祟祟的样子，还有牛金贵走前交给她的那个东西，便不敢吱声了。因为，半个月前，她趁着去县城卖废品，悄悄带着牛金贵走之前交给她的那个"小物件"到古玩市场上，找个人看了看。那人托着香皂盒般大小的物件端详一番，还拿放大镜仔细看来看去，脸上现出很惊奇的样子，开口就要给她两万。祁雪菊吓了一跳，连忙将东西收回。那人又说，五万吧。祁雪菊连忙走开，那人从后面追住她，连声说十万十万，十万行不行。祁雪菊心里狂跳不止，赶快跑走了。这么值钱的小东西，牛金贵是从哪儿弄来的怎么弄来的？可别是惹了什么大祸！说不定，打伤他的人，就是那两个找他的人。要不，他为什么突然就急匆匆离家出走这么长时间呢？因此，听村民这么一说，祁雪菊再也不敢说报案这件事了。

两天之后，牛金贵苏醒过来，眯着双眼，很陌生地看着眼前这一切，谁问他也不说话，只是呆呆地看来望去，村民们都觉得他似乎变了一个人。

李广宾趴在床头问："金贵，我想知道，你到底干啥去了？电话不接，后来也不通了，你去哪儿待了这么长时间？"

牛金贵直勾勾望着他不说话。

"你是不是傻了？"李广宾气得直跺脚。

旁边有人说："八成是脑子受损了，让他先躺着休息静养，过几天看看再说吧。"

人都走净了，祁雪菊近前仔细看着他笑笑说："你两天没吃饭了，我去给你做点儿吃的。"

牛金贵点点头，心想，这个女人，或许就是弟弟说过的祁雪菊，但他不敢确定，没有贸然说话。

祁雪菊搀扶着一个年迈的老婆子走近他："金贵，娘看你来了。"

"儿啊，儿啊……"娘哆嗦着手来摸牛金贵。

牛金贵连忙从床上下来了，跪倒在她的面前轻轻喊道："娘……"

"你终于说话了。"祁雪菊欣慰地说，"还下跪干啥？快起来，你走了以后，娘三天两头问你，挂念你……"

娘流着泪说："儿啊，你走后，都是雪菊照顾我。"

无疑，这就是弟弟所说的祁雪菊了。

"雪菊，谢谢你，多亏你……"

"咋说这话？"祁雪菊一愣，因为平时里，牛金贵从没有这么客气过说话，性格似乎有点变，而且，说话的口音也和从前不一样了，眼神也有点儿不对……

"噢！"牛金贵有点儿不知所措，掩饰般上床躺下了。

祁雪菊仔细打量着牛金贵，感觉有点不对，虽然五官和外形变化不大，但总觉得现在的牛金贵比走之前小了一圈儿，才一个月不见，难道能瘦了这么多？突然，她发现牛金贵耳朵垂下边那个黄豆般大的黑痦子没有了。莫非，他在外面去掉了，可即使用药水做掉，也该留下点儿小疤痕啊。但看看放在床边的拉杆箱，的确是他走时带着的那个……

正惶惑时，牛金贵对她说："你让娘去外边歇着，我有话跟你说。"

祁雪菊扶着娘去了堂屋，自己很快就回来了。牛金贵坐起来，望望祁雪菊，张张嘴想说话，但还没说出口，眼圈儿先红了，哽咽着叫了一声："请允许，让我……让我……叫你弟妹……"

祁雪菊打个寒战，后退两步，但很快稳定住情绪，坐在椅子上，平静地望着牛金贵："别人看不出来，但我看出来了，你不是牛金贵！"

"我是金贵的孪生哥哥，我叫柴全超。"

"啊！原来是这样。"祁雪菊还是吃了一惊，"怪不得都错把你当成金贵了！原来你是冒名顶替的。"

"我可没想这么做，是一进村，有人把我打晕了，才被你们错认为是牛金贵的，你们也都不允许我解释，可我也没有机会解释，就这样稀里糊涂被送到了家里……"

"好吧，咱先不说这个了。"祁雪菊问，"金贵咋没回来，他在哪儿？"

"这……"

"快说，我知道，他在电话里跟我说过，他在山东聊城一个镇里，找到你了，他为啥没回来，你回来干啥？"

"他不在了……"

"'不在'是啥意思？"祁雪菊不禁头皮麻了一下。

"他……出车祸……死了……"

"啊！"祁雪菊眼前一黑，歪倒在椅子上，趴到桌子上抽泣起来……

等她平静下来，柴全超把牛金贵去找他并且出车祸遇难的详细经过向祁雪菊叙述了一遍，最后说出了自己之所以来到这里的打算：一是，把弟弟的骨灰带回来了，准备安葬在故土；二是，他这次来，带着相关证明和必要的手续，在此办理弟弟因车祸而亡保险公司的赔偿金，并把这笔钱交给他的养母，或者将他养母带走由自己抚养；三是，他要通过那个私藏的古物，找到盗墓头子侯三业及其团伙，向警方举报将其一网打尽。这些事情办完之后，他就会离开这里。因为自己一进村时被人击伤，他分析很有可能是侯三业一伙儿发现他回村才袭击了他，致使他昏迷，并被大家当作了牛金贵。不料这样却减少了很多解释和麻烦，因此不妨将错就错，以假乱真，让牛金贵复活，冒名顶替牛金贵把这出"戏"演下去，演完。他恳请祁雪菊在此期间，严守这个秘密，不要揭穿真相，暴露自己的身份，并且能够配合自己，尽量为自己因冒名顶替牛金贵有可能漏出的破绽打圆场。比如不认识村里的人啊，不熟悉村里和周边环境啊，说话口音有变啊等等，替他解释、掩饰，化解村民的怀疑和猜忌。

"这也算是咱们替我弟弟牛金贵完成一桩心愿，让他入土为安、死而无憾。"

祁雪菊止住悲伤，点头同意了："好吧，我暂时就把你当成牛金贵。"

35

皇迷乡党委根据县纪委的批复，作出了开除蝎子沟村原党支部书记周大鹏党籍的决定，使他失去了村支部改选的选举权和被选举权。

新的支部班子和党支部书记，再次进行选举。

经村支部推荐，全村党员表决，乡党委广泛考察和认真研究，确定了蝎子沟村党支部书记建议候选人为三名，他们是：魏风林、申怀亮、田旭辉。

组织选举工作，由乡党委副书记马春浩牵头，乡纪委书记霍胜海协助，还有三名乡干部配合实施选举。

申怀亮很高兴，与村里签订了只拿他承包荒地租用补偿款的一半的协议，尽管有一些村民还有意见，但通过做工作，也都同意了。使溶洞建设前的征地纠纷得到平息，涉及的农户，都与村里签订了补偿协议。

三名支书候选人，对参加竞选的想法和心态各异。

魏风林知道自己当不了支书，况且因身体和年龄的原因，他也不想当，并且提出村支书和村委会主任可一人兼，现在也有这样的政策。但乡里的解解释是，村委会主任要经过全体村民"海选"，要过一段时间"两委"正式换届才行，现在因特殊情况，只是支部改选，希望他积极配合工作，使村子尽快恢复平静。因此，魏风林知道，自己现在就是个被"过渡"的人，处于"打补丁"的状态，所以他很平静，按乡里说的，要站好最后一班岗。

申怀亮之所以要参加村支书竞选，是觉得这实在是一个千载难逢的"当官"的好机会。因为征地补偿一事，他做出了重大让步和妥协，将补偿款的一半留给村里作"福利"，是为全村人做"好事"，这就是贡献和功劳，党员们一定会念记他的好处，再加上他有钱，哥哥和舅舅都是市里县里有职有权的人。自己如果能当上支书，肯定能为村里办事，村民和党员们，一定会支持他。

当然，他想当支书，主要是认为村支书虽说是最小的"官儿"，但现在权力不小，好处不少。特别是近几年来，上边对"三农"的各种优惠政策和福利还有下放的资金越来越多，都要由村里尤其是支书拍板往下发放和落实到位，给了谁、怎么用、往哪用，支书这一表态一说话，就是权力。有了这个权力，倒不是自己想从中得到多少"好处"捞到多少"油水"，自己这些年挣了不少钱，连自己孙子这一辈儿都已经够花了，根本不在乎那"仨核桃俩枣"，是"说话算数"和"当家作主"的"话语权"，能在村民面前显得风光。就说周大鹏吧，当支书时谁见他不点头哈腰，被免职后都不敢见人，灰溜溜地离开村子跑了。而魏风林，为什么那么有钱，还要回村当那个村主任，不也是要的那个"风光"吗？自己要这个支书，就是要的这个威风，要的这个神气，要的这个排场，要的这个挺起腰板走路，扬起脸来说话，要的是让人求，自己能大声说话，想骂谁就骂谁这样的"牛气"。另外，村子里发现了溶洞，马上要开发了，征地、拆迁、修路，还有以后开发田家大院，发展乡村旅游，开饭店，搞农家乐，建设田园综合体，事多得很，现在的用地和补偿只是刚刚开始，哪件事都得支书说了算，不用刻意去"贪"去"沾"，开发商和村民们求支书的事多着呢，哪个会不懂事天天说空话。听说，现在县里最有钱的，几乎全都是村支书。三台峪的支书李开岭靠开办铁矿发了财，人送外号"铁帽子王"；县城北关的支书龙长胜人称"龙三亿"，城里最大的"金海超市"就是他开的……如果这次能当上支书，就不跑大车了，不做生意了，要干点儿有头有脸还能发大财的事。可是，话又说回来，乡里和王金亮这一关，自己连蒙带诈唬，算是过了，但村里那帮子党员们，会不会买自己的账，到时候投自己的票呢？这一点，申怀亮实在是"拿不准"。于是，他急忙在村子里紧锣密鼓四处活动着拉选票，挑选出一些重点人，分别在邻村的饭馆里请客吃饭喝酒，不方便出来的，就带着烟或酒登门拜访。经过一番运作，得到一些信誓旦旦的口头表态，再加上对两个竞争对手的分析，一个是老病秧子不想干，一个还是乳臭未干的"毛嫩"孩子，他觉得自己一定稳操胜券，势在必得。

田旭辉得知乡里决定让他参加本村支书竞选时，大吃一惊，连声说这可不行，我在村里还是个孩子，谁也管不了也不敢管，在外村当"村官儿"才一年多，锻炼得还不够，岁数也小，还是别去丢人现眼了。当时，是乡党委副书记马春浩跟他谈的话，说这是王书记的提议，乡党委集体做出的决议，通过在蝎子沟村和他当"村官儿"的徐家庄考察，征求一些本村干部和党员还有村民的意见，认为他非常符合参选的条件，也经村支部上报到乡里了，同时，乡里也向管理大学生"村官儿"的市委组织部和县委组织部作了汇报，得到了他们的同意。最后告诉他："年轻人要大胆泼辣，要有股子冲劲儿，战争年代，二十多岁都当军长师长率领千军万马了，你就本着平时咋为老百姓服务、修理电器、解决村民的实际困难这一点，和当选支书后仍然为大伙儿无私奉献，准备好选举前的演讲就可以了，别的就不要再说了，可别辜负了王书记和乡党委的期望。"

这时，县委组织部也正式通知田旭辉，让他不必去徐家庄上班了，并将他的组织关系从徐家庄改迁到他户籍所在地蝎子沟村，要求他认真应对本村支部的改选。田旭辉无奈，只得回村准备。其实，也没什么可准备的，就窝在家里上网，搜索一些有关参选的演说文章，看来看去，也看不出个名堂。父亲田成堂和母亲得知后，也是摇着头叹气，听说那两个候选人是魏风林和申怀亮，更是连连叫苦，说这不是让你和他们争夺支书，公开让咱得罪他俩吗？孩儿，这俩货咱可是谁都惹不起啊！田旭辉茫然地说："我没办法，我是党员，还是人家管着的'村官儿'，得听组织的，试试吧，不去参选不行，选不上正好，我还回徐家庄当'村官儿'，这样两头都不得罪。"老两口这才多少放了点儿心。

这天，蝎子沟村党支部书记选举大会在村委会大会议室进行，由乡党委副书记马春浩主持，他在讲话中说，根据《中国共产党章程》和《中国共产党农村基层组织工作条例》的有关规定，皇迷乡党委制定了蝎子沟村党支部的选举办法。经乡党委同意，蝎子沟村新一届支部委员由三人组成，其中书记一名。选举方式是由乡党委考察推荐出三名候选人，由全体党员无记名投票选出党支部书记，票多者当选。接着他宣布了三名候选人和实际参加选举的党员人数，全村共有党员三十七名，有五人因在外打工或有事缺席，实到三十二名，符合法定人数。选举正式开始前，马春浩向全体党员介绍了三名候选人的基本情况，之后让他们分别进行竞选演讲，完了便开始投票。

投票结束后，霍胜海当场组织乡干部点票，然后唱票在大黑板上计票。结果，田旭辉多出魏风林四票、多出申怀亮七票当选蝎子沟村新一届党支部书记。

马春浩走到台上，准备当场宣布选举结果。

这时，申怀亮黑着脸站起来，指着田旭辉冷笑道："好小子，你成精了，你等着，后头有你小子好看的！"

田旭辉红着脸小声说："怀亮叔，这不关我的事。"

申怀亮怒吼道："那你宣布不干，不算数了，要不我可是对你不客气！"

马春浩走过来斥责申怀亮："你要干啥？坐下，听我公布结果！"

申怀亮坐下了，怒视着马春浩："都是你搞的鬼！"

马春浩转身上了台子，对全体党员说："根据得票结果，田旭辉当选蝎子沟村新一届党支部书记，魏风林和申怀亮当选支委，我代表乡党委，向他们表示祝贺！"

申怀亮又站起来，把桌子拍得当当响："我不服，老子不干！"

马春浩没搭理他，大声道："选举结束，散会！"

"你们搞阴谋诡计，耍手腕贿选，我要到县里告你们。"申怀亮掀翻桌子，拨开众人，大步走出会议室，到大门外吆喝一了声,"弟兄们,都给我进来!"

呼呼啦啦进来一帮人,大多是他雇用的为他跑大车的外乡人,还有他本家族的几个年轻人,跟着申怀亮一窝蜂冲进会议室。

马春浩见状心里一紧,断喝道:"申怀亮,你吆喝这么多人进来干啥!我劝你冷静点儿!"

申怀亮冷笑一声:"哼,我不给你点颜色瞧瞧,你不知道姓申的能尿多高!弟兄们,把这屋里的桌椅板凳还有黑板、票箱,都给我砸了!"

这帮人闻声一起下手,七手八脚在屋子里疯狂地又摔又砸起来……

"胜海,申怀亮大闹会场,快给王书记打电话!"马春浩一边说,一边掏出手机,举起来拍摄被砸的现场。

霍胜海跑到院子里,给王金亮打电话。

王金亮接到霍胜海的报告,大惊失色:"这还了得,暴力破坏选举,你给于所长打电话,让他把闹事的抓起来,我也会很快赶到。"当即让林秘书开车,带着周主任和张副乡长赶往蝎子沟村。

乡派出所于所长正带着几位民警在草楼村一带摸排"枯井碎尸案"的情况,闻讯后即刻前往。

打砸完之后,会议室里一片狼藉。

申怀亮见马春浩一直在拍照,走过来冲着他的手机看看,伸手想夺,但又缩了回去,笑笑说:"照吧,随便照,我看看你能把我咋着?"

霍胜海在一旁说:"申怀亮,你大闹选举会场,打砸村委会,是要承担法律责任的,有种你别走,于所长一会儿就到。"

申怀亮本来想带人走了,听霍胜海这么说,冷笑一声,猖狂地说:"好,我不走,我等着,我看看姓于的咋着把我带走。"

这时，田旭辉父亲田成堂来到村委会，进来就给申怀亮说好话。原来，申怀亮大闹村委会的时候，有村民去田家报信，说是田旭辉当选支书了，申怀亮不服，正在大闹村委会，田成堂怕儿子被打，连忙赶了过来。

"怀亮啊，是我儿的不对，我给你赔不是了……"田成堂也不完全明白是怎么回事，见院子里气氛紧张，过来又拉着田旭辉说，"孩儿啊，跟我回家，咱不惹事，平平安安的，比啥都好，这支书，咱不当了，让给你怀亮叔……"

"爹，这没你的事，回家吧。"田旭辉扶着父亲，挺着胸脯说，"这是大伙儿选的，是信任我，有组织上给我撑腰，有党员和群众的支持，我不但得当，还得当好！我不能叫人耍耍流氓就把我吓住，我倒是要看看，某人到底能蹦多高……"

"说谁呢？谁是流氓！"申怀亮跳到田旭辉面前，"你再说一个试试！"

田旭辉怒目而视道："谁是流氓谁知道！打砸村委会，损坏公物，目无法纪，横行霸道，这可是共产党的天下，我不信没人能治你！"

"小屁孩儿，我揍你！"申怀亮攥起了拳头。

田旭辉朝前跨一步，拍着胸膛说："我再叫你一声叔，叔，我还年轻，挺得住，你打吧，照这儿打！来吧，打呀！"

申怀亮扬起拳，但没有落下，而是指着田旭辉叫嚣道："好小子，这支书你就当吧，往后走着瞧，我让你一天也不得安宁，一会儿也别想好受！"

田旭辉坦然一笑："我还真不信这个邪，我看你能有多大的巴掌，能捂住整个天！你刚才说你尿得高，我看能不能尿到天上！"

这时，于所长带着一队民警冲了进来。

马春浩和霍胜海向于所长简要汇报过情况，于所长令民警去会议室勘查现场，拍照取证，接着来到申怀亮跟前，上下打量他几眼："申怀亮，这事是你干的？"

申怀亮仰着脸说："不是。"

"是你指使的吧？"

"没错。"

"承认就好。"于所长一声令下，"都给我带走！"

申怀亮带来的那帮人虎视眈眈围住于所长，有两个人还手持木棒拉开了架势。

"弟兄们，都别动，听我的。"申怀亮吆喝一声，冲于所长问，"老于，你知道我舅舅是谁吗？"

于所长笑笑道："三乡五里哪个不知？县人大主任啊！"

"知道我哥哥吗？"

"知道。"

申怀亮问："知道他是干吗的吗？"

于所长冷笑道："知道啊，市检察院法规处的处长，申怀明啊！"

申怀亮拍着巴掌说："这不结了，你抓我，有啥意思？他们不管谁给你说句话，或者给县公安局打个招呼，你不还得把我放了？你说你费那个劲干啥！还弄得脸上怪不好看的，你这不是自找不痛快吗！"

于所长正色道："你违犯了《治安管理处罚法》，按第二十三条第五款和第二十六条第三、第四款之规定，我必须拘留你。"

申怀亮仰着脸问："呀哈，这都是啥规定？你说说好让我明白。"

"那好，你听清楚了。《治安管理处罚法》第二十三条第五款，是说，'破坏依法进行的选举秩序的'；第二十六条第三款，是说，'强拿硬要或者任意损毁、占用公私财物的'；第四款，'其他寻衅滋事行为'。你损坏公物，寻衅滋事，违犯的是这些条款，明白了吗！"

申怀亮笑着又问："这不算是犯罪吧？"

于所长说："按照法律规定必须对你进行处罚。"

"咋处罚？"

"处五日以上十日以下的拘留，可以并处五百元以下罚款；情节较重的，处十日以上十五日以下拘留，可以并处一千元以下罚款。"

"噢，原来判不了刑，坐不了牢啊！好，罚款我拿。"申怀亮冷笑着，从衣兜里掏出两千块钱，在手里拍了拍说，"我认罚，另外，这屋里坏的东西，我全部照价赔偿。"

这时，魏风林走过来，悄悄对于所长说："不行算了，只要他能认错，把摔坏的东西赔了，就别抓人了。这货不好惹，关他几天回来，不定在村里咋搅和呢，那就真成西瓜皮擦屁股，咋都弄不干净了！于所长，求你了，差不多算了……"

于所长正在犹豫，王金亮和张副乡长、周翔匆匆进了村委会。

王金亮听了情况汇报，见会议室里被砸得一片狼藉，怒斥申怀亮道："前一阵，你打伤驻村的扶贫干部，今天又破坏选举，打砸选举现场，真是无法无天，典型的乡匪村霸！你对我是咋承诺的？说是选上选不上你都认，说话不算数，拉出去的屎又往回坐，别说你是党员，你连做人的资格都不够！于所长，愣着干啥，不跟他废话，履行你的职责……"但这时手机突然响了，一看，显示的是赵洪岐的号码，接听后，赵洪岐让他去没人的地方接听。

王金亮往没人的地方走，一边听赵洪岐说话，一边回话："赵主任，你听我解释……触犯了治安法，是派出所在处理……再说，他带人把选举现场砸了个稀巴烂……不信你过来看看……"

电话那边，不知赵洪岐在说什么，王金亮的脸一阵比一阵阴沉，一边听电话，一边看着申怀亮颤着腿在那边抽着烟扬起脸微笑。于所长、马春浩、霍胜海、田旭辉还有乡干部和村里一些没走的党员，都在平静地远远望着王金亮。

这时，王金亮说："王主任，你听我……"

那边的赵洪岐可能是已经挂了电话。

王金亮眉毛倒竖，呼呼喘几口粗气，扬起手要摔电话，又突然收回手，装到衣兜里，平静了一下心绪，来到于所长面前，坚决地说："于所长，按照《治安管理处罚法》，马上履行你的职责，把申怀亮带走！"

申怀亮被拘留了两天，就被放了出来，他开车来乡政府找王金亮。

王金亮正在办公室接电话，听见有人敲门，说声进来，申怀亮一推门就进去了。一见是申怀亮，王金亮惊呆了，连忙放下电话，像是不认识他似的，盯着他颦蹙双眉，竟一时没说出话来。

"哈哈，王书记，咋用这眼神看我，是不是没想到啊！"申怀亮嬉皮笑脸坐到王金亮对面的沙发上，点燃一支烟，跷起二郎腿说，"王书记，我是特意来向你报到的。"

王金亮还在发愣，实在想不明白申怀亮能这么快被派出所放了出来。

申怀亮吐口烟雾说："领导请放心，我这次可受教育了，我知错了，也服了，心服口服，外加佩服。王书记，还是你牛，是真牛,我以后安心为民,做一名好党员。"

面对申怀亮的挑衅,王金亮顺着他的话平静地说:"好,你知错就好。"

申怀亮站起来,用手叩响王金亮面前的桌面说:"我不像赵家疃的赵志豪,更不是我们村的周大鹏,那是俩混蛋,腐败分子,好色之徒。我申怀亮一不缺钱,二不好娘们儿,是个响当当的共产党员。王书记,等着瞧,我以后会好好给你表现表现,让你脸上多涂点胭脂,让你红透皇迷乡、青云县,有了政绩再升大官!好,王书记,你忙着,我走了,再见!"

申怀亮走后,王金亮气得在地上转了几圈儿,拿起电话呵斥于所长:"老于,你是不是吃错药了,为啥把申怀亮放了?"

于所长叫苦连天,委屈地说:"是黄局让我放人的,顶头上司的话,我哪敢不听?"

"黄长河?"

"对啊,县局就这一个姓黄的副局长。"

王金亮怒不可遏,放下电话,用手机打给黄长河。

黄长河听完王金亮的咆哮,笑着说:"老同学,看把你气得,多大的事啊?不值得,不值得!消消火,别生气了,改天我请你吃饭,当面向你赔礼道歉……"

36

侯三业得知鸡脸儿他俩把牛金贵打晕了,很不高兴,埋怨他们说:"我让你们打他的腿,谁让你们砸他脑袋,要是把他打傻了,去找谁要那宝贝?真是成事不足,败事有余。"

鸡脸儿解释说:"他刚下车,站在地上,打腿不顶事的,再说，路边上有人，只有敲他的头，才能把他揍趴下。"

"快去看看啥情况，我们的目的不是弄死他，是要他交出东西。丁小棍，你带着鸡脸儿去，把话给他撂下，交出东西算拉倒，不然这事没完。"

丁小棍和鸡脸儿去蝎子沟一打听，才知道牛金贵被打昏迷了，目前在家里输液，生命没有危险。于是，他们在暗中监视着牛金贵的状况，一有机会，就找他"说事"。

这天傍晚，丁小棍和鸡脸儿在牛金贵家的院墙外，看见祁雪菊从西屋出来走到院子里，牛金贵在后面送她。

二人见状，急忙躲到院门旁的墙角里。

祁雪菊拉开虚掩的大门，往外一探头，就看见鬼鬼祟祟的丁小棍和鸡脸儿，连忙回头对牛金贵说："外面有两个人，看着不像好人，是不是找你的？你可小心点。"

正说时，丁小棍和鸡脸儿钻了进来。

"好啊，牛金贵，你小子玩消失，还装病，就能躲过这一关吗！"丁小棍皮笑肉不笑。

牛金贵看看陌生的丁小棍和鸡脸儿，眯着双眼没敢说话。

祁雪菊解释说："他被人打伤了脑袋，不好使了，你们找他啥事，对我说吧。"

"你是谁，算老几？"丁小棍打量祁雪菊一眼，"这没你的事。"

"你快走吧。"牛金贵挺身护住祁雪菊，"我跟他们说。"

"呀哈，口音也变了，这才出去几天，就侉上了。"鸡脸儿调侃道。

"你们是什么人，找我啥事？"

丁小棍说："少装糊涂，侯爷找你，现在跟我们走一趟吧，要不，你定个时间也行。另外，把新换的手机号告诉我。"

牛金贵瞪着眼道："什么猴爷狗爷的。对了，我在村头下车时，是不是你们俩把我打晕的？"

"我在摩托上。"鸡脸儿吓得往后退，"可不是我下的手。"

"我正要找你们呢。"牛金贵说着掏出手机，"我现在就报警！"

丁小棍打个寒噤，探头朝街上看看，对鸡脸儿使个眼色："我们走！"

牛金贵对着他们二人用手机拍照："有种别走！"

"你小子等着，我让侯爷收拾你。"

在门口不远的路边，丁小棍上了鸡脸儿的摩托车，拐个弯儿，上了另一条村街。

祁雪菊正沿着街路回家。

"你看，这不是刚才那娘儿们吗？"鸡脸儿说。

"是她！"坐在后面的丁小棍说，"你停下，我去找个人打听一下，看这娘们儿跟牛金贵是啥关系。"

丁小棍下了摩托车，问路边一位上年纪的老人："大爷，刚才我们去看望牛金贵，在他家里遇到那个女的，金贵介绍了，可我忘记她叫啥了。"

老人问："哪个女的，你要打听谁啊？"

丁小棍指着祁雪菊的背影说："就是正往南走的那个女的。"

老人眯着眼睛顺丁小棍手指的方向看了看："你是问雪菊？"

"对，她姓啥？"

"姓祁。"

于是，丁小棍和鸡脸儿偷偷跟踪祁雪菊，直到看见她进了自家的栅栏门。

第十三章

37

　　这天上午,天气晴朗,阳光洒满山坡,蝎子沟村与石窝铺村接壤处的狐子沟一带,迎来了有史以来最庞大的考察队伍。

　　省农业大学教授、博士生导师、著名林果专家,也是陈博在校时的老师李爱国带着他的科研团队来了;济南润易集团董事长张宾带着他的儿子、总经理张扬帆及随行人员来了;皇迷乡党委书记王金亮率领乡里主要领导、这两个村的支书和村委会主任等,都前来陪同李教授和张宾董事长考察。在此之前,陈博和米雅丽,紧锣密鼓地筹备这次考察活动,协调和联系各方面的来宾和领导。张宾这次是挤出时间,专程从济南赶过来的。他听了米雅丽筹备荒山开发的情况汇报,说邻村石窝铺的那三千多亩荒山,租用协议也已基本谈妥,需要他最后拍板亲自签订一下。特别是得知对于狐子沟一带这两个村共计六千余亩的农业观光项目的全面开发,已经聘请到著名林果专家李爱国教授前来考察之后,十分高兴,因此推掉其他事情欣然而来。

　　大家先在蝎子沟村委会会合,相互见面寒暄之后,一同乘车上了山。

李教授五十来岁，中等身材。上山后，他眺望着广阔的大荒坡，感慨道："太好了，真是天赐良缘，我找了好久，终于在这里找到了。看来，我的梦是要圆了。陈博，谢谢你这个学生，叫你老师的晚年，再能灿烂和辉煌一把。"

大家都很兴奋。

陈博说："老师，那时候你经常给我们讲，搞林果的，恨不得把世界上所有的荒山野岭都在我们手下变成美景，可我天天守在这里，硬是看不见，让老师你这么一说，把我浑身的血液好像都点燃了。"

李教授笑笑道："那你的血，不成汽油了？"

众人都笑了。

陈博恳切地说："李老师，你就带着我们，大干一场吧。"

米雅丽兴奋地望着陈博，冲他竖起了大拇指。

李教授冲不远处的山坡指指："我们去那里看看土质。"

到了山坡前，坡下是一个沟壑。李教授令人在沟壑里向下挖了一米多深，他跳进去，从里面捡起几块大大小小的类似鹅卵石的石头，对众人说："你们看这个沟的断面，上面只盖着一层薄薄的泥土，也就是说，这一片荒坡地，下面堆积的，应该都是这种石头。"

赵支书说："是啊，下不去锄，也犁不动，打井挖好深也见不到水。"

又往前走，李教授指着沟崖边的一个断面说："这个山冈，无土无水，在地质学上叫洪水冲积多砾石岗地，地表无林木涵蓄，下场雨，存不住水，就都顺着大沟小沟流走了。在这种条件下种什么树，造什么林都不行，都活不了……"

董事长张宾说:"是啊,我刚承包这块地时,也不是不想种,可种下什么品种的树都长不成,一两年就都死了。"

"李教授,你往西北看,有一片绿油油的树林。"王金亮在一旁对李教授说,"那是一片板栗林,是民国年间,当地一个大财主种植的。据说,他采取的是换土的办法,老魏,你给李教授详细介绍一下。"

魏风林说:"还是叫田旭辉说吧,这是他祖上的事,他应该清楚。"

田旭辉走近李教授,笑笑说:"我所知道的一星半点,是听我父亲说的。当年,我祖爷爷田家辉发动周围民众,从山下担着筐子往那里挑土,开始是每一担给一块光洋,也就是银元,后来给二十法币,再后来增加到五十法币。据说,就这样干了二十多年。之后让四周百姓在上面种树,主要是种板栗,办法也是谁种的树归谁所有,所以大家的积极性很高,也就留下了这片古老的板栗林。"

李教授感慨道:"是啊,你看,至今还在造福和荫庇着我们的子孙后代。所以,十年树木,百年树人;百年树木,立下圣人。植树造林,让荒山披上绿装,或者说让荒山披上花衣裳,在任何朝代,任何时期,都是一件功德无量的事,这才是刻在大地上的锦绣文章……"

"好!李教授说得太好了!我们给李教授鼓鼓掌!"张宾似乎有点热血沸腾,迫不及待地问,"李教授,你说下一步我们怎么做?一切听你的。"

李教授朝那里看看,又眺望着茫茫的荒山野岭道:"刚才这位小伙子说的,他的祖辈在这里植树,是在旧社会用的土办法,类似现在的鱼鳞坑。如今,有更好的办法,可以大面积快速改变土壤结构，一会儿我再仔细说。"

在山上转了一大遭后，来到了一排平房前。

张宾对米雅丽说："有时间了，你赶快把房子重新装修一下，不够再建一些，搞一个像样的筹建处，把路也修一下，蝎子沟通往这里的路，还有石窝铺通往这里的路，都拓宽硬化了。"

李教授说："修路先不要着急，等我的规划出来，按设计的方案走。另外，园区里的路，不一定都要水泥铺面，要保留农耕和乡间的田园风味。我去过张家港的华西村，他们那里，把通往庄稼地里的路，都修成了水泥路，横平竖直的，种地都是开着汽车进去，方便是方便了，但总觉得少了点什么。咱们这个四平方公里的农业观光项目，从设计理念上来讲，并不是越现代化越好，而是要更接近于返璞归真的自然状态。张总，不知道我的想法你赞同吗？"

"这想法好。"张宾董事长点点头道，"我赞同，你就大胆给我们搞出方案，只要有关方面和县里批准，我们就按这个来做。"

陈博说："我突然想到，不必破坏这里的山路原貌，也不必都要取直，只是拓宽就行了，还用原来的砂石路，不让车辆进来。所谓山路弯弯，牛羊漫坡，不失山区的本色。对这些路，也可以牛马、鹿羊、鸡犬等来命名。李老师，我的想法只是供您老参考。"

李教授高兴地说："好！同时，还考虑在这里搞立体种植，果树下种花卉、瓜果，再散养鸡鸭鹅什么的。这样，就和这里的整个环境和气氛相吻合了。"

张宾击掌称快，对陈博说："这太好了，路不用大修，我还能省一笔大钱呢。这样，我把省下来的钱，抽百分之十奖励给你。"

陈博笑笑说:"董事长,你要真奖,就奖励给我们扶贫点,让我们用于扶贫吧。"

"没问题,雅丽,你记住这件事,项目做完后,我们一定兑现。"张董事长说着,又转向李教授,"教授先生,把石窝铺的地征下来,加上原来蝎子沟,这一共是六千多亩。起步阶段,究竟从何下手?也就是说,我先在这里,种些什么树,才能万无一失,确保成活呢?以前的教训可是不少啊!"

"我正想说这个问题。"李教授眺望着荒坡说,"首先,必须要改造一部分土地,这片荒坡,有一部分是花岗岩、片麻岩等结构,是不存在漏水问题的,但面积不大。大多数荒坡,地表下布满了鹅卵石,刚才大家都看到了,这些鹅卵石就像一个巨型漏斗,加上这里的坡地本来水土流失就严重,仅有的一点儿雨水到了地下也很难存住。水是生命之源,对树也一样。这里缺水对树的生长来说,是最大的威胁,所以我们必须因地制宜,先要在这里改造一部分土地。"

"怎么改造呢?"

李教授说:"刚才,说到民国年间有富户,发动四周的村民从山下挑土植树,这是用换土的办法,但那时条件差,靠人力,一直干了十几年甚至是几十年。现在,我们可以用沟机,在这山坡上开出一条沟,把里面的鹅卵石和浆石层都取出来,再把坡面上的土集中起来回填到沟里,也就是把最上面的土层扒到沟里来,土肯定不够,所以还需要从外地运来好土,最终把沟填平,原来的坡面不用动,然后间隔五米,再挖一条沟,下面的,都按这个办法做。这样一来,雨水就不会顺着山坡流走了,都会集中到了这个沟里来。这样治理的目的是,人为给树木创造出一个能够生存的小环境。然后呢，我们就在这上面种植果树苗，这叫隔坡沟状梯田栽培法。"

专业性太强，大家听得有点儿糊涂。

田旭辉在一旁解释说："老师的意思，就是用沟机把碎石头挖出来，填上土。这土从哪来？是从别的地方运过来填进去，就是换土。那水呢？水从哪来？"

李教授说："可以在山上建个大的蓄水池，把雨水拦下来使用。"

张宾连连点头："好，我听明白了，下面，我们就按先生说的办。"

李教授对张宾说："张总，我看这样吧，通过今天的考察，我回去以后，会根据海拔、气候和土壤的情况，详细规划出每块区域适合种什么。农业观光嘛，就要以林果、花卉、观赏植物为主，我初步的想法，是把这里分成几大区域和板块，比如现代种植、观光采摘、家事体验、休闲娱乐、生态休闲等区域。当然，回去以后，我还要带着我的学生好好研究，最终拿出一个完整的方案。"

听李教授这么一讲，大家对这个项目都有了一个比较清晰的美丽蓝图，充满憧憬和期待，个个情绪昂扬。

接着，米雅丽建议为这个项目起个名称。因为是两个村的地，都想以自己的村子命名。田旭辉建议，这一带一直叫狐子沟，可否以狐子沟命名。

大家经过一番争论，最后同意项目名称暂时叫"狐子沟抱香谷"，待建成以后，想出更好的再改。

众人一直赞成。

正在这时，几辆警车鸣笛从山下开了过来，驶到山坡下能停车的一片空地上，接着，十多位民警快步来到众人面前。

"这不是县刑警大队的洪队长吗，他来干啥？"乔乡长认识带队的民警，对王金亮说一句，走几步迎上去说，"是洪队长啊，你们这是……"

"噢？乔乡长在这儿啊！"洪队长走过来，小声对乔乡长说，"我来执行任务，正好，请乡长老弟配合我一下。"

乔乡长一愣："执行任务？我们陪客人在考察，这里可没有坏人啊！"

洪队长再度压低嗓门道："我知道，文杰啊，劳驾你给我指一下，哪位是张宾？就是从山东济南来的那位老板。"

"啊，老洪，这是啥意思？"乔乡长大惊，"你没有搞错吧！"

洪队长说："这么大的事，咋能搞错！这是局里交给的任务，而且是指名道姓，让我来这里把他直接带到县局。没有办法，上指下派，我只是执行。乔乡长，帮个忙，这么多人，张扬了影响不好。要不你跟他说一下，让他跟我走也成。"

乔乡长更是糊涂，拧着眉头问："张宾？张董事长！他犯了啥事？"

"说是在这里制毒，具体情况我也不太清楚，是有人举报的。这不，还让我带技侦的来了，要在房子里和周边取证。乔乡长，我看这样，你让张宾留下，让其他人赶快离开这里，我要布控现场了。"

"可这也不关人家张宾的事啊！"

"他是承包这块荒山的法人代表，在他管辖的地面上制毒，不抓他抓谁？"

听洪队长这么一说，乔乡长顿时紧张起来，连忙说："你先等等，这么大的事，我得向王书记汇报，要不，你过来，咱一块说吧。"

乔乡长领着洪队长来见王金亮，三人离开众人稍远一点儿说话。

洪队长把情况大致讲了讲，王金亮大惊，瞪大眼睛，沉着脸说："有人举报！属实吗？这就要带人，不行！这是我请来的客人，不能就这样随便把人带走！"

"我这不是带着搞技侦的来了吗！要在现场取证，人也得先控制了。王书记，请合作一下，免得当这么多人，我采取强制措施，就不好了……"

"这是皇迷乡的辖地，乡派出所和于所长知道吗？"

"不知道，局里领导是直接让我们过来的。"

"领导？是哪位？在我这地盘上要抓人，也不经过我们乡派出所，真是岂有此理！再说，这是我乡里请来的客人，不能只是有人举报，没有任何证据，就控制人。不行！你说是哪位领导的指令？"

"黄局长。"

"黄长河啊！"王金亮叫一声，"你等等，我这就给他打电话……"

洪队长点点头："好，你协调好了，让黄局长给我回个电话。"

王金亮去一旁打电话了，洪队长对乔乡长说："你这书记还挺厉害的。"

乔乡长说："王书记和你们黄局长是高中同学，关系非同一般。"

洪队长笑笑说："我按领导的指示办，黄局长让我撤，我二话不说。"

这时，王金亮拿着手机过来了，递给洪队长说："让黄局跟你说话。"

洪队长接过电话，去一旁接听了。

王金亮对乔乡长说："你去安排一下，带着李教授和张总他们，去石窝铺村委会休息，让米雅丽和陈博，还有那两个看山的，留一下。另外，你打个电话，让于所长立即赶到这里来。"

这时，洪队长接完电话过来，闻声口吻强硬地说："那个张宾不能走！"

王金亮沉着脸说："黄局难道没跟你说清楚吗？这件事，我乡里先负责调查一下，在这里租房子的，是何时何人通过谁出租的，加工的究竟是不是违法物品，很快就能搞清楚。是谁的责任，我们就追查谁。如果涉及张宾董事长，他也跑不了，你紧张啥！"

"我们黄局同意在这里排查一下，也同意让你们乡派出所介入，但张宾是犯罪嫌疑人，不能随便离开。"

"没事，我负责担保，已经跟黄局协调好了。"王金亮拍着自己的胸脯说，"如果是张宾指使的人在这里加工制作违法产品，尤其是你说到的是毒品，跑了他，你可以把我带走。"

洪队长不再说什么了，吩咐技侦人员说："你们组织勘查现场取证吧。"

突然出现的这件事，是有人匿名用手机直接向县公安局副局长黄长河举报。说这里有一个制造一种名称叫作K粉的毒品窝点，为首的名叫张宾，是山东济南的一个企业家，他在这里承包有荒山，现在正在这里考察。举报的手机是个外地的号码，而且说得这么具体，特别是涉及毒品加工和制作。黄长河不敢怠慢，立即指示洪队长带人迅速过来把张宾带走问讯并勘查现场。经王金亮与黄长河沟通和解释，他同意可以由乡派出所配合刑警队展开调查，摸排真正的犯罪嫌疑人，但举报者既然提到了张宾，张宾目前不能离开皇迷乡，应随时听候传唤。

事情很快清楚了，在这里负责看守山场的大张和小张，把事情的前后经过详细讲述了一遍，提到了两个关键人物，周大鹏和粟老板。但这两个人，目前都联系不上，找不到了。周大鹏辞职后又被开除了党籍，一开始在黄长江的华姿集团打工，现已离开，去向不明。拨打粟老板留下的手机号不通，留下的身份证复印件则是假的。

陈博说："那天，有一伙人来这里搬运设备，我当时问了，他们说是受雇而来，那么，找到这伙人，顺藤摸瓜，不就找到粟老板那伙人了吗？"

"可去哪里找这些人呢？"

陈博打开手机，把拍摄的照片让洪队长看："你看，我当时拍了一些照片，另外，我让米雅丽派人去他们停车的地方，拍了他们的车牌照。雅丽，你当时是让谁拍的，提供给洪队长，让他们破案参考。"

米雅丽打电话，让人把这些照片发到她微信上。

陈博又说："这伙人在搬运设备时，还在北边山上焚烧东西，味道很大很怪，难闻得刺鼻。"

洪队长让技侦人员去焚烧的地点，在被烧焦的灰烬痕迹里进行取样检查。同时，对出租房屋进行仔细勘查，发现了酒精、氨水、盐酸羟亚胺等制毒原材料的残留物。无疑，这是一个用土办法制作毒品K粉的窝点。

K粉，主要成分是氯胺酮，属于合成类新型毒品。其成品是一种纯白色的细结晶性粉末，因英文名称的第一个字母是K，所以俗称"K粉"。氯胺酮是注射性麻醉剂,具有作用快、镇痛明显的优点,可以作为手术时病人的全身麻醉药使用。这种含有氯胺酮的粉剂,可以人工制作合成,非法出售给吸毒者。吸食后,吸毒者会感到精神兴奋、飘飘欲仙,并伴有幻觉的出现易让人产生性冲动,所以又有"迷奸粉"之称。因此,是一种严禁制作、贩卖和吸食的管制和违禁药品。

这是本县首次在境内发现制作毒品的重大案件。

周大鹏和粟老板,是这起案件的重要嫌疑人。这两个人目前失踪,不能归案,洪队长经请示黄局长,坚持带走张宾董事长,理由他是出租制毒场所的法人代表。

王金亮气愤地说:"这是哪家的逻辑?我是房子的主人,有人在这房子里作案,难道是我的责任吗?真是荒唐!"

"王书记,这是黄局长的意思,我只有执行的权力。"

王金亮问:"洪队,你知道这是来自谁的举报吗?"

"不清楚。"

"不早不晚,偏偏是在张董事长来考察的时候,有人举报此地出租房子制毒……"王金亮皱紧眉头,在地上踱步,突然停了下来,惊叫一声道,"我明白了,是有人布置了一个圈套,来栽赃陷害,嫁祸于张董事长,破坏我乡里的招商引资啊!"

众人都直勾勾地望着王金亮。

"于所长!"王金亮大声吼道,"你按照陈博和米雅丽提供的线索,查找那伙来这里搬运设备的人,通过他们,找到制毒者,特别是那个姓粟的。同时,由乡里配合你,追捕周大鹏,无论他跑到哪儿,也要把他找出来!"

接着,又对洪队长说:"这事跟张董事长没有关系,我乡里和乡派出所,会全力以赴配合县局工作。在案子没有眉目之前,我保证张董事长不会离开本县，他是我乡里的贵客，我会全权负责并保证他的安全。这件事，我再与黄局交涉，请洪队长给予关照，我这里，代表乡党委和政府，先谢谢你了。"

王金亮经与黄长河再次沟通，黄长河一开始犹豫不决，放下电话过了一会儿，才同意了王金亮的要求，但要乡派出所暂时监视张宾的居住。

张宾得知情况后，开始大惊，接着很是坦然，除感谢王金亮替他上下周旋之外，笑着说："好啊，我明白了，这是有人想故意敲我一棒，让我在皇迷乡趴下，做不成事。王书记，我这人天生就是犟，吃软不吃硬，越打压我越来劲儿，我不但要做大这个农业项目，我还要投资你们的溶洞开发。听说，溶洞建设，不是要公开招标吗？好，不是要监视我，让我留在青云县吗？这正中我意，我把总部的精兵强将都调过来，一路搞荒山开发，一路组织编写标书参与投标，我非在这里干出个样儿来不可！"

38

乡里决定派副书记马春浩带领两名乡干部，进驻蝎子沟工作一段时间。

王金亮给他们布置的任务，主要有三个：一是，新支部刚刚改选，当选支书田旭辉虽然有一年多"村官"的经历，但人很年轻，基层工作经验不足，尤其是这个村子情况复杂，田园综合体中的两个重要项目"溶洞开发"和"狐子沟抱香谷农业观光"，都在这个村子，会涉及方方面面工作的推进，难免触动一些矛盾点，让马春浩过来坐镇助力，才更为稳妥和让人放心；二是，村里的小商品市场，是在原支书周大鹏手里兴办的，因村民对土地流转的租金意见很大，再加上市场建设用地违规，一年前已经关闭整改了，但遗留问题较多，因法人代表吴老板失踪，账目需要清理，法人代表要重新确定，在这里参股的村民，需要重新签订新的土地流转合同，不然一直放在这儿，土地闲置着，村民利益受损，怨声载道；第三，警方怀疑首岭村西北枯井里的"碎尸"系原市场法人代表吴老板，但线索中断，目前没有任何证据，假如真的是他，是谁谋害了他？为什么要谋害他？他一直在村里经营这个市场，再加他遇害的地点距村子不远，其关系人也一定在附近。另外，村子对外承包的荒山上，又发生了租用场所的"制毒"事件，周大鹏是此案的重大关系人，现去向不明，都需要村里和乡里协助警方摸排调查，提供线索。

马春浩带着乡团委书记小孙和负责宣传的小郑，住到了小商品市场的二楼，办公室也设在这里，是紧挨着的两个套间。马春浩自己住里间，外间兼办公，小孙和小郑合住一间兼办公。

但来到这里工作不到一周，马春浩就出了事，背了个严重警告处分。

事情的经过是这样：

这天晚上快九点的时候，马春浩正在市场二楼的办公室里看电视，突然有人敲门，他打开门一看，是市场的一位名叫冯巧巧的女会计，头发凌乱，神色慌张。马春浩连忙让她进屋，同时问："巧巧，这是咋的了，出啥事了？"还没等冯巧巧说话，一个四十来岁的男人，就趔趔趄趄上了楼，在楼道里呼喊着巧巧的名字大声叫骂。马春浩闻声出来，吆喝着质问他干吗大喊大叫。这男人看来是喝多了酒，摇摇晃晃拨拉开马春浩，摇晃着往他的办公室里闯，一看冯巧巧在屋里，冲过去揪住她就打。马春浩过来劝解，那人不听，还举拳朝他乱打。马春浩急了，抓住他的胳膊将他推到了一边,并喊人过来。跟马春浩在这里一块工作的两名乡干部小孙和小郑,听见动静已经过来了,还有几位员工也上了楼,大家七手八脚,才把这人揪住拉到了一旁。马春浩大怒,让人打电话把田旭辉和魏风林叫来一问,这才闹明白,原来,这个男人叫申子昆,是村里的一个智障者,经常打骂他的媳妇冯巧巧……

申子昆的父亲是个退休老干部,有一男一女两个孩子,儿子申子昆天生弱智,别看长得人高马大,但智商也就十来岁的样子,因此快三十了也找不上媳妇。一直到女儿申子玉中专毕业了,才想着用"换亲"的办法,给傻儿子找个媳妇传宗接代。可巧,冯巧巧的哥哥和申子昆的妹妹申子玉,在上中专时就相爱了,毕业后两人一起去市里打工并商量着结婚。但申子玉家里不干,并知道他家里有个二十岁的妹妹还没找婆家,就提出让她嫁给申子玉的哥哥申子昆,冯家和冯巧巧当然不同意。但申家放出话要挟冯家,如果不同意,申子玉就会嫁到另一家同意换亲的人家。这样问题就复杂了,"千斤重担"落在了冯巧巧的身上,她不同意,会生生拆散了一对相爱的鸳鸯;再说,父亲去年去世了,家里就这么一个哥哥,哥哥从小对她又是那么好,她怎能眼睁睁看着本来很幸福的哥哥一辈子痛苦呢?于是,为了哥哥和母亲,她一咬牙,就把自己"牺牲"了吧!在农村,一个女人,嫁给谁都是过日子生孩子。

申子昆比她大了整整十岁,他们婚后生了两个儿子,不料两个儿子也是天生的智障,如今一个八岁一个五岁,都不能上学,由公公婆婆天天看着。除了这事对冯巧巧的打击之外,傻子申子昆还把生傻儿子的原因归咎于冯巧巧,经常对她又打又骂。她实在忍受不下去了,两年前提出离婚,最终法院判了。但为了两个孩子,她离婚不离家,住在公公婆婆家旁边法院判给她的房子里。她家是村里的贫困户,有三个人享受国家对残疾人的所有补贴和待遇。村里为了照顾她,让她在市场里当了一名会计。目前,市场虽然暂时关闭了,但很多遗留问题需要处理,特别是账目的清理,因此当会计的冯巧巧作为留守人员仍然每天上班。这晚,不知因为什么事,申子昆又去家中骚扰她,她吓得跑了出来,无处可去,就惊慌失措跑到市场这里,申子昆就在后面追了过来。冯巧巧跑到二楼找马春浩,也是想求得刚来到这里工作的乡领导对他进行保护。

马春浩得知这些情况后,长叹一声,当时也没别的处理办法,就安慰一番冯巧巧,让田旭辉和魏风林把申子昆弄走。但申子昆并不听他俩的,还冲他们挥着拳头呜里哇啦叫骂。魏风林了解村情,用手机叫来申怀亮。申怀亮很快来了,冲着申子昆瞪瞪大眼,申子昆低下头,一言不发歪歪斜斜走了。申子昆是申怀亮的侄子,不知为什么,在村里,他谁都不怕,自他父亲去世后,连他娘的话也不听,但就怕申怀亮。申怀亮对马春浩说:"马书记,没事,你受惊了,这小子再敢来找事,我收拾他。"马春浩顿时感到热乎乎的,觉得申怀亮这人虽然在选举时跟自己闹过事,但并没那么坏。之后,田旭辉和魏风林他们,又把冯巧巧送回家,这场风波才算结束。

不知是因为马春浩上次推了申子昆一把,还是因为什么,这申子昆不论是在家,还是来市场上找冯巧巧闹事,只要一见马春浩,吓得立马就跑。总之,这申子昆在村里,除了害怕申怀亮,现在又多了特别害怕的人马春浩。莫非,是马春浩身材魁梧,脸黑,眼一瞪挺大的原因?说不清楚是什么原因。

有一天下午快下班时,申子昆又来骚扰冯巧巧。

冯巧巧吓得跑到马春浩办公室里,马春浩一惊:"又咋了?"

"那个傻瓜又来闹了……"

马春浩走出来,趴到楼道栏杆旁朝下看看,见申子昆正仰着脸,手舞足蹈朝这里咋呼,就冲他瞪瞪眼睛道:"申子昆,你要干啥!"

申子昆见是马春浩,怔了怔,撒腿就跑走了。

马春浩回到办公室,对冯巧巧说:"他走了,你回去上班吧。"

冯巧巧带着哭腔说:"马书记,你说,我这以后该咋办啊!死不了,也活不好,日子像过在油锅里……"

"唉,这是谁都没有办法的事,跟一个傻瓜,也说不清讲不明的,派出所也拿他没有办法啊!"马春浩叹口气,看看满面愁容、孤苦无助的冯巧巧,想了想说,"你既然已经和他离婚了,不行,你离开这里算了,找不到你,他就不纠缠了。"

冯巧巧说:"可我舍不得孩子啊!"

马春浩说:"那你就把孩子带走嘛!"

"我带孩子往哪里去呢?"

"回你娘家呗。"

冯巧巧眼圈儿一热道:"马书记,这事我早就想过。可我是换亲嫁出来的,哪有脸回去见我妈和我哥哥嫂子?现在他们都迁到市里了,都住在一起生活,我哪有家可回啊!再说,我嫂子,是他亲妹妹,也根本无法相处,他知道了,又追过去咋办?"

马春浩语塞了,真想不出什么好办法安慰她,沉默一会儿说:"唉,这事啊,要我看,当初,你就不该这么办,看看,就这样把自己的一生白白葬送了,怨谁呢?"

"可我,当时真没有别的办法啊,明知道是个火坑,不跳下去，我哥就……"冯巧巧眼里含的一圈儿泪潸然而下，"我知道这都怨我自己，这叫自食其果……可我还不算太大，才三十岁，路还很长呢，不想就这样过一辈子。马书记，你是干部，是领导，是好人，在这里，我没有别的依靠，自从见到你，就像是见到了亲人，你能帮帮我让我跳出这个火坑吗？"

"我咋帮你？"马春浩愣了愣。

冯巧巧悄悄拭一下眼圈儿的泪说："你是县里下来的干部，在县城认识人多，关系也多，能不能拜托你，帮我在县城找个工作？我如果能去县城打工，也好离开这个地方，离开这个恶魔的纠缠和折磨。"

马春浩心里动了动，心想这倒是个办法，就说："你这岁数，倒是可以出去打工，可孩子呢？"

冯巧巧说："离婚时，法院判给我一个小儿子，我可以带上他去打工，另一个，给他们留下。如果我真能去县城上班，也可以先不带孩子，等安定住以后再说。只要能离开这里，能到县城里生存，我啥苦都能吃，啥条件都能接受，工资和待遇更是不讲究。马书记，我算是求你了，你就可怜可怜我，帮帮我吧！"

马春浩拧着眉头在犹豫。

帮她在县城找个工作，不是多难的事，自己有同学和亲朋好友，有好几个在县里是当老板的，给她介绍工作找个班上，一句话的事。但这句话，是该说还是不该说呢？因为，这事虽然不大，但有很多不可言说的忌讳和不方便……

马春浩想了又想，一时拿不定主意，但为了打发她走，就模棱两可应付道："行，你快去上班吧，这事让我考虑考虑。"

过了两天，冯巧巧又来到他办公室，放到他桌上一个信封，还没等马春浩反应过来，转身就走。马春浩拿着信封追出去，她已经下楼了，再加楼道上人来人往，他就回办公室了，打开信封看看，原来里面装着一万块钱。他正在发愣，有短信提示的声音，一看，是冯巧巧的："不成敬意，工作的事，就拜托您了，再次感谢！"马春浩这才恍然大悟，原来她是在用这种办法催他介绍工作的事。

马春浩虽然有点儿生气，但感觉冯巧巧对这件事很在意，也如此上心，一激动，当即给在县里办酒厂的同学宋辉打了个电话。宋辉不假思索，说我这里正好有个会计要生孩子请假了，让她赶快来吧。但马春浩过后还是有点儿迟疑，没立即告诉冯巧巧。过了一天多，才把冯巧巧叫到办公室，先把一万块钱退给她，她说什么也不要，很不高兴地抱怨马书记根本就是不想帮自己。马春浩无奈，写了个条子和地址，还有自己同学的手机号，对她说："工作已经联系好了，你直接去找这个人就行，工资待遇等具体事，你们见面谈，合适你就干，不合适不要勉强。"说着把装钱的信封和这封信一起递给了冯巧巧。

冯巧巧又惊又喜，千恩万谢之后，临出门，悄悄把信封放到沙发上走了。

她走后，马春浩这才发现她把钱又放下了，想了想，觉得推来推去的挺麻烦，先放这儿吧，等她上班以后，让同学宋辉转交给她也行。

就这样，冯巧巧辞职，交清了小商品市场的会计工作，悄悄离开村子，去县城上班了。

没有不透风的墙。很快，申子昆的家人通过打听，得知冯巧巧是去县城的"德兴酒厂"当会计了，再一了解，居然是马春浩给介绍的，而且，还收了冯巧巧一万块钱。

这可气坏了申子昆和他家人还有亲朋，尤其是申怀亮，早就想给王金亮找事,现在他手下的副书记"犯事",正是报复的好机会。

他挑头领着申子昆和他母亲还有几个申姓人,找到乡里告状,还去县纪委举报。说马春浩副书记利用职务之便,以为寡妇冯巧巧找工作为诱饵,勾引其跟他"上床",不但把人"睡"了,还受贿一万元,骗色又骗财。

王金亮得知情况后非常震惊,不问青红皂白,当即将马春浩从蝎子沟小商品市场调回乡里停职检查,并联合县纪委对他进行调查。

通过多方调查,马春浩并没有与冯巧巧发生"男女关系"之事,但接收了她一万元现金却是事实。马春浩据理力争,讲述了事情的经过,拿出了那个未动的信封,说准备转交给同学还给她,此事已经在微信里跟同学说了,但还没来得及送过去,并让县纪委看了他的微信纪录,同时也得到了同学的证实……

一个党员干部,还是乡党委副书记,怎么能收受村中贫困户的现金?县纪委征求王金亮的意见,说严格来讲,这不能算是受贿,因为他几次要还给冯巧巧,但她执意不要,马春浩通过别的办法退还,可以理解,毕竟,马春浩是在做好事。让乡里先拿出个处理意见,王金亮坚持从严处理,理由是为什么不向乡党委及时汇报此事。为这件事,村里,乡里,包括县里一些领导,专程来找王金亮说情,让乡里建议免予党内处分,但王金亮坚持给予严重警告处分,致使马春浩在一年半内不得在党内提升职务。

对此,马春浩不理解,对王金亮耿耿于怀,工作十分消极,经常唉声叹气对人说:"以后,千万不能当好人,好人不一定有好报……"

39

依据陈博手机里提供的两种照片，一是来山上搬运制毒设备的那辆货车的牌照，二是搬运设备时那些人的相貌体型，皇迷乡派出所终于找到了这辆车和这伙人的老板。由于案发地点在该乡，经请示县公安局，由乡派出所负责抓获这伙人并进行审讯。搬运公司老板交代出是受制毒的粟老板所雇，并提供了粟老板的身份证复印件，身份证显示是广东东莞市樟木头镇人。

经东莞市樟木头镇派出所协查，此人所在的小区住所，一直无人居住。他们表示，一旦有了消息，会及时通报。

粟老板去向不明，赴东莞抓捕也无济于事，只好等待当地警方的消息了。此案与承包山地的张宾没有任何关系，因此县局解除了对他的监控。

首岭村西北枯井里的"碎尸案"，突然有了重大线索。

线索来自皇迷村东长街一家名号为"金辉"的五金门市。是这家老板的儿子小谢最近打工回来，听说派出所询问门市出售斧头的情况，才回忆起来的。他对派出所说，三个月前，有一个人来这里买过带有金属加固片的斧头，因为他开的车挡在了门口，小谢让他挪车，他不肯，说买点儿东西马上就走，为此两个人还吵吵了几句，所以印象很深。这门市是小谢父亲开的，小谢平时在外面打工，偶尔回来就去门市帮忙。这天，父亲去外面进货了，小谢替父亲在店里盯了半天。第二天，小谢就又回省城打工了，所以派出所来询问时，父亲并不知道出售这把斧头的情况。这次回来，小谢听父亲说这件事，才想起当时与这人发生口角并卖给他斧头的情境，立即来派出所报案并详细讲述了当时出售给这人斧头的过程以及此人的相貌特征。

于所长当即指派两位民警，带着从枯井里捞出来的那把斧头，跟着小谢去了金辉五金门市。他们从塑料袋里拿出这把作案的斧头，与店里出售的斧头对比，一模一样。店里一共进了五把带有金属加固片的斧头，已经出售了三把。

民警让小谢回忆具体时间，那天是几月几日。

小谢很快就想起来了，因为他一年回家也就是屈指可数的那么几趟。出售斧头的前一天，他县城的一位同学结婚，他是参加过同学的婚礼才回来的。下午回村住了一晚，第二天上午替父亲照看店铺，下午走的，因此记得很清楚。

店铺的门口和店内，都安装有监控，按这个时间段调出来一查，就找到了这段录像。一回放，民警们惊呆了：这不是蝎子沟村的支书周大鹏吗？而门口停放的那辆轿车，倒车时清清楚楚显示出他平时开的那辆米黄色日产"颐达"的车牌照。

周大鹏"失联"，在发现通过他出租荒坡地上的房屋给姓粟的老板制毒时就已经杳无音信不知下落。现在，又涉及枯井里的"碎尸案"，案情特别重大。这时，浙江省义乌市警方根据县局的协查通报，通过对吴同玉与其家乡青石镇吴家岭村的亲属DNA进行比对，证实了被害人就是吴同玉。因此，初步断定，在逃的周大鹏，有杀害吴同玉的重大嫌疑，县局指令必须迅速将其抓获。

周大鹏失踪前，被撤销村党支部书记并被开除党籍后，在黄长江的华姿集团打工。现再次赴华姿集团询问，黄长江不知他的去向，一再申明："他跟我是战友不假，关系特殊也是事实，但我安排他在我这里工作后，现在突然不见人了，我还着急找呢，也报了案。"

周大鹏一定是"潜逃"了。

当案件再次陷入困境时，广东省东莞市警方突然来电，说在姓粟的小区住所，抓获了一名叫周大鹏的人，还当场查获了他携带的三万元现钞，但姓粟的仍然下落不明。

大家惊呼：周大鹏怎么藏匿到了那里？！

赴东莞将周大鹏带回，经审讯，他交代了杀害吴同玉的犯罪事实。

原来，经营小商品的义乌商人吴同玉，五年前通过周大鹏在村里动员村民对自家的土地进行流转，再加村集体七十亩林场，以每亩五百元的价格，在村东投资建设了一个小商品市场。为报答周大鹏，吴同玉承诺，流转的土地款，每亩给周大鹏二百元好处费，再加市场盈利的百分之十五的提成，三年来共付给周大鹏八百多万，这就是魏风林和村民告发他从中拿"黑钱"的原因。但由于他和老板吴同玉是私下交易，暗箱操作，没有任何证据。去年，清查土地时，发现流转的土地使用性质违规，市里和县里强行关闭了这个市场。吴同玉的经营无法继续，不能再继续挣钱了，投资的成本也难以收回。撤离时，吴老板要求周大鹏退回一部分"提成"，但周大鹏不同意，于是两人就"闹崩"了。吴老板以他签字取走钱的证据相威胁，说不退就要告他。周大鹏怕"出事"，经过一番谋划和准备，在一天傍晚，骗他跟自己去乡里一个自动取款机那里转账，在半路的首岭村北枯井旁的路边，停下车去路边撒尿，谎称车钥匙掉了，让吴老板下车帮他找找。吴老板一下车，周大鹏就返身从驾驶室座位旁，拿出事先准备的斧头，对准吴老板的脑后，就重重砸了一下，致使他当场毙命。之后，周大鹏把他全身的东西全部搜空，拖到枯井旁，肢截后投了进去……

那么，周大鹏又是怎么流窜到东莞，躲藏到粟老板家中的呢？

据周大鹏交代，自认识粟老板后，他们一直保持着联系。粟老板还为周大鹏办理了用假身份证开通的手机卡。租赁场地"制毒"企图栽赃张宾未能得逞后，周大鹏和粟老板双双出逃。粟老板不能回自己东莞的住所，怕被警方发现，逃往别处，后来就让周大鹏到那里藏匿，不料被抓获。

通过对周大鹏现用手机的通话记录查询并定位最终找到了粟老板的落脚处——湖南省西部山区的一个小镇。

三地警方联合行动，在该镇的一个小山村将粟老板抓获归案，之后顺藤摸瓜，在全国各地查获了由他掌控的五个用土办法制作毒品K粉的窝点。

但是，周大鹏和粟老板，都没有向警方交代，他们是通过黄长江认识的。

第十四章

40

溶洞开发建设经过一个阶段的招标公告,现在进入了"开标"阶段。

经过"资质审查、实地考察和随机抽签"三大程序的筛选后,共有九家单位被确定为最后参加的投标单位,其中就有华姿集团下属的大业建筑公司和润易集团旗下的天宏二建。

但实际上,参与溶洞开发工程投标的九家单位中,有八家是在华姿集团董事长黄长江的策划和授意下进行"串标"的,只有张宾润易集团下属的天宏二建,是严格按照程序参与竞标的投标者。因此,溶洞的招投标,润易集团的中标率是九分之一,华姿集团则是九分之八。因为,除了这两家单位之外,那七家投标者,是为大业建筑公司"陪标"和"围标"的,无论谁中了标,都会"转让"给华姿集团的大业建筑公司。

本来,在"开标"之前,黄长江把所有该做的工作都做好了,但没料到,在正式"开标"时,却出了事。参加招标的评委,由县里委托的招标公司按程序从专家库中临时抽取,由七人组成。由于提前"打点",招标公司的负责人已经提前做了评委的工作,但只有一人被"遗漏"了。这人名叫靳来,因为他母亲住院了,负责此事的人没有及时见到他,所以没把华姿集团打来的额外"评审费"送到他手里,只是在电话里给他说了一下,说事后一定给他。

靳来是个比较认真的人,把九份标书都十分详细地审阅了,发现有五份标书有问题,但在"开标"前评审时,他没说什么,而是在宣布标底的中标者之前,突然拿出三份投标文件,让大家看"分部分项工程量清单计价表"一栏,严肃地说:"你们看,这上面的单价和总价的计算结果完全一致,并且在同一地方出现了同样的错误,奇怪,分明是不同的单位和不同的投标人,怎么会出现同样的错误,这么雷同?"大家都翻找着投标文件埋头去看,果然如此,有的评委脸上露出了惊讶的表情。靳来接着说:"我怀疑,这几份标书是相互抄袭的,属于串标和围标行为,建议进行调查,如果属实,应该取消这些投标人的资格。"于是,"开标"中止,县里责令进行调查,结果是大业建筑公司涉嫌进行了"串标"和"围标"的违法活动,取消了该公司和其他七家单位的投标资格,按照相关规定,山东的天宏二建中标。

被处罚和制裁的大业建筑公司,法人代表并不是黄长江,因此,虽然他实际上是溶洞工程投标进行"串标""围标"的幕后操纵者,但并没有任何司法责任,只是,他弄巧成拙,失去了溶洞的开发权。

隶属于济南润易集团的天宏二建,正式进驻蝎子沟村的溶洞建设,连同距此处东北三公里的"狐子沟抱香谷"农业观光园一起开发。

张宾踌躇满志,要在家乡大展宏图。

黄长江十分懊恼，扬言不能让张宾在这里"顺当"了，并找到赵洪岐"诉苦"。

赵洪岐安慰他一阵，皱着眉头说："算了，长江啊，有些事，我看是欲速则不达，你越想给人挖坑，自己越容易掉进去。你看，一听说张宾要来开发从前承包的荒山，你就悄悄给人家下绊儿，找人在那里制毒嫁祸于人，结果呢，把张宾滞留在县里，正好给他制造了机会在这儿坐镇指挥投标。还有这次投标出事，你说你做得万无一失，结果呢，不但没弄成，反而让张宾得了利，无意中帮了人家的忙，这不是偷鸡不成反蚀把米是啥？算了，冷静一下，往下走走看再说吧。"

黄长江撇着嘴说："我咽不下这口气啊，不能眼睁睁看着他在这里逞能示强。"

赵洪岐笑笑道："我给你讲个故事吧。从前，有一个书生，从外地带了一捆书回家，走到半道过河时，天色已晚。他在船上问撑船的老人，说我下船后往城里走，走到后，城门是不是会关闭啊？老人看看他随身携带的一捆书，对他说，你如果慢慢走，不要着急，就能赶到关城门之前进城，不然，可就进不了城了。书生听他这么说，大为不满，心里想，这叫什么话，天这么晚了，却让我慢慢走，那不耽误时间吗？书生上岸后，没听老人的，拎着书急急忙忙赶路，结果，半路上这捆书散了一地，他只好停下，把书都捡起来，重新打捆，等赶到城门前时，大门刚刚关上。书生这才明白老人的话，遇事不要着急，要沉得住气，这就是我刚才劝你的那句话，欲速则不达，你明白了吗？"

黄长江有点儿不服："理儿是这个理儿，可我不能就这样坐以待毙吧？"

赵洪岐想了想说："下一步，溶洞建设也好，荒山开发也罢，都还没有全面开始，会涉及征地、拆迁、补偿等方方面面的事，没有那么简单。所以，我叫你不要着急，等等看，俗话说，百密有一疏，那么多事，难免出现矛盾和问题。先让张宾和王金亮他们表演，跟看戏一样，还挑不出他们念不错台词穿不错衣服的时候吗？这就叫静观其变，伺机而行，官场上有句话，叫干事就会出事，多走山路终会遇上鬼。我的意思是，不要急于求成，要瞧准机会再下手。"

黄长江眨了眨眼睛说："噢，我知道了，先像苍蝇那样，盯着他们裂开缝儿的蛋。"

赵洪岐瞪瞪眼："这比喻可不好。"

41

傍晚时分，大概快七点的时候，祁雪菊在家里摆弄手机。在微信群里，她把平时剪的那些窗花，都拍照传到了朋友圈里，不料好多人点赞，还有人要买。这个名为"菊花的光芒"的微信群，是田旭辉帮她建的，还手把手教会她如何使用。现在，她正在群里跟一些陌生的朋友说话，回答一些关于剪纸方面的问题。

这时，手机突然响了，是个陌生的号码，传出女儿杜晓雅哭泣的声音："妈妈，是我……"

祁雪菊惊讶地问："你哭啥？这谁的电话，你在哪儿？"

"妈妈，我……我没事……"

手机里换成一个男人说话："你听着，转告牛金贵，让他带着那个物件，晚上十一点，到你们村东的砖窑里换你女儿。报警或者是不到，就别怪我们不客气了！"说完就挂断了电话。

祁雪菊惊慌失措，拿上那件古物，心急火燎去找牛金贵。

牛金贵得知情况后，也是大惊失色，没有说话，一直阴沉着脸在地上踱着步转圈儿。

祁雪菊望着他，焦急地问："到底咋办？你别光来回走啊！晃得我眼晕，要不我去吧，把这个东西给他们，把我女儿换回来。你跟他们见面，说话一多，时间一长，准会露了馅……"

"我看看这究竟是个什么东西。"牛金贵从祁雪菊手里拿过古物，打开裹着的报纸，端详了一番，"我也不懂这个，他们偷出来，算是盗窃文物。"

祁雪菊说："我到县里的古玩市场上问过，他们开口就给我十万。"

"很可能不止这个价钱。"

"咋办？他们绑架我闺女，就是冲这个来的。"

"你收起来，藏好了。"牛金贵把古物交给祁雪菊，又在地上转圈儿。

"你真让我拿这个去换我闺女？"

"不，这是赃物，不能还给他们。"

"他们要的就是这个啊！"

牛金贵突然停下脚步，看着祁雪菊说："你现在回家吧，不要怕，我保证你女儿平安无事。十点的时候，你开着三轮车过来，把我送到那个他们说的砖窑旁，因为我不知道那个地方。我去跟他们交涉，保证把你女儿平安接回来。"

"他们要的是东西，你不拿着去，咋能行？"

"你放心，我有办法。"

祁雪菊走后，牛金贵在家中里里外外找斧头，终于在一个放杂物的小屋里找到了一把。他蘸着水在石头上磨了又磨，之后又到村中卫生所，买了一些纱布、两卷绷带、红药水和制血药，又到小卖部买了一支手电筒。

侯三业采取这个办法逼迫牛金贵交出私藏的古物,是丁小棍的主意。那天,丁小棍和鸡脸儿把去找牛金贵的情况向侯三业讲述之后,侯三业深感奇怪,说他不是那样的人啊,再说,我也没有对不住他的地方,他为啥突然就跟我撕破了脸。丁小棍说,那家伙简直变了个人,像是谁都不认识了,说话横得不行,还口口声声要报警,吓得我俩赶紧回来了。侯三业骂几句,问丁小棍往下咋办。丁小棍说,直接跟他要东西,他不承认,也不给,很难办,我觉得,要另外想个别的办法逼他,来个硬的,比如把他的亲人绑架了,逼他拿东西换人。侯三业想了想说,这倒是个办法,不过他一个离婚的老光棍,连个孩子也没有,倒是有个老娘,可总不能把老娘绑了吧,不行不行。丁小棍说,在他家里,我见到一个女的,三十多岁,看样子跟他关系不一般,我和鸡脸儿跟踪了这个女人,还打听了,叫祁雪菊,她有小闺女,大概有十几岁,但不知道这女人跟牛金贵到底是啥关系。侯三业眼前一亮,掏出手机说,这个好办,我打个电话问问,蝎子沟村,有我个朋友。就这样,经过两天的密谋和筹划,他们趁周五下午学校放假,杜晓雅回家的时候,在乡中大门外把她骗上了车……

快晚上十点时,祁雪菊开着三轮,来到了牛金贵家的门前,停下车,准备下来去敲门,牛金贵开门出来了。

牛金贵穿着个灰夹克,手里拿着个大手电筒。

祁雪菊看看他问:"天还热,你穿这么厚干啥?"

"没事,我怕砖窑里冷。"牛金贵嘟囔一句,"走,咱们上车。"

祁雪菊哪里知道,牛金贵穿夹克,是便于掩藏掖在腰后的一把斧头,口袋里,还装着绷带和红药水。

上了三轮车以后，牛金贵问祁雪菊："你知道乡派出所的电话吗？"

"有。为我妹妹的车祸，还有办我闺女户口的事，留过一个所长的手机，姓于。你问这干啥，可千万不能报警啊！"

"乡里离这里有多远？"

"十二公里吧。"祁雪菊紧张地说，"我再说一遍，坏人说了，不能报警，不然他们会伤害我闺女……"

牛金贵说："你放心吧，绝对没一点事。"

祁雪菊说："我带着那个物件呢，在车上的包里放着，你去见他们时，还是带上，咱不稀罕那个，再值钱，也不及我闺女……"

"不说这个了，快走吧！用得着时，我肯定会用，但现在不用。等到了砖窑附近时，我看看地形，再告诉你怎么做。"

天上没有月亮，星星缀满天空，天气闷热，四周黢黑，有轻微的风，禾叶在庄稼地里沙沙作响，路边的虫鸣一阵紧似一阵。

三轮车行至村南一个丁字路口，一条东西走向的公路，向南连接着一条狭窄而弯曲的土路，两旁都是高深的玉米地。

祁雪菊停下车，对牛金贵说："太黑了，看不清楚，车不能往前走了。你下来，顺着这条土路往里走，走到头，就看见砖窑了。这窑好多年都不用了，他们说的，就是这个砖窑，我在这儿等你吧。"

牛金贵下了车，用手电筒照着在周边转了一圈儿，对祁雪菊说："我走后，你给派出所那个所长打电话，让他们带人在这路边庄稼地里藏着，见有人从里面出来了，就都抓起来……"

"这可不行，不行，不能报警。"祁雪菊不等牛金贵把话说完，就焦急地说。

"我再次向你保证,我以我的性命,保证你女儿平安无事。让派出所来,是我救出你女儿之后,不是让他们去砖窑里抓那帮人。你不要在这里等我,现在赶快回家,你报警时,让派出所到家里找你。十一点左右时,你带上他们偷偷埋伏在这个路口,等他们出来时,把他们抓了。这时候,我肯定带着你女儿出来了,保证万无一失,我都计划好了,盘算好多遍了,你放心就是。"

祁雪菊走后,牛金贵沿着高深玉米地里的一条小路走进去,大约行至半里,前面是一座废弃的砖窑。他用手电筒四处照照,见破败的砖窑上和周边的地上杂草丛生,朝西的窑洞口旁边,放着几辆摩托车,砖窑里好像有含糊不清的话说声。

一进洞口,几道强光手电筒突然亮了,照耀得牛金贵睁不开眼睛。没等他分辨出有几个人,都是什么人,侯三业就走近了他,一只手搭在他肩膀上,笑着说:"金贵兄弟,你总算露头了,为这点事,至于跟我翻脸吗!好,来了就好,咱还是兄弟,快进来说话。"

牛金贵不说话,进入空旷的窑里。灯影下,散落着站了七八个人,其中有他见过的丁小棍和鸡脸儿,其他的都不认识,包括侯三业。但他知道,刚才跟他说话的,肯定是这个团伙的头子侯三业,大家都称他侯爷,弟弟从前跟他重点说过这个人。

站定后,牛金贵冷冷地问:"人呢?要赎的人在哪儿?"

侯三业怔了怔,围着牛金贵上下打量一番,咂着嘴道:"啧,啧,哎呀,你好像不认识我啦!兄弟,你脑袋是不是真出毛病了?"

牛金贵看看他,冷笑道:"你不是侯爷吗!"

"对啊!"侯三业高兴地击掌,"这不没毛病啊!"

"别废话,我必须看见人质。"

"不相信我侯三业的为人？这不对吧，金贵兄弟？我一直可是对你不薄啊！我是说一不二，说到做到，东西交出来，孩子你领走，这不用犯疑。我是为东西，不至于摊上人命官司，就这么简单的事。"

"你说的东西，我不清楚是什么，也没拿过。"

"别装糊涂，也别废话，电话里，说得很清楚了，拿东西换人，不然，就先割她一只耳朵！"

牛金贵沉默片刻道："让我见见人。"

侯三业撇撇嘴，不屑地说道："我靠，咋不像金贵了，像个娘们儿，婆婆妈妈的。"

"必须把人带出来我看看。"

"这个你只管放心。你相好的孩子，就在那边的洞口里，你自己去看吧。交了东西，立马把她带走。"侯三业挥挥手，吩咐手下人说，"你们带上他，让他过去看看。"

在丁小棍和四个同伙的带领下，牛金贵跟着他们，转到东边一个洞口里，用手电一照，看见杜晓雅嘴里勒着一条毛巾，靠着洞壁坐在地上，被两个人紧紧傍着。

杜晓雅看见牛金贵，剧烈地扭动着身子，瞪着一双泪眼惊恐地朝他张望。

牛金贵看看杜晓雅，什么也没说，回来对侯三业说："好了，人我见到了。"

侯三业笑笑："没问题的，我是最讲诚信的，还是那句话，东西拿来，人你带走。"

"好，你等一下。"

侯三业对站在一旁的几个人挥挥手，几个人过来把牛金贵围了起来。

牛金贵瞪着眼道："这是什么意思？"

"没事，你拿东西吧。"侯三业举着手电筒朝他晃晃，"东西在哪儿？"

牛金贵用手电筒在窑内照了一番，找到了半截砖头，弯腰捡起来，用手掌擦擦上面的土，又放到地上，然后蹲下来，从后腰里抽出一把斧头。

丁小棍掏出一把尖刀对准了他："小子，你想干啥！"

牛金贵拎着斧头站起来，朝侯三业走两步："我没有偷拿过你说的东西。"

丁小棍等众人把牛金贵围住，有两个人还揪住了他的胳膊。

"你说啥？"侯三业惊叫一声。

牛金贵淡淡道："我再说一遍，我没拿过你说的那个东西，不信，我现在证明给你看。"

"啥意思？证明！咋证明？"

"你让他们把我放开。"

侯三业吆喝一声："你们松开他，我看他要咋地！"

"你来看！"牛金贵侧过身，用一只脚把半截砖头踢到侯三业面前，跨一步蹲下，将手掌放到砖头上，举起斧头说，"你非要说我拿了东西，还绑架孩子来逼我，我没有办法，只好这样来证明我的清白……"

在周围手电筒光芒的照耀下，牛金贵拳起四根手指，只留小拇指在砖头上，然后举起斧头，往下用力一砸，砖头上"嘭"地响一声，小拇指带着一股鲜血跳到了侯三业脚下的地上，吓得侯三业倒退了几步。众人惊叫一声，有人还连声呼喊："侯爷、侯爷……这……"

"我靠……"手电筒在侯三业的手里剧烈地哆嗦，忽闪着照射在牛金贵滴滴答答的血手上，他倒抽一口冷气，骇然地颤着音儿道，"我只是给你要东西，没叫……没叫你……自残……你他妈的是……是疯了还是傻了……"

牛金贵面不更色，"当啷"一声把斧头扔到地上，用一只手从夹克的口袋里掏出止血药和绷带，将止血药用牙咬开，撒到伤口上，然后拽出绷带，裹住流血的手掌。

"信不？"牛金贵将手又伸到砖头上，摆好姿势，只留刚才剁掉的小指旁边的无名指在上面，望着侯三业说，"如果还不信，我就再剁下一个，今天，我给你两个肉指头证明我没拿你的东西。如果这还不行，我可以留下，你们用这把斧把我大卸八块。但我只有一件事相托，那就是，这不关孩子的事！侯爷，我求你把她放了……"

话停斧落，砖头上又"嘭"的一声溅出了一股鲜血。

"小子，算你有种！"侯三业吓得叫一声，留下杜晓雅，带着一帮人仓皇逃走了。

牛金贵领着杜晓雅离开砖窑，在玉米地里躲藏了一会儿，直到听见外面埋伏在路边玉米地里的于所长和民警将侯三业一伙儿全部抓获，才拥着抽泣的杜晓雅走了出去。

42

皇迷乡派出所擒获侯三业等七名犯罪嫌疑人后，经审讯，这些犯罪嫌疑人的籍贯涉及周边三个乡镇，身份复杂，案情重大。于是，乡派出所将案情向县公安局汇报，县局指令派出所将所有嫌疑人移交给县局刑警大队处理。

在乡派出所接受审讯时，侯三业和丁小棍供出了是牛金贵带着他们盗窃溶洞里的文物,这样,牛金贵就成了重要的犯罪嫌疑人。但抓获侯三业他们,一举破获这个流窜全县盗窃古墓并跨省贩卖文物的犯罪团伙,却是牛金贵主动提供线索并举报,而且还主动交出了那件私藏的文物。是他只身进入砖窑,见义勇为,以剁断两根手指为代价,救出了祁雪菊的女儿杜晓雅,本应立功受奖。但侯三业的供词,咬定是在他的带领下进入的溶洞盗窃文物,如今县局让派出所必须把他抓捕归案,这该怎么办呢?

　　于所长不愿意刑拘牛金贵,但向县局移交案子时,又怕无法交代,所以不得不照做。但在执行时,没有让民警去村子里抓人,而是通知祁雪菊,让他带着牛金贵前来乡派出所,说是案子还有一些情况,需要进一步对他们进行问讯。

　　牛金贵立即意识到,如果自己依然以弟弟的身份出现,是无法摆脱与侯三业这伙盗墓团伙的关系的。虽然,乡派出所因他提供破案线索并成功解救人质时断了两根手指受伤,属于重大立功表现,暂时没有拘留他。但随着案子的深入,公安部门一定会追究他的刑事责任,因为,胞弟牛金贵讲过他多次参与过这个团伙的盗墓行动。

　　"是该恢复我真实身份的时候了。"牛金贵如释重负,对祁雪菊说,"你带着我,我拿上身份证,先去村委会,然后再去乡里,加上由你给我作证,只要能证明我不是牛金贵,是他的孪生兄弟柴全超,让真相大白,我就不会负任何刑事责任。"

　　祁雪菊忧虑地说:"这盖子一揭开,村里可就开了锅。"

　　"纸里包不住火,早晚会有这一天。"牛金贵说,"不这么做,我就一直是我弟弟牛金贵,他从前参与过盗墓,派出所不会放过我,肯定会拘留我……"

　　"这可不行。"祁雪菊骇然道,"我听你的,你说咋办,我都随着你,配合你。"

"咱先去村委会找支书和主任,把这事先捅开。"

消息很快在村里传开了,村民大哗。虽然之前有一些疑问和猜测,但真相大白于天下后,大家在惊奇之余,很快就释然了,并且一致认可了这个牛金贵。平心而论,大家感觉到,这个牛金贵虽然来到村子里时间不长,但比那个牛金贵稳重、踏实、善良、机灵,有胆有识,敢作敢为,特别是对牛金贵的老母亲,比那个牛金贵孝顺得多,口口声声把这个从前不认识的老太婆叫娘,让街坊邻居啧啧称赞。尤其是,不但本村,连周边村子里,都神乎其神地传颂着他只身一人去村南砖窑里,以砍断两根手指为代价,把杜晓雅从一帮歹徒手里解救出来的传奇故事,把他视为一条真正的"英雄好汉"。

在乡派出所,牛金贵掏出自己的身份证,递给了于所长:"我叫柴全超,山东聊城人,这上面的出生时间和住址,都写得很清楚,你可在网上查一查。"

因村支书田旭辉事先在电话里给于所长简单报告了情况,所以于所长也没有显出太惊讶的样子,看过身份证,又端详柴全超,笑笑说:"还真是,不拿身份证,真是分不出真假来。"说着,递给一位民警,让他在网上查一下。

田旭辉也跟着来了,对柴全超说:"你给于所长,仔细讲一讲事情的经过。"

柴全超说:"我和牛金贵是一对双胞胎,我母亲从小把他送了人,我们失散了多年。半年前,他去山东找我,不幸出车祸遇难了,我是替他来村里的,我这里有我们当地公安机关和保险公司的证明……"

接着,柴全超把事情的经过详细讲述了一遍,祁雪菊和田旭辉作了补充。

于所长听得惊心动魄，感慨道："这故事太离奇了，简直比电影还精彩。我把这情况向局里汇报一下，再让聊城警方协查一下，证实一下。"

聊城警方对柴全超的身份以及意外车祸致使牛金贵死亡的情况进行了确认，与柴全超所讲述的情况完全一致。之后，于所长将"真假牛金贵"的情况向县公安局进行了汇报，讲述了前后过程，并将身份证传了过去。局里的处理意见是，因此人户籍不是本乡蝎子沟村的牛金贵，而是山东聊城某县某镇的柴全超，经查没有任何不轨行为，无司法责任。

但过了一天，局里来电，要求派出所立即拘留柴全超，理由是有人举报，说他是故意冒名顶替，招摇撞骗，骗财骗色侵吞牛金贵的车祸赔偿，诱奸寡妇祁雪菊。

于所长要解释，但对方不听，让他执行局里的指令。

本是"英雄行为"，却被当作了"犯罪嫌疑人"。于所长愤愤不平，派出一组民警到蝎子沟村调查，组织了近百人的问询，柴全超得到了村民们一致赞扬。尤其是祁雪菊，写了一份长达三千字的材料，证明了柴全超高尚的人格。在调查保险公司对牛金贵死亡的赔偿时，虽然这笔钱还没有到账，但受益人是以牛金贵母亲的身份证出现的，"骗财骗色"纯属子无虚有。

自此，"牛金贵"才算彻底"变"成了柴全超，完全恢复了自由。

这天傍晚，在祁雪菊家的小院里，祁雪菊在柴棚下的石板上切菜，准备做饭，柴全超站在一旁，想说话却欲言又止。

祁雪菊看看他："你今晚在这儿吃吧。"

"不了，还有娘呢。"柴全超自来到村里以后，一直称牛金贵的母亲叫娘。

"一会儿晓雅就放学回来了，我做好饭，让她给婶子送过去。"

柴全超在地上踱两步，吞吞吐吐道："我……有个事，想……想跟……你说……"

"说吧。"祁雪菊笑笑，"咋突然见外了！"

"我……我想走……"

"说啥？"祁雪菊放下菜刀，转过身问，"你再说一遍！"

柴全超嗫嚅道："你看，我弟金贵的事，摆平了，犯罪分子也抓住了。现在，就剩下通过保险公司，把弟弟那笔赔偿金最后转给他母亲，就算没事了，我……我也该走了……"

"走？"祁雪菊惊讶地望着他，"你不是说，你的门市已经卖了，你女儿也去武汉找她姑姑了，啥事啥挂念都没了吗？你一个人，去哪里？"

"我先去老家处理点事，然后去武汉找我姐姐和女儿。"

"那你还回来吗？"

柴全超沉吟片刻道："这就不知道了。"

祁雪菊不做饭了，坐在小板凳上，嘴噘了老高，沉默了一会儿说："你不是说，还得安葬金贵吗，啥时候办这个事？"

"这个好办，不必大操大办，找几个村民帮忙，把他的骨灰盒埋到牛家的祖坟里，中午请帮忙的吃顿饭，就算入土为安完事了。这事，准备明天一早办，办完，我就走了。"

"婶子咋办？"祁雪菊说的是牛金贵的母亲。

"唉！这事，有点麻烦，我想了好多遍……"柴全超叹口气道，"有三个考虑：一是送到养老院，乡政府就有，我去看过一次，条件不错，能自理的一个月两千，保险公司的赔款到账后，钱不是问题；第二条路，是想让你帮助照料，搬到她那里去住，我走之前，负责把赔偿金的一部分，转到你银行卡上，算是她的生活费用和你付出辛苦的报酬……"

"你就这样走了？"祁雪菊冷笑，"一推六二五，甩得可真干净！"

"这第三条路，我还没说呢。"

"你说。"

"实在没别的办法了，我只好把她带走。"

祁雪菊不屑道："婶子这么大岁数了，在村里过了一辈子了，你以为，她会跟你走？"

"没有更好的办法了。"

"哼！有一个最好的办法，你根本就没有想。"

"什么办法？"

祁雪菊顿了顿说："你不走，这事不就解决了？"

柴全超一惊，嗫嚅道："这……这我没想过……"

这时，已经走进院子，听过他们一阵对话的杜晓雅，放下书包，跑过来抱住了柴全超的胳膊，带着哭腔说："叔叔，我不让你走，我会很想很想你的……"

杜晓雅是什么时候进的院子，他们只顾说话了，居然没有发现。

柴全超叹口气，摩挲着她的头发说："叔叔还有事，等叔叔办完了事，一定回来看你。"

"不，不让叔叔走。"杜晓雅轻轻扳过柴全超的左手，"叔叔，还疼吗？等你手好了，我再让你走。"

柴全超笑笑道："没事，叔叔一点儿也不疼。"

"唉！"祁雪菊拭拭眼角的泪，"为了晓雅，让你没了两个手指头……我都不知道该咋样来报答你……"

"我觉得，现在，也是该揭开谜底的时候了。"柴全超还在笑，解开一层层用纱布包裹着的左手，最后露出了手掌，高高举起来，灵活地拳曲着五根手指头，高兴地说，"你们看，这不是好好的吗？一根也没少！"

"啊！"祁雪菊和杜晓雅都惊呆了。

祁雪菊破涕为笑："这是咋回事？"

"你们不知道，我平时喜欢玩几招小魔术，那晚救晓雅，是我给他们变了个戏法……"接着，柴全超洋洋自得地讲述了他是怎样利用魔术"震慑"侯三业那伙歹徒的。

原来，他事先用木头削了两节手指头，一节小拇指，一节无名指，把里面掏空，灌进去红药水用胶带封闭，进砖窑时，他就藏匿在手心里了。往砖头上放手指时，他将半截手指拳起来，把半截木头做的假手指摆了上去，用斧头剁时，其实是假手指破后流出红药水弹了起来，让人看到的是带血的断指。由于是在夜间，再加他作出这些动作后，迅速用绷带和纱布把手包住了，谁也不会想到他会利用魔术演了一场"苦肉计"。这件事，除了村卫生所的医生清楚，村里任何人也不知道。

祁雪菊嗔怪他道："这么大的事，你咋还瞒着我，难道，你连我也不相信吗？"

"不是，不是，是在我恢复我的真实身份之前，把这件事做大，做得激烈，让村里，还有派出所的，同情我，更愤恨那些歹徒。不让你和晓雅知道，是为了让你们的情绪更真实，不然，万一在你们这儿出了什么破绽，就露出马脚了。"

"没想到，你的鬼心眼还挺多的。"

"难道，我没掉手指头还不好吗？"

"谁说不好，好，好！"祁雪菊笑了。

杜晓雅在一旁说："叔叔真牛，本事真大。"

柴全超欣慰地说："好了，我终于恢复我自己所有的一切了。不再说这个了。晓雅平安无事，一切都过去了，总算都正常了。"

这时，祁雪菊对杜晓雅说："晓雅，你去外边玩会儿，一会儿回来吃饭，我现在跟你叔叔说几句话。"

晓雅出去了，祁雪菊朝柴全超走近两步，看着他道："我刚才说的那个事，你还没有回答我呢。"

"什么事？"

"我问你，你难道，就一点没想过不走吗？"

"噢！"柴全超眨眨眼睛，"你是说母亲日后怎样生活那件事吧？"

"除了这个事，还有。"

"还有？"

"对，还有。"祁雪菊伤感地说，"你走了，我们娘儿俩咋办？"

柴全超愣了愣，打个寒噤，耷拉下眼皮说："可是……我恢复了真名实姓后，就不再是牛金贵了，也不是蝎子沟村的人，留下来算是……"

"这事，你真没想过？"

柴全超低头不语。

沉默了一会儿，祁雪菊突然问："你在老家那边，是不是有再婚的对象了，或者有你喜欢的女人了？"

柴全超连忙摇摇头道："没有，没有，出了这么大的事，哪有这心思……"

祁雪菊高兴地说："这就好。"

柴全超看一眼祁雪菊，又连忙垂下头道："雪菊，感谢这些日子里，你对我的帮助，给你添了不少麻烦。特别是我刚来时，受了伤后，你前前后后悉心照料，还有我弟弟他母亲，让你里里外外操心，真是辛苦你了，让你受累了。你是个难得的好女人，我柴全超会终生不忘，铭刻肺腑。以后，我无论走到哪里，都会把你们母女，当作我最亲最近的人……"

"只是当作？"祁雪菊截断了柴全超的话，不高兴地说，"我不想听这话，难道就不能永远成为最亲最近的人！"

"这……"

"你是不是压根就没看上我，嫌弃我们娘儿俩？"

"没有……没有……"

"我不信。"

柴全超焦急地说："你漂亮贤惠，晓雅聪明可爱，我一个秃子，根本不敢有非分之想……再说，你是我弟弟……"

"说实话，你比他强得多，好得多。"

"假如，我真断了两根手指呢？"

祁雪菊毅然说道："假如真断了，别说这是为了我闺女，就算不是，你两只手没了，甚至没了腿，我也愿意！"

柴全超有点动情："雪菊……"

"我不让你走……"祁雪菊突然扑上来，紧紧抱住了柴全超，"把女儿接过来，也好跟晓雅做个伴儿……"

第十五章

43

徐家庄村的支书徐庆生和村委会主任申志强,来乡政府找王金亮,说有重要的事向他请示汇报。

见面后,徐庆生掏出一张手绘的草图,放到王金亮面前:"王书记,你看,我简单画了一张地图,标上了我们徐家庄村与蝎子沟的距离。还有,你看,溶洞所在的这个崆山的西边,就是我们的村子,也就是说,从我们村往东不到三公里,就是崆山的西山脚下的羊角岭。对蝎子沟来说,崆山是他们后山,而我们村,则称崆山为羊角岭……"

王金亮看看这张草图,拧着眉头问:"庆生,你这是啥意思?"

徐庆生笑笑说:"王书记啊,我先让你看这张草图的意思,是想叫你了解一下,我们村在溶洞开发建设中的地理位置。"

王金亮点点头:"我知道,溶洞东邻石窝铺村,西邻你们徐家庄,中间则有大山。"

徐庆生问:"那么我想问问王书记,我听说,溶洞开发的详规出来了，说是要开两个出入口，南正门是冲着蝎子沟村，东边还有个门，对着石窝铺村，可为啥不冲西也开个门呢？"

村主任申志强也在一旁说："王书记，是不是把我们当成后娘养的了，把我们徐家庄给忘了，还是故意像擤鼻涕那样把我们甩开了？"

王金亮笑了，看看徐庆生和申志强："噢，我明白，二位原来是为这事找我啊！"

"对啊！"徐庆生说，"村里都嚷嚷遍了，老百姓意见大了，堵着村委会骂我们不作为，不为村里办好事。志强，你也跟王书记说说村里老百姓们的反映。"

申志强说："王书记，村民堵着大门责问我们，开发蝎子沟的溶洞，为啥不朝我们村开个口，让我们'两委'给个答复，我们不知道咋说、说啥，所以就来找你了。王书记，我们要听听你是个啥说法儿。我们明白了，也好给村民们解释。现在，我和庆生都理解不了，根本无法给全村群众一个交代。"

王金亮拧着眉头问："你们和村里的群众，听谁说溶洞要开两个口？投标刚完事，开发商还没有正式进入。不错，最近听说，是有个《溶洞景区建设性详规》和《溶洞景区控制性规划》的草案，但我没见，究竟是开几个口，我真的不知道。你们是从哪里得到的消息？不要听信一些传言瞎琢磨。"

徐庆生说："村里人，有在县建设局工作的一个科长，说溶洞景区的规划他见了，只有两个口，朝南朝东各一个，没有朝西的。王书记，这个不会错，我昨天又给这位科长打电话亲自问了问，一点不假。"

"噢，有这事？"王金亮顿了顿道，"这也有可能，大致方案应该有了，但即使这样，最后还要由县里相关方面的领导和专家研究决定,这个方案,只能说是个大概的意见和想法,不算是最后的决定。"

申志强说:"所以,我们才来找你,王书记,既然还没有最后决定,你可得帮帮我们。上会研究时,要替我们说话,让他们朝西开个口,我代表全体村民请求你感谢你了。"

王金亮笑着说:"好,一定。不过,溶洞的具体开发,是人家投资商和县委县政府有决策权,说了算,我只能是建议,人家是否采纳,听不听我的,我真的是心里没底。"

"那咋办?"徐庆生眨眨眼睛,"我们是不是往上边活动活动,跑一跑?"

王金亮眉头一挑:"往上边活动?找谁,咋跑?"

"找县里说话顶事的人呗。"

王金亮说:"这事恐怕没那么简单,不是哪个人说了就能决定的,规划是开发商请有资质的机构和专家做的,也涉及资金投入。你想啊,多开一个口,会多花不少钱,开发商是否愿意呢?另外,下面溶洞的面积究竟有多大,往西延伸了多长,在西边开口是否可行,是否有价值,这都是问题。所以,如果方案上是这么定的,谁都不能保证再去更改了。"

徐庆生沉吟片刻道:"我听说,石窝铺卖给开发商三千亩荒地,再加支书的外甥女又是这老板的秘书,才朝东为他们村加开了一个口。原来只有蝎子沟一个南口,这不就是凭关系才修改的规划吗?"

"这又是听谁说?"王金亮摇摇头道,"这不可能,都是谣传。"

"唉,王书记,看来你是不肯帮我们啊!"徐庆生叹口气,站起来说,"志强,咱走吧,王书记挺忙的,别难为他了,咱自己想办法吧。"

王金亮也站起了身子："庆生、志强，你们放心，如果叫我参加县里这个规划会，我一定把你们的建议提出来。另外，这事还没有最后决定，要安定住群众的情绪，至于朝你们村开不开出入口，不是哪个人能决定的，要服从大局和科学规划。"

徐庆生说："你说得简单，这可关系到我们村的长远发展，不开这个口，我们村还是这样趴着。煤矿关了以后，原来在矿上打工的失了业，好多人不知道干啥。要是能开这个口，我们村立马就活了，地价上涨，拆迁受益不说，还能带动我们村的黄巾起义藏兵洞，还有那个八路军兵工厂两个景点的开发。王书记，这是个千载难逢的机遇，我一定得拱着头跑一跑。招商引资，不是有跑断腿、磨破嘴那一说吗！不跑一跑，找一找，呼吁一番，我有愧于这个支书，也愧对全村老百姓。"

徐庆生和申志强走后，王金亮认真想了想，觉得徐庆生争取让溶洞朝西开个出入洞口的建议，很有道理和见解。如果溶洞能朝西开个口，正好在他们村东的羊角岭山脚下。这个山上，有汉代张角黄巾大起义的藏兵洞，还有从前八路军一二九师的一个兵工厂遗址，往西五里，就是乱木水库。还有，把废弃的煤矿，改造成旅客体验井下采矿的游玩项目，再把旧工房稍微改造，布置成民族工业展览，再弄点老火车头，淘汰的老汽车、老摩托车等摆进去，游完溶洞出来，再看看这些新鲜别致的景点，真是太有意义了。如果这些景点将来也交给溶洞经营，拓展了游客的线路和观赏点，那开发商肯定愿意投资再开一个洞门。于是，王金亮在笔记本上，记下了这件事，并列举了几条理由，之后给县委常委、县委办公室宋主任打了个电话，询问《溶洞景区建设性详规》什么时候组织论证。宋主任告诉他，齐书记明天要去市里开一天会，可能要在后天进行。

徐庆生和申志强从王金亮办公室出来，直接开车去了蝎子沟村找申怀亮。

找申怀亮的动议，是申志强提出的，意思是通过申怀亮的关系，去找县人大主任赵洪岐。

原来，申志强和申怀亮，是不出五服的同族本家叔侄关系。民国年间，家在徐家庄村的申怀亮的爷爷，因给蝎子沟田家庄园的田家辉当车夫，新中国成立后落户到了这里，因此，他这一支申姓人，就成了蝎子沟村人。申怀亮的爷爷，是申家最大的一个，下面有五个弟弟，申志强的父亲，是最小的一个，因此，论辈分，别看申怀亮岁数大，还得跟申志强叫叔。申怀亮虽然有钱有势，做人傲慢和霸道，但他爷爷的坟在徐家庄村的祖坟里埋着，再加申姓族人在徐家庄的居多，平时又很少见面，没有根本的利害冲突，因此他对徐家庄的族人一向十分热情和敬重，尤其是对当了村主任的申志强，见面就喊叔，显得非常亲近。申志强建议，通过这层关系，让他牵个线，去找他舅舅赵洪岐，让赵洪岐出面说说话，溶洞朝西开个口，应该不成问题。

徐庆生知道申怀亮的品性，三番五次给乡里捣蛋，给王书记闹事，他一听这个建议就不太愿意，可一时在县里又找不到更为得力的关系，再加自己还是县人大代表，对赵洪岐主任也比较熟悉，就同意了。申志强还对徐庆生解释道："他人咋样，跟谁横不横，不关咱的事，只要他能给咱办事，通过他，咱能找到赵主任说上话，把咱的事办成了，这是目的，别的都无所谓。"徐庆生有点儿怀疑，问："即使找到赵洪岐，他同意给咱说话吗？即使同意了，可他说话能管用吗？王书记说，这不是一个人能决定的。"申志强笑笑说："王书记说话当然不行了，他就是一个乡里的头头，小小的科级，人家赵洪岐可是县领导，人大主任，再说他当县长多年，说话有分量，影响多大啊！既然咱找不了县委书记和县长，能找到他，替咱说句话，即使不成，也没啥坏处。别的好路子，现在咱也没有，总不能坐着等死吧？"徐庆生琢磨了一阵，嘟囔道："我一向脸皮薄，不太愿意见大领导。"申志强继续劝他道："这年头，脸皮厚，吃个够，脸皮薄，啥也摸不着。不去找，你咋能知道行不行，算是有枣没枣打一杆吧。"徐庆生眼睛一亮，一拍大腿说："好，那就听你的，去找申怀亮。"

到了蝎子沟村见到申怀亮，已经中午了。

申怀亮见申志强领着他们的支书徐庆生来家里，很是热情，立即让家里的帮工去村中饭馆买了几个菜，安排他们在家里吃饭。本来，申志强的意思是中午在外面请请申怀亮，顺便把这件事说了。但申怀亮一句一个叔地叫着申志强，说到我家里来了，我如果去外面请你和徐支书，就太见外了，你们请，更是给我弄难看了，就在家里吃，我这里可是有好酒。申志强和徐庆生盛情难却，觉得申怀亮这人还真是不错，以往的传言也不见得全是真的。吃饭时，申志强把找他的意思说了，徐庆生作了补充。申怀亮二话不说，当即表示没问题，说着就要给舅舅赵洪岐打电话，意思是问他下午在不在单位，如果在，吃过饭就带着申志强和徐庆生去县里找他。徐庆生连忙拦住了他说，不用这么着急，你最好是晚上联系一下，如果明天上午在，我们去县城到办公室找他。申怀亮放下手机说，这样也可以，你们晚上听我的回信儿吧。

其实，徐庆生有另外的想法和打算。第一次去求大领导办这么大的事，总不能空着手去吧，即便是出于礼节，见县领导了，也得多少带点礼物去。

回村后，徐庆生就和申志强合计这个事，看带点儿什么去见赵洪岐才好。两人琢磨来琢磨去，先是说带点土特产，比如核桃、板栗、大枣、笨鸡蛋，或者套几只山鸡什么的，但觉得多了不好拿，少了拿不出手，礼也有点儿轻了；又想到了不行买点儿好烟、好酒或者是好茶，可再三考虑，人家赵主任当这么多年领导了，根本不缺这些东西，也太俗气了，还会花不少钱……

最后，申志强说："干脆给个信封吧，这样省事，领导愿意咋花也方便。"

徐庆生连忙问："那拿多少合适呢？"

申志强想了想说："至少得五千，少了丢咱的人，两瓶差不多的酒和两条中华烟，也得这个数。"

一听这个数，徐庆生心里有点儿疼，但咬咬牙说："好吧，这钱我自己掏腰包了。"

申志强撇撇嘴道："不必，又不是办个人私事，这是为村里争取利益跑事求人，可以想法儿从村里的账上出啊！"

徐庆生摇摇头说："这可不行，现在制度严，查得又紧，村集体的钱，可不能用来送礼，也没法下账。"

申志强不以为然道："没事，我是主任，可以证明，这是办公事花的，下账时，可以变通，咱可以找张发票。这票网上有卖的，我负责弄，然后填上合理的名目开支，一点儿事都没有。"

徐庆生坚持说："不行，别找这麻烦了，几千块钱，不值得，我还拿得起，只要能办成事，将来村里和老百姓受益，我这当支书的，个人损失点也值得。志强，别说别的了，这事就这么定了，钱由我准备。"

申志强有点儿过意不去，顿了顿说："我是主任，为村里跑这事，不能让你一个人掏腰包，我出一半吧。"

徐庆生想了想说："这样吧，这钱你不用出了，你既然有这个心，就也花点儿钱，给申怀亮买两条烟，明天去见他时，送给他。我觉得这人挺够意思，办事也爽快，咱托人家办事，人家还请咱吃饭喝酒，我过意不去，算是表表咱的心意，别让人家觉得咱不懂事，你说好不好？"

申志强连连点头，高兴地说："好，好，还是你想得周到。"

第二天一早，徐庆生和申志强来到申怀亮家里，本来是想在这里接个头，看申怀亮是怎么跟他舅舅说的，再让他打个电话，然后才前往县城拜见赵洪岐。

但申怀亮主动说要带着他们去，尤其是申志强给他拿了两条中华烟，更让申怀亮感动，高兴地说："咱都是自家人，何必客气呢！我一定跟你们去，有些话，你们不方便说，我跟我舅舅说，这事既然找到我了，我一定得帮你们办成才是。"

接着他让徐庆生把车放在家门口，开上自己的车，拉着他们两个去了县城。

在县人大主任赵洪岐的办公室，申怀亮向舅舅介绍了徐庆生和申志强。

赵洪岐很热情，还让秘书给他们沏茶，笑着对徐庆生和申志强说："徐庆生，这名字我知道，是县人大代表，徐家庄的支书，今天算是对上号了。还有申志强，刚才怀亮介绍了，是他本家的叔，都不是外人，怀亮电话里也跟我说了，说是为村子里的事要找我，又跟着过来了，咱们不用客气，有啥事就直说吧。"

徐庆生把在蝎子沟村后山即将开工建设溶洞，规划中没有向西部羊角岭开口的事，详细讲述了一遍，请赵主任费心说句话，建议往西开个出入口。之后，申志强也做了补充。

徐庆生最后说："赵主任，在县领导里，你资历最深，影响最大，说话也最有分量，更有监督的权力。这件事，只要你能在会上表个态，让他们朝我们村开个口，谁都得听。赵主任，我和志强，算是代表全村老百姓请求老领导了。"

赵洪岐听后，想了想说："这个规划，县里是要征求意见，组织这个会时，肯定会通知我参加。但上会时，让我发表意见，我也不能随便乱说，尤其是你们说的这个朝西开口的事。对不起，这个忙，我可能帮不了。"

申怀亮先急了："舅舅，这是为啥？"

赵洪岐瞪他一眼道："你懂个啥？制定的这个规划，一定是通过科学的方法，经多方面考虑拿出来的，在大的方面，不可能再做大的修改，还是要听人家投资方和专家的，我不能就随随便便建议人家多开个口，这样显得我多没水平啊！"

申怀亮不服："我不信，多开一个口，多占徐家庄几亩地，就不科学了！再说，让游客往徐家庄多走走，能给村里带来好多收益，这是为群众谋福利，说明你关心这里的老百姓，咋能说是没水平？"

"赵主任，劳驾你说句话就行，成不成，我也会代表全体村民感谢你。"徐庆生站起来，朝赵洪岐身边走两步，把一个信封掏出来，塞到他面前的一摞文件下，"这是我们的一点心意，请老领导多费心了。"

赵洪岐抽出信封："你这是干啥？快拿走！"

徐庆生笑笑道："没啥，赵主任，我们来时，也不知道给领导带点啥，就算买包茶叶吧，不成敬意，您老别见怪……"

申怀亮说："舅舅，你就帮帮徐家庄吧，这可是我的老家，申家的祖坟都在村里，村里对俺申家一直都很关照。建议多开个口，不就是让你说句话的事吗？再说，这又不是办私事，是为村里办好事啊！"

这时，徐庆生的手机突然响了，他连忙走到门口去接听。

是王金亮打来的,问他在哪里。

徐庆生没敢说实话,说是在外面有点儿事。

王金亮让他把修建溶洞朝西开口的建议写份材料,盖上村委会的公章,明天一早交给他,徐庆生连声答应。

回到沙发前,徐庆生对赵洪岐说:"刚才,是王书记的电话,让我把溶洞朝西开口的事,以村里的名义,写份报告给他。"

赵洪岐问:"王金亮?"

徐庆生点点头:"是的,王书记让我明天一早把材料报到乡里。"

赵洪岐皱皱眉头:"对啊,让乡里给你呼吁吧,这正对路。王金亮书记,也一定会参加这个会,你们何必多此一举找我呢?"

徐庆生连忙说:"不,不,赵主任,你德高望重,说话一言九鼎。"

赵洪岐笑笑:"好吧,那我就试试,你还是县人大代表,为村里办好事四处奔波,我应该大力支持才是。"

徐庆生和申志强都站了起来,激动地说:"太感谢赵主任了!"

"把金亮书记给你要的材料,明天也给我一份。"

他们走后,赵洪岐从封信里抽出一沓钱数了数,是五千元整。他眨眨眼睛,拿起办公桌上的电话,拨了一串号码:"是纪委赵书记吗?我过去找你一趟,举报个事⋯⋯"

44

县委县政府组织相关人员,对《溶洞景区建设性详规》和

《溶洞景区控制性规划》进行研讨和论证，广泛征求意见，会议由县委书记齐向明主持。

设计方将这两份方案的设计草图，通过幻灯演示，向大家进行了详细的汇报和解说，投资方又作了一些补充之后，齐书记让大家踊跃发言。

与会的大多数人都表示同意这个方案，有一些建议，都是在这个基础上延伸出来的，比如：有人说停车场的面积，是不是再大一些；是不是搞个二期，建一个地质博物馆；等等。

王金亮发言时，先给在座的各位发了一份材料，标题是《关于溶洞建设规划增加西出入口的建议》，之后说："各位，尤其是投资方和设计规划方，我的这份文字建议，都已经说明白了，请大家过目，我就不再重复。我需要补充的是，这个建议，可能会增加投资，另外，地下溶洞的景观带，向西延伸了多少，我没有依据，专家们可以进一步考察和测定，如果有价值，向西增加一个出口，可以延长景观的线路，同时也可以分散和接纳更多的游客流量，还可以方便山西省来的游客。最重要的一点是，这个西出入口，位于距蝎子沟村正西三公里外徐家庄村的羊角岭山脚下，在座的咱们当地人都知道，羊角岭上，有东汉时期黄巾军起义领袖巨鹿人张角在这里屯兵的山洞，还有八路军一二九师的一个手榴弹制造厂，这些遗迹保存得都很完好。从这些地方再往西三里，是浉河上游的一个国家三级水库乱木水库，目前建有水上乐园，如果溶洞能在这一带开出一个口，可以把上述景点连接起来，进一步延长旅游线路。这些景点的开发，可以纳入溶洞建设的总体规划。从表面上看，是会增加不少的投资，但实质上，是增加了这一项目的品种和特色，提高了游客流量，扩大了服务内容和经济收入。向东，有农业观光，向南，有田家大院，向西，有我刚才说过的，可谓地上、地下，山水、人文，现代的、历史的，以溶洞为中心，全部激活这一带乡村旅游资源，从而带动山区特色产业的发展，使更多的农民就业或返乡创业。因此，我的这份建议请大家审阅并批评指正，这也是徐家庄村两委和村民的呼声，后面附有他们写给乡里的文字材料，请各位参考。"

不少人一边看材料，一边点头赞许。

溶洞投资建设单位、润易集团天宏二建的尚经理表态说："王书记和徐家庄的这个建议很好，我本人完全赞同。回头，我会向张宾董事长作详细汇报，还要会同设计院的专家，对这一建议进行详细论证。"

负责这个详规设计的负责人说："我们对地下溶洞的面积，进行过详细的勘察，向西部延伸至二点五公里，抵达羊角岭下没有问题，只是，当时考虑到投资，先做了两个口，如果再往西开口，不但地面上要建设，关键是还要打通地下的线路，这样会拖延工期，增加不少投资，当时征求开发商的意见，计划在二期时进行。现在村里和乡里有这个建议，而且理由也相当充分，考虑得也很长远。刚才尚经理也表态了，只要他们同意，我们可再研究，进一步测量和设计，重新修改这个规划。"

他的话音刚落，县人大主任赵洪岐说："这个建议，我事先也得到了徐家庄'两委'的文字稿，本来也是我要在会上提出来的。刚才，金亮同志说了，说得很清楚了，我就不再重复。我本人完全赞同这个建议，只要技术方面可行，就应该多加一个出入口，这对投资方和当地村民来说，都是好事。"

何书记最后也表了态，希望各方面重视这一建议，加快修订规划。

会上的消息，第二天就传到了徐家庄。徐庆生和申志强很高兴，正准备去蝎子沟村和乡里当面感谢申怀亮和王书记，不料乡纪委书记霍胜海打来电话，说有重要的事，让他俩火速赶到乡政府。

徐庆生和申志强以为是溶洞朝他们村开口建议的事，高高兴兴去了。如果朝他们村增加这个开口，涉及羊角岭山脚下的占地，乡里，是不是要安排征地补偿的事？两人兴致勃勃，在路上，一直谋划着村民们如何受益和未来村里发展的远景。

但一进乡政府大院，气氛有点异常。林秘书在门口等着他们，一见面就说："二位一定要沉住气，霍书记和县纪委的人，在会议室等着你们，别管他们说啥，你们一定不要和人家顶嘴，这是王书记让我特意提前叮嘱你们的。"

"县纪委！"徐庆生吓了一跳，"县纪委找我们啥事？"

申志强的脸也变了色："我们可从没和他们打过交道，他们找我们干啥？"

林秘书小声说："你们赶快过去吧，过去就知道了。记住王书记让我交代给你们的话，一定别顶撞人家。"

一进会议室，霍书记和两位陌生人都很严肃地在桌子前坐着。徐庆生和申志强冲霍书记笑笑，算是打了招呼。霍书记看看他俩，拍拍旁边的椅子，让他们坐下。接着，向他们介绍了在座的两位领导，一位是县纪委的副书记，姓胡，另一位是县纪委党风政风监督室主任，姓钱。徐庆生和申志强站起来，很尊敬地分别叫了声胡书记、钱主任。胡书记冲他们摆摆手，让他们坐下，接着就打开面前的笔记本，询问了他们的姓名、年龄和职务后，由钱主任正式进行问话。

"五天前，也就是6日这天上午快十点时，你们去了哪里？由徐支书回答。"

徐庆生想了想说:"去县人大找赵主任了。"

"请说出赵主任的名字。"

"赵洪岐。"

钱主任点点头,接着问:"在什么地方见到了赵主任?"

"办公室啊!"

"你们几个人去的?"

"三个。"

"都是谁?"

申志强说:"有我们俩。"

"另一个呢?"

申志强说:"蝎子沟村的申怀亮,他是赵主任的外甥,是他带我们去的。"

"好了,你不要说了,我是在问徐支书,该你说话,自然会让你说。"钱主任瞪申志强一眼,转向徐庆生道,"在赵主任办公室,你们都谈了什么事?"

"是想让赵主任帮我们村说句话,争取在溶洞建设时,能朝我们村开个口。据说,赵主任参加那个规划的论证会,他的意见管用,所以我们才去托他,说了说我们的想法。"

"之后呢?"

"之后……"徐庆生思忖片刻,突然意识到了什么,连忙说,"说完这事就走了。"

"走之前,你给赵主任送东西没?"

徐庆生心里"咯噔"一下,没有吱声。直到这时,他才完全明白了,县纪委是来调查他给赵主任送了五千块钱的事。这是谁举报的呢?一共四人在场,赵主任不会,那钱是送给他的,难道是申怀亮?从种种情况来看也不可能啊!但却不能排除,这家伙是个赖人，保不住是当面一套背后一套……先不管是怎么回事，纪委是通过什么渠道知道的，这事不能承认，否则，不但对自己不利，还会给赵主任添麻烦，自己被纪委追究处理无所谓，大不了支书不干了，可赵主任为此受到牵连，就太对不起领导了……

想到这里，徐庆生耷拉下眼皮说："没给啥东西。"

钱主任很严肃地看着他："徐庆生同志，你再想想。"

徐庆生不说话。

钱主任提示道："你是不是给了赵主任一个信封？"

看来，县纪委什么都已经掌握了。

徐庆生顿然紧张起来，正不知所措时，那位一直没有说话的姓胡的县纪委副书记，在一旁和颜悦色说："主动交代和拒不承认，在处理时是有区别的。我们既然来找你，肯定掌握了一些情况，也有充分的根据。请你认真考虑一下，如实向我们详细交代问题，这样，我们回去拿意见时，会对你的态度有所考虑。"

徐庆生想了想，也想起了之前林秘书叮嘱他的话，抬起头说："是给他了一个信封。"

"里面装的什么？"

"钱。"

"多少钱？"

"五千。"

钱主任点点头，在笔记本上记录着。

这时，申志强站起来，把椅子推得咔嚓响了一声，喊叫道："这是我们支书徐庆生从自己家里拿的钱，愿意送谁就送谁！我可以作证，你们可以随便查！再说，我们这又不是办私事，个人出钱为村里办事，让领导买包茶叶喝，有你们纪委啥事……"

"志强，别说了，坐下，没你事！"霍书记连忙劝阻申志强。

申志强拉一把徐庆生："庆生哥，咱们走，他们愿意咋处理，随便，没做亏心事，不怕鬼叫门！"

徐庆生淡然道："志强，冷静点儿，没事，既然纪委的领导来调查了，咱就实话实说，不怕，没啥可怕的。反正，咱们的愿望实现了，目的达到了，村民们能受益，就算我犯个错误，受个处分，哪怕把我这支书掐了，也值得。志强，坐下吧，听领导们说。"

申志强气呼呼地坐下了："本来挺高兴的事，没想弄出个这，真是一只苍蝇坏了满锅汤，这是哪个王八蛋举报的！"

接着，钱主任问徐庆生："为跑这件事，除送给赵主任五千，你们还找谁了，送没送礼？"

"你这话是啥意思？"徐庆生惊觉起来，同时也有点儿愤怒，"咋？这还不够让我败兴啊，你们要揪住不放，没完了不是！"

"徐支书，别着急。"钱主任终于有了一点儿笑脸，"我们听说，在这个规划研讨会上，有个人竭力为你们村说话，还写了份要求溶洞往你们村开口的建议。他这么积极，难道你们没做他的工作，没给他送钱送物？我就是问问，有就如实说，没有就……"

"这是谁胡说八道！"徐庆生拍案而起，"还想诬陷王书记，简直是无耻透顶，流氓，我不奉陪了，走了！你们随便吧，这支书我也不干了……"

"好，我也不干了，走！"申志强也站了起来，"看来，这年头不能干事，只要一干事，就有人在后面找事。王书记为我们争取点利益，好像也是得到了我们的好处似的？真是以小人之心度君子之腹！"

霍书记站起来拦住他们："你们冷静点，领导也就是问问，没有就是没有，不用着急。"

胡副书记也在一旁对钱主任说："老钱，不要再问别的事了，把赵主任反映的这件事，调查清楚就可以了。"

赵主任反映的？

可能是胡副书记顺口说漏了嘴，在场的徐庆生和申志强，也包括乡纪委的霍书记，都听得清清楚楚，个个都惊得瞪大了眼睛。再往下，徐庆生的脑子里出现了一阵空白。钱主任让他写了一份说明，他恍恍惚惚写了，之后又机械地摁了手印。接着，钱主任把询问记录让徐庆生看了一遍，确认无误后签字，他没有看就签名摁了手印……

县纪委两位领导走了，说是去找一下王金亮，通报一下情况，之后就回县城了。

霍书记去送县纪委的领导去王金亮办公室，叮嘱徐庆生和申志强不要走，等他一会儿回来。

会议室没人，申志强指名道姓破口大骂赵洪岐。

徐庆生精神依然恍惚，不敢相信这是赵洪岐所为，对申志强说："你给申怀亮打个电话，看是不是这么回事，到底是咋回事，别屈枉了好人。"

申志强当即给申怀亮打电话，把事情简单说了，申怀亮也是大惊，说这不可能，还说他正好在县城，马上去找他舅舅一趟。

霍书记回来了，把徐庆生和申志强领到自己办公室，给他们倒了杯水，安慰了一番，说等县纪委的领导走了，王书记要找他们谈话。

不大一会儿，林秘书来叫徐庆生和申志强，说王书记让他们过去。

到了王金亮办公室，徐庆生耷拉着脑袋，不敢正眼看王金亮。

王金亮笑着说:"咋了?给人家送礼有胆,这会儿成蔫茄子了!"

徐庆生羞得无地自容:"王书记,我错了,你批评我吧……"

申志强咬着牙说:"赵洪岐,他简直不是个人,是个小人!"

王金亮瞪申志强一眼:"你们自己办了蠢事,还怪人家。我觉得赵主任做得没啥错,不管是什么原因,出于什么目的,你们给领导干部送礼,就是行贿,领导干部坚持原则,党性强,主动举报,这无可挑剔和指责。志强,我听说,这主意都是你出的,找谁不行,非通过申怀亮去找赵主任!你这脑袋是不是灌进浆糊了!"

申志强辩解:"王书记,我们不也是想着一心一意为村里办好事嘛,来找你,你没说出个长短,我们以为你不支持我们,我才……"

王金亮生气地说:"当时我还没完全反应过来,等你们走后,我把这个当成事想找你们时,你们却去跑关系送礼了!唉,叫我说你们啥好呢?"

"真正能为我们办事的,还是王书记。"徐庆生抬起头来,望着王金亮说,"从这件事上,我才看清楚,谁是君子,谁是小人。"

王金亮平静地说:"咱们不说这个了,事情很简单,也清楚了,刚才纪委的也和我交换了意见。我把你们留下,就是想说下面的事,想听听你们咋对待这件事。你们现在的情绪,可是不对劲儿啊!一个霜打似的,一个怨天尤人,这可不行!"

"王书记,纪委会咋样处理我,会给我啥处分啊?"

王金亮想想说:"这个,组织上会按有关党员纪律处分条例研究决定,你不必过于关心。"

徐庆生撇嘴道："那我该关心啥？我现在，满脑袋都是这个事。"

王金亮安慰他说："要豁达乐观，多操心村里下一步的工作。"

徐庆生苦笑："算了，王书记，还谈啥工作？出这么大的事，真是丢人。我看，别等处分下来，我辞职算了，没脸当这个支书了。"

"如果庆生辞职，我这村主任也不干了。"

王金亮沉着脸道："看看，又来了不是！我留下你们谈话，就是担心你们的这种情绪。好啊！你们都不干了，不是正中了人家的计策和圈套了吗？再说，你们出的这个事，并不是为你们个人，是为了村里的发展和老百姓的利益，虽然这种方式不对，但会得到村里群众的理解、支持，咋能说是丢人呢？第三，你们费了这么大的劲，甚至冒着风险去跑关系送礼，现在把事跑成了，以后就想撂挑子撒手不管，对得起自己的辛苦和广大村民的期待吗？请你们动脑子想想，我说的是不是这么个理儿？"

"这……"

王金亮语重心长地说道："不要抱怨，不要消极，更不要愤怒，人越是在受阻、艰难的情况下，越要淡然、坚强、乐观向上和有定力。咱们都是四十多岁的人了，都经历过不少的事情，这个我就不多说了。我需要对你们说的是，事情已经过去了，要吸取教训，但不要有任何顾虑和思想情绪，放下包袱，该咋干还咋干。下一步，如果规划调整，增加向你们村开一个口，会有大量的前期工作需要你们做，那些景点的规划和开发，也会随之启动。在这关键的时候，我决不允许你们带着情绪，更不允许打退堂鼓。至于县纪委咋处理，最后做出啥结论，咱们乡党委和纪委，会实事求是拿出一个意见呈报上去，因此请放心，无论处理结果如何，你们都要坦然面对。请记住，任何处分，都重不过乡党委和我本人，还有村里广大老百姓对你们的支持和信任，这才是你们的坚强后盾和最大动力，胜过一千个处分一万个处分！"

一周后，县纪委对徐庆生的处理结果出来了，给予他党内警告处分，申志强只是写了份检查，风波就算过去了。

处分决定由乡党委宣布，王金亮把徐庆生叫来再次进行谈话。

徐家庄村支书"行贿事件"的举报者是赵洪岐本人，这是申怀亮万万没有想到的，他震惊之余十分愤怒，当着舅舅的面，他哇哇直叫："舅舅，你不应该这样，给人家办事不办事先不说，你不能干这背后捅刀子的事，这叫我没脸见人，以后还咋回老家上坟啊！"

赵洪岐大骂申怀亮："臭小子，敢说你舅舅不是，你懂个屁！你不是口口声声要给王金亮整事吗！我这不是针对那个小支书，是针对王金亮，这叫扇村支书的耳光，疼在乡书记的脸上，猪脑子，懂了不！"

申怀亮摇头跺脚："舅舅啊，你这样做，知道人家背后会说你啥吗？"

赵洪岐瞪着黑眼问："说啥？"

申怀亮叫道："当面是人，背后是鬼！"

赵洪岐老羞成怒，扬手要打申怀亮："混账！敢骂你舅舅……"

申怀亮吓得撒腿跑走了。

回到村里，申怀亮专程去了一趟徐家庄，见了徐庆生和申志强，羞得无地自容，一直给他俩赔不是，说好话，还把两条中华烟退给申志强，唉声叹气道："我也没想到我舅舅会这样，当场我就跟他闹翻了。可他是我舅舅,我在这儿跟你们说对不起了。"

徐庆生坦然一笑道:"没啥,你舅舅赵主任做得对,是我们错了。我背的这个处分,感到比拿个大奖状还光荣,得感谢赵主任,也得感谢你!"

45

一大早,蝎子沟的村街里就喧嚣了起来。三条大街上,前后走动着比平时要多得多的男女老少,尤其是出现了一些在外打工、平时很少在村里的年轻人。他们有的开着农用车,有的拉着排子车,带着铁锹、镐头等,纷纷往村南走。

田旭辉骑着电动车从家里出来,去村委会上班,从街里过时,看到此情此景感到奇怪,就停下来,问身边一位中年村民。村民神色有点紧张,支支吾吾说去地里锄草,还连忙躲开他走。

到了村委会,不大一会儿,魏风林也来了,田旭辉问他:"风林叔,今儿个这是咋了,大清早的,街上这么多人都带着家伙朝村南走?"

魏风林说:"我也正纳闷儿呢,问谁,都躲躲闪闪不肯说。"

田旭辉想了想说:"走,咱跟着他们去看看。"

田旭辉骑着电动车带上魏风林,沿街朝村南驶去,翻过一个大土坡,到了泜河北岸,看见河滩上,一片黑压压的人群,正在挖取河沙,不由大惊。

只见近百十号男女老少,在泜河北岸一道土塄下的一片开阔地里散开。其间夹杂着各种车辆,有的在土塄下面掏沙,有的往

· 370 ·

车上装，干得热火朝天。一些装满河沙的车辆，陆陆续续顺着河滩上的小路往正东驶去。

田旭辉和魏风林来到挖沙的村民中，经过询问和调查得知，"盗挖河沙"是从昨晚开始的，原因是有些村民听说后山上发现的这个溶洞，政府很快要开发，招标已经结束了，开发商马上要进驻，整个村子要规划成景区，而且要在派河北岸建一个度假村，无论谁家的土地，政府都要征用。这块地方紧挨着河边，有村集体的林场，更多的是一些农户的责任田。于是，从昨夜开始，就有人偷偷在自家的地底下开始掏沙子，之后运到八公里外的一个河沙厂卖掉，一百五十块一吨，送来多少厂家要多少，当场给钱。昨晚一晚上，有人开农用车跑了三趟，挣了近千元。村民听说后，也都连夜打电话把出外打工的人叫回来，赶快前来掏沙卖钱……

田旭辉吓得脸色苍白，额头上出了一层细汗，恐慌地问魏风林道："风林叔，这……这可该咋办啊？"

"盗挖河沙，这是犯法，你是支书，必须赶快制止！"

田旭辉稳定住情绪，往高处站站，大声喊道："乡亲们，叔叔大爷婶子哥哥姐姐们，大家快住手，不经政府允许，私挖河沙，可是犯罪行为啊！"

大多村民不搭理他，有一些村民停下来。

离他近的一位村民说："笑话，我们是在自家地里的地底下掏沙，又没破坏地表，犯啥罪，小毛孩子，少管闲事！"

"自家的地也不能随便挖，下面挖空了，地表沉下来，就成大坑了，再用地，还得从别的地方挖土填起来，这不是搞破坏是啥？再说，政府有规定，不经许可……"

"快拉倒吧！"不等田旭辉说完，村民就打断了他，"我家盖房子呢，垒围墙呢，咋了？从自家地里取点沙子也不行吗？你管不着，别在这儿瞎咋呼了！"

还有个年轻人冲他喊："田旭辉，这里热，哪凉快去哪儿吧！"

田旭辉面红耳赤，一时语塞了，看看魏风林说："咱赶快报告王书记吧。"

魏风林说："行，你打电话吧，这事太大了，人又这么多，咱们管不了。"

这时，身后突然有人说话，还伴着拍巴掌的声音："好，好，好啊，知道啥叫丢人现眼了吧，哈哈……"

田旭辉回头一看，是申怀亮，手里握着手机，戴着墨镜，身边还跟着两个人，晃着膀子笑着冲他走来，不远的坡道上，停着一辆"丰田"越野车。

申怀亮走近田旭辉，围着他转了一圈儿，上下打量他几眼，皮笑肉不笑地说："小子，咋样？我说过，这支书不好当，你也当不好，看看，咱村的老少爷们，哪个听你的？又有谁把你当回事呢？"

田旭辉不搭理他，给王金亮打电话。

申怀亮恶狠狠地说："这才刚刚开始，连台的大戏，还在后头呢，小子，你就等着瞧好吧！"说完扬长而去。

王金亮听田旭辉汇报情况时，正在县城开会，闻讯大惊，他当即给乡派出所于所长打电话，让他组织警力前往出事地点；同时，嘱咐在乡里的党政办主任周翔立即报告水利局、土管局、河道管理处和乡里相关部门的领导，迅速前往；说自己散会后，会直接到蝎子沟村南的河滩上。

各方人员很快到达了"盗挖河沙"的现场，在于所长协调下,大家经过紧急磋商,由警车先把往外运沙的道路封堵住。随后,河道管理处的负责人,手持喇叭向非法挖取河沙的村民,讲解国家管理河沙的相关政策和法律规定。他说,按照国家有关法律法规的规定,采沙不仅需要办理河道采沙许可证,而且还要办理采矿许可证和水上水下安全施工作业证……

但村民们根本不听,理由这是自己家里的责任田,没在河道里采沙。

负责人说:"虽然是责任田,但处在属于河道之内的管理范围,资源归国家所有,在这里采沙、取土都属于违法行为。"

一位村民说:"我家盖房子,在自己家的地里挖点沙用,咋就违法了?你们这些当官的,还让我们老百姓活不活了,这不是欺负人吗!"

众村民随声附和:"对,对,就是欺负人……"

于所长近前道:"刚才,河道管理处的同志已经说得明白,在河道周边取土、采沙必须有相关部门的手续,你们没有办理这方面的手续,就是属于违法行为。按照河道管理规定,要没收违法所得,还可以并处二万元以上二十万元以下的罚款,情节严重的,没收作业设施设备,构成犯罪的,还要追究刑事责任。"

"好啊!你要抓我是不是?来呀,抓吧!"村民朝于所长跟前蹿了几步,举着双手说:"我不信,我家用点沙子都犯法,你们不叫老百姓活了,好,我也不想活了,有种,你把我抓走吧!"

众村民都蹦出来簇拥到一起起哄:"抓吧!抓吧……"

河滩上,警车和各种车辆散乱停放着,双方形成了对峙。

于所长正不知所措时,王金亮从他身后闪了出来,站到众村民面前,和颜悦色道:"乡亲们,能不能听我说几句话?"

村民们大多都认识王金亮,因为他多次到过村里,印象最深的，当然是他半年前来村里分宅基地，许多年轻人也都见过他。

人群里不知谁喊了一声："你说吧，王书记，看看你咋说！"

"好，看来有人认识我。"王金亮笑着说，"但我还要自报一下家门。我叫王金亮，是咱们皇迷乡的党委书记，因此，有责任和义务为乡亲们服务，这一点必须说清楚了。也就是说，我也有权力和资格来解决现在的矛盾和问题，乡亲们同意我这个说法不？"

有村民说："你说吧，扯那么远干啥？"

还有村民说："你是书记，当然得管这事，是啥意思，你就照直说吧。"

"那好。"王金亮往高处站了站，大声说，"乡亲们，我已经来一会儿了，刚才在后面听人说，在这里采沙，是家里盖房子用。那么，我要问一问，都是谁因为家里盖房要用沙啊，请把手举起来吧！"

村民们互相看看，没有人举手。

"咦！这是咋回事？"王金亮皱皱眉头，眯起眼睛在人群里张望，"刚才那个戴黑色太阳帽的，大个儿的老乡，你咋躲到后边去了？刚才不是你口口声声说家里要盖房用沙吗？"

那人见王金亮的目光在人群里搜寻他，连忙低下头往人群背后藏。

王金亮指着他说："唉，你咋朝后躲啊！这怕啥？如果真是家里因盖房子用沙，今天我做主了，可以，允许。我会马上带着村干部、乡干部，还有在场的这些水利、土管、河道管理等部门的领导，到你家里的现场看看，看看是盖房也好，是垒院墙也罢，到底需要多少沙子，如果真的需要，我建议让主管部门发给你许可证。如果他们说三道四，不给办理，我王金亮绝不答应。

这件事，我敢保证，保证乡亲们因盖房用沙合理合法。所以，请盖房垒墙用沙的乡亲们举手。"

一听这话，更没人敢举手了。

王金亮等了等，看没人举手，脸一沉道："看来，真实的情况是，大家并不是因盖房才来这里采沙！而是找的借口。那么，为啥来这里采沙呢？大家能不能对我说句实话，你们在这里采沙，是不是往外卖的？"

村民们都不吱声。

王金亮严厉地说："都不说，那就是默认了，默认你们在这里挖沙，是往外卖的！乡亲们啊，不管你们承认不承认，大家承包的土地，是让耕种的，地下的东西，比如土、沙子、矿藏、文物，包括水，那不归你个人，那是国家的，这是法律的规定，不允许开采和倒卖，否则就是违法，乡亲们一定要清楚这一点。另外，你们肯定听到了啥风声，或者受到了某些人的蛊惑，乡里要在这里建设溶洞，搞田园生态景区建设，这块地或者周边的土地在规划之内，政府可能要征用。是的，这一点我实话告诉大家，有这么回事。中标的投资商，很快会进驻这里施工，但详细的建设方案，正在修订之中，最后要经县委县政府批准后才正式实施。乡亲们啊，把咱们这里建成景区，征地会按照国家的补偿标准进行，大家绝不会吃亏，这一点，在前一段提前征用景区大门口和停车场用地时，已经得到了印证。如果咱们脚下这块地将来建度假村，你的地可以按地价折算入股分红。现在，你们为掏点沙子把地下挖空了，将来还要回填啊，那损失就更大了。你挖一车沙子，回填时再从别处运土，是这个成本的两倍啊。你土地入股时，平地一个价，那有大坑的，可是两个价啊！乡亲们，到底咋样是合算，这不是很清楚吗？咱可不能干这捡个芝麻丢个西瓜的事啊……"

有的村民们边听，边互相交头接耳嘀咕，有的在默默点头。

王金亮继续说："另外，我听旭辉说，你们在这里采沙，并不都是在自己的责任田里。你们看，西边村里林场那块地，也有人在那里挖沙，是谁，今天就不再细究了。如果听我的话，不管是谁，在哪儿采的沙，从现在开始，立即停止，各自回家，既往不咎，啥事没有，否则，执法部门就要驻到村里，立案调查何人非法采沙、一共采了多少，除了罚款，还要追究刑事责任，以法治罪！"

村民们一阵骚动，有人开始往外走。

王金亮抬腕看看手表："何去何从，乡亲们考虑，我给大家半个小时时间。"

众人分散着围了许多小圈儿，窃窃私语了一阵之后，许多人跟在已经走的人背后，陆陆续续撤离河滩……

乔乡长走过来，悄悄对王金亮说："就这样完了？这被破坏的地貌咋办？还有，他们卖出去的沙，也不惩罚了？"

王金亮小声对他说："先把这事平息了，一会儿，咱到村委会研究下面的事，你通知各方相关的领导参加，让田旭辉回去做些准备。"

这时，河道管理处的负责人近前，满脸不高兴地说："王书记，就这样放他们都走了，不追责也不罚款，恢复地貌的费用从哪儿出？我们可没这笔钱，你乡里可得出啊！"

王金亮想想说："老关，你放心，这些卖出去的沙子，很快都会回填过来。"

老关一愣："噢！这咋说？我听不懂。"

王金亮笑笑，在他肩头拍了一巴掌："放心，很快你就明白了。我保证明天一早,那些拉走了河沙,都会自动补填到这一个个的大坑里。"

盗挖河沙的村民散去以后,王金亮招呼在场相关部门的人员,去蝎子沟村委会开会,研究解决和处理此次事件的后续措施。同时,悄悄安排乔乡长和周翔,去暗中调查村民把河沙送到什么地方出售了,对他们说:"肯定有一个收沙的窝点儿,离这不会太远,你们找个卖过河沙的村民了解一下,找到这个地方,看看是哪个沙厂,回来向我报告。"

乔乡长和周翔按照村民提供的卖沙地点,很快在八公里外邻乡铁顶墓镇的一个叫黄塔村的村北,找到了这个临时设置的"收沙点"。经了解,这里堆积的河沙,全部是从蝎子沟村南运来的,"收沙点"的老板,正是申怀亮。

他们连忙把这个情况报告给了王金亮。

田旭辉通过在村里一调查,也很快清楚了,背后挑唆和指使村民挖沙的,也是申怀亮。原来,几天前,他三番五次在村里散布谣言,逢人就讲,说溶洞要建设景区,村南浕河北岸那块地,规划成了个度假村,很快就要被征用。谁家在那里有地,应该趁在没有征地之前,把地下的沙子掏出来换成钱,要不就白白归开发商,吃了大亏。另外,没有地的,可以挖村里林场下面的,卖掉可发笔小财。村民就问,挖出的沙去哪儿卖?申怀亮拍着胸脯承诺说,我在铁顶墓镇的黄塔村北设有沙厂,你们把沙拉过去,一吨给一百五十块钱,二十四小时营业,什么时候送过去都行,当场过秤当时发钱。有几个村民经不起他的蛊惑,趁夜晚偷偷挖了几车沙,按他说的地点送过去,果然拿到了现钱。挖沙没人管,卖掉也很方便,这些人胆子就大了,白天也去挖。村里人都知道了,谁也不想吃这个亏,不干是傻子,于是,许多村民把在外打工的年轻人叫回来，明目张胆去挖沙。在那里有地的，挖自己地底下的沙土，没有地的，就挖村里林场下边的，这就形成了这次"盗挖河沙"的群体事件。八公里外的这个"收沙点"，是他找关系临时设置的，村民挖的沙子，送到他这个点儿上以后，他暂时存放在这里，然后再转手倒卖给有营业手续的正规沙厂。

王金亮把县国土资源执法监察大队叫来了，带队的席队长跟着王金亮到了黄塔村北的临时"收沙点"，一看是申怀亮在这坐镇收沙，笑着说："原来是申哥干的这事啊！申哥，你说这事咋办？"

申怀亮脸往下一沉："老席，你说咋办？"

席队长说："那我请示一下主管我们的赵局长吧，我建议，最好别给领导添麻烦。"

"先别。"申怀亮摆摆手说，"我承认，我这收沙点是没有手续，我想问问，这样会咋着处理我？"

"立案，查封，没收设备，罚款。"

"要是我不干呢！"

"不干？"席队长笑笑，掏出手机，"你叫我们赵局长是舅舅，我得给你面子，不能硬来，我现在就请示赵局长，让领导亲自来处理。"

县国土资源局主管执法监察的赵洪源副局长，是县人大主任赵洪岐的弟弟，申怀亮当然也叫他舅舅。席队长曾和赵局长一起跟申怀亮吃过饭，知道他们这层关系。

这时，王金亮在一旁听出门道来了，走过来说："席队长，你先别上报，我跟怀亮说几句。"

王金亮把申怀亮叫到一棵树下，心平气和地对他说："怀亮，不管从前如何，这件事，你能不能听我的？"

申怀亮耷拉着眼皮："你说吧。"

"非法收沙、囤沙，还挑唆人非法采沙，凭谁的关系也无济于事。这事，最好不要惊动各方面关系，那样会把事情搞大，不照顾你，领导会觉得没面子，关照你，会让人在背后说闲话，特别是现在的形势，正搞'不忘初心，牢记使命'主题教育呢，最好不要让领导为难，甚至犯点儿事，你也不要明知自己不对还要故意较劲。再说，你还是个党员，还是村里的支委，你不干，是你自己的问题。我早想找你谈谈，可你一直这样跟我摽着劲干，三番五次制造是非和麻烦……"

"你想说啥，木匠拉线，照直绷吧。"

"我不愿意叫你把这事闹大，对你本人和乡里，无论于公于私，我都希望把大事化小，小事化了。别让上边领导知道了，也不要让国土执法队立案了，把这事就地处理了，化解了，你看咋样？说真的，我全是为你考虑，不管你信不信。"

申怀亮眨眨眼睛，看了看王金亮："王书记，那你说咋处理？"

"第一，把这个囤沙点立即撤了；第二，用你的车辆和设备，赶紧把这里收的沙回填到原处，最好不要过夜，把河滩地貌恢复如初；第三，写份检查，交到乡党委。"

"还罚款不？"

"我替你向执法队求情。"

"那行，王书记，这回我听你的。"

第十六章

46

润易集团下属的天宏二建公司，按协议规定，进驻溶洞做正式开工前的准备工作。

负责这个项目的尚经理，带着工程技术人员，对溶洞景区主出入口的南大门那条东西大道，进行先期的勘查，并准备把这条主道拓宽硬化，以方便景区大门以及停车场的建设。由于大门口和停车场及其周边的地已经提前征用了，公司将补偿款按协议由乡里和村里如数发放下去，不存在任何问题。但往西三公里处，也就是要拓宽和硬化大门前这条大道的西路时，发现了问题：在距这条大道向西不足一公里的小清河的河滩里，有一处废弃的石料厂，将严重影响这条即将施工的大道甚至是景区的建设。

这条小清河，是泜河上游的一条支流，平时干涸，几乎没什么用场，只有汛期才发挥泄洪的作用，因此，河滩里到处是周围村民们种的庄稼、私建的加工板岩摊点和随意放置的杂物。这几年经过多次治理，现在基本上都清理干净了，但不知道什么原因，这处颇具规模的石料厂，还没有清除。

再有一个多月，就进入汛期了，如果不把这个石料厂拆除，万一有山洪泄来而河道堵塞，大水会冲破河堤改道进入溶洞主大门，甚至会灌入溶洞……

尚经理来乡政府向王金亮汇报此事。

王金亮听后非常吃惊，因为他平时没有注意过这些事。前几天，县里刚刚开过防汛工作会议，是乔乡长参加的，乔乡长回来向他汇报说，咱乡没有什么大的问题，该清的都清了。王金亮正准备过几天带着人，沿着辖区内泒河和那些支流实地查看一番，没想到，小清河的河滩上还有这么大一个石料厂。

既然施工方来反映这件事了，王金亮不敢怠慢，立即带着乔乡长和两名乡干部，还有尚经理和他的工程技术人员，赶到了位于小清河河滩上的这个石料厂。一看，果然如此，规模真的不小。

石料厂占地有五十亩左右，大概有三分之二建在岸上，一少半伸到了河滩里。四周圈了一道高高的围墙，除一栋三层楼之外，还有工棚和机械设备。但好像是多年没有生产了。院子里荒草萋萋，残损的石料随便堆积着，废料、废物和垃圾遍地。铁大门锈迹斑斑，门上有锁，似乎连看门的人也没有。

尚经理说："王书记，你看，这围墙都插到河里了，把河道挡了一部分。万一有洪水下来，憋住进不了泒河却转而向东流，哗哗啦啦就到溶洞了，这可是要命的事啊！"

王金亮锁紧双眉，吼叫一声："岂止溶洞，还有周边老百姓的安全呢……乔文杰！"

乔乡长连忙应声："王书记，我在这儿呢！"

王金亮瞪着眼问道："咱们这儿早就推行河长制了，你应该是咱乡这段河的河长吧？"

乔乡长拘谨地说："是的，公示牌在那边竖着呢，上面是写着我的名字……"

"知道河长的职责吗？"

"知道，落实河道管理、保护和治理的工作任务，协调解决河道管理、保护和治理中的具体问题。"

"这不是失职吗？"

"王书记……"乔乡长嗫嚅道，"我上边，还有县长担任的总河长啊，我的责任之中，就有完成本级总河长交办的事项一说，上边没交办过我处理石料厂这件事啊……"

王金亮叹口气说："哎，这河长制不是形同虚设吗！"

乔乡长的脸微微一红："上上下下都这样，牌子往河堤上一戳，就算完事了。"

王金亮沉吟片刻，舒开眉头问："这是谁的厂子，法人代表是谁？"

"老板叫张世勇。"

王金亮尽量压制住自己的情绪："给我说说他的具体情况，河道治理，已经好多年，为啥这个厂子没有拆除，还在这搁着？我虽然来乡里才半年多，但我知道这绝对是不允许的，是严重违法违章的。就算河长责任没有履行，可你是乡长，这么大的事，也没听你向我汇报过！"

"王书记，听我解释，是这么回事……"乔乡长有些紧张，小心翼翼地说，"乡里和县里，多次查过这个厂子，给他封了。但人家建厂和经营手续是合法的，因此搬迁或者拆除涉及赔偿问题，这笔钱没地方出，说来说去弄过好多个来回了，也没说清楚，所以就一直搁到这儿了。"

"有正规的手续？"王金亮有点不信，问，"在河道里建厂子，也有人敢批？"

乔乡长说:"这是十多年前办的厂子,当时我还没来这个乡工作,具体情况不清楚。那时候各乡镇情况差不多,管得松,但尽管这样,也有可能是通过关系办的,当初让他搬迁的时候,张口就要赔他两千万……"

王金亮大怒:"好家伙,真能讹的,凭啥?这不是臭尿泥,耍无赖吗!这老板啥来头,哪里的人?"

"王书记,这厂子,当时我们详细调查了,他是应了个名,实际上是……"

"说,咋吞吞吐吐的!"

"实际上……"乔乡长顿了顿,"是华姿集团的……"

王金亮一惊:"黄长江的?"

乔乡长点点头:"所以弄不动,扔到这儿了。"

王金亮皱皱眉头,又舒展开了:"弄不动也得往下硬弄,我不信,占河道影响泄洪就管不了。文杰,你给黄长江打电话,让他下午三点,到我办公室见我,我专门等他。"

"我这没黄长江的手机号,人家势大,我可联系不上。这样吧,我马上通知张世勇,让老张通知他。"乔乡长说着去一旁打电话。

王金亮感觉到了不妥,连忙说:"文杰,先别打,我看我还是去找他一趟吧。我和他又不是不熟,人家有身份有地位,我还是主动去找他为好,你说是不是?"

乔乡长笑笑说:"这样最好,先别着急,你和他坐下来先谈谈,弄清楚这里面的来龙去脉,心平气和地商量,不行了,再撕破脸皮来硬的。"

一直在一旁听他们说话的尚经理,这时走近王金亮说:"王书记,你协调时,不要太为难,不行,我赔偿他损失或者出这笔搬迁费吧，差不多，你就答应了他，我不想为这事戗戗起来没完没了，影响和拖延了工期。"

"这可不行！"王金亮态度坚决地说，"我们负责'三通一平'，大道是让你先垫资，这河道上的建筑物以及影响溶洞建设的障碍物，更应该我们承担。尚经理，你别管了，我乡里负责把这件事解决了。"

"那什么时候能办成啊？"

王金亮想想说："最多半个月吧。"

离开小清河河滩上的石料加工厂，王金亮坐着尚经理的车，径直去县城的华姿集团总部找黄长江。

路上，尚经理再一次恳求王金亮："王书记，你到时候看情况，别太强求，实在不行，我出钱就是了，千万别弄僵了。"

王金亮说："没事，在河滩上盖房建厂，早就是违法的事，再说，我和黄长江不生，我感觉会好说好商量的。"

到了华姿集团总部大院内，王金亮让尚经理在车里等他，自己到传达室通报要见黄长江。

保安让他登记之后，打电话请示黄长江。

听说王金亮来访，黄长江走出办公室老远来迎接。一见面，黄长江就握住王金亮的手，惊喜地说："哎呀，王书记，你咋亲自来我这儿了？有事打个电话，不就妥了，要不我去拜访你嘛！"

王金亮笑着说："我来县城有事，路过你这儿，来看看，我还是第一次来。大远里，就看见你大楼顶上'华姿集团'那四个金光闪闪的大字了，黄总，好气派啊！"

黄长江撇撇嘴说："人多，摊子大而已，让王书记见笑了。"

到了办公室落座后，有人沏好茶端到了王金亮面前。他喝一口，望着满墙壁悬挂的各种奖牌、荣誉称号和省市各级领导来集团视察并跟他合影的照片,感叹道:"黄总真不愧是声名显赫的企业家啊,一屋子的荣誉,光芒四射啊!"

黄长江谦逊地说:"惭愧,惭愧,虚名而已!本来,这些是在荣誉室里挂着,去年,县政府在咱这儿搞个创业孵化基地,我只得腾了一些房子出来。他们把荣誉室占了,这些东西没地方放,就给我弄到这里来了。"

"嗬!书还真多啊!"王金亮浏览他身后一排排摆满书的书架,"看来,黄总还是读书人,儒商,好,有文化能经商,怪不得是飞机上吹喇叭!"

黄长江稍显尴尬地笑笑:"我哪有时间读书啊?都是当装饰用,王书记你可别笑话我。"

说了一阵闲话,王金亮把话题切入了正题:"黄总,我今天来找你,主要是说小清河上游,你那个石料厂的事。"

黄长江好像事先已经知道了,看看王金亮,装出很惊讶的样子问:"哪个石料厂?"

"在我们皇迷乡西部,小清河岸边那个。"

"噢!"黄长江点点头,"你是说张世勇的那个厂子啊,我知道,知道。"

"我听说,张世勇是厂长,但法人代表是你。"

黄长江顿了顿说:"好像有这么回事……从前,我摊子铺得很大,下属企业挺多,有人发现好项目了,就以我的名义去干,就如同在我这棵大树下乘凉似的。王书记,那厂子出了啥事?你只管说就是。虽不是我的厂子,但在我的旗下,我说话他们还是听的。"

"黄总,是这样……"王金亮考虑了一下,没说是溶洞正式动工前修路的事,而是从防汛说起,"最近,也就是几天前,县里开了个防汛工作会,要求对浉河流域和一些重点区域进行地毯式排查,不留一点儿死角和任何隐患,咱乡里也制定了防汛应急预案。在昨天的拉网式检查中,发现浉河上游小清河的河道里,有你这个石料厂。黄总,县里这次对河道清障有明确的要求,各级党政主要领导是防汛减灾第一责任人,出现问题是要追究责任的。另外,据气象预测,今年全县汛期降雨量有明显偏多的趋势,特别是西部山区,出现强降水的可能性增大。所以,我今天专程来找你,协调一下厂子的拆迁之事,在主汛期正式到来之前,完成清障工作。黄总,你知道这件事的重要性,我就不多说了,具体清除的办法和措施还有时间期限,我可以让乡里先拿出个意见,形成文字,呈报你审阅,有啥问题,咱们再进一步磋商,你看咋样?"

黄长江沉吟片刻道:"归根结底一句话,就是把这个厂子拆了呗!"

"是这个意思。"

"这是你的意思,还是县里的意思?"

"黄总,咱们坐在一起商量着能解决,何必要报到县里去呢?"

"王书记,那我明白了。"黄长江笑笑道,"我得大力支持你的工作才是。"

没想到这么顺利,王金亮高兴地站了起来,"感谢黄总的理解和支持。"

"不过……"黄长江话锋一转,皱皱眉头说,"这事,我得跟张世勇沟通一下,虽然厂子在我名下,但当年是他出钱投资的。"

王金亮说:"好,你们商量,我等你的消息。"

黄长江说:"我想问一句,拆迁的费用谁出?"

王金亮说:"这个文件有规定,谁设障,谁清除。"

"可这个厂子不是违法建筑啊!所有方面的手续都是合法的,而且据我所知,年年都有年审。"

"噢!"建在河滩里的厂子居然每年的年审都过关,这是王金亮没有想到的,他暗自一惊,思忖片刻道,"黄总,这样吧,我乡里,可以想办法考虑出一些适当的补偿。"

黄长江笑笑,点了点头说:"好,王书记,这还算有诚意,是个解决问题的办法,还能商量着往前走。"

王金亮说:"拆迁的补偿,你说个数,我好心中有底。"

"主要是张世勇方面,我跟他见个面,可以做一下他的工作。"

王金亮高兴地说:"好,黄总,再次感谢,我等你信儿。"

"王书记,你也别太着急,涉及个人利益的事,需要耐心和磨合,一旦张世勇那边做好了工作,我会及时向你汇报。"

王金亮很感动,握着黄长江的手说:"好的,全仰仗黄总费心了!"

47

两天过去了,黄长江那边没有消息,王金亮想给他打电话,但考虑一下又作罢了,决定再等两天。

这天上午,尚经理来乡里找王金亮,一进办公室就焦急地说:"不好了,王书记,河道里的那个石料厂,进去好多人,现在正在那里打扫卫生……"

"噢!这是咋回事?"王金亮皱皱眉头,眨了眨眼睛说,"尚经理,别慌张,也许是准备搬迁呢。究竟是个啥情况,你仔细说说。"

尚经理说:"今天一早,我公司的技术员在溶洞计划修筑的大道西段搞测量,在河堤上见从南向北走着好多人,问他们干什么去,说是去石料厂上班。过了一个多小时,就看见他们在院子里铲除荒草和清扫垃圾,不知道什么意思,就打电话向我报告。我开车过去一看,果然如此。王书记,那天你说,已经跟黄长江沟通好了,等他们商量好补偿的数额就搬迁,可现在怎么又突然要用这个地方,是不是准备开工啊?"

王金亮不以为然,笑道:"别乱说,和黄总定好的事,正协商搬迁呢,再说这厂子停产好几年了,咋能这时候还开工?这不可能。尚经理,别神经过敏,稳住神,把情况了解清楚再说。"

"王书记啊,我已经调查清楚了!"尚经理跺着脚叫道,"我问了在那里打扫卫生的工人,他说听人讲,老板再开张,不搞石料加工了,要干别的……"

王金亮一惊:"噢!准备搞啥项目?"

"干活儿的工人不清楚,说是正在跑手续。"

"真的假的?不会吧?"王金亮锁紧眉头,打开手机说,"我马上问问黄长江!"

电话通了,王金亮先问石料厂的搬迁赔偿一事。黄长江呃着嘴说,张世勇开口的价码太高,他正在进一步做工作,所以没敢跟王金亮说这事,让王金亮再等等,不要着急,还口口声声道歉。

在电话里,王金亮问:"他要多少补偿?"

黄长江顿了顿:"王书记,我都不好意思跟你说……"

"没事,黄总,你只管说,我听听能接受不?"

"他要一个亿!"

王金亮大怒:"妈的,疯了!"

"要不我没脸给你说吗？我一直压他，最后少了八千万不干。王书记，所以我才一直不敢跟你说，怕你着急……"

"现在，进去好多人打扫卫生，这是啥意思？"

"有这事？我不知道，我马上问一下。"

"好，黄总，拜托了。"

王金亮刚要挂电话，黄长江在那边说："王书记，等一下，我有几句话要说……"

"你说。"

"张世勇这小子现在翅膀硬了，有些事现在不听我的，我挺生气。我看，不行，你就跟他来硬的……"

"来硬的？"王金亮愣了愣，"此话怎讲？"

"违章建筑，还堵塞河道，给他强拆了，推平了！看他还狮子大张口不？到头来让他一分钱也得不到！王书记，我也不想跟他费唾沫了，建议你心肠硬一点儿，三下五除二给他铲平了，啥事都没了。这种人，是硬的怯，软的捏，不来横的，啥事也办不成。"

"这……"王金亮有点儿赞同，但也有点儿犹豫，"这厂子不是有合法的手续吗？"

"手续？"黄长江冷笑道，"说有，谁见过，怕是懵人的吧！"

"嗯，黄总，你说的也是……"王金亮沉吟片刻道，"强拆万一出了事……"

"出啥事？法人代表是我啊，我不吭声，他是白告，你是代表的政府，又不是你自己家的事，怕啥？再说，搞防汛在河道清障，走遍天下他也是没理啊！"

"谢谢黄总的提醒和建议，我考虑一下。"

放下手机，王金亮坐在办公桌前眯着眼睛沉思。

尚经理问："看你和黄长江说得挺投机，是什么情况啊？"

王金亮看看他说："你回去吧，我马上安排乡里去石料厂调查此事，如果情况属实，我会采取断然措施。"

此刻，黄长江的"强拆"建议和提醒，已经在王金亮的脑海里落地生根了，但他万万没有想到，这正钻入了黄长江精心布置好的"圈套"之中。

其实，建设溶洞正式动工前，投资方因修南出口主干道，发现小清河上游有一处废弃的石料厂，将来遇到洪水，会威胁大道和溶洞安全。报告给乡里后，王金亮带人实地调研的情况，挂名的石料厂厂长张世勇很快就知道了，立即告诉了黄长江。因为，十几年前办的这个厂子，是黄长江出资并通过关系打通各个环节才建成的。五年前，受环境治理和节能减排非常严峻的形势所迫，石料厂被勒令停产，后由政府下达了拆除和搬迁的通知书，但却没有执行。因为这个厂子不再生产了，也就没人再过问了，一直闲置着。其间如果有事，都是张世勇出面应付，幕后则是黄长江依靠上上下下的关系斡旋。他们的目的是把石料厂放在这儿，以手续齐备为借口跟政府讨价还价，要一笔巨额的赔偿款。王金亮来找黄长江交涉石料厂拆迁一事，说的是为了汛期防洪排障疏通河道。黄长江心知肚明，也不便挑破，就顺着王金亮的话头应付他，往张世勇那儿推，目的是先稳住他，拖延时间以便谋划对策。

黄长江找到了赵洪岐，把此事详细说了一遍，让赵洪岐帮他拿主意。

"王金亮明明是为张宾的公司修路办事，却骗我说是为了落实县里的防汛安排和指示，你说气人不气人？"

赵洪岐说："也不能说人家说得不对，县里前几天的确是开了个防汛工作会。"

黄长江气愤地说："也不知道他拿了开发商多少好处？"

赵洪岐摇摇头说："别瞎说，金亮可不是这种人。"

"画虎画皮难画骨，知人知面不知心，这年头，可别把啥事都说绝……"

赵洪岐撇撇嘴："上次你送他'茶叶'，不是给你撅了回去？"

黄长江不服："那你说，王金亮建议溶洞朝西开个口，替徐家庄说话，有可能是得到了村里的好处。"

"我以为，他们送我钱，也给王金亮送了，经纪委调查，结果没有。"

"老爷子，反正不管咋说，他替张宾拆我石料厂，我一百个不答应。"

赵洪岐问："你打算咋办？"

黄长江说："硬扛不行，软磨也躲不过，我已经拖了王金亮好几天了，我打算，先稳住他，然后再给他玩一手新鲜的。"

赵洪岐不耐烦道："别绕弯子，说具体点儿，到底啥对策？"

"派人进去，恢复施工！"

"说啥？"赵洪岐一惊，"这可使不得，全县所有石料厂，这几年一家也不得开工生产，你可不能故意往枪口上撞！"

"哈哈，老爷子，你先别着急。"黄长江笑了，"我再干不能是石料厂了，我打算在那个地方，投资建一座养老院。"

"噢？"赵洪岐惊奇地望着黄长江，"往下说，我听听。"

"国家从上到下，现在非常重视和支持养老事业的发展。我在这个有山有水的地方弄这个，我看看谁敢干预？名字我都起好了，叫山水红老年医养中心，医疗和养老相结合。"

"这个想法倒是不错。"赵洪岐问,"手续方面……"

"我一面收拾那废旧的厂房,一面跑着手续。目的是把那地方先占住,进去人干活儿,动起来,先打扫卫生,清理废物。"

赵洪岐想了想,皱紧眉头说:"这样做,等于是破釜沉舟,要撕破脸皮跟王金亮对着干了?"

"是啊!所以,我一直有点儿犹豫,没有最后拿定主意,特意来请教老爷子。这样一来,王金亮会不会发疯,会不会采取极端措施?最后出了事,万一把我给绕进去……老爷子,你经验丰富,你看我干还是不干?"

赵洪岐沉默了一会儿,突然眨动几下眼睛,望着黄长江说:"干脆,既然闹了,就把事闹大!"

"咋讲?"

"你先鼓动王金亮去强拆,也不要让张世勇在现场,另雇一个挑头的和一些村民,最好是老人和妇女,如果王金亮带人去了,就……"

"好,好,这我就吃定心丸了。"黄长江有点儿忧虑地说,"不过,王金亮会按这个套儿往里钻吗?"

赵洪岐笑笑道:"这就看你黄总的本事了。"

"好,老爷子,我明白了,回去我好好合计一下。"

赵洪岐说:"另外,建养老院的手续要抓紧办,审批遇到啥难处,我帮你。"

48

省农大李教授和他的科研团队,很快编制出"狐子沟抱香谷"的规划方案。方案的大致框架,是在对六千余亩荒山采用

"隔坡沟状梯田"方式治理之后，除栽培玫瑰、菊花、油用牡丹及彩叶观赏林木外，还种植苹果、樱桃、薄皮核桃、梨、杏、桑椹等经济林果，果林里种植苜蓿，实现立体化种植，下面放养鸡、鸭、鹅，集培育、种植、观赏、展览、文化、交流、销售、品牌创建为一体。二期工程，将再上一个深加工项目，建设花卉果露加工厂及研发中心，生产玫瑰花茶、果露、精油等产品。在开发、经营和管理模式上，"抱香谷"采取"龙头企业+合作社+农户+基地"开发治理模式，逐步构建起现代种植区、观光采摘区、农事体验区、休闲娱乐区、生态休养区、加工物流区、综合服务区等七大板块产业格局。

方案报到乡里以后，王金亮把田旭辉、陈博和米雅丽叫到办公室，就下一步的具体实施交换意见。

王金亮说："这个规划乡里进行了广泛的讨论，大家一致赞成，我也没有意见，李教授不愧专家学者，规划做得切合实际别具一格。但方案再好，蓝图再美，都还在纸上，停留在口头上、理论上。我想听听你们三位，下一步的举措。也就是说，这个'狐子沟抱香谷'作为田园综合体的主要项目，从筹备、施工建设到正式运营，甚至对外正式开放以后，怎样管理和经营。"

米雅丽说："我们按照李教授的方案，先对荒山进行治理，然后购置花卉和林果分期进行栽培，前期，主要是投资。从现在开始，到明天开春前，我们将雇用大型机械设备，比如推土机、铲车、沟机，在半年之内，把沟状梯田做好，再搞一个大型蓄水池……"

"你先停一下。"王金亮打断了米雅丽，"我想问一句，整理土地，包括之后的投入，都由你们润易集团全部出资吗？"

"当然，张宾董事长说了，包括后期的营销，计划投资三个亿。"

王金亮担忧地问:"溶洞的开发,他下属的公司中标了,也要全部投资啊,估计下来也要在十亿左右,是不是压力太大了?"

米雅丽说:"王书记,没问题,我们有这个实力。"

王金亮又问:"方案中,'龙头企业+合作社+农户+基地'的治理模式,是个啥说法?如何实施?"

米雅丽看看陈博,意思是让他说。

于是,陈博说:"这个我们商量过,准备在项目完成之后,发动村里的贫困户,把他们享受的扶贫资金投进去,集中起来入股分红,这也叫项目扶贫、产业扶贫。"

王金亮问:"难道就不能从一开始就让他们介入进去吗?"

陈博眨眨眼睛:"从整理土地就开始?"

王金亮说:"重要的并不是钱多少,或者说像刚才米雅丽所说,润易集团有钱,完全可以独家投入。但我考虑的是,如何从一开始,就让这个项目跟周边贫困户和村民,结成一个命运共同体,大家齐心协力,共创共赢。这样,投资者既节省了资金,投入的农户,从一开始就有了参与的责任感、归属感,影响力也更巨大,对今后的营销也十分有利。"

米雅丽高兴地说:"这样好!还是王书记想得周到、高远!"

田旭辉说:"对这件事,我和陈博还争论过,我的意思是,不仅仅让村里的贫困户参与进来,应该动员全村的村民都把闲散的资金拿出来放到园区里。"

陈博解释道:"可老百姓要我承诺,让我跟他们签订协议。我现在不好承诺,万一有个闪失,我无法跟村民们交代。所以,还是先从贫困户开始吧,日后有了效益,让实事说话。老百姓,看见真钱才相信,现在说啥都没用。"

王金亮点点头说："所以，在这个规划总体设计的框架下，我们还得仔细研究一下这个农业观光园区许多后续的事情。其实，建个这类的园区并不难，全国各地有的是，只要有土地，有资金，开发出这么个项目很简单，难就难在今后的营销、策划和未来的发展。我们如何跟别人区别开来，做到个性鲜明，一鸣惊人，而且可持续发展，这才是至关重要的。"

三人互相看看，似乎不明白王金亮想说什么。

王金亮接着说："现代农业观光的发展定位一定要明确，具体包括方向定位、形象定位、主题定位、市场定位和目标客源定位。你们回去以后，一定要跟专家和村民代表坐在一起，好好研究一下，深入挖掘农村民俗文化和农耕文化资源，提升休闲农业的文化品位，实现自然生态和人文生态的有机结合。比如传统民居、家具，传统作坊、器具，民间演艺、游戏，民间楹联、匾牌，民间歌赋、传说，名人故居、古迹，农家土菜、饮品，农耕谚语、农具，等等，都是非常重要的民间文化和农耕文化资源。我发现，方案中没有把邢瓷古窑址恢复起来，这是个缺憾，石窝铺村有个邢瓷专家张志强，你们可以找找他，搞一个邢窑古作坊，除了传承文化，还可以让游人欣赏古邢瓷的制作过程并参与体验活动。这只是一个例子，供你们参考。另外，休闲农业一定要以我们当地的风土人情为特色，结合地域性、季节性、景观性、生态性、知识性、文化性、传统性等特点，根据项目特色，进行主题策划……"

米雅丽问："现在就开始进行？"

"是啊，现在就应该考虑品牌策划、宣传策划、促销策划啊！甚至包括融资策划、招商策划、管理策划等等。"

陈博面有愧色："王书记，我们可没想这么多。"

王金亮庄重地说:"我把溶洞的建设看作一号工程,而把这个农业休闲项目的开发,视为二号工程。这两个项目,是整个皇迷乡田园综合体中的两个龙头,不能摆花架子,必须做实。所以,我们必须精细,把能想到的必须谋划好,你们回去以后,要把这个方案延伸出来做精做细。"

三人连连点头。

王金亮挨个儿看看他们,感慨道:"你们三位都很优秀,一个来扶贫带队的第一书记,一个当'村官儿'返回村里当了支书,一个靠个人奋斗成为企业的精英,年轻有为,前程远大。现在,咱们农村最突出最迫切的问题,是年轻的党员和村干部特别缺乏。你们都知道,三十岁以下的党员,村里基本上没有了,有一两个也外出打工不经常回村。今后,农村的带头人谁来担当?我思考很久不得其解。但现在,我从你们身上,似乎看到了希望。因此,我刚才说的那些,其实是在提示你们,我们搞的这个农业项目,最终目的是把周边村子,甚至是全乡所有乡村的发展,都带动起来,因此我才建议你们,一开始就让村民参与进来共同承担责任甚至是风险。这样做的好处和效果是,把他们的孩子、亲戚以及各方面的关系,都吸引过来,调动起来,来到我们这个抱香谷参与经营和管理。因为,咱们迫切需要人,需要大批有知识有文化的年轻人返回家乡创业啊!这难道,不是一个最好的平台和机遇吗?同时,这也是提高抱香谷知名度、增加客源的重要手段啊!"

田旭辉惊叫:"对呀!王书记,我们咋没想到这一层呢!"

王金亮又说:"我那天突然想,从现在开始,我们就要开始着手做一些基础性的文化宣传工作,不单单是溶洞和这个农业项目,而是在涉及所有田园综合体的这十二个村庄甚至更多的村子上做文章。组织发动各个村的文化人，尤其是一些能写的，尽快把各村的村志编写出来，搜集整理一些民间传说、民间故事或者歌谣。比如，发现地下溶洞的后山，古籍中记载是'崆山'，咱们当地人还不知道有这个说法，所以我们需要挖掘和整理。我们可以进一步考证一下，或者到民间搜集一些传说，把'崆山'的来历说清楚，说得有意思甚至妙趣横生。我听有的村民讲，多少年了，每年下雪，就是这座山上的雪化得快，说明山里是空的，内里温度高，所以雪才化得快，但谁都没有想到，这整座山会是空心儿的。还有，狐子沟也有故事，有个传说，说是田家大院的创始人田家辉，有一次进城卖豆腐回来迷了路，误进狐子沟出不来了，是一个老狐狸精领着他走进现在发现的这个溶洞里，他在洞中意外发现宝物，从中带出来几件卖了才发家有了钱。再说咱们皇迷乡的这个名称，听老人说，是刘秀被王莽追杀时，逃往这里，在七弯八拐的山里和树林里躲藏迷了路，王莽才没找到他，后来刘秀登基当了皇帝，就把这里改名叫皇迷了。像这样的老故事，在民间流传很久了，这可都是我们很丰富的民间文艺资源啊！我们可以把这些口头说法，形成书面文字甚至影像作品，再现出来，通过各种渠道传播出去，让产业和文化互相交融，是多么有意义啊！"

陈博惊呼："王书记，你可太厉害了！看来，我们这个项目，不是单单建起来就行了，还有很多很多的事要做啊！甚至，听你这么一说，我感觉这比整理土地和植树种花还重要还难做。"

王金亮说："对啊，一个硬件，一个软件，缺一不可。就像电脑一样，不是有各种软件支持，电脑才神奇才丰富多彩吗？没有软件，电脑百无一用。"

"哎呀！王书记，你这一席话，让我突然开窍了。"田旭辉兴奋地说，"我祖爷田家辉的故事和传说，多了去了，如果把他的创业故事写成一部书，那可真比田家大院的房子精彩百倍。太好了，王书记，我有个同学喜欢写文章，认识很多作家，通过他，我组织个笔会，让他们来我们这里采采风，提前为我们的综合体预预热，你看咋样儿？"

王金亮高兴地说："好，除了请一些专业的笔杆子，还要发动我们本乡本土的年轻人，加入我们的宣传、策划和营销行动中来。我甚至想，让米雅丽出点儿资，咱们搞一个'皇迷乡历史文化大揭谜'方面的征文比赛。除了刚才说的，还有洑河、赵家石楼、邢窑遗址、蛤蟆桥、普利寺塔、张角起义、八路军兵工厂等等，都有好多有滋有味、十分精彩的故事，大有写头。这个征文比赛的名称我想不好，你们下来再琢磨琢磨。我们的目的是，除了吸引作家们的眼球，主要是把那些在外面打工的青壮年也呼唤回来，增加他们对家乡的自豪感和荣誉感，将来留在这里为建设家乡贡献力量，你们说这样好不好？"

米雅丽激动地说："好，王书记，太好了，太有前瞻性了！这个征文活动，我们回去就着手策划，奖金没问题的。"

"这倒不必着急，这只是我的一些想法。"王金亮眼睛闪着光道，"总的意思是，我们的眼界要宽，思路要广。不能只把这个农业观光当作一个旅游项目，而是借助这个契机，优化整合乡村资源，加大扶贫攻坚力度，加快补齐农村基础设施和公共服务短板，促进这一带的人居环境、文化氛围和社会风气的转变。让年轻人从城市回流到乡村，让广大农民有更多获得感和幸福感，提高文化品位和质量。我以为，这才是真正意义上的乡村振兴，所以希望你们不要让父老乡亲失望！"

第十七章

49

主汛期越来越近了,拆除河道里的石料厂迫在眉睫。

王金亮经过认真考虑,决定采取强制措施。

在乡党政联席办公会上,王金亮把情况向大家通报之后,提出了强行拆除的想法,之后听取大家的意见。

会上有两种声音。赞成者认为王书记说得对,这个石料厂在河道里,侵占河道近三分之一,已经很多年了,谁也弄不动。说是有手续,可手续谁见过呢,肯定是在上面有关系,一些主管部门装糊涂,不管不问,口头上默认,他们就拉大旗作虎皮,拿这个吓唬人。给他来个硬的,让他告去,肯定什么事也没有。再说,这是执行县委、县政府疏通行洪的河道,有法可依,有章可循。反对者认为这样做属于违法行为,因为乡里没有资格和权力来认定这个石料厂是不是违章建筑,之所以这么多年没拆除,没人敢动,肯定有不知道的缘由。一定要搞清楚才采取行动,即使是违章建筑,也无权拆除,要由主管部门指定的专业工程队来实施。劝王书记千万要冷静,不要一着急,一激动,脑袋一热,蹬这个浑水，做出不应该做的事犯了错误……

有人问："认定违章建筑的部门是哪个？"

"规划局。"

"可咱县没规划局啊！"

"县里的规划这一块职能，一直在城建局放着，现在改成住房和城乡建设局了，要由这个部门来认定。"

"向他们打报告？"

"程序上应该是这样。"

"那等到地老天荒也弄不成！"

还有人问："在小清河上建的这个厂子，当时是由哪些部门办的手续啊？"

"应该有三个部门，用地是原土管局，在河道上建设是水务局，建筑许可是原建设局。"

"到这些部门调查一下，不就清楚了，看看到底是不是手续完备，是谁批准的在河道里建工厂。"

"说得轻巧，这些部门能告诉你实话，让你看档案吗？再说，十几年前的事了，领导和办事的换过好几茬儿了，现在谁还给你倒腾这个从前自己没有经过手的事。"

"不是说每年都年检，看看到底有这回事吗？"

"这么多年过去了，包括王书记，换过多少个乡党委书记了，谁都没管下来，里面的情况肯定很复杂。"

"今年万一雨水大，影响泄洪，破堤冲了庄稼卷走人，这事就大了，不但王书记，我们在座的乡领导，都有责任。"

"瞎说！多少年了，你见过这河里有过大水吗？汦河里有水不假，但这是小清河，别说大水，连小水都没有，年年干着，临河的老百姓都在河滩上种庄稼，有啥事？啥事没有，也没人管。

再说，厂子也没把河道都挡了啊，只不过西围墙那儿多往外伸出了几米，并不影响泄洪。"

"那是侥幸心理，从前没事，不等于今年没事。千里长堤，溃于蚁穴，别看那几米，真要有大水，两根木头憋住也能出大事。"

"切，不早不晚，王书记来了，就出事了？不吉利，快别说这霉气的话了。这事，不该我们管，也管不了，还是少找麻烦好。"

"可这事在我们乡里啊，眼睁睁看着该管不管，万一出了事，对得起老百姓吗？遇到难事就躲，见到困难就退，碰到硬茬儿就怕，那县委派我们来皇迷乡干啥？光坐在办公室里跷着二郎腿喝茶、玩手机、看报啊！那样没麻烦，也不会得罪人。"

"可管可不管的事，最好不管。"

王金亮一直听着大家的议论，不时在笔记本上写着什么，等都说完了，他望望在座的各位，语气庄重地说："刚才大家的发言很好，对我启发很大。在汛期即将到来，以及溶洞前期的基础工程将要开始进行的关键时刻，小清河河滩上这个废弃的石料厂，是下定决心迅速清除，还是像刚才有的同志所说，按行政组织程序报告给相关部门，等待他们解决呢？这件事，的确是让我们左右为难，犹豫不决，我自己内心也进行了多次激烈的斗争。我们自己来拆，肯定是违规甚至是违法，但等到呈报给上边或者等到那些主管部门来处理，事情在这儿明摆着，十几年都没拔掉的钉子，十天半月就能拿下来？就现在这种复杂的人际关系和他们的办事效率，那简直跟说个笑话一样，根本不可能。同志们，现在是七月中旬，大家都知道，七下八上是防汛最重要的时节，我们真的没有时间了，不能再等下去再拖着四处苦口婆心去找方方面面协调了。当然，有人刚才说了，多少年没发过大水了，小清河好多年都断流了，但是，如果恰恰就是在今年，山洪暴发顺小清河泄入浉河时，在这个石料厂受阻破堤而出，会是一个啥状况呢？大家可以想像一下，先不说溶洞进水无法施工，那一带，可是有八个村庄近万人的生命啊！哪个重，哪个轻？这账不用算，出于对党和人民群众负责的态度，我考虑再三，做出如下决定……"

大家都静静地望着王金亮。

王金亮看看笔记本，顿了顿说："第一，由乡党委副书记、乡长乔文杰同志带队，去县政府防汛指挥部，除汇报乡里贯彻落实县委、县政府关于防汛工作的情况之外，重点报告请示石料厂占用河道难以清除会影响泄洪的现状，让他们迅速拿出解决的意见或者方案；第二，由乡党委委员、纪委书记霍胜海同志带队，赴县住房和城乡建设局、国土资源局、水务局、河道管理处，调查了解石料厂当年用地、建设、投资审批以及年检的情况；第三，由乡党委副书记马春浩同志带队，去石料厂现场调研，掌握石料厂现在打扫卫生要'复工'的详细情况，尽可能劝说或者动员他们中止工作。散会后，你们三人立即带队出发，做好记录，有情况及时向我报告。另外，霍书记这一路，最好是找这些部门里你认识，或者关系比较好的人去了解，贸然去问，人家可能会置之不理。"

霍胜海点点："王书记，我明白，你放心就是。"

乔文杰和马春浩也都表示一定完成任务。

最后，王金亮严肃地说："我会根据这三路得到的情况，决定下一步对石料厂采取的措施，就不再召开联席办公会了。今天这个会，周主任和林秘书要详细记录，整理后作为纪要的形式印发。各位，家有千口，主事一人，我是乡党委书记，一把手，在十万火急、特殊情况下，对石料厂的处理，结果无论出现什么问题，产生什么严重的后果，都由我王金亮一人负责。"

散会后，三路人马立即进入了工作状态。

先说乡长乔文杰。

县防汛抗旱指挥部，其实是一个由多位领导和部门组成的临时机构，办公地点设在县政府办公室，县长任总指挥长，一名县委常委和一名副县长任常务副总指挥，其他二十多个部门成员单位的主要领导任副总指挥和指挥。平时在这里值班的，或者说是主管此事的，是政府办一位姓焦的副主任，任指挥部办公室主任，由他负责组织和协调各成员单位做好防汛抗旱工作，下边各乡镇和各单位有事了，他会沟通解决，解决不了再向指挥部主要领导请示汇报。

乔文杰找到他，把情况详细说了，焦主任大眼一瞪道："这有啥可说的，赶快给他推了啊！管他是谁呢，文件说得明白，谁设障，谁清除，他不清，你们乡里清！"

"是不是由你协调组织召开个会，把这事研究一下。"

焦主任不屑道："切，这指挥部，听着和看着挺邪乎，怪大的，其实下边的这些成员，是由二十多个部门的主要负责人组成的，说白了，都是挂个虚名而已，谁也不当正事干，找谁？又有谁管你这点儿小事？"

乔文杰问："那遇到事了，谁说了算？"

"当然是县长了，他是总指挥长……"焦主任想了想，感觉说得不对，"县长太忙，不直接管，由主管农业和水利的副县长管，他挂的是副总指挥，可他主管的事也很多，也没工夫管。"

"这……"

"指挥部设在这儿,领导安排的,我只好应这个差了,算是兼管吧!"

乔文杰笑笑:"好,焦主任,你其实才是真正的指挥长,权力大了去啦!"

焦主任撇撇嘴:"我就是一个补丁!老乔,别讽刺我,有事咱快说事,我一会儿还有事。"

乔文杰认真地说:"好,焦主任,那你以指挥部的名义,下个拆迁清除的通知吧。"

"不用!"焦主任瞪瞪眼,"我刚才说了,你们去推平清除了就是,出了事我负责!"

乔文杰一听,知道他这是"砍炮话",不是真办事的,于是笑笑说:"你是不是向大领导们汇报一下,究竟是该由谁去执行拆除……"

"在你们皇迷乡,当然由你们去办了!"不等乔文杰说完,焦主任就不耐烦道,"县长和主管副县长忙得很,我都三天没见着了,我刚才说得很清楚,领导就是挂名的,请示他们也没工夫管你们这点小事。回去转告王金亮,让他赶快想办法按要求采取措施。对了,下周末,县里要组织一次防汛抗灾大检查,到时候这个厂子还占着河道,县长一着急,他吃不了可得兜着走。"

"好,好,我一定转达你的意思。"乔文杰笑着说,"焦主任,你只要写一句话就成,让我们乡里拆这个石料厂,然后盖上指挥部的章,我拿回去,也好向我们王书记交代……"

"章是随便盖的吗?还当乡长呢,真是不懂事!"焦主任说着,一看有两名乡干部在笔记本上不停地写着字,就警惕地问,"你们记啥?"

两名乡干部不自然地笑笑,停止了记录。

"老乔，还有别的事吗？"焦主任站了起来，"市人防办一位副主任要来，我还兼咱县人防办主任，一会儿得去高速路口接一下。"

乔文杰连忙站起来："好，焦主任，你忙你的，我们这就走。"

"没事，非常时期，就得有非常手段，王金亮在乡镇干了十几年了，是有名的憨大胆儿，这点事还摆不平？我再说一遍，手腕硬点，大胆干，出了事，还是那句话，我负责。"

乔文杰出了门，又返回来说："焦主任，求你把我说的这件事，最好能记录下来。"

"好，好。"焦主任走到门后墙壁上挂的一个小黑板旁，摸出半截粉笔，在上面写了一行字："皇迷乡来汇报小清河上石料厂一事。"

乔文杰走过来认真看看，想了想说："石料厂后边，应该加上'阻塞河道需拆除'这几个字。"

"老乔，你可真较真。"焦主任笑笑，"好，我添上，这你放心了吧。"

乔文杰回来，把去县防汛抗旱指挥部汇报的情况，向王金亮从头至尾说了，王金亮苦笑着摇摇头，叹口气道："唉，看着还挺有担当，实质上是不作为啊，他负责？负啥责？"

再说乡纪委书记霍胜海。

霍胜海带领两名乡干部，先去了县自然资源和规划局，也是国土资源局的前身，很顺利找到他一个村的同姓族人，论辈分该叫叔的一位在这里工作二十多年的老科长。说起这件事，老科长知道这块地审批时的前后过程，因为当时他在地籍管理科当科员，科长问过他这块地的性质，他查了档案，说是徐家庄的集体用地，在小清河的东岸，大概有十来亩。后来他才知道，这块地有人先租了，是办的养殖场，已经在这里养鸡养鸭三年多了，现在想买下来，要办理土地证，这就叫先租后征。事后得知，这是一个叫黄长江的房地产老板的厂子，为他办土地证的，是现在的副局长赵洪源，也是赵洪岐的弟弟，他当时是土地利用科的科长。具体是怎么办的，老科长就不清楚了，但强调说，土地证肯定有，因为那时候管理非常松，批就批了，没人仔细过问。

霍胜海问："按你所说，开始办的是养殖场，后来咋变成了石料厂？土地变性，不违规吗？不经过你们土管部门允许吗？"

老科长说："登记证上肯定不会这么写，后来他私自变更，我们就管不着了，也不清楚，在河滩上建厂子，这得去问水利和工商部门。"

"当时批的是多少亩？"

"不多，十几亩吧，时间长，记不清楚了。"

霍胜海说："现在那个石料厂，起码得有四五十亩，也就是说，其他的，肯定没有合法的土地手续吧？"

"理论上是这样。"老科长说，"不过，那时候挺乱的，特别是在农村和山区，少批多占，常有的事，不足为奇。尤其是小清河那一带的河滩上，那些年乱得很，开荒种地的，种菜养猪的，挖沙盖房的，到处都是。这些年下大功夫治理，已经好多了。你说的那个石料厂，我估计就是在征地之后的基础上，上马搞石料加工，一直向西扩建到河堤上了。"

霍胜海点点头："很可能就是这样。"

老科长笑笑："所以，人家说有土地证，手续合法，也有道理啊！这种事，县里多得很，也不止这个石料厂一家，细查细追起来，多了去了。"

霍胜海想了想问："能不能了解一下当初办证的情况？或者，看看和复印一下这个土地证的副本也行。"

"开啥玩笑！"老科长不屑一顾道，"胜海呀，你以为你在乡里当个纪委书记，就真把自个儿当成官儿了？你这是找到我了，我才关着门跟你耐心说点实话。在局里找任何你不认识的人，理都不理你，你算老几，老档案凭啥叫你看？"

"说得也是，老叔，打扰你了。"

"你走吧，别再托人在局里问这个事了，人家当初能办下土地证，肯定是有关系有背景。你现在好好翻扯这个事，消息不定跑到谁耳朵里，惹到了谁，别说王金亮有麻烦，连你也得捎带上。金亮这人不错，在獐么当书记时，我就认识他，见他替我问个好，让他多保重。他有事了，我肯定帮忙，再说你还在他手下工作。但石料厂用地这件事，你告他，就别再往下追了，对谁都没好处……"

从国土局出来，霍胜海像泄气的皮球，一下子没了精气神，但还是硬着头皮，准备去找水利局他上高中时的同班同学，同学是水利局的局长，姓魏，一把手。听了在国土局时那位"叔"的"忠告"，他有点不好意思开口，先在电话里问他在哪儿，忙不忙。魏局长问他什么事，他没说，只说现在县城，有点事想跟他见一面。魏局长挺高兴，说已经这个点了，中午一起吃饭吧，他现在陪市局一位领导在铁顶墓镇派河上检查工作，一会儿就回县城，午饭的地方已经安排好了，让霍胜海到他指定的一个饭店等他，说他的办公室主任在那儿安排接待，到了休息下等他一会儿，有事见面聊。快十二点时，魏局长到了，安排好客人，过来到局办公室主任专门给霍胜海还有带的两名乡干部安排的房间里与他见了面，说你们先用饭，愿意喝酒先喝着，他先陪一会上边领导再过来说话。过一会儿，魏局长来了，问霍胜海他们怎么不喝酒。霍胜海说现在有规定，中午不能喝酒，魏局长笑着说我以为我不能喝，原来你们也不能啊，那就以茶代酒吧。

说了一阵闲话，霍胜海把找魏局长的意思大概讲了讲，最后说："主要是想了解一下，在河滩上建的这个石料厂，当初在水利局办手续的情况，最好看一下审批的手续。"

魏局长皱着眉头说："你说的这个事，是十几年前的事了。那时候，我在哪儿了……噢，对了，我还在发改委工作。老霍，你知道，我是从发改委的一个科长，五年前提拔到水务局当副局长的，这事我根本不清楚啊！"

"能不能查查档案？"

"可以，别人不行，你说了还不行吗？"魏局长痛快地说，"你回头给我写个文字的东西，我叫人查一下，之后给你答复。"

"好，老同学，先谢谢了，这事可得快点。"

"客气啥，这不算个事。"

霍胜海问："如果没有经过你们允许，在河道里盖房子影响行洪，你们能不能管？"

"当然能管！"

"咋管啊？"

魏局长愣了愣，没有说话。

"能不能强行给他拆了？"

魏局长摇摇头说："不能，我们可没这个权力。"

"那咋办？"

"我们可以去法院起诉，也可以上报县委、县政府，由相关部门联合执法。"

"噢，原来是这样！"

"对了，你说的这个石料厂，让我突然想起了一件事。"魏局长若有所思道，"我刚来水务局当副局长时，局里好像在县政府安排下，处理这个厂子占用河道的问题，后来不了了之，不再说了，因我不主管这方面的事，也没再关注。"

"这个石料厂，出面的老板叫张世勇，实际上是黄长江的，可能是势力大，关系硬，弄不动吧？"

魏局长惊叫一声："噢！黄长江的？不会吧？"

霍胜海说："没错，他是法人代表，我们王书记和他交涉过几次了，他答应协调张世勇，可一直谈不拢。"

"原来是这样！"魏局长嘀咕一声，脸上突然有点儿尴尬，还显得不太自在，一直劝霍胜海他们多吃菜，转移话题不再谈这件事了。

霍胜海看出有点儿蹊跷，但当着这么多人的面，也不好意思再问他什么。

沉默了一会儿，魏局长站起来，对霍胜海说："老霍，我再去那边陪陪市局的领导，你们多吃点，不够，再加几个菜，一会儿，我再过来。"

魏局长往外走时，霍胜海跟了出来。

到了走廊上，霍胜海快走几步，追上魏局长："兄弟，咋回事？"

魏局长愣愣："啥咋回事？"

"一提黄长江，你紧张啥？"

魏局长停下来，把他推到墙边，压低嗓门说："黄长江他弟弟你知道不？"

"知道啊，公安局副局长黄长河。"

魏局长眨着眼睛说:"我和黄长河,是连襟啊!你看这事巧得……"

"连襟?"

"对,我老婆,和黄局长老婆是亲姐妹。"魏局长朝一旁看看,咧咧嘴说,"老霍,咱不是外人,我就实话说了吧,你打听的这个事,涉及了黄氏兄弟,我帮不了你,也不能找这个麻烦。"

霍胜海回乡把去这两个部门的情况如实向王金亮进行了汇报。

王金亮吃惊地瞪大了眼睛:"真是拔出萝卜带出泥,不定都牵扯出谁来,看来,这么多年这个厂子弄不动的背后,水还挺深啊!"

霍胜海问:"建设和规划部门,还有工商方面,还用再去问问不?"

"不用了。"王金亮叹口气,无奈道,"人家有那个唬人的土地证,盖房子还能不允许?水利部门装聋作哑,也不管,登记注册个民办企业,更简单,别白费这个劲了。"

最后说乡党委副书记马春浩。

马春浩带着三名乡干部来到小清河东岸的石料厂,大门开着,有几个人在大门口外垫旁边一个大坑,见有车往里开,都围了过来,拦住车不让往里进。

马春浩说出自己的身份,但这几个人横眉竖眼,还是不让进。

马春浩问谁在这里负责,他们则是带搭不理的,说你管不着。

隔着车窗玻璃,马春浩往外看几眼,一晃看见有个年轻人挺面熟,定睛一看,认出来了,这不是蝎子沟那个叫二黑的小子吗？跟着王书记去该村分地时，他曾想闹事，长得又黑又瘦，所以印象很深。

马春浩下了车，对着他喊了一声："唉，我说，这不是蝎子沟的二黑吗？"

二黑一惊，朝马春浩仔细看看："噢，是马书记啊！"因为马春浩在村里蹲点，在小商品市场住过半个月，村里人基本上都认识他。

马春浩问："你咋在这儿？"

二黑说："我在这上班。"

"噢！"马春浩看看他，问，"谁在这负责？是不是张世勇啊，他在不？你快打电话跟他说，我有事找他。"

"现在管事的，不是姓张的了。"

"换老板了？"马春浩吃惊地问，"换成谁了？"

"嘿嘿，你认识，一见面就知道了。"二黑神秘地笑笑，"我这就给他打电话。"

打过电话以后，二黑说："马书记，你进去吧，二楼，靠楼梯往西第二个门，老板在那儿等你。"

院子里，有不少人在干活儿，有的在拆工棚，有的在往外运垃圾，有的在粉刷墙壁，大部分是上岁数的人，其中有不少妇女。

把车停在楼下，马春浩和乡干部们上了二楼，按二黑所说，向右一拐，见第二个屋门开着，有一个人刚从里面走出来。

马春浩站在门口往里一看，不由得惊呆了，只见申怀亮光着大膀子，在写字台旁站着，屋里还有两个人，蹬在梯子上安装空调。

"申怀亮！"马春浩喊了他一声。

"哎呀，刘大书记大驾光临，欢迎欢迎！"申怀亮哈哈大笑走过来，握住马春浩的手，对三名乡干部说，"各位领导，快请坐，快请坐。"

马春浩打量一下屋内，看样子是准备做办公室用，似乎是刚刚收拾出来的，一边一个长沙发，估计也是刚买来的，一层塑料包装纸还没完全拆掉。

"马书记，不好意思，我刚来这儿，屁股还没坐热，啥都还没弄好，茶叶也没有，就委屈一下，喝矿泉水吧。"申怀亮说着，拿出几瓶水分别递给大家，之后穿上个白背心，坐到写台前，指着两个装空调的人，对马春浩说，"你看，空调还没装好。"

马春浩皱紧眉头问："怀亮，我不明白，你这是……"

申怀亮对装空调的工人说："你们，先出去歇会儿，一会儿再过来。"

两个装空调的出去了。

马春浩奇怪地望着申怀亮："老申，这是啥意思？"

"马书记，我知道你想说啥。"申怀亮笑笑，"我咋在这当头儿，也就是负责，管事，觉得奇怪，是不是这个意思？"

马春浩点点头说："是啊，这不是张世勇……"

申怀亮踌躇满志道："以后，这没他的事了，我是老板。"

"噢！"马春浩又是一惊，更糊涂了，"这是咋回事？"

"说那么多没必要，也没用。"申怀亮看看马春浩道，"简单点说吧，也算向你汇报，现在，这地方我接管了，要重打鼓另开张，以后有啥事了，特别是遇到难处了，还仰仗马书记大力支持，你看，地盘在咱乡里，我又是咱乡里的村民，你可得为我们农民创业提供方便哟！这两天我太忙，等收拾得差不多了，肯定会去向王书记和你详细汇报。正好你和领导们今天过来了，就算是提前先通报一下吧。"

"老申啊，你没有搞错吧，不会是傻了吧？"马春浩皱着眉头说，"这个厂子占着河道，影响泄洪，现在正协调商量着搬迁、拆除，你咋能接手这么个烫手窝窝呢？"

"搬迁？"申怀亮瞪瞪眼，"谁让搬！"

马春浩说："这不，听说这里在收拾地方，计划开工，乡里派我过来看看情况，我以为是张世勇在这里张罗，没想到……"

"看看，这都怨我，没有及时向领导汇报，我这赔礼道歉了。"申怀亮摊摊手，笑着说，"现在知道了，马书记，行个方便吧，以后还望多多关照！"

"哎呀！我说申怀亮老兄啊……"马春浩急得站起来，在地上直转圈儿，"你让我说啥好呢！乡里，正在研究拆这个地方呢，你咋能上人家的当，接手这个厂子，还往里面投钱，不是白扔吗？听我的，赶快停了，空调也别装了，把雇来的人赶快打发走。"

"是不是王金亮让你来的？"

"算是吧，也是乡党委的决定。"

"我说马书记啊，马春浩，你咋不长记性，还给王金亮卖命啊！我听说，你跟我侄儿媳妇冯巧巧那个事，县里想放你一马，可王金亮硬是揪住不放，到底给了你个处分。你说，这还能在一块搭伙吗！现在还鞍前马后跟他跑，有成绩，是他的，出了事，你背着，你还说我傻，我看你才是不识数。"

"少胡说八道！"马春浩脸红了，"这事，不都是你带头闹的？"

申怀亮叹口气："唉，马书记啊，你这可是冤枉我了，咱俩无冤无仇的。申家族人有事了，都爱找我，当时我不得不出面，后来我得知真实情况后，再没有说过别的。当时，申子昆欺负冯巧巧，不是我出面帮你处理的吗？"

马春浩想想是这样，就说："我主持选举村支书，你大闹村委会，这咋说？"

"我那不是闹你，是闹王金亮和田旭辉。"

"别转移话题，咱不说过去的事了。"马春浩看着申怀亮，平静地说，"这个事，你说，该咋办吧？"

"你说咋办？"

"我刚才说了，赶快停下来，把人都撵回去，免得你受经济损失，完了，你既然在这儿负责，那咱就坐下来，谈搬迁的事。"

申怀亮沉默了一会儿，来到马春浩面前，笑着说："哈哈，看你严肃的，一来光着急了，也没问一问，我接手这个地方，准备干啥呢！"

马春浩问："对啊，你准备干啥？"

"建养老院，名称都起好了，叫'山水红老年医养中心'，为咱们乡的老年人献爱心，搞服务，做好事，地地道道的公益事业啊！"

"啊！"马春浩又是一惊，问，"有手续吗？我看看批文。"

"正跑呢，办好了，我会再亲自去乡里向王书记和你汇报。"

马春浩回来将情况向王金亮作了汇报，王金亮很吃惊，沉思了一会儿说："这小子又耍花招，准是拿大话蒙人呢，占着河道办养老院？我看谁敢给他批，别信他这一套。"

马春浩说："王书记，这小子可是不好惹，对他下手，你还是要谨慎点。"

王金亮气愤地说:"还是那句话,不来硬的,这个石料厂根本就拆不成!"

50

赵洪岐急匆匆把黄长江叫到了办公室。

黄长江一进门,赵洪岐就埋怨他说:"你咋叫怀亮去给办养老院了,他那个货,是啥成色,你不知道啊!"

黄长江一惊:"老爷子,不是你让他找我的吗?"

"我啥时候说过?"

黄长江皱皱眉头道:"那我明白了,他是打了你的旗号,说瞎话了。"

赵洪岐撇着嘴说:"这小子一贯的毛病,在外面,动不动就把我抬出来,你也不给我来个电话问问?"

"这点小事,哪好意思惊动你啊?"

"他是咋跟你说的?"

黄长江说:"他说你跟他说,我下边小清河边上那个石料厂,要改建养老院。他说这个项目不错,想入个股儿。我问他是咋知道的,他说是你对他说的,还说是你动员他入股。我一想,既然你愿意让他投个资,干脆,我让他去负责筹建吧,建成后,这一摊子就都交给他了。再说,我觉得让他做这个养老院,也相当合适。"

赵洪岐咂着嘴道:"嘻!看这瞎话骗得……那天他去我家,我正打电话给民政局侯局长说你想办养老院的事,他可能是听了个话音,完了问我,我大致上对他说了,不料他生出这么个心眼。"

"怀亮跟我说，他那跑大车的运输生意，有人打理，不用他具体管，正常走着就是了。他闲着没事，现在手里有个钱，也想干点事。正好，张世勇也不想做了，我干脆就把石料厂盘活改建养老院的事交给他吧！也不用他投资，前期筹建的费用，我全出，手续办下来之后，再说具体的投资和分成办法。老爷子，没事，你放心，怀亮没有任何风险，他本人愿意，我也愿意在这个特殊时期，让他给咱抵挡一阵子。他是一员猛将，再加你是他舅舅，遇到事了，谁还不给你个面子？你不说过让我找个挑头的吗，我觉得怀亮最合适……"

赵洪岐转转眼珠："莫非，是你故意利用他吧？"

黄长江正色道："看你这话说得，老爷子，咱不是一根绳上拴的两只蚂蚱吗！"

赵洪岐嗔怪："你啊，有钱没文化，打个比方，总是那么难听，像吃个苍蝇。"

黄长江笑笑："好，我接受批评，以后多读书。"

"你办公室书架上那么多书，我估计一本都没读过。"

黄长江连连点点头："是，翻都没翻过，是摆样子，让别人看的。"

"算了，说正事吧。我不是着急让怀亮去张罗养老院，我是着急，你事先咋不跟我说一声。你们都瞒着我，还是王金亮打电话问我，我才知道的。"

黄长江惊叫："他打电话都说啥？"

"他说石料厂要改建养老院，问我知道不知道，还说现在是我外甥在那里负责筹建，我能说啥，只好说不知道。"

黄长江眨眨眼睛："昨天怀亮带着人刚进场，这不我就赶紧过来，当面向你请示汇报。王金亮动作真快啊，紧紧揪住不放。

往下，咱们该咋对付他？"

赵洪岐叹口气道："我听说，王金亮在调查你当初办石料厂的相关批件，派人去了好几个主管部门。"

"是吗？这家伙还真是下死手啊！"

"这一点倒不必担心，事情过去这么多年了，那些主管部门的人换了一茬儿又一茬儿，只要县委不出头，仅凭他乡里的力量，是无法得到这些证据的。"

黄长江担忧地说："也不能大意，我这倒是没事，不怕查。可当初，那些手续，是你当副县长时，叫人给我办的，别查来查去，把你给抖搂出来。"

赵洪岐摆摆手："没事，土地这方面，是我亲弟弟，水务局的老景，已经去世了。城建那里，局长陈良的小姨子在山区教书，是我当县长时把她调到县城来的，都不会出卖我。"

"这些部门，我都有关系。这几天，我赶紧私下里去拜访他们一下，暗示一下，以防万一。"

"不必，这不成此地无银三百两了吗？让王金亮随便折腾吧，一个乡里的小书记，没人吃他那一套，是瞎子点灯，白费蜡。"

"那好，老爷子，我听你的。"

赵洪岐沉吟片刻道："现在，我唯一担心的，是怕王金亮破釜沉舟……"

黄长江问："这咋讲？"

赵洪岐说："他要真是不管不顾，一瞪眼稀里哗啦把厂子推平了，咱们可就没有办法了。"

"他敢？这违法，告他啊！"

赵洪岐冷笑："拿啥告？不要以为谎话说了一百遍，就成真的了。是那么回事吗？别人不清楚，咱自己还不清楚？政府早让你停产了,没有拆,还不是因为咱们上下打点和左右疏通?你起诉乡政府,出示证据不?这不正好露馅吗?所以告不得,拆了白拆,哑巴吃黄连,有苦说不出。"

黄长江恍然大悟:"说得对,还真是这么回事。"

赵洪岐如释重负:"好在,王金亮魄力不够,现在还没有意识到这一点。"

"哎呀,我可是提醒和鼓动让王金亮硬拆了。"黄长江忧心忡忡道,"我当时想让他强拆引出事端好告他,让你这么一说,他可别真拆了……"

赵洪岐一惊,但旋即就释然了:"没事,你越那么说,他越不敢,这类似于空城计。"

"吓我一跳!"黄长江松了一口气,问,"下面咋办,有没有预防他强拆的办法?"

"必须想办法,坚决阻止他强拆,不能造成既成事实!"

"好,我明白了。"

赵洪岐皱紧眉头:"建养老院的手续,有点儿麻烦……"

黄长江说:"所有材料,我都报给民政局了,还见了一下侯局长,他让等着。你说你来协调,催催他,情况咋样了?我也正想问你这事呢。"

赵洪岐问:"当时,他们审查你报的材料时,是不是跟你说了,材料里还少一项,让你赶快报过去,你报没?"

黄长江为难道:"没有,他们要的固定场所证明,现在无法提供。石料厂的手续,早被吊销了,拿不出来啊!"

"申请书、可行性研究报告、拟办社会福利机构固定场所的证明文件等,这些材料和条件都符合了,人家民政局才给发筹办批准书。"

"你也通融不下来？"

"侯局长跟我解释了，我理解，现在跟过去不同了，谁也不敢像从前那样稀里糊涂硬着给你办。"

"那咋办？"

"你赶紧想法搞一个固定场所的证明。"

"弄个假的？"

"这个你别问我。只要是在办着，跑着手续，这就是借口和挡箭牌，王金亮就会有所顾忌，不敢轻易在这个地方上给你下死手。"

51

黄长江从赵洪岐办公室出来，回到华姿集团总部，刚坐到办公室，秘书就告诉他，说有一个叫张宾的在会客室里等他。

"张宾？"黄长江一时没反应过来。

秘书拿出一张名片摆到黄长江桌上："这是他的名片。"

黄长江看一眼，吃了一惊，沉吟片刻道："让他进来吧。"

老家是皇迷乡草楼村，如今在投资溶洞和"狐子沟抱香谷"建设的山东润易集团董事长张宾，与黄长江有过一段长达数年的"过节儿"。

20世纪80年代中期，都是二十来岁的张宾和黄长江，在县城一个叫老景的开办的阀门厂当业务员。那时候交通和通信都不发达，产品的销售，主要是靠几年来东奔西跑建立起来的"关系网"，也就是全国各地需要阀门客户的"名录"，说白了就是一本"关系户"的"电话本"，有人俗称这叫"联络图"，总之是当时做生意至关重要的。就跟现在有些掌握着个人资料的机构，总被一些不法分子企图购买一样，因为有了这些资料和联系办法，就有可能获得"商机"并争取到"客户"。老景，就是靠拥有大批"客户"才使阀门厂如日中天的，而张宾和黄长江，是老景手下两个最得力的"干将"。

有一天，老景的"联络图"，也就是那本记录着所有客户姓名、电话号码及地址的"电话本"找不见了。老景很着急，问了很多人，当然也包括张宾和黄长江，他们都说不知道。但过了一天，老景突然来到张宾住的屋子里，从他床上的褥子底下，拿出了这本电话簿。老景大怒，不问青红皂白，上去扇了张宾一个耳光，指着他的鼻子破口大骂："王八蛋，良心叫狗吃了？想背着我撬我的饭碗，算我瞎了眼，滚吧，离得远远的，别让我再看见你！"张宾捂着脸，惊得目瞪口呆，不知道电话簿怎么会在他的褥子下面。

大祸突起，无端受辱，他一时懵了，张口说不出话来，只好卷起铺盖回到老家草楼村。过了一天冷静一想，不能就这样不明不白拉倒了，一定得弄清楚这是怎么回事，想问问老景怎么就直接从他褥子下面翻出了电话簿。张宾不能去问，因为老景正在气头上，两人现在无法见面，再说老景也不能告诉他实情。于是，张宾托本家一个在皇迷乡武装部当部长的叔叔帮他了解此事。叔叔知道他单位的书记赵洪岐跟老景是表亲，就把这事跟赵洪岐书记说了，让他给老景过个话，看看是谁向老景"举报"的，此人肯定就是把电话簿放到张宾褥子下给他"栽赃"的那个人。但老景不说是谁，让赵洪岐捎信儿，只要张宾向老景认个错，就可以继续上班，只当这事没有发生过。为此，叔叔还让张宾去了一趟公社，赵洪岐当面给他做工作，没必要那么认真问那么仔细。张宾没有偷电话簿，有什么错？执意不去。赵洪岐又劝他，说自己做老景的主了，不必认错了，只要去上班，事情就算过去了。张宾觉得这也不行，要让他上班，老景必须在全厂恢复他的名誉，不能不清不楚就这样背着个"黑锅"使自己在厂子里威信扫地。张宾还是不去，坚持要老景给他道歉，说：树长一张皮，人活一口气，这样稀里糊涂我没法再去上班。于是便甩袖走了。

现在，张宾来找黄长江，就是想弄清楚，当年在老景厂子被人以偷盗电话簿"栽赃陷害"的这段"冤案"，是不是黄长江制造的？

因为，事过几年之后，有一位当时也在阀门厂一起上班的工友，到济南出差见到张宾，酒喝多时告诉他，说"陷害"他的是黄长江。张宾不太相信，觉得他们在一个宿舍，都是业务员，平时关系处得也最好，不可能，没有理由啊！况且，这件事发生后，黄长江还来家里劝过他，让他不要跟老景怄气，回去上班。工友说："你知道为啥吗？"张宾问："为啥？"工友说："他看上老景女儿了，可发现他女儿跟你搞对象，他吃醋，想把你挤走。"张宾摇摇头，不由笑出了声："你们这是瞎编，我和老景女儿，也没有搞对象啊，她有时有事来找我，无非是多说过几句话。"工友说："反正黄长江那么认为，觉得你是他的情敌。"张宾还是不相信，但工友说："你从厂里走后，不到半年，黄长江是不是也走了？"张宾说："我听说了，他去广东做生意了。"工友说："他是被老景开除撵走的。"张宾吃惊地问："这个我就不知道了，为啥开除他？"工友说："这不明摆着吗？老景在对你这件事的处理上，感觉错了，是谁给你布坑的，他心里最清楚谁是小人，谁是君子了，所以发现上当后，认为他人品不行，就不用他了。"

这只是旁人的一种说法，张宾半信半疑。事情已经过去这么多年了,由于他那几年在济南由做轴承改做机床设备,后来又成立了综合性的"润易集团",忙得不可开交。重新提起这件事,是八年前老景去世的时候。张宾接到老景去世的消息,从济南赶到县城来给老景吊孝,完事,老景女儿说当年父亲在对待张宾的这件事上,是父亲的过错,不该扇张宾一巴掌,代父亲向张宾道歉,说这是他父亲临终的遗言,一定让女儿转告张宾,并说偷窃陷害是黄长江所为。张宾大怒,带着手下来到华姿集团质问黄长江,黄长河矢口否认。张宾一气之下,让人把他的办公室砸了,两人从此结下了"梁子"。

矛盾也好,仇恨也罢,但年轻时毕竟在一起工作过,当时二十多岁,现已年过半百,鬓角已经斑白了。

必要的寒暄之后,张宾在黄长江的办公室坐定,平静地对他说:"我今天来找你,有三件事要问你。"

黄长江笑笑:"老兄,你说。"

"第一件,租赁我承包蝎子沟荒山上那几间看山用的房子,用来制毒,是不是你的主意,又跟我玩老套路,耍嫁祸于人的把戏?"

黄长江站起来,推着手说:"没有,没有,这可是重大刑事案件,由公安局调查……"

张宾不屑道:"别跟我说这个。你弟弟是公安局副局长,啥事干不出来?你找人栽赃报案,让你弟弟去抓我,又想故伎重演!"

"这可不能随便说,咱们现在这身份,不能再玩小孩儿过家家的事了。"

"那好!我再问你第二件事。"张宾也站了起来,直视着黄长江说,"当年咱们跟老景干阀门时,你为什么要陷害我?"

黄长江眨眨眼睛,耷拉下脑袋没吱声。

"我现在,不是要你承认不承认的问题,我是想知道,你我无冤无仇，而且相处得关系不错，为什么设计出那么一条毒计给我栽赃？我至今都不明白，我不听别人的传言，我想听你亲口告诉我，这是为什么？"

黄长江顿了顿，叹口气说："唉，其实很简单，我都羞于开口……"

"你说吧。"张宾逼视着黄长江，"你放心，我们都这般年纪了，我不会像八年前那么冲动，在这里乱砸一气。"

黄长江尴尬地笑笑："砸了好，你走后，他们让报警，我不让，这样我心里也能好受一点儿。"

张宾不屑道："算了，言归正传吧，不从你嘴中知道原因，我是死不瞑目。"

"好吧，我不说出来，这些年憋在心里也挺难受的。"黄长江过来给张宾杯子里续水，之后坐到张宾旁边的沙发上，眯着眼睛说，"有一次，咱俩做伴从厂子的澡堂里洗完澡出来，遇见老景女儿景春玲迎面过来。我们都跟她打招呼，还是我先问她干啥去。可景春玲却不正眼看我，是看着你说了句，你去洗澡了啊！就这么简单个事，我一夜没有睡着，翻来覆去想，春玲为啥跟你说话，不跟我说话？为啥不正眼看我，为啥看得起你，看不起我，你比我好在哪里？这样难受了好几天，后来就想出这么个主意，把老景抽屉里的电话本，偷出来藏到你褥子下，然后又告诉了老景，目的就是让老景和春玲对你冷淡，看不上你，其实就是嫉妒你，但没想到问题会有那么严重……"

张宾不由大笑起来："哈哈，你说的是真的吗？"

"我发誓，就这点事儿，现在想来，幼稚可笑，对不起了，今天正式向你道歉！"

张宾站起身子，如释重负道："好了，黄长江，你不是幼稚，这就是你一贯的禀性，江山易改，本性难移，你就是一个天生的小人！"

"其实，你不离开老景，不离开阀门厂，还成不了现在的气候，从这个方面说，是我成就了你，你还得感谢我……"

张宾冷笑："对，除此之外，还有，不是你企图把制毒的犯罪行为转嫁给我，还不会逼着我在皇迷乡铁下心投资，不是你投标搞鬼，我可能不会在溶洞这个项目上中标，这是你一贯的伎俩，可却一次次成全我！"

黄长江沉着脸道："张宾，你现在不就是靠了个王金亮吗？先不要得意，看谁能笑到最后！"

"最后，也就是第三件事，我想再问问你，你那个石料厂，给你多少钱能拆了？"

黄长江摊着手说："这地方现在不归我，要改建成养老院，是蝎子沟一个叫申怀亮的负责，他是人大主任赵洪岐的外甥，你去找他吧。"

张宾走到门口回过头道："黄长江，我送你一句话。"

"说。"

"多行不义必自毙！"

说完扬长而去。

第十八章

52

石料厂常年侵占小清河河道难以拆除的事情，越来越复杂了。现在已经进入八月，前几天下了一场大雨，昨天的天气预报说，近期还会出现强降雨。

王金亮心急如焚，夜不成寐，决定亲自带队，组织各方力量强行予以拆除。

行动之前，王金亮以皇迷乡党委和政府的名义，起草了一份通知，要求石料厂三天之内搬迁，并将通知送达申怀亮。

申怀亮接到通知，看完撕成两半，揉吧揉吧扔到地上，破口大骂道："扯淡，他王金亮算他妈的老几，有啥权力给我下命令，我就是不搬，看他能把我咋地！"

去送通知的乡干部说："三天后，乡里会组织人给你推了。"

"他敢！"申怀亮吼叫一声，转转眼珠儿，从地上捡起通知，展开对接到一起，放到桌子上，冷笑道，"这个，我还得留着，这是证据，罪证！非法拆迁，胡作非为，依仗职权欺压百姓，我得去上边告他！"

乡干部回来一说，王金亮怒不可遏，决定派人去石料厂的围墙外面和房子后墙上涂写"拆"字，但乔乡长提醒他说："我觉得，强拆石料厂这个事，只是咱们乡里在这里着急，不是办法，也不合法。再说，这件事除了涉及黄长江，现在又加上个申怀亮，就又添了个赵主任这层关系，他们背地里不定跟你玩啥花花肠子呢，光着急不行，还得多几个心眼才是。"

王金亮无奈道："我知道，可有啥好办法呢？万一发了大水，因为这个厂子淹了咱的村民、房屋和庄稼，后悔就来不及了。只要能安全度过汛期，我宁可犯错误、受处分，甚至撤了我的职也值得。这些天，我天天睡不着觉，不拆掉这个厂子，我总觉得是犯了大罪似的。文杰啊，你说，我们不这样做，还有别的出路和办法吗？如果有，我不憨不傻的，才不去因为工作硬是去得罪上上下下这么多人呢。"

"唉，王书记，你的心情我理解。"乔乡长叹口气，眨眨眼睛说，"我看这样，我再去一趟县防汛抗旱指挥部，让他们出个文，不愿意出文，在咱们那份限期拆迁的通知上，盖个指挥部的印章也行。这样，将来有事了，咱们有据可依，也能减轻一些责任。"

王金亮点点头："行，这样好，我现在是有点儿不冷静，你这个办法不错。但是，根据你上次去指挥部的情况，人家好像也不愿意出面做这个事啊！"

乔乡长说："我想法儿把焦主任摆平，你呢，给主管这方面工作的常副县长打个电话，把情况说一下，让他知道，听他咋说。我呢，找到焦主任时，把你跟常副县长沟通的事说说，再把利害关系讲严重点，估计能在通知上盖个章。"

王金亮当即给常副县长打电话。

常副县长知道这件事，说是焦主任向他汇报过，还质问王金亮为什么问题还没有解决。王金亮把情况简单作了汇报，还没说完，常副县长那边可能有什么事了，让王金亮赶快办，大胆干，出了事，他负责，说完就把电话挂了。

乔乡长立即赴县政府找到焦主任，在拆迁通知上加盖了县防汛抗旱指挥部的公章。

焦主任对乔乡长说："回去一定转告王金亮，时间不等人，不能再优柔寡断了，赶快下手，要是山洪暴发影响泄洪出了大事，他这书记不但干不成，恐怕还得负法律责任。对付乡下那些不讲理的刁民，还用我教你们？啥这规章那说法的，管他是谁的厂子呢，先推了它再说。"

行动三天前的下午，王金亮召开了一个紧急协调会，除参与这次行动的乡领导和干部外，还叫来了徐家庄村的支书徐庆生和村主任申志强，因为地属于他们村的。两台推土机和两台铲车，由乡里出钱租，村里出十位男性村民，于后天凌晨五点，在徐家庄村西南小清河大桥的桥东，与乡里来的领导和干部会合，然后出其不意开始拆除行动。

强制拆除石料厂的计划分三步进行：第一步，立即给石料厂再下达一次加有县防汛指挥部印章的限期拆除通知；第二步，由乡干部去石料厂的围墙外面和房子后墙上涂写"拆"字；第三步，组织机械设备和相关人员，进入现场强行拆除，同时清除河道里的所有障碍物和垃圾。

部署完毕之后，王书记问大家还有没有问题，有了请及时提出来。

徐庆生没有说话，但给申志强使了个眼神，于是，申志强就说："王书记，村里除了老人和孩子，几乎没有年轻人，找十个强壮的男劳力,有点儿困难啊。"

王金亮说:"回去赶快打电话,叫些人回来。"

"时间太紧了,只有两天的时间,在外地打工的人,恐怕赶不到村里来啊。"

王金亮不高兴地说:"乡里有事,安排你们村里出几个人,有这么难吗?徐庆生,你是支书,这件事你给我负责,人不到位,我拿你是问。"

徐庆生缩着脖子没说话,申志强站起来说:"我向你保证,我们可以先去五个,这也是从离村不远的工地强行调过来,反正又不是去打架,先配合拆除,完了我们再多找点人过去清障,不也一样吗!王书记,求你了,两天时间找十个人回村,我们真的是有困难。"

王金亮想了想说:"好吧,但村'两委'的干部都要到现场。"

徐庆生说:"王书记,这个没问题,加上我们村'两委',也差不多有十来个了。"

接着,肖副乡长说:"王书记,我建议,进入现场拆除,你最好不要出面。"

王金亮一愣:"为啥?"

肖副乡长说:"你是一把手,这种事不便直接出面,让乔乡长带队去就可以了。万一出现啥情况,也好有个推脱的说辞。你去了,是一杠子插到底,就没有来回点了。你再想想,这是我的建议,我认为,这样做比较稳妥。"

乔乡长说:"肖副乡长说得对,王书记,我带队好了,你就不要去了,在乡里坐镇指挥就行,我打先锋,你帅不离位。"

王金亮不屑道:"我早说过了,我对这次拆除行动全权负责,有事我一个人背着、担着,所以必须带头,此事不必再议了。"

肖副乡长坚持说:"乔乡长主抓防汛,还是他带着我们先出面好,你坐镇指挥,暂时不要到现场,有情况我们及时向你报告。如果一切顺利,自不必说,万一有意外,你再上去,这样可以有个缓冲,好采取第二波措施。王书记,请你仔细考虑一下,我是认真的。"

王金亮看看肖副乡长,皱着眉头没有说话。

有人在下边议论,说肖副乡长和乔乡长说得有道理,劝王金亮不必亲自到现场。

少顷,王金亮眨巴着眼睛,对乔乡长说:"也好,你带队先去,我在家里等你的消息,有情况,即刻向我报告。"

有人说,是不是给派出所说一下,安排几个民警过去,如果有人出来捣乱或者阻挠,可以让他们干预一下维持秩序。有人不同意,说凌晨五点多,厂里最多也就是有几个值班的,出其不意先把围墙和一些露天的工棚给他推了,不会有事的,用不着调用派出所的警力,这样不好。

协调会散会之前,马春浩突然站起来,对王金亮说:"王书记,这次行动,我不能参加了,我向你请个假。"

"噢!"王金亮怔了怔,"有啥重要事?"

"孩子他姨夫,后天在市人民医院做手术,老婆让我过去盯着……"

"之前咋没听你说过?再说,你孩子的姨夫做手术,你不一定非在场不可啊!"乔乡长说,"这么大的事,王书记又不去现场了,你是主要领导,这时候请假,老马啊,怕是不合适吧?"

马春浩沉着脸说:"文杰,我是向王书记请假。"

乔乡长脸一红,不再吱声了。

王金亮看着马春浩,平静地说:"春浩啊,对这次行动,你是不是有想法，不必拐弯抹角，直说吧，如果有道理，我准你假。"

马春浩歪着脑袋，耷眯着眼说："孩子姨夫做手术，老婆让我过去看着，是实情。但正如刚才文杰所说，拆除违建你都可以不去，我一个副职，更是有我不多，没我不少。我向来说话直率，从不掖着藏着，我是借这个理由，不想参加这次强拆行动。"

"为啥？"

"为啥！难道你不清楚？"马春浩冷笑道，"王书记，你已经让我背了个处分，我不能因为这个，身上再背一个。"

在座的明白了，马春浩是对上次的警告处分耿耿于怀，借机给王金亮"整事"。

王金亮当然也清楚他这话里的弦外之音，沉默片刻道："好，春浩，我准你假了。"

53

第二天上午，前往石料厂的围墙外面和房子后墙上涂写"拆"字的几名乡干部，被申怀亮手下的人打伤了，尤其是带队的乡党政办主任周翔，被打断了一根肋骨，紧急送进了乡卫生院。

派出所拘留了行凶的暴徒，此人是申怀亮的侄子申宇宁。

拆迁行动不但没能实施，反而引发了近百名村民围堵县委、县政府的"群体事件"。

县委、县政府大院被围，是下午两点左右发生的。开始是十几个人聚集在大门口，呼喊着"必须放人""交出打人凶手"和"严惩皇迷乡的违法拆迁者"等口号，后来又有许多农用车、拖拉机、电动车、自行车涌过来,黑压压一大片。他们举着各式各样的小牌子,上面写着各种口号,把大门口围了个水泄不通,阻断了出入的车辆和行人……

维稳办、应急办、信访局、保卫处等相关部门的负责人迅速赶到现场,调集警力维持局面疏导交通,接待和询问上访者反映的问题。

申怀亮递交了一份告状材料,大致内容是:一、皇迷乡政府违法强拆他正在改建的养老院,必须中止行动;二、皇迷乡政府一名乡干部在强拆时把他的一名员工打伤,至今逍遥法外,必须拘捕严惩;三、他的一名员工因维权自卫误伤了一名乡领导被刑拘,必须立即放人;要求县委、县政府迅速答复并解决问题,不然绝不撤离。

县委书记齐向明得知报告后大惊,立即放下手头的事情,听取情况汇报后,立即责令王金亮火速赶到他办公室。

此事来得突然,之前的两个小时前,王金亮听蝎子沟村支书田旭辉和徐家庄村支书徐庆生向他报告,说申怀亮在村子里四处活动,出钱雇用一些村民去县城给他"帮忙",去者每人发一百块钱,带车的再加一百块的油钱。王金亮问这是什么意思,两人都说不清楚,问准备去的村民,村民们也不太清楚,说是到县城西郊的开元寺南边的路边集合。王金亮当时正在乡卫生院看望被打伤的周翔,也没多想,也根本想不到申怀亮会采取这种卑鄙而极端的手段,来个破釜沉舟,恶人先告状。

带队去通知申怀亮拆迁并在围墙上喷涂"拆"字油漆的周翔,是被一个高大魁梧的年轻人用一截铁管打伤的。事后,才知道他是申怀亮哥哥申怀明的儿子申宇宁,是个正在天津读大三的学生。本来,申宇宁暑期放假在父母那里待着,但过了一阵感到无聊，就来到老家蝎子沟叔叔申怀亮家中玩了几天。这天，他来到申怀亮准备改建的厂子里闲逛，正赶上周翔带人来这儿下通知，之后在围墙上喷涂"拆"字。这时，申怀亮带人出来制止，有一人将正在墙边喷涂的一名乡干部推倒在地，围上来一帮人对他拳打脚踢。周翔一边给乡派出所打电话报警，一边冲过来，拉起他往外跑。这名乡干部挨了打，也是急了，从地上抓起一块石头，照离他近的一人投了过去，正中他的额头，当时就出了血。众人见状，一拥而上，对他俩进行围殴。这时，申宇宁手执一截废弃的铁管，突然朝乡干部袭来，周翔见状跳过来推了乡干部一把，铁管打在了周翔的肋下。周翔惨叫一声，倒在地上失去了知觉。乡干部们急忙围上来，呼喊着"周主任"。申怀亮手下的那帮人见周翔倒地且没了反应，以为出了人命，吓得都一窝蜂般跑走了。

　　派出所的民警赶过来，这时周翔也苏醒了，捂着肋部痛苦地呻吟，揭开T恤衫看看，只见右肋上有一道紫黑的血印。经过乡干部们的指证，说袭击周主任的，是一个高个儿的年轻人，二十岁左右，戴了个黑色遮阳帽，有人认识帽子上的牌子，说是"狼爪"的商标。民警在石料厂要把申宇宁带走时，申怀亮说乡干部也把我的人打伤了，还让民警看那人额头的伤口，但揭开创可贴一看，已经没血了，虽然起了个枣大的包，但伤口也就是一小点儿，就不予理会。周翔被送到乡卫生院检查，右肋一根肋骨粉碎性骨折，好在没有移位，在乡卫生院就可以进行护板定位，没必要转院治疗，王金亮这才放了心。当时，谁都不知道行凶者申宇宁是申怀亮的亲侄子，而他父亲，正是在市检察院法规处任处长的申怀明。在为申宇宁作笔录时，民警询问他家庭的基本情况，才得知他的身份。民警将情况连忙向于所长做了汇报，于所长十分惊诧，正困惑时，黄局长打来了电话，没说别的，只是说不要难为申宇宁，吃住给予关照。于所长明白领导的意思了，没敢跟王书记和其他乡干部们透露这件事。而这时的申怀亮，只是想通过哥哥申怀明，把侄子放出来就算了，反正王金亮只是吓唬和威逼他拆迁，并没有"动真格的"和"下真家伙"，没到最后的"关头"。但黄长江知道这件事后，鼓动他借机"闹事"，据可靠消息，王金亮明天要组织人去强行拆除，现在必须先下手为强，借势把他"整趴下"，并承诺组织人请愿示威的费用全由他出，当场转到他账号上五万元。申怀亮连忙说用不了这么多，再说，你把地方转手给我，将来还让我当养老院的老板，已经对我够好了，这也是我自己的事，不用你出钱。黄长江说，一码是一码，现在用个人不容易，你出手大方点儿，别管远近厚薄，一律拿钱说事，万一省下了，算是请你喝酒了。申怀亮说，那好，我今天下午就把乡政府的大门堵了。黄长江说，去乡政府闹，是王金亮自己的地盘，有啥意思？要闹，就闹点大动静，去县委大院闹，才有人收拾他。

围堵在县委、县政府大院门口的村民，在相关部门和人员的劝导下，已经陆续离开了正门的通道，车辆和人员可以通行了。但他们并没有走远，而是聚集在大门口两旁的便道上，意思是在等待领导解决他们的诉求，有了满意的答复，才肯全部撤离……

见王金亮来到办公室，齐书记劈头盖脸训斥他道："看看，你捅了多大的娄子！你辖区的这么多老百姓，跑到县里来闹事，还把大门都给我堵了！我们天天说讲政治，一句一个维稳，可你这书记怎么当的！是脑子进水了，还是故意给我脸上抹黑！好啊，王金亮，这一阵你干得不错，我夸了你几句，凡事也都支持你，你就找不到北了，胆子是越来越大了，就敢有恃无恐给我找事了！是不是这个意思！"

"齐书记，请听我解释……"

"这还用解释吗？"齐书记气得在地上转几圈儿，之后突然停在王金亮面前，哆嗦着嘴唇指着他说，"你说，这难道不是因为你强拆人家的养老院，才引起公愤的吗？"

"是准备拆，但并没有付诸实施。"王金亮平静地说，"齐书记，根本不是啥养老院，那是一个早已被吊销营业执照，早已停止生产，早已经废弃的石料加工厂。"

"噢？"齐书记皱皱眉头，"那他们给我汇报说，是一个正在建设中的养老院……"

王金亮气愤地说："他们是打着这个幌子，抗拒拆除，并没有合法的手续。另外，齐书记，这个石料厂有一部分，侵占着河道，会影响泄洪，属于非法建筑，必须拆除，必须清理！"

"这个他们说了。"齐书记平静了许多，坐到办公桌前，叹口气道，"他们说好多年了，是个遗留问题，咱们可通过合法的程序进行，你乡里，可没有资格和权力组织去强拆！金亮啊，不是我着急，刚才批评你，是你大错特错了，这是违法犯了众怒，咱们没理啊，说不起话啊！知道吗？"

"知道。"王金亮望着齐书记，辩解道，"现在是主汛期最为关键的时刻，这个严重堵塞河道、影响泄洪的石料厂不拆除，将来山洪下来，后果不堪设想。为拔掉这个危及老百姓生命财产安全的'钉子'，我组织乡干部们，历时半个多月，先后奔赴各个部门和单位，从各个方面，通过各种渠道，做了大量的协调工作。可到头来没有任何结果，复杂得让人摸不着头脑，这个过程，可以拍一部精彩的电影了。齐书记，我是被逼得没有一点办法了，才不得已而为之，我只能明知道这样做不对，也得拱着头干下去。我宁可今天犯法受处分，也不能将来在老百姓那里犯罪留下千古的骂名！"

"金亮，说得严重了吧？"

"齐书记，可事实是不但严重，而且是非常严重！你可以成立个调查组，从前到后仔细调查一下这件事。当初，这个石料厂有三分之一建在小清河的河道里，是谁批准的？为啥这么多年拆不动？"

"好了，先不谈这个。"齐书记制止王金亮道，"我刚才说你说得严重，不是指这个，是说那个影响泄洪的建筑不拆，今年就一定会出现问题吗？你讲的又是犯法又是犯罪的，有点耸人听闻了吧？"

"万一今年发了大水呢？常言道，防患于未然。"

"我听说，那条小清河，干涸了十几年，怎么就偏偏赶上今年来洪水呢？咱们是不是有点庸人自扰，杞人忧天呢？"

"齐书记！"王金亮惊叫一声，眼神有点陌生地望着齐书记，一时语塞了，想了又想，才从嘴里几个字，"你……这可是侥幸心理……"

"好，好！金亮，但愿咱们都侥幸。"齐书记见王金亮的眼神异样，心里一紧，语气平缓下来，指指沙发说，"金亮啊！咱先不说这个了，你赶快坐下，咱切入正题，书归正传。我一开始有点着急，说话有点失口，请不要介意。"

"没事，你批评得对。"王金亮坐下微微喘气。

齐书记说："急着把你叫来，是来研究解决问题的。我们现在都平静下来，好不好？"

王金亮点点头："好！齐书记，我是有责任的，我请求县委处分我，我一切听从你的批评和指示。"

"先不说别的,外面有请愿的群众,火烧眉毛,先解决这个事,让他们赶快撤离。"

"咋解决?你指示吧。"

"上访的群众提出了三条……"

王金亮打断了齐书记:"这些人,都是蝎子沟村民申怀亮煽动和雇用来的,不能代表广大人民群众。"

"你还让我说话吗?"齐书记有点生气。

"你知道申怀亮是谁吗?人大赵主任的亲外甥……"

"我在说正事,你总跟我扯别的!"齐书记拍拍桌子,"我现在是就事论事,赶快解决眼前的问题,至于其他事,我们以后再讨论。"

"好吧!"王金亮不再吱声。

"他们提出的第一件事,是释放被派出所拘留的那个大学生。这件事,我已经同意了,交由县公安局去处理,人,现在可能已经放了。现在,我只是告诉你,让你知道一下,做好那位受伤乡干部的工作,不要再追究了。"

"这不行啊!"王金亮站了起来,"齐书记,我那个乡党政办主任周翔,被他打断了一根肋骨,就这样算了,没事了?咋给他本人和乡干部们交代!"

"这不是要让你做工作吗!放了也不是就没事了,所有医疗费和其他补偿,都由他全部负担。"

"齐书记……"

"好了。"齐书记摆摆手,"金亮,我理解你的心情,委曲求全吧,你也算是替县委担了担子吧。"

"齐书记,这明摆的事,打伤了人,是犯的哪条法,就按哪条律治罪啊!为啥他们无理取闹,我们就这样认输了?我不明白，想不通，白把人打伤了……"

"人家说，你们去强拆，是违法在先，就不追究了。"

"可以调查，他是代表乡里去告知，下通知，并不是强拆。"

"好了，不搞那么复杂了。"齐书记叹口气说，"你知道那个打人的大学生是什么背景吗？"

"听说是申怀亮的一个亲属。"

"是他哥哥申怀明的儿子，正上大学呢。申怀明你知道，是市检察院的一个处级干部，给我打了三次电话了。除了说好话，话中还暗示我，如果不放人，人家要带着工作组来给咱县整事呢，我怕翻扯下去麻烦没个完，所以……"

王金亮倒吸一口冷气，沉吟片刻道："领导干部的子女，就可以为所欲为？"

"算了，照顾一下吧。再说，孩子正读大学呢，严格处理下去，恐怕连学籍都得丢了。算是看在我是你领导的分儿上，或者是给我县委书记一个面子，多给你那位乡干部说些好话，也代表我感谢他，替县委受冤受苦了。"

"唉，好吧……"王金亮长叹一声，"法律面前，人人平等，原来都是骗人的鬼话。"

齐书记接着说："第二件事，他们提到你下边的一名乡干部，砸破了他们一名员工的头部，要求派出所介入处理并且要把人抓走。此事因释放了大学生，他们答应不再追究。所以，这两件事算是扯平了。下面，是第三件事，也是最重要的问题，就是告你违法强拆，要求县委严肃处理……"

王金亮冷笑道："好啊，我有思想准备，齐书记，你就看着处理吧。"

齐书记咧咧嘴："说实话，金亮，别再犟了，这么干，咱没理，走遍天下也是咱的不对。你看那电视上、网上，不天天曝光政府强拆吗？那可都是反面典型和教材啊！"

王金亮辩解："齐书记，我再解释一遍，是准备拆。"

"好在没有付诸行动，没有造成不可挽回的影响和重大责任事故。"

"我真遗憾没给他推了……"

"看这话说的。"齐书记不高兴了，瞪他一眼道，"到了现在，你还嘴硬，不服气啊！明明自己做得不对，怎么就非要一条道跑到黑呢？"

王金亮坚持说："这是特别情况下出现的特殊问题，拆除河道的违章建筑，是防汛指挥部要求我必须完成的工作，我们请示过他们，主管的常副县长也同意，并且是经乡党政联席办公会研究决定的……"

"可我听说，你是为了帮开发溶洞的商家修路。"

"谁说的？"王金亮一愣，连忙说，"不错，是在他们勘查道路时，发现了这个废弃的厂房堵塞河道，将来有洪水下来，会威胁到这条大道和溶洞，向我报告了。可是，不单单如此，河堤的东部，有八个村庄近万人的生命……"

"金亮，不要往下说了！你说的，还是在强调设想、预计、推断、可能、如果、万一，也可以说这都是你王金亮无中生有的幻想。我不明白，对这个看不见、摸不到的东西，何必自寻烦恼，耿耿于怀，替古人担忧，一直较真呢？金亮啊，现在不比以前了，无论做什么事，我们都要依法行政，任何决策，都要有法可依。别说你乡党委和乡政府，就是我县委、县政府，也没有权力和资格去强拆违建，要由有资质的专业机构去认定和实施，这个不是我们要讨论的。你下去好好学习一下，咨询一下懂这方面的专家或律师，就清楚了。丢掉那些不切实际的猜测和主观臆想，回到实实在在的眼前。眼前，是外面的群众在跟我们闹事，这才是活生生的现实。现在，我们就是要讨论对这件事的解决办法。金亮，明白了吗？"

齐书记把话说到这个分儿上，王金亮虽心有不甘，但也不能再说别的了，于是就问："齐书记，咋解决和处理？"

"你不要再拆了，他们也不再告你了。"

王金亮低下头，沉默不语。

齐书记如释重负道："风波就此平息，这件事就算过去了。"

王金亮还是不吱声。

"金亮，你说话啊？"

王金亮抬起头来，认真地望着齐书记："齐书记，撤了我吧，或者，我主动提出辞职……"

"说什么呢？你再说一遍！"

"我不想干这个乡党委书记了，请求县委免我的职，让我回县城工作，到哪个部门任个虚职都行……"

"简直胡说八道！"齐书记把桌子拍得当当响，"还是不服，你怎么就这么拧，这么倔，非要跟我整事呢！不整出点事，你是不是就不甘心啊！"

王金亮苦笑："没有，齐书记，我真的累了。再说，出了这件事，我有不可推卸的责任，也算是失职，我主动请求给予我免职处分……"

"哈哈，真是奇葩，这还是第一次有人主动跟我要处分，想歇着，哪有这便宜的事？"齐书记突然笑了，站起来走到窗前，朝外望望，招呼王金亮道，"金亮啊，你过来，到我跟前来。"

王金亮走过来，站到了齐书记身边。

"金亮，你往窗外看，告诉我都看见了什么。"

王金亮眯起眼睛，居高临下隔着玻璃窗向外面俯瞰。见这个窗口，正居中冲着县委、县政府大院的大门口，偌大的院子里，有秩序地停放着一圈儿各式各样的车辆，有黑的，有白的，有灰的，有蓝的，有红的等，色彩斑斓，由于只能看到顶部，其形状如同硕大的瓢虫；四周挺立着的一圈儿梧桐树，枝叶浓密而茂盛，像巨伞般撑开，夕阳已经将它们的身影向东拉长；东西两边的配房，一栋二层楼是会议室，一栋平房是车库；大门外边，是一条繁华的大街，大街上人影绰绰，模糊的车流和行人往来如织；远处，有两栋高耸入云的大厦，一栋是金融中心，一栋是"天上城"商业综合体，这是目前县城众人皆知的标志性建筑；紧临大门口的便道上，依稀可见有一些人在聚集着，似乎这就是那帮被申怀亮唆使来上访的闹事者。已至快下班时间，院子里有车辆和一些人往外走，仿佛大大小小的虫子在蠕动。今天的天气尚好，天空很蓝，奇形怪状的白云一片片，或被扯开或被撕裂，报告有风的消息和力量，但那力量显然是比较轻微的……

"齐书记，窗外是大院，能看见树和停放的车，远处有街景，高楼大厦，还有天空和云彩。"

齐书记呵斥道："不该看见的，你都看见了，该看见的，你却视而不见。"

王金亮怔怔，迷惑地问："啥意思，你说的我没听懂？"

"你再看看，院子里还有一件东西，你却熟视无睹。"

王金亮又认真向窗外瞭望，恍然大悟："噢，齐书记，你是不是说的国旗啊！这个我真忽略了……"

齐书记点点头："对啊，我以为，这是我们机关大院里最重要的景观。"

王金亮问:"这咋讲?"

"你看,那面旗帜在飘扬吧?"

处于大门口与这栋大楼窗口中间位置的旗台上,一根笔直的旗杆拔地而起,顶端悬挂着一面鲜红的五星红旗,正在风中微微飘扬。

"是的,那面国旗在迎风飘扬。"

"旗帜是为风而生的,没有风,旗帜就不能招展,只有风的存在,才能显示出旗帜的力量和风采。"

"噢……"

"你看,今天的风不大,所以这面旗帜只是轻微地飘扬着,如果风大了,这面旗帜会舞动得更欢,甚至会发出呼呼啦啦的响声。"

王金亮沉思片刻,眼睛突然闪烁了一下:"齐书记,我似乎明白你的意思了。"

齐书记把视线收回来,看着王金亮道:"那你说说看。"

"我理解的也许比较肤浅。"王金亮脸色凝重地说,"是不是,沧海横流,方显英雄本色啊!就是说,困难越大,阻力越多,才能锻炼和考验一个人是否无畏和勇敢啊!"

"不错,大概是这个意思。"齐书记感慨道,"在平时的工作和生活中,当我遇到一些重大问题,想不通,摆不平,甚至感到气愤、委屈的时候,我都会站在窗前,凝望着这面风中的旗帜来劝导自己,安慰自己,觉得人要像一面旗那样活着才有意思。风平浪静时,旗是缩卷着的;只有起了风,才会迎风飘扬。大气运动送来的风,恰如矛盾、问题、困难、险阻,这才是给予我们力量和勇气的源泉。旗帜舞动的样子,是我们坚定的姿态和精神面貌,传出的声音,是我们为党和人民奋斗终生所发出的誓言。

金亮，我希望我们都是风中的旗帜！"

"齐书记，你成哲学家了，太精辟了，寓意也太深刻了。"

"你还闹情绪不，还辞职不？"

"齐书记，我错了。"

"回去尽快把这件事甩开，拔出身来好好干你那个综合体项目。溶洞的开发，马上要破土动工了，事情多得很，没必要捅这个马蜂窝，自寻烦恼，自己为自己设置障碍。"

"好吧，齐书记，我听你的。"

齐书记语重心长地说："你一直干得不错。前几天，市委组织部让咱县上报处级后备干部，你在人选之列。因此，这一段时间，保持平稳和安定，不出问题和差错，是最重要的。推心置腹地说，这也是在这次拆迁事件上，我一直要安抚对方，不要让事态继续发展下去，恶化下去，让你做出妥协的一个重要因素。金亮啊，有些人，没事还在找事呢，我们，在这时候，何必主动找事，让人家借机揪你的小辫呢！听我的，都是为你好，没错。"

王金亮感动地说："谢谢齐书记对我工作的肯定。"

"回去好好干！"齐书记拍一把王金亮的肩膀，"有事直接给我打电话。"

王金亮转身去拉门，但又返身扭过了头："河道那个石料厂放着，我真的担心发大水出了事。齐书记，我可以不拆了，也不再管了，但这是个巨大的隐患，迟早得解决，不然，我这心里总堵着个大疙瘩……"

齐书记挑挑眉头道："放心，我已经安排了，让纪委范书记牵头，由县委和县政府有关部门组成联合调查组，对此事展开全面调查，有了结论后，拆除会按程序用最快的速度进行，无论涉及谁，都会一查到底，严肃处理！"

54

  大雨一直在下，下了三天两夜，而且越来越大。

  这天早晨，雨忽然停了。一团一团的阴云，在空中成群结队向东南方向滚动，云层之间偶尔裂开的罅隙，把一缕阳光匆匆送下，但随着云团的迅速碰撞与弥合，太阳倏然就又隐匿了形迹。

  天气预报和防汛雨情通报，都说近几天是强降雨天气，有中到大雨，部分地区有暴雨和大暴雨甚至特大暴雨。王金亮在饭堂吃早饭时，跟大家议论了一会儿天气和各村上报的雨情通报，决定趁现在暂时雨停的机会，带着几名没有进驻"分片包村"防汛的乡领导和干部，去深山区察看灾情和重点区域的防汛情况。

  他们乘坐一辆面包车，沿北路出发，准备直达最西部的深山区旮旯村，然后拐弯儿向南，沿小清河到徐家庄村，再去蝎子沟村，之后考察溶洞开工的准备及防汛情况，返回时，去石窝铺村和首岭村。初步的行程是这么安排的。事先没有通知这些村子，是临时随机检查，如果一切顺利，或者没有大雨，计划天黑前返回乡政府。

  行至距旮旯村大约还有两公里的半路时，有塌方阻断了公路，大家只好下了车。

  王金亮站在一堆散落的土石、杂草、灌木和小树前，仰脸望望路边的山坡，对肖副乡长道："快给旮旯村的支书打个电话，问他知道这里塌方不？道给堵了，遇到事，出不来进不去的，这可不行。"

  随行的有乡长乔文杰，副书记马春浩，副乡长肖帆，党政办秘书林强和两名乡干部。

肖副乡长去一旁打电话了。

乔乡长说："太行山地表很不稳定，据国土部门说，这一带潜藏着一个二百多万平方米的滑坡。现在，这只是个小小的塌方，还不会有大事，如果雨一直不停，还像这两天那么暴，可就有点麻烦了。王书记，我们的应急预案，是否开始启动？"

"嗯，滑坡是预兆，不过，不到迫不得已……"王金亮皱皱眉，惊觉地问，"你说的这个潜在的滑坡区，涉及多少村庄？"

"共三个，除了旮旯村，还有两个。"

马春浩在一旁说："路被塌方封住，一时半会儿通不了，旮旯村我们是进不去了，还有别的路没？如果条件允许，我们去那两个村看看吧。"

王金亮眼睛一亮道："对，别在这里耽误时间，我们赶快改道过去。"

乔乡长说："那就把车倒回去，往回走吧，大概三公里时，往西有条砂石路，咱这面包车可以过去。"

因为是昨晚下雨时塌方阻断了出入村子的道路，到现在还没人路过，所以旮旯村的支书是从肖副乡长口中才得知这一情况的，他说立即组织人前去疏通。

面包车原路返回，驶了一段，按乔乡长的指引，往西拐到一条砂石路上。快到小清河岸边的一条公路上时，前面有一个大坑，积了很多水。司机不知道有多深，为安全起见，让大家从车里先下来，他空车开过去之后，大家再上车往前走。

砂石路的两旁，是两座对峙的高峰，形成了一条峡谷。两旁的山体，层层山石叠嶂，一些杂树和花草，湿漉漉地点缀于岩涯嶙峋的夹缝之中。在北面一段山体的东部，山崖的上部和顶端，插进了一些桩子、锚索和铁杆，有的地方，还罩着一些铁丝网。这是滑坡治理中使用最多、见效最快的办法，采取抗滑桩、挡土墙、锚索、锚杆等工程办法对滑坡进行支挡。

肖副乡长指着山峰，问乔乡长道："乔乡长，山上打的那些桩子，还有罩的大铁网，能防住滑坡吗？"

乔乡长说："真严重了，不能。但也没别的好办法，只是把松动的岩石连在一起，增加稳固能力，就像是一把筷子捆掷在一起那个意思。"

王金亮说："加固山体，除了在山坡上这样做，在山顶上还应该有措施。"

"那是咋做的？"

这时，王金亮像突然想起了什么，招呼大家道："走，我们绕过去，到山顶上看看，小林，你让司机到前面的路边上等我们。"

大家转到西面山坡的路边，沿着一条狭窄的山道来到山顶上，见斜坡处有裂缝的一块巨石上，嵌镶着不计其数的白点。

乔乡长说："这是防止滑坡的另一种办法，用水泥打的楔子，把山体连在一起。"

王金亮听见有流水的声音，拨开杂草和灌木，循声向北走了一段，见一条小溪正哗哗朝下流淌，仔细看看四周，见有一部分流水，向左边的一条裂缝里倾注，不由大惊，于是喊了一声："你们都过来一下。"

大家连忙过来了。

"你们看，这条裂缝，可能是这两天大雨后新出现的，山上的水一直往里流，是造成这一带山体滑坡的巨大隐患啊！"

马春浩说:"不会吧,有可能下边是个洞,会改道流走了。"

乔乡长也说:"刚才大家也看到了,今年防汛时,这一带山体经国土部门勘定,专门审批要来了一笔治理滑坡的经费,那些锚索和微桩群,就是我牵头招聘施工单位做的,把相互裂开的大石头都串联到一起了,就像把一块块木板钉在一起。没事,很牢固的。"

王金亮想了想,带着大家下了山,在山脚下停下来,仔细查看一番,突然叫道:"快看,这块地面是不是鼓起来了?"

大家围过来,见紧挨着山脚下的地面上,隆起了一片高于地面的大包。

王金亮用脚踩踩松土,挽紧眉头说:"这一定是受到山体松动的推挤,山坡前的地面才被压迫得凸了起来,说明滑坡即将开始,再加有水一直往里灌……"

马春浩朝周边望望:"即使真的滑坡了,这一带也没有村子啊。"

肖副乡长说:"那为啥要在这里进行重点的防滑坡治理呢?肯定有必要。"

乔乡长说:"专家们说,如果这个地方出现山体滑坡,会堵塞山口,也就是会挡住这条峡谷的行洪。一旦山洪暴发,这里的山谷将形成一个巨大的堰塞湖,就会淹没这一带的村庄。"

王金亮问:"涉及几个村庄?"

"五个。"

王金亮忧虑地说:"如果真是滑坡形成了堰塞湖,那是很可怕的。"

"是啊,就怕再下大雨,滑坡产生堰塞湖,堰塞湖里的水再溢出或者是决口,问题就严重了。"乔乡长抬头望望天空说,

"好在雨停了，可能不会再有大雨和暴雨了。"

"可天气预报和上边通知，说今明两天，有大暴雨和特大暴雨。"

"预报没准儿，还是看当时的天气吧。这不，预报说今天有暴雨，这不没下吗，连小雨也没有。"

王金亮沉吟片刻，自言自语道："有没有必要，把这些村子的群众转移了啊？"

"现在没必要，这太麻烦了，也会引起恐慌，不到万不得已，最好不要动。再说，五个村子，那么多人，往哪转移呢？"

王金亮问："咱乡的山洪灾害防御预案上，应该有措施吧？"

乔乡长说："当然有，但不到最后关头，还是不要轻举妄动。再说，各村都建有山洪灾害防御预案，设有监测巡查责任人，如果有了险情，或者需要转移，会及时向乡里和我报告。目前，我们还没有得到这方面的情况报告……"

王金亮忧心忡忡道："也不能完全依靠他们，预案上各村是有监测和巡查的人员，但他们只在自己村边巡察，外面的情况不一定知道。这一路上，也没见重要的观测点上有人，不是我们出来，谁能发现这些隐患和险情？"

"先前雨大，外面站不住人。"

王金亮锁紧眉头说："所以，雨一停，我这才赶快带着你们出来，就是不放心，怕有不被发现的不测情况。"

马春浩望望天空道："连下两天了，可能不会再有大雨了，等等看吧。"

话音刚落，几道闪电连续在空中划过，接着，一声炸雷如同在耳膜里拉响，随后，又是一阵滚滚的雷声喧嚣和闪电的炸裂，天空的乌云迅速聚合、翻滚，大风骤然席卷而起，裹挟着落叶扑来，四周刹那间昏暗了。

"王书记，要下雨了，快上车吧！"

王书记站着没动，扭动身子避一下大风，抬腕看看手表，果断地说："你们几个，马上通知刚才说的那五个村子，立即组织所有人全部转移！"

"往哪里转移？"

"按预案进行，就近安全的村子。"

"预案是旮旯村，那里地势最高，在半山腰上。"

"好，那就全部转移到旮旯村。"

"王书记，大雨马上就来了。"

"趁没下，赶快！雨再大也要走人，一个不留，全部去旮旯村！"

"这……"

"执行命令！你们一人负责一个村，现在我们立即绕道赶往旮旯村，将情况报告县防汛指挥部，通知他们立即往旮旯村调集救灾物资和生活必需品。"

大家上了车，掉头朝大约六公里外的旮旯村进发。

第十九章

55

在旮旯村组织转移并安置完周边五个村子的村民之后,王金亮让肖副乡长留下观察汛情,协调旮旯村做好灾民的各项善后工作,自己立即带着其他人,乘车往回返。他最不放心的,就是一旦大雨持续下去,小清河的泄洪能力,是否能经受住这场说不清究竟有多大降雨量的暴雨的袭击。

面包车沿着小清河东侧的一条泥泞的砂石路,在越下越大的雨中向南蹒跚而行,再有三公里,就是徐家庄了。

风挡玻璃上的雨刮器在剧烈地摇动,车窗和车厢顶部,传出噼噼啪啪的落雨声,像是拉响了一串鞭炮。王金亮用手抹抹车窗玻璃上的一层水蒸气,问:"走到哪儿了?"

林秘书在前面的副驾驶位置上坐着,晃着脑袋透过风挡玻璃向前看看:"前面,好像是那个石料厂,那大堤上露着半截的,好像是那栋办公楼的后墙……"

王金亮心里"咯噔"一沉:"快到时,把车停下,我想过去看看。"

马春浩说:"王书记,雨太大了,下不去的。"

"咱不是都有雨衣,都穿着雨靴吗!"

林秘书指挥着司机,车速更慢了,不一会儿,就到了一堵围墙旁。

墙北边,是河堤,往东有个道口,是通往徐家庄村的路。

乔乡长说:"再往前走一段,往西一拐,就是石料厂的大门。王书记,我陪你来过。现在这个位置,是厂子的北面,你是要去厂里看看,还是想看看小清河的过水情况啊?"

王金亮说:"就在这里停下,咱们上岸,去河边看看。"

大家穿着雨衣和雨靴,打着雨伞,踩着泥水,爬上了小清河的东大堤。

雨比刚才小了一些,但仍然很急。时已傍晚,再加乌云密布,乱雨笼罩,水天一线,触目所及,都朦胧成了一片黑暗。但仔细观察,依稀可辨小清河里涨满了水,正席卷着枯枝败叶和一些杂物自西北向东南迫不及待地倾泻而下。不远处的河道两旁,河滩里的玉米棵被淹没了,只露了一片泛黄的天英……

马春浩说:"看看,在河滩里种庄稼,这下淹了吧。"

"这都是小事。"乔乡长说,"最重要的是这个厂子没拆,让河道突然变窄了,会在这里憋住水啊!"

站在河堤上,能清楚地看到,石料厂的北围墙,伸进小清河近三分之一的河滩中,挡住了因连日降雨从上游而来的几乎要满槽的大水,致使西北部的水面明显高于东南部。而且,右侧强劲的流水,正不断打着漩儿拍打撞击着石料厂的后围墙,传出砰砰的响声……

王金亮心里一惊,似乎这一阵阵的响声,每一声都在他胸口上敲打着。

"文杰，你赶快给我说说，一旦，就是说提前预测啊，万一北边有山体滑坡，形成了堰塞湖，会对这里有啥影响？就是说，这两者的关系是咋回事？这一带的地形地貌，我来的时间不长，不太清楚，你比我懂，快说说！"

乔乡长说："这是两条水道。上午紧急转移到旮旯村的那五个村子，是害怕雨再大下去，山体滑坡出现堰塞湖淹没了整个村子，这很有必要。但只要堰塞湖不崩溃，下游地区，也就是南部这一带村庄，是不会有事的。这条小清河，与形成堰塞湖的地区并不在一个水道上，属于西北部的，是在分流和负担那一带的降雨量。但是，如果真有了堰塞湖，而堰塞湖又垮塌了，这小清河绝对是承受不住的。"

王金亮长出了一口气："噢，听你的意思，暂时不会有事……"

"就怕雨不停，再大下去啊！"乔乡长也出了一口长气道，"王书记，你看，明明这个厂子堵着河道，可咋就拆不成呢？这齐书记也是，就怕闹事，也不分青红皂白，还偏向着他们，不就是害怕赵洪岐和黄长江吗！王书记，你不是说他答应赶快拆还说要搞调查吗？可到现在也没个动静，到时候出了事，我看谁负责！我算明白了，有些事，如果都按规定和章程办，把各方面都协调好，得等到盐都发馊了。"

马春浩说："这几天一直下大雨了，可能没来得及吧？"

乔乡长愤愤道："如果真按王书记当时的办法干，三下五除二，喊里咔嚓拆了，看能咋的？"

马春浩反驳道："啥事听领导的好，这样少犯错误。"

"犯啥错误！让他们告去，我看他们没这胆儿。他们能这么多年赖着当这个'钉子'，背后不定有多少不可告人的交易和黑幕呢，正好揭开查个水落石出，看看里面究竟有多大的腐败。"

"唉！不说这个了，现在说这些也没用。"王金亮转过身，招呼他们道，"走吧，咱们快上车，去徐家庄看看。"

到了徐家庄村委会，王金亮没有心思听支书徐庆生和村委会主任申志强的汇报，一直抱着肩膀踱步，突然停下来问："村子里现在还有多少人？"

"全村共有九百六十三人，但有不少人在外面打工，现在的具体人数掌握不准，估计还有五百多人，大多是老人、妇女和儿童。"

王金亮点点头，托着下巴望着外面又开始渐渐变大的雨阵。

这时，手机响了，王金亮接听。电话是肖副乡长从旮旯村打开的，说东南峡谷一带有一片水一直在上涨，可能是前方有山体滑坡挡住了山洪，从旮旯村最高处向那里望去，是一片汪洋，被转移的五个村子，都已经被淹了，可能是堰塞湖形成了。但由于下大雨，路被水阻断，不能前去观察……

王金亮出口长气，庆幸转移及时，对肖副乡长说："把这一情况赶快报告县防汛指挥部。另外，五个村子转移到旮旯村的情况，指挥部是咋答复的？"

肖副乡长在手机里说："他们说，如果条件允许，他们会往这里运送救灾物资和生活必需品。"

"好，有情况及时向我报告。"

"有一件事向你汇报。"

"快说。"

"听当地村民们说，如果滑坡挡住山洪形成堰塞湖，囤积的水一直上涨，其他三面都是高山，只有西部有个断裂的缺口，大水有可能会从那里漫过去灌进小清河……"

通完话后，王金亮向各位简单说了肖副乡长报告的情况，问徐庆生："如果把村子里的人全部转移，有最近最方便的去处吗？"

"转移？"徐庆生惊叫一声："这么多人，又下这么大的雨……"

"好好的，不就下个雨吗，为啥转移呢？"申志强也嘀咕。

王金亮焦急地说："快说，赶快落实预案中的准备转移和立即转移。人转移到哪里？"

"是往蝎子沟去，那里地势高。"

"不行，太远了，必须就近。事不宜迟，快给我想安全的地方。"王金亮瞪瞪眼，顿了顿道，"比如山上，你们不是说，山上有个黄巾起义军的藏兵洞，还有个八路军的兵工厂吗？离村子有多远，能存住多少人？"

"对啊！"徐庆生突然醒悟道，"五六百人暂时进去躲躲，应该没问题，不过……"

王金亮不容辩解，当机立断道："从现在开始，不管雨有多大，立即利用各种通信工具和村里的大喇叭，通知所有人，带上家里的贵重和必需用品，赶快朝这两个地方转移，村'两委'干部全体出动，立即进入各家各户做动员工作。"

乔乡长问："周边的其他村子呢？"

"你和春浩书记、林秘书还有其他两位，分头电话通知周边七个村子就近转移，能转移多少算多少。特别是要给开发溶洞的尚经理说一下，把溶洞的洞口最好先密封起来。其他村相对离小清河远一点，一旦小清河在这里决堤，首当其冲的是徐家庄，因此这里的村民一个都不能留。今晚我们不回乡里了，盯在这里跟群众一起转移，你把转移群众的情况，向指挥部报告一下。"

天黑了，到处都里黑漆漆的，狂躁和暴戾的雨声吞噬着徐家庄这个小山村的一切，偶尔有几处星星点点的灯光，在黑幕和雨帘里闪现，这是最后一批打着手电筒冒着大雨往北部山上转移的村民。这是一个家庭，共有六个人，两名年迈的老人，一名生病的妇女，一个腿有残疾的中年人，两名儿童，由马春浩和两名村干部带队协助他们转移。由于他们行动不便，转移时，王金亮建议用乡里的面包车，把他们送到半公里外的山上。现在，马春浩和村干部从家里把他们接来，路过村委会时，将他们安顿到等候在村委会大门口的面包车上。

王金亮和林秘书在面包车不远处的宣传和公示栏的大牌子下等候着，因为这个公示栏顶部有盖子，能遮挡一下雨水。乔乡长和两名乡干部，已经提前和村支书他们去山上组织安顿被转移的群众了，而王金亮、马春浩以及林秘书，计划跟最后一批村民坐车一同上山与大家会合。

马春浩和一名村干部分别抱着一名婴儿和一名儿童，携着老弱病残的一家人，打着雨伞穿着雨衣蹚着水流，在迷离灯影的晃动下，十分艰难地蹒跚而来，离面包车只有不足五十米了……

"快，咱们去接一下！"王金亮叫一声，和林秘书冲进了雨幕里。

突然，如同天崩地裂，随着一阵巨大的咆哮声，一股没人高的巨浪，从西北方向顺着街道排山倒海般袭来，卷起王金亮和林秘书踉跄着扑倒在马春浩他们面前。

王金亮大叫了一声："春浩，快到高处去！"

街道的北边，有一堵高墙，高墙的旁边，是一个石头砌成的台子，是村里逢年过节或有重大活动搞文艺演出用的，村民习惯称之为"戏台"。

马春浩一手抱着婴儿，一手揪住一位老人上了戏台。王金亮拉扯着另一位老人和一位妇女，在齐腰的大水里朝戏台旁移动。林秘书和两名村干部，也都挣扎着把其他人拉到了高处。

王金亮拉扯着老人和妇女往高处走。这时，不知为何，老人突然歪倒在了大水里。王金亮情急之中，把那名妇女往外一推，被一名村干部接到了手里拉了过去。接着，抱起老人托着他往前挣扎着移动……

又一股大水袭来，不知击打着什么了，传出一声清脆的响声。

站在戏台上的马春浩下意识地用手电照照右边的高墙，见墙头已经裂开，而王金亮，正托着老人置身在高墙下面……

"不好，墙要倒！"马春浩大叫一声，把怀中的婴儿扔给身边的女人，飞身从台上跳下，把王金亮连同那位老人，奋力推了出去……

"轰隆"一声，高墙突然坍塌在水中，把马春浩压在了下面……

"春浩……春浩……"

"马书记……"

但马春浩再也没有听见王金亮和同事们呼唤他……

事后得知，这场突然袭击徐家庄的大水，是山洪暴发，被小清河上那座没能被拆除的石料加工厂阻挡，致使厂房北侧那段河堤决口造成的。

这是一场五十年一遇的特大洪灾，全县受灾严重，特别是由于小清河的决堤，皇迷乡尤甚，除皇迷乡党委副书记马春浩在转移受灾群众时因公殉职外，还有五人死亡，七人失踪。处于溃堤最前端的徐家庄，全村百分之九十的房屋倒塌或严重受损，农作物全部绝收……

56

洪灾过后，市委启动"追责"机制，对在这次抗洪救灾中出现重大责任事故的单位和个人进行查处。在全市通报批评了青云县和皇迷乡，给予青云县委书记齐向明党内警告处分，建议县委对皇迷乡党委书记王金亮给予停职检查。

在齐书记办公室，齐书记望着王金亮，默默无语。

王金亮平静地说："从现在起，我是不是不用上班了？"

齐书记叹口气："唉，组织上让我跟你谈话，我都不知道说什么……"

"齐书记，我觉得这是市委和县委对我的宽宏大量和保护……春浩同志是替我遇难的，还有那五个被洪水冲走的，七个不知下落的，都是我的过错和失职造成的……"说到这里，王金亮掩面哽咽起来，"应该让我去受审去坐牢……"

齐书记凄楚地说："我才是罪魁祸首！当初，应该听你的。"

王金亮制住悲伤："也是在这里，我们当时已经说了很多了，现在不说了。齐书记，组织上对我的处理，似乎太轻了，我没有任何怨言，完全服从。最后，我只有一个愿望，那就是，一定要查清楚小清河上那个石料厂这么多年不能拆除的原因。正如你之前所说，无论涉及谁，都要一查到底，依法严肃处理。"

齐书记说："本来县纪委的调查正在进行，可连下几天暴雨，被迫中止了。这件事，我这次专题向市委书记进行了汇报，他责令市纪委组成调查组进驻咱们县，排除一切干扰深挖细查，同时，还会全面调查你们乡领导和干部在救灾中的实际表现。有了结论后，会对你有个说法的。现在只是停职，等调查结束，你的职务还可以恢复。"

王金亮勉强抿嘴笑笑，站起身子，踱到窗前，眯着双眼望着窗外说："齐书记，看见这面国旗，我想起了你说的风中的旗帜的哲理。其实，旗一直在风中飘着，时间久了也挺累的，所谓偃旗息鼓，平静淡然下来也是一种人生的享受和境界，何必天天在风里飘着呢？我累了，真的不想干了，这次是个最好的机会。"

"这可不行！"齐书记也站了起来，走过来说，"我还靠你搞乡村振兴呢，溶洞开发，农业观光，那些综合体项目，都刚开了头。像写文章那样，起好题目写了第一段儿，后边不想写了，这可不行，别想给我耍滑甩手。"

"让乔文杰干吧，他比我年轻，也有朝气。"

"只是临时让他先主持工作。"

"啥时候宣布？"

"明天上午。"

"那好，我回去赶紧拾掇东西，把办公室腾了，就回家了。"

"先不要走，组织部去宣布时，你要在场。"

"齐书记，你就别让我丢人了。"

"停职，又不是撤职、免职，形式而已，县里在市里的压力下，是迫不得已这样做。我的意思是，你在乡里等几天，最好不要脱岗，一旦……"

"不了，齐书记，我天黑前肯定离开乡里。"

离开县委大院，王金亮直接回县城的家了。早早吃过晚饭，他让弟弟王金光开着一辆商务车来到乡政府，准备把自己办公室兼宿舍里的东西拉回去。他不想和同事们告别，也不想说更多的话，只是想悄悄地赶快离去。

但是，商务车一进乡政府大院，王金亮推开车门，刚从车里探出脑袋，就有人高声喊了一嗓子："王书记回来了，王书记回来了……"说音一落，前院和后院，呼呼啦啦跑出一群人，涌上来把王金亮围住了。

其实，乡里在家的领导、干部还有职工，已经知道王金亮被停职的消息了。说是县委常委会上午开会已经决定了，县委书记找他谈话后，明天上午就要宣布。大家震惊之余，愤愤不平，奔走相告，焦急地等着他从县里回来，见到他以证实这消息到底是真是假，因为大家根本不相信这是真的。

王金亮从车里走下来，望了望眼前的一院子人，吃惊地说："都围着我干啥，啥意思啊？"

有人锐声问："王书记，说是不让你干了，到底是真是假？"

王金亮眉头跳跳，微笑着没有说话。

"停职也不行，凭啥？县委得给我们个说法，也得给你个说法！王书记，这个时候，不能再让人摆治了！也不能当别人的替罪羊！"

"你说啊，我们想知道真信儿，齐书记咋跟你说的？"

王金亮顿了顿，答非所问道："明天上午，乡里要召开全乡干部大会，大家都已接到通知了吧？"

乔乡长说："组织部跟我说了，我还没通知下去，在等你回来。"

"赶快通知下去，别误了事。"王金亮对乔乡长说过，转身对众人道，"明天这个会一开，大家就都清楚了。"

"王书记，我们不让你走！"

王金亮分开众人往外走，大家围了一圈儿，庄重而肃穆地望着他，挡住路不让他走。

乔乡长带头嚷嚷道："这是凭啥？王书记，齐书记还有脸见你？石料厂拆不成，是他和稀泥造成的，这才阻挡洪水决了堤，你是替罪羊啊！这一点，必须说清楚，我们和你一起，上市委说理去！这个事，我前前后后最清楚不过了。"

肖副乡长也说："冒着瓢泼大雨，王书记带着我们奔赴深山区检查汛情，发现有山体滑坡的预兆，果断转移周边的村子，救了五个村子群众的命啊！这应该是英雄，咋就是失职！还停职不让干了？马书记的牺牲，还有冲走的那些人，不都是那个石料厂挡水造成的吗？跟王书记有关系吗？简直是没有天理……"说着说着哭了起来。

"不是王书记，徐家庄全村人都没命了！还在大雨里救人，我是亲眼所见啊！还说啥抗洪不利，追责问责，罪魁祸首是那个申怀亮和黄长江！王书记你有何错？又有啥责？"林秘书跳着脚叫道，"不让王书记干了，我们也不干了，我们都到县委去，集体辞职，你们说行不行？"

"行，我带头！我这乡长也不干了！"乔乡长挥着手臂吆喝，"谁去报个名，我去找车，一会儿就走，集体去县委找齐书记，去找组织部……"

"对，赶快行动，趁他们还没宣布！让县委收回成命……"

"都住口！"王金亮突然喊了一嗓子，"你们都在这瞎嚷嚷啥呢！如果大家都还拿我当朋友，当兄弟，都回去，该干啥干啥去！灾后重建工作这么繁重，安排你们都住在村里，这会儿咋都在乡里！还都聚在这里瞎咋呼，影响多不好！都走了，散了散了，我累了，要回办公室休息会儿。"

"王书记……"

"我求各位了，不要再说三道四了好不好？我求求大家了，让我安静会儿好不好？"王金亮冲大家作揖。

众人都不作声了，默默望着王金亮。

王金亮看看大家，低下头进了甬道，大步朝自己办公室走去。

大家悄悄地、默不作声地在他身后跟着。路过副书记马春浩的办公室门前，王金亮突然停住了脚步，怔了怔，推开虚掩的门走了进去。

这是大家自发在马春浩生前办公室里为他布置的灵堂。遗像周围，布满了鲜花和翠柏，一条洁白的挽联上，书写着王金亮和同事们对他表达的最虔诚的心声："精神不死，风范永存。""音容已杳，德泽犹存""良操美德千秋在，舍生取义万古存""安危谁与共，风雨忆同舟；欲祭疑君在，无语泪沾衣"……马春浩的遗像在花丛中微笑，两道剑眉下的一双大眼睛炯炯有神，棱角分明的四方脸上，显示着刚毅和冷峻……

王金亮凝望着马春浩的遗像，犹如他又活灵活现站在了自己的面前。马春浩是个重情义、有担当、敢作敢为的优秀乡镇干部，他平素一脸严肃，不苟言笑。他的事业心、执行力、独到的基层工作经验，以及虚怀若谷的谦和，一幕幕画面在王金亮眼前浮现。查处赵家疃村原支书赵志豪，组织蝎子沟村的支部改选，尤其是在"冯巧巧事件"中，王金亮坚持给了马春浩处分，马春浩后来对人说，"千万不能当好人"，这句从没有对王金亮当面说过，只是偷偷地抱怨的话，让王金亮心痛了好久。还有，计划拆除石料厂时马春浩的消极，还有说那句"我不想再背个处分"时哀怨的眼神，都历历在目，让王金亮懊悔不已……

"春浩兄弟，我错了，我不该坚持给你处分，我向你赔礼道歉……"

王金亮已无数次来这里"看望"马春浩了，这次，他跪倒在马春浩遗像前，磕了三个头，然后趴在地上抽泣。

大家也都跪下磕头。

回到自己的办公室，王金亮开始拾掇东西。

一直跟着王金亮进入办公室的众人，都面无表情，默默站着。

"你们也不帮帮我？"王金亮有点尴尬地看看他们，最后对林秘书说，"小林，帮我把笔记本电脑装起来。"

林秘书噘着嘴不动。

"明天才宣布停我职，今天我还是书记呢，这就不搭理我了？"

"王书记，我不让你走……"林秘书哭了。

乔乡长一把夺过王金亮手里的几本书，又放到桌子上："只是暂时停职，谁说让你腾办公室了！你要是真想回家，就回去歇几天，啥东西也不用动，都放这儿！"

大家都齐声嚷嚷："王书记，你不能走……"

王金亮深深叹口气，坐到办公桌旁的椅子上，喝口水说："同志们，这是组织上的决定，我完全服从，没有丝毫怨言。相反，我倒是觉得组织上对我已经是很宽厚了。我们乡在这次洪水袭击中所遭受的巨大损失，不单单是我的错误、我的责任，简直就是罪过，是犯罪。这都怨我没有坚持，尽管我当时想到了，但没有做到。这一点，我从前讲过，洪灾过后也深刻检讨过，不再重复了。尽管我和大家做了最大的努力，但是，我们的力量太微薄了，根本无法也不能抗拒大自然和人为制造的灾难。尤其是让我不能接受、对我打击最大的，是春浩同志和那几位无辜村民的不幸……"说着，红眼圈里又盈满了泪水。

大家也都垂头抹眼泪。

王金亮用手抹抹眼角的泪道："我虽然来皇迷工作才八个多月，但却经历了很多很多，可以说是风风雨雨，坎坎坷坷。感谢各位对我工作的支持、配合和理解。大家跟我一起吃苦受累，一起风雨同舟，我会终生难忘。在此期间，我有做得不周的，甚至是错误的，我向大家道歉了。我走以后，你们要一如既往抓好各项工作，特别是我们乡村振兴战略的实施，综合体中几个关键项目的建设，都已经启动了，尽管有很多困难，但这个战略的蓝图势在必行。现在认真反思一下，我有点儿着急了，再往后不必急于求成，因为涉及方方面面的利益太多，阻力也大。我走后，县委会让文杰同志主持工作，大家要像支持我一样，支持文杰同志的工作……"

"王书记，别说这些了，我不干！"乔乡长打断了王金亮，"是你来了以后，我们才被你的担当精神和工作热情感染了。原来，我们也就是混天度日，心里哪有老百姓和事业心，是你的到来，才给皇迷乡带来了新生和希望！你是一面旗帜，你的作风和行动，让我们敬佩和感动，我们相信你，愿意在你手下工作，即使累死了也心甘情愿。王书记，不能再说这些像是告别的话了，我们不能接受皇迷乡没有你这个党委书记的现实。同志们，你们说是不是？"

"是！"大家呼喊起来。

"让县委收回决定！"

"王书记不能走！"

"我们发动全乡干部群众，去县里请愿，告状！"

"要求恢复王书记的职务！"

…………

这时，王金亮的手机突然响了，接听后得知是于所长打来的。

"急事！啥事？电话里说吧。"

于所长意思是电话里不方便说，也说不清楚，要求见个面。

挂了手机，王金亮对大家说："于所长一会儿过来找我，说有急事，大家请回吧。我也不知道是啥事，但要站好最后一班岗。"

57

　　于所长是带着祁雪菊来找王金亮的，因为，祁雪菊的妹妹祁雪梅因车祸昏迷三个多月后，突然苏醒了。苏醒后的祁雪梅告诉了姐姐祁雪菊一个隐藏在"车祸"背后的真相和秘密，并涉及一位县领导。现在，祁雪梅关闭手机携带一把水果刀，有可能是去这位县领导家里"复仇"了，祁雪菊报警请求派出所出警制止，而于所长因"嫌疑人"是县某领导犹豫不决，才紧急来请示王金亮。

　　而王金亮明天上午将被停职的消息，于所长并不知道。

　　于所长之所以来请示王金亮，是因为祁雪梅和祁雪菊，都是本乡村民，而这位县领导，又是王金亮很熟悉的。

　　在王金亮办公室，祁雪梅向王金亮详细讲述了事情的前因后果。

　　因车祸一直昏迷的祁雪梅，终于苏醒了，睁开眼睛后，她问自己这是在哪儿。

　　余小可的妹妹当时在床边，惊讶地叫了声嫂子，飞跑着叫来了医生。

　　祁雪梅虽然恢复了知觉，但神情呆滞，木讷，目光无神。当她知道自己现在是在乡卫生院时，这才想起被摩托车撞倒之前的事，之后的事则一概不知。

　　余小可妹妹要给哥哥打电话，被祁雪梅制止了，让她把三岁的儿子余明明领来。

　　是余小可的母亲、祁雪梅的婆婆，接到在卫生院照料儿媳的女儿打来的电话，惊喜地领着余明明来到病房的。

　　三岁的余明明，激动地呼喊着妈妈，奔跑着扑到祁雪梅病床前。但谁也没有料到的是,当余明明张开小胳膊,伸出一双小手去拥抱妈妈时,坐在床上的祁雪梅,突然弯下身子,双手掐住了他的脖子,歇斯底里地喊叫着:"快去死……快去死……"

众人大惊,连忙一拥而上,摁倒祁雪梅,把余明明从她手里抢夺了出来。

余明明的小脖子上,即刻呈现出一圈儿红手印。

祁雪梅蜷曲着身子在床上瑟瑟发抖,剧烈地抽搐,泪流满面,但没有哭出声。

大家认为,因车祸导致昏迷近半年的祁雪梅,苏醒之后肯定是疯了。

婆婆领着余明明赶快走了,医生给祁雪梅打了一针镇静剂,便很快睡着了。

等醒来后,发现祁雪菊和余小可在她床边坐着。

看见姐姐祁雪菊,祁雪梅抱着她号啕大哭。

哭完了,祁雪梅面无表情地看看余小可,冷冷地说:"你走吧,你不是一直说要离婚吗?我同意了,随时跟你去办手续。我出院后,先回我们村住着,在我姐姐家听你的信儿。"

"雪梅,你刚恢复过来,现在不说这事。"都说祁雪梅苏醒过来之后疯了,可余小可感觉他很正常。

祁雪梅阴沉着脸说:"你走吧,我跟我姐有些话要说。"

余小可走后,祁雪梅坐正身子,望着祁雪菊,未曾开口,眼里又涌出了一股泪水:"姐,你还得最后帮我一次。"

祁雪菊用纸巾擦擦她满脸的泪水,安慰她说:"雪梅,你刚好,咱先不说这事行不?"

"姐啊,难道,你不想知道是谁想害我吗?"

祁雪菊心头一震:"你认识那个骑摩托车的人?"

祁雪梅摇摇头："不，我没有印象了，只看见一个戴头盔的人骑摩托车朝我撞过来，他一定是受人指使的，也可以说，是雇来的杀手。姐，你应该知道，在这之前，我在微信里给你发过一条消息吧？"

"是的，我知道。"

"我也给小可发了。"

祁雪菊点点头："他也知道，你出事后，我们在一块商量过，怀疑是有人故意害你，想去公安局报案，但考虑再三，没有。"

"报案也查不出来，但我知道，他是受谁指使的。"

祁雪菊想了想说："你从前跟我说过，通过你当警察的同学，找到了那个人。可你只说是个当官的，县里的大领导，没告诉我他的名字，"

祁雪梅的眼泪潸然而下，扎到祁雪菊的怀里失声哽咽。

"他到底是谁？告诉姐他的名字。"

祁雪梅悲愤地说："姐，人家是县里的大官，高高在上，咱惹不起人家。"

"你后来是不是见到这个人了？"

祁雪梅点点头，止住悲伤："结果，在我找到他的第三天，那辆摩托车就把我撞了，肯定是他要杀人灭口。"

祁雪菊问："他为啥要这样做，你是不是威胁他了？"

祁雪梅怅然道："姐，我只是想得到我应该得到的。"

接着，祁雪梅向姐姐祁雪菊讲述了她见到"这个人"的经过。

知道了"这个人"的名字和身份以后，找到他就简单了。

这天傍晚，祁雪梅经过多次打听和跟踪，终于在一个叫"阳光印象"的小区一栋楼下的花池旁，等到了"这个人"，这已经是她第三次在这里"堵"他了。第一次，是有一个人从车上搬了一箱东西，跟他一起进了电梯；第二次，是门口和电梯旁，都有好几个人在，使她不便接近他。这一次，他从一辆黑色轿车里下来后，车开走了，周边也没人，祁雪梅从一棵树后走过来，在花池旁截住了他，他疑惑地问祁雪梅是谁，找他什么事。祁雪梅没有说话，从口袋里掏出事先叠好的一个小方块，放到了一株花的枝丫上，那是她写给"这个人"的一封信，信中简述了那晚她走错房间被他奸污的后果，生下了他的孽子，向他索要一百万元人民币的赔偿，否则就要告发他。

"这个人"当时把信看了，很吃惊地看了她几眼，之后沉默了一会儿，镇定地问她叫什么名字，还要了她的手机号，她告诉了他。他用手机打通了她的手机，说这是我的电话，当场承认了这件事并说对此负责，答应她的要求，把那笔钱准备好后，会手机通知她。就这样，她走了。但第二天，她就接到了一个陌生的电话，约定时间和地点跟她见面。祁雪梅不认识这人，就没有应约，但过了几天，这电话又来了，还威胁她少找事，不然会有大麻烦。祁雪菊怀疑是"这个人"指使的，就给他打电话，但他矢口否认，说钱的事他正在筹措，让她再等几天。过了两天，还没有消息。有一天晚上，祁雪梅从她打工的饭店下班回家，感觉街边有人跟踪她。她很紧张，回到出租的房子里以后，就给姐姐和余小可的微信上分别发了那条自己会发生意外的信息。又过了几天，祁雪梅果然就被摩托车撞倒出了车祸……

"你为啥跟他要钱？"

"那我咋办？"

"告他。"

"告！去哪儿告？人家有权有势，高高在上，我一个平民弱女子，谁会管？"祁雪梅喟然长叹，"我不想要这孩子了，但孩子是无辜的，我要让他付出代价，补偿我的孩子……"

祁雪菊倒吸一口冷气："这个人究竟是谁？"

"姐，你得先答应我一件事。"

"你说。"

"替我保密。"

祁雪菊点点头："你还不信你姐吗？"

"还有一事。"

"啥事？"

"我要跟余小可离婚，出院后，同意让我跟你回村。"

"快告诉我，这个人的名字和身份？"

"他叫赵洪岐，是县人大主任，作孽时，是县长。"

祁雪菊极为震惊，但一时不知道该怎么办。她准备等妹妹出院后，回去跟柴全超商量并找律师咨询一下，甚至想到去找王金亮书记给拿个主意。

再观察两天，祁雪梅就可以出院了，但就在出院的前一天晚上，祁雪梅突然失踪了。

当时是姐姐祁雪菊在病房里值班看护祁雪梅。吃过晚饭，祁雪菊到走廊的盥洗间洗碗，回来见祁雪梅没在病床上，以为她去卫生间了。等了一会儿，还不见回来，就去卫生间里看了看，却没有。就问同病房的，说见她出去了，但去哪儿了不知道。翻了翻被子，见病号服在下面压着，说明她是换上衣服走的。再仔细一检查，发现平时放在床头柜上的那把水果刀不见了。

祁雪菊心里一紧，打祁雪梅的手机，却关机了；又给余小可的妹妹和余小可打电话，看看是不是去本村的婆家看孩子余明明了，但都说没有。

快一个小时过去了，还是不见祁雪梅回来，祁雪菊更加焦急和紧张，来到卫生院的大门口前瞻后顾，左右徘徊。

在门卫值班的保安见状问她："你是在这里等人还是找人？"

祁雪菊灵机一动，连忙问他："同志，你看见一个女的出去没？二十五六岁的样子，个头、胖瘦跟我差不多。"

保安认真看她几眼，笑笑说："我看跟你长得也相似，也是圆圆的脸，但比你白。"

"对，对，她是我妹妹。"

保安说："大约一个小时前，我见她在门口的街边站了一会儿，好像是等出租车没等到，就过来问我，说去县城在哪里打车方便，我说你可以往南边走，那里有个酒店。她好像突然明白了，对我说知道那地方，一时忘了。"

"这么说，她是打车去县城了！"祁雪菊惊叫了一声，脑海里急剧地盘旋着一个又一个问号：

晚上了，她去县城干什么？

莫非，是去找那个叫赵洪岐的人了？

找他干什么，报复？

赵洪岐，是县领导，现在是县人大主任，原来当过县长啊！

这太莽撞了，太危险了，必须找到她阻止她。

情急之中，祁雪梅想到了报警。好在，她有派出所于所长的电话，便不管不顾地拨通了他的手机……

于所长听她简单说完，让她原地等着，立即带着民警来到乡卫生院。

祁雪菊把妹妹四年前在县城被"奸污"的经历简要讲述了一遍，最后说，作恶者是现在的人大主任赵洪岐。

于所长大惊失色，连问几遍这究竟是不是真的，有没有搞错。

祁雪菊说:"这是我妹妹说的,这么大的事,咋会无中生有?我妹妹找过他,跟她见过面,还知道他家在哪儿住。我感觉,我妹妹现在肯定是去找他了。于所长,帮帮我,这太危险了,要赶快找到她才是!"

"这……"于所长拧着眉头不知所措,"去哪儿找她呢?你说过,她把手机关了……"

"去这个姓赵的家里找找啊!你们出个面,去他家看一看,如果我妹妹没有去找他,那最好了。"

于所长摇摇头:"领导干部的家里,我们咋能随便去呢,不可,不可。"

祁雪菊焦急而又气愤地说:"我妹妹被坏人谋害,现在失联了,我报了警,你们难道不管啊!"

"管,管,这不是正在管吗!"于所长劝慰祁雪菊道,"这样吧,大姐,我们是不是再等等,说不定,你妹妹一会儿就回来了。"

"那要是出了大事呢?她可是带着一把水果刀走了。明明有线索,你们不敢去,要是我妹妹有个三长两短,你们派出所可得负责。"

于所长皱着眉头,思忖片刻,突然扬起脸说:"这事太大了,不单单是个案件问题,涉及大领导,我一时没主意。走,咱们一块去找王书记,向他汇报一下,看有没有好的办法。"

就这样,情急之中的于所长给王金亮打了电话,带着祁雪菊来办公室找他……

王金亮听完祁雪菊的详细汇报之后,半天才反应过来,连声问:"赵主任?赵主任会有这事?这是真的?"

祁雪菊说:"王书记,你可得为我们做主,现在给我出个主意,我要见见这个姓赵的。我一个平民百姓,才不管他是多大的官儿，他害得我妹妹眼看要家破人亡了。"

"你是说，你妹妹有可能是去找他了？"

"十有八九，"祁雪菊说，"我妹妹出事前，已经找到他了，还跟他见了面，所以他才想杀人灭口，用摩托车想把我妹妹撞死，结果被撞得昏迷不醒。我妹妹明白过来以后，一边哭，一边跟我说了这些事。我说咱去告他，我妹妹说他官儿大，不敢告。我感觉，我妹妹是去县城找他报仇了。"

于所长也说："如果真是这样，情况可就太紧急了，太危险了！王书记，你看咋办？我们是否派几个民警过去看看？"

"让我好好想想，这可不是一般的事，这事太大了……"王金亮皱着眉头，一直在地上转圈儿，这时突然停下来，拿起办公桌上的手机，"我看这样，我现在给赵主任打个电话，如果他接听了，我编个急事向他请示汇报，说明情况正常，如果不正常，这电话肯定会打不通或者是他不接听。"

祁雪菊和于所长都说这个办法好。

手机打通了，但没有接听，再打，却关机了。

王金亮、于所长和祁雪菊，互相看看，都惊呆了。

"看来，事情还真是有点儿蹊跷！"王金亮挑挑眉头，沉吟片刻，当机立断道，"于所长，你立即挂帅出警赶往县城，到赵主任所住的小区。注意，不要去他家里，就在楼下观察，没事则罢，如果有事或发生不测，可应急处置。"

"我明白。"

"知道他所住的小区吗？"

"有人知道，我在车上边走，边用手机打听一下。"

第二十章

58

　　王金亮给赵洪岐打电话的时候,祁雪梅已经敲开了赵洪岐家的房门,是赵洪岐妻子打开的门。赵洪岐当时正坐在客厅的沙发上看电视,见妻子摁亮客厅的大灯打开门后,一个女子走了进来,所以看见王金亮来电就挂断了。之后,他定睛一看,惊呆了,这不是那个找过他说生了他的孩子,还要挟他给她一百万的那个女人吗?他怕还有电话打进来,就赶快把手机关掉了……

　　不是说她已经昏迷不醒,失去知觉,成植物人了吗?现在怎么突然堵到门上来了?赵洪岐惊恐地预感到,"那件事"要爆发了,这女人,是要来向他索要那一夜的"风流债"了……

　　四年前的那个晚上,赵洪岐陪同客人酒足饭饱之后,宾馆的负责人安排房间让他在这里过夜休息时,同时安排了一个按摩女来给他按摩。但他喝多了,倒下就睡,按摩女给他掐掐头,见他没有反应,就走了,走时也没锁门,是想过一会儿再过来。不知过了多久,他醒了,把小夜灯打开,去了趟厕所,喝了点儿水,模模糊糊看见床上睡了个人,走近一看是个女的,盖着被子,露一头长发，睡得正香。他以为是那个陪他一块来房间的按摩女，借着还有酒劲，就钻进被窝里，跟她发生了关系。不料完事后，女孩突然惊恐地穿上衣服跑走了。他深感诧异，打开房间的大灯，一看床单上有血，吓得酒全醒了。想了想不对，就关了灯，悄悄开个门缝探头朝外看，见一个女的在走廊里徘徊，一会儿又来了个男的，两人抱着走进了他隔壁的房间。他怔了怔，记下了这个房间号。

之后，他好几天都在想这件事，百思不得其解，终于忍不住了，就把这事给黄长江说了。黄长江大包大揽，说这点儿小事你别管了，我来处理，于是，他就叫时任县公安局治安管理大队队长的弟弟黄长河，悄悄查了查当晚在宾馆那个房间入住的客人情况。黄长河很快掌握了那个房间的客人住宿时的登记信息，并将余小可和祁雪梅的名字和身份证号告诉了哥哥黄长江。因此，赵洪岐早知道她叫祁雪梅，本县皇迷乡蝎子沟村人，刚刚嫁到了皇迷村，当晚入住除出示两人身份证之外，还出示了结婚证入住。他更加惶惑和奇怪，既然结婚了，她为什么还是处女呢？他愈加忧心忡忡，惶惑不安，怕以后留下什么隐患。黄长江安慰他说，你如果不放心，我还让我弟弟来管这事，跟踪观察一个阶段，我弟弟要提拔副局长，现在县委正在对他进行考察，您多多关照就是。于是，黄长河特意在治安队抽出两名他认为最可靠的民警秘密调查祁雪梅，掌握了她所有的家庭情况和她本人的动向，直到他生下一个男孩儿。快一年的时间过去了，他认为不会有什么事了，才把这件事彻底放下。

但是，没有想到的是，三年多以后，祁雪梅突然在赵洪岐居住的小区楼下找到了他。更让他不可思议和恐惧的是，她居然说生下的孩子是他的。不可能的事！同时还向他索要一百万，这肯定是敲诈吧？所以，他先把她稳住，答应给她一百万。由于黄长江知道这件事的前因后果，赵洪岐把突发的情况对黄长江说了，黄长江也深感意外和蹊跷，二人一块商量和研究对策。开始，黄长江认为如果这孩子真是他的，就给她一百万算了，钱由他出，但转念又一想，说如果这样没完没了纠缠下去，再要怎么办？另外，这孩子究竟是不是他的，也说不清楚，也不能做亲子鉴定来证实，她是不是故意以此为要挟进行敲诈勒索呢？两人合计了多时，最后，黄长江建议"杀人灭口"，永绝后患。

这次，黄长江没有让弟弟黄长河管这件事，而是通过"黑道"雇凶杀人。但凶手驾摩托制造的车祸没能将祁雪梅撞死，只是昏迷不醒了。黄长江和赵洪岐认为这样的结果也可以，失去知觉，丧失语言和行为能力，她就不会再"找事"甚至威胁要告发他了。然而，万万没有料到，她现在突然来到了家里……

赵洪岐的妻子不认识这个女人。平时这个时候，也就是吃过晚饭以后，家里断不了来人找赵洪岐，有的还带着礼品。因此，在一般情况，有人敲门，她都会去开。这次，她打开门后，把祁雪梅让进客厅说："进来吧，你是来找老赵吧？"

这时，赵洪岐不寒而栗，已经紧张地站了起来。

祁雪菊没有说话，走过来在旁边的沙发上坐下，眼睛望着电视，对赵洪岐说："我找过你，还认识我吧？"

"认识，认识。"赵洪岐稳定住心神，把茶几上的水果盘子朝祁雪梅坐的那边推推，以掩饰惊慌和尴尬，并对妻子说，"你去屋里待一会儿，我跟她说几句话。"

妻子用怀疑的目光看看祁雪梅，转身把电视关了。

祁雪梅看看赵洪岐妻子，淡淡道："阿姨，你别走，这件事，你最好知道一下。"

妻子怔了怔，站着没有动。

"阿姨，你们是老夫老妻了，在一起过了很多年，可你了解他吗？他人面兽心，强奸了我，还让我生下了他的孩子。姓赵的，你不是想害死我吗！那好，我就死了给你看……"祁雪梅眼里突然布满了泪水，从腰部抽出一把水果刀，"我一个弱女子，没有别的办法，只有用死洗清自己，用死换来对这个恶人的惩罚……"说着伸出手臂，照准腕部狠狠划了一刀。鲜红的血，顿时涌了出来……

赵洪岐妻子尖叫一声，惊得不知所措。

"快，打120，叫急救车。"赵洪岐吼叫了一声。

祁雪梅歪倒在沙发上，任腕上动脉里的鲜血流淌……

于所长和民警们，是随着鸣叫警笛闪烁着警灯驶来的急救车进入赵洪岐家中的。

祁雪梅被止血后送往县医院，生命没有危险。

当晚，赵洪岐找到县委书记齐向明，交代了自己当初是怎样"一夜风流"而意外埋下"祸根"，又企图"杀人灭口"的所有违法违纪行为和犯罪事实，并提出通过县纪委向市纪委自守。

齐书记连夜召集紧急常委会，决定由纪委书记和政法委书记牵头，两个部门联合行动，立即"留置"华姿集团董事长黄长江和县公安局副局长黄长河，并对入院急救的祁雪梅采取全天候的安保措施。

59

天刚蒙蒙亮的时候，王金亮叫醒了弟弟王金光。

王金光从沙发上坐起来，揉揉眼睛道："哥，几点了？"

王金亮已经穿好衣服在洗脸："快六点了，起来洗洗脸，咱赶快走。"

"还早呢，着啥急啊！"王金光打个呵欠，嘟囔着说，"昨晚那帮人把你折腾到快一点儿，我还一直替你喝酒，不是有点儿量，早被他们灌趴下了！喝高了，再让迷糊会儿行不，我第一次来你的乡里，也不让吃个早饭再走……"

王金亮过来揪他一把："趁他们还在睡，赶快走，我不想再跟伙计们见面了，你没看见吗？这帮弟兄们没个完，啰啰唆唆的，悄悄离开这里，咱开车离这里远点儿，到街边上吃点儿饭，然后回县城，到了家，也就安生了。"

"好吧，听你的。"王金光站起来，穿上夹克说，"哥，看来你在这干得不错，威信挺高啊，大伙不愿意让你走，你就再待一阵儿，说不定，过几天还会恢复你的职务呢。"

"别废话了，快去洗把脸，你哥干够了，不干了，回去跟你做生意，你看行不？"

"真的！"王金光愣了愣，立马高兴地说，"哥，你真跟我一块干啊！那太好了，话说可要算数。你要真跟我干，总经理是你的，我给你年薪五十万，配一辆奥迪A6，咋样？"

"快拉倒吧！"王金亮拨拉一下他的脑袋，笑笑道，"一天到晚就知道钱，你哥这能耐，就值五十万啊？"

王金光撇撇嘴道，"切，就你这一个小小的乡干部，干到退休也挣不了五十万啊！还天天累得要死，动不动受夹板气。我早说让你辞职跟我干，你不听，这回可好，让人家撸了你，出力不讨好，看回去跟咱爹咱娘，还有嫂子咋个交代！还能耐，你啥能耐？丢人败兴不？书生气，一根筋，杠子头儿，锋芒毕露，在这个社会上早晚得吃亏蹲底。看看，报应来了吧！哥，回去跟我一块挣钱吧，这个最实际，也用不着在官场上跟人勾心斗角。"

"我承认现在这个社会没钱不行，但钱并不是万能的，有钱不一定活得幸福和开心，有钱也不一定都有自豪感和成就感。我有我的理想、事业和追求。你没在乡下待过，不知道中国大多数的老百姓过的是啥日子。你哥哥，见不得这些软弱贫穷的老百姓作难，看见了心里疼啊！不好受啊！如果我有能力为他们做点啥，帮助他们改变点现状，那可不是拿多少钱才能得到的快乐。兄弟，你不懂，咱俩永远也说不到一起，不说了。"王金亮夹起手包往外走，"东西我昨晚都拿到车上了，擦把脸赶快出来，我现在去车上等你，动作快点儿。"

本来，昨晚王金亮让弟弟王金光带着商务车来，打算帮他拾掇完东西连夜就要回县城，但没能走成。因为，于所长带着民警去了县城以后，赵洪岐的事让他极其震惊，一直忐忑不安，这会是真的吗？结果会怎么样？心实在是收不回来。

一个小时以后，于所长打来了电话，简述了事件的经过，王金亮长叹一声，茫然地瞪着双眼，许久没有说话。他难以置信，自己一贯敬重的老领导，怎么会是这样一副道貌岸然的嘴脸？尽管，他对赵洪岐也有看法甚至是意见或者是不满，但是，他根本没有想到"老领导"如此肮脏和卑鄙……

正恍惚时，乔乡长领着张副乡长、肖副乡长、乡纪委霍书记等人来了，甚至在卫生院养伤的党政综合办主任周翔，胁间还打着石膏和夹板也来了。说大家自掏腰包，从饭店里买来一些菜还有一箱酒，在食堂里摆了两桌酒席，要为他送行。

这是王金亮没有想到的，木然地望着大家不知所措。

"王书记，你如果真要走，明天再走，大伙儿想最后跟你吃顿饭，敬你几杯酒。"乔乡长恳切地说，"这是大伙儿的一片心意，商量时，我赞成，所以，王书记，再推辞，就是摆架子，看不起弟兄们，请你赏我和大伙儿个脸吧。"

"这……"王金亮无言以对，不想去，但看来不去不行。

"王书记，求你了……"大家都用热辣辣和真挚甚至是企盼的眼神凝望着他。

"散伙饭？"王金亮笑笑，站起来说，"好，谢谢伙计们的盛情。"

乔乡长正色道："这可不是散伙饭，是壮行酒啊！"

到了伙房，大家都涌上来给王金亮敬酒，王金亮本来就不能喝酒，执意不喝，坚持说以茶代酒。但大家站起来，端着酒杯围住他，嚷嚷着说，就敬一杯，这一杯必须喝了。

王金亮咂着嘴说："你们看，我到乡里以后，大伙儿哪个见过我喝酒，我对酒过敏，真不能喝。"

乔乡长说："王书记，我们就敬你一杯！"

王金亮无奈，端起了酒杯："那好，我也敬各位一杯！组织上派我来皇迷工作，有幸和各位成为同事和朋友，虽然时间不长，但大家对我工作的支持和理解，让我感到温暖和快乐，再次感谢大家！以后谁去县城了，给我打电话，我做东！"

大家很高兴，雀跃地围着他。

乔乡长说："好！有我们这场酒垫底儿，你啥样的情况都能对付，还记得老样板戏《红灯记》里那句台词吗？临行喝了这杯酒，浑身是胆雄赳赳……"

说得大伙都开怀大笑，王金亮也大笑起来："弟兄们，不会是让我去斗鸠山吧？"

"斗不斗鸠山不说，但你不要怕那些比坏人还坏的汉奸！"

大家纷纷举过酒杯与王金亮碰杯，王金亮挨个儿望望大家，突然皱了皱眉头，问："小林呢？"

乔乡长连忙说："他有点儿事，一会儿就来。"

正说时，林秘书跑了进来："王书记，我来了！"

有人递给他酒杯，并斟满了酒。

其实，王金亮根本没有想到，林秘书是受乔乡长和大家的委托，去外面打电话了，向一些村子报告他被停职，明天一早将要离开乡里的消息。

王金亮把酒杯端到嘴边，又移开了，扫了一眼围在他面前的一张张熟悉的面孔，手抖动了一下说："还缺一个……"

"缺谁？凡是在家的，能来的，都来了啊！"

"马春浩，马书记！"

大家突然都沉默了，黯然神伤，看着王书记。

两行眼泪顺着王金亮的脸颊潸然而下："同志们，请允许我最后提议，咱们把这杯酒，敬给我们的好同事，好哥们，好朋友马春浩书记……"

60

天空湛蓝，东方有点儿发白了，旭日似乎孕育在地平线里等待分娩，深秋的风，在梧桐树梢上轻轻行走，携带些许凉意。院子里静悄悄的，看不见有人，但大门口的电动伸缩门却开着，也不见门卫老孙头。

商务车在院子里停着，王金亮先上了车。不大一会儿，弟弟王金光夹着手包出来了，坐到驾驶位置上发动车。

车缓缓往外行驶，王金光一边开车一边嘟囔："咋不见一个人出来送你？这帮家伙，准是昨晚都喝多了。"

王金亮笑笑道："要不我说趁他们都在睡觉，赶快走呢，不然，围上来你一句我一句，麻烦得很。"

商务车驶出大门口向左一转头，王金亮和王金光惊呆了！

大门外的街道上，站满了人，除了乡里的所有领导和干部，还有皇迷村的干部和村民，在街道两旁伫立着，个个神色庄重，表情肃穆。有的人手里拿着彩色小旗，上面还写着字，但看不清楚写的什么，还有的人，手里提着篮子和袋子。乡长乔文杰见商务车开出来了，挥挥手，乡领导和干部都一窝蜂似的围到了车的四周……

此情此景，让王金亮倏忽间想起了他刚来皇迷乡，在这个大门口，面对的是一群告状的村民，而今天，却是满街的老百姓深情地把他挽留，不免有点儿伤感……

"好家伙，这么多人啊！哥，这可咋办？我停下车，你下去跟他们告个别吧。"

"不！按喇叭，往前开！"王金亮朝车窗外看看，压抑住情绪，生气地说，"不能搭理他们，我估计这都是乔文杰他们安排的，背着我偷偷搞这一套，哗众取宠，简直是岂有此理……"

王金光说："也不一定吧，那些满街的老百姓，兴许是自发的。"

"乡里不说，老百姓咋知道我今天一早会离开这里？"

"噢！说的也是……"

"我明白了，昨晚他们非要给我敬酒时，一直不见小林在场，直到最后才进来，八成是去安排这事了。"王金亮顿然醒悟了，毅然道，"不能停，快走，我谁也不见，一直不停按喇叭！"

街道上的人流，随着喇叭的响声，纷纷往两旁退缩，商务车在人流组成的夹道里缓缓行驶。这时，突然有一群人冲到了车头前，挡住了去路。

王金光踩住制动，只见车头前有十几位男女村民，双手举着各种器物，有篮子、有袋子、有网兜，还有花布包袱等，露着能看到的，是鸡蛋、苹果、栗子、核桃、粉条……

王金亮见状，惊叫一声："金光，快把车门锁住！"

喇叭声中，商务车缓缓向前行驶。

这时，乡领导和干部们也都来到车前，疏导路上的村民，大家纷纷朝街边退却，并挥手或摇动小旗向王金亮致意……

王金光一边小心翼翼开车，一边摇头感叹："嗨！搞这个有啥用？你们在官场的这些人，被老百姓叫好没有用，是领导你的大官说了算。大官说你行，你就行，不行也行，说你不行，行也不行。"

王金亮坦然道："可也有那么一句话，金杯银杯不如老百姓的口碑，千好万好不如老百姓说好。"

商务车终于驶出了村头，王金亮如释重负，重重吐出一口长气。但车拐了个弯儿，绕过一个山包旁的槐树林，将要驶向省道时，突然，一条弯曲的公路上，呈现出一条一眼望不到头的，犹如一条五颜六色长龙似的人流。

王金光惊叫一声："哥，这是干啥？人山人海啊！"

王金亮朝外看看，也是一惊："这么多人！不像是过庙会啊，出啥事了吧！"

"把路都给堵住了，这可咋走？"

话音刚落，路上聚集的人流瞬间就散开了，撤到了两旁，在公路上留出一个由人流组成的夹道，并且，夹道里出现了一支由锣鼓和唢呐组成的秧歌队，吹吹打打挥舞着花棍和彩带在商务车前表演开来……

"哥，这是啥意思？"

"别管他，既然有道了，往前走！"

"这好像也是来送你的，我看见有人举的标语了！"

王金亮透过车窗玻璃，朝外仔细看看，看到了路两旁的人流里，一些人手里拿着制作的各种纸牌、小旗、标语甚至是横幅，"王书记，你别走""好书记不能走，皇迷人民把你留""王金亮，留下美名天下扬"……

"哥，好家伙，鸣锣开道，夹道欢送，你这待遇可不低啊！"

商务车在锣鼓秧歌队的引导下，在群情激昂的人流夹道里缓慢行驶。

望着此情此景，王金亮震惊之余，鼻子突然有点儿发酸……

在公路两侧的人群里，人们用各种方式冲着缓缓移动的商务车向王金亮致意时，王金亮透过车窗玻璃，如同观看一帧帧激动人心的动画。他在人群里，看到了赵家疃村的支书薛起东、裴凤莉和他的哥哥嫂子，甚至还有原支书赵志豪家族的人；蝎子沟村的支书田旭辉、村主任魏风林、祁雪菊母女、柴全超以及朱春辉的母亲程月娥；徐家庄村的支书徐庆生和村主任申志强，还有旮旯村以及那一带因山洪暴发及时转移的五个村的村民；还有在这里带队扶贫的陈博、郝斌；在这里投资的润易集团的张宾、米雅丽、尚经理；还有石窝铺、首岭村等十几村的干部和群众，都夹杂在这长长的队伍里冲他挥手……

刹那间，一幕幕往事涌上了王金亮的心头，为了让老百姓过上好日子，不再受穷，不再受屈，受命来到皇迷乡以后，自己可以说是经历坎坎坷坷，风风雨雨，所发生的一个个让人心酸也让人亢奋同时也叫人痛心的故事，像一帧帧电影镜头在脑海里浮现。多好的村干部，多好的村民啊！尽管，他们还很贫穷，还很艰难，还遭受一些村霸和恶势力的欺凌，还有许许多多扯不清、理还乱的各种矛盾和问题。但是，全乡正在向好的方向发展，提出了"发展乡村旅游、幸福皇迷人民"的战略举措，以"溶洞"开发和"狐子沟抱香谷"建设为龙头，带动"乡村田园综合体"的全面建设，最终实现整体上的"乡村振兴"，再有个三五年，皇迷乡不但全面脱贫，还会步入小康社会。这一切，虽然历经千难万险，但已经开始了，已经站到了起跑线上。然而，在这个关键的时刻，自己就要离开为之洒过汗水，付出过心血，甚至经历过艰难和曲折的激烈斗争的这片热土了，真是壮志未酬，事与愿违，让人深深眷恋和舍不得啊！多好的山水、多好的田野、多好的百姓啊！只要你能对他们有一点点的好，能为他们做一点点事，他们都会铭记在心，念念不忘，感恩戴德，以他们认为最热烈和隆重的方式，为你的离开送上一程……

一股热泪，顺着王金亮的脸颊汩汩而下，他将目光从车窗外收回，用手捂住脸，不由失声痛哭起来。

公路两旁的"欢送"人群，从乡政府所在地皇迷村南的槐树林开始，一直绵延到了距县城东南只有三公里的沭河大桥上。十多公里长的公路两旁，除了成千上万的男女老少，还有轿车、客货车、面包车、农用车、电动车、自行车等各式各样的车辆。可见，他们是乘着这些交通工具从四面八方的各个村子一早赶到这里聚集的……

由于锣鼓秧歌队在路上压着商务车向前，速度很慢，几乎是在蠕动。

东方一片曙光，新鲜而火红的大太阳，渐渐从一丝薄云里往外生长，干净而晶莹，像是从水里捞出来的一颗蛋黄儿。天空光芒万丈，阳光普照，为山川大地和万物披上了一层炫目的朝晖，流金溢彩。风比凌晨时大了一点儿，吹得公路两旁的杨树叶一阵阵沙沙作响，似是有不断的掌声响起来。泒河里水光潋滟，两岸垂柳拂动，花草葳蕤，远远望去，曲折而来的泒河，如同一条彩色的大鱼穿过田野向东北欢快地畅游，大桥横跨在河上，有鸟儿在上空盘旋。

桥头西侧的公路上，聚集着一些举着横幅、纸牌和小旗的村民，挡住了从县城出发、准备驶过大桥往西行进的几辆轿车。

前面的一辆轿车，是县委组织部的，他们是受命去皇迷乡宣布停止王金亮乡党委书记职务决定的；后面的两辆车，是市委派来的联合调查组，去皇迷乡调查王金亮在抗洪救灾期间的所谓"渎职"行为。

两组人三辆车，因驶上大桥后，被一群举着牌子和标语的人挡住了去路，不得不停下来观察和询问情况。

"你们这是干啥？咋把道挡住了！"

"我们在送王书记。"

"哪个王书记？"

"皇迷乡的党委书记，王金亮啊！"

"为啥？"

"为啥？你没长眼睛吗！看看我们手里的牌子啊！"

从三辆车上下来的人都走过来，眯起眼睛，认真端详他们手里举着的牌子和横幅——

"受冤屈一声不响，爱民书记王金亮。"

"干得行不行，百姓有杆秤。"

"谁撤王金亮，没有好下场。"

…………

市纪委一位副书记，是这次联合调查组的带队负责人，他看后颦蹙双眉，摇摇头，自言自语道："这王金亮，怎么会有这么高的威信？"

县委组织部的副部长跟村民说好话："老乡，行个方便，我们有急事，让我们的车先过去行不？"

老乡们争着说："不行，等会儿吧！王书记的车一会儿就过来了，等他过去了，你们再过。"

"这……"

一位老乡用手往前一指，又说："你们看，锣鼓秧歌队拐过弯儿来了，王书记的车，就在后面，这叫'十里秧歌送书记'，是我们这一带对恩人送行最隆重的老风俗，县长、省长也没这待遇。领导同志，对不起了，等看完热闹再过路吧！"

副部长嘀咕道："这王金亮可是真牛啊……"

"反正比你牛！"那老乡说着朝他翻翻白眼，"快走开！你们去那边儿树下的凉快地方站会儿，别挡道！"

带队的市纪委副书记在一旁笑了笑，说："老乡，这不成哪儿凉快让我们哪儿待着了吗？"

"就算是这意思，你们能咋地？快走开！"那老乡说着还用手去拨拉他。

副书记只好往路边儿走，边走边喟叹道："看来，民心最可畏，也最可敬啊！"

众领导站在大桥上向西眺望，看见一队锣鼓秧歌为一辆商务车开着道，后边尾随着一路望不到头的、浩浩荡荡的队伍，人头攒动，群情高昂，伴随着欢快的鼓乐声，如同一条翩翩起舞的长龙朝这里涌来，在渐渐升高、金光四射的大太阳照耀下，显得灿烂、豪迈而又雄壮……

2018年6月初稿，2019年11月定稿

后记：我的一个小梦想

在乡下，离村民最近的一个"大官儿"，是乡镇里的"一把手"——党委书记。按说，村里的党支部书记是直接管村子和村民的，但支书一般都是本村土生土长的农民，不叫叔就叫伯，所以在村民眼里根本不算是个官儿，真正的官儿是乡镇里那个由上边派来的书记。这书记虽然才是个正科级，但管的人和事却不少，小的乡镇也在万人左右，大的可能要有十来万人甚至更多，事情多而复杂就不必细说了。"上有千条线，下面一根针。"从中央到地方的各种政策和指令，都要通过乡镇往下布置，才能贯彻落实到千家万户。中国的一个乡镇，似乎跟一个大型国企差不多，乡镇党委书记相当于一个董事长，下属的几十个村子，相当于他"旗下"的"子公司"，发展如何，前景怎样，都要靠乡镇的书记"领导"。书记的"待遇"跟国企董事长那高得令人咋舌的年薪没法比，但工作压力和难度可比他们大得多。企业效益不好，无非是经济受损失，员工犯错也可以解雇；而在农村，农民犯错可解雇不了，发展缓慢或者说走了偏道，会使成千上万的老百姓遭殃。

一直盼望农村能有个好的乡党委书记，是我从小的一个梦想。记得小时候，我们村里来了一位那时候称乡镇为"公社"的侯姓公社书记。他抽着"阿尔巴尼亚香烟"，在大队部的院子里宣讲国内外形势，然后布置"学大寨"。我们村没有山，无法造梯田，他就让大家在村北的"豁路沟"的土坡上开荒，弄成一条一条的。一个叫大夯的社员质问，本可以整成一大块，为啥非隔成一条一条的，这不是浪费地吗？侯书记就瞪眼，呵斥他几句，说是上边有要求，让你咋干就咋干！也许，这就是我最早接触到的"形式主义"。乡镇党委书记的一句话，一个决策，可以"左右"一个区域的变化，当然也可以改变农民的生活和命运。他的言谈举止，在农民眼里，有时候就是代表着党，代表着党中央，代表着国家的政策和法规。比如那位姓侯的公社书记，他对大夯所说的"上边"，指的就是党和国家，农民哪知道他说的是不是，但却不敢吱声。农民盼望在他们生活的土地上，能有一个"不官僚"、实实在在干事并对他们好的直接领导。这也是我多年来的一个小小的梦想，梦想在我们的乡村，能有一个实事求是，一切"以农民为中心"干实事的乡镇党委书记，于是，就有了《风中的旗帜》中王金亮的形象。

　　皇迷乡党委书记王金亮的故事，在现实生活中可能没有，或者说很难找到，他只是寄托我理想和情怀而虚构出的一个人物形象。有人看了小说后问我，这都源自你挂职副县长时在乡镇里发现的那些人物原型吧？我笑笑说，有的是，有的不是，大多是虚构的。如果看见什么就写什么，把知道的人物和故事照搬到作品里，那可能是通讯报道或者报告文学，可能是在表扬"好人好事"。小说是不能这么写的，也不能是这个样子，而是要发现现实生活中没有却有可能出现的情况和问题。用恩格斯的话说，即"真实地再现典型环境中的典型人物"；用高尔基的话说，所谓典型形象，"就是通过一个人的形象写出一百个人的特点"。生活经历不仅仅是写作的素材，更应该成为小说写作中激发想象、产生联想的依据。因此，主人公王金亮的"事迹"，并非是生活的真实，而是艺术的真实。我试图将我曾经在河北省宁晋县河渠乡、临城县西竖镇、沙河市新城镇、武安市贺进镇等乡镇，或长期或短期体验生活所获得的材料和灵感，经过一番挑选、筛拣和提炼加工，以这样的表现形式和载体，使得我曾经的梦想像离巢的飞鸟那样，做一次放飞，并在这里"落窠"栖息。可见，《风中的旗帜》是我的一个"圆梦"之作，借此向全国不计其数的优秀的基层乡镇干部们致敬，并替生活在广大农村基层的父老乡亲们，对大家说几句实话，说说他们的企盼和酸甜苦辣。

我是在农村长大的，太知道"乡下"和"乡下人"的不容易了。那时候，"广阔的天地"里的大人孩子过得十分艰难，缺衣少穿，住的大多是茅草房和土坯房，街里晴天一层土，雨天一片泥，生存条件落后。新社会尚且如此，延续了几千年的封建社会，农民的生存状况就更可想而知了。上学懂事以后，结合自己的阅历，常常感到农村人真是不容易，他们是怎么从古至今繁衍生息"熬过来"的？直到上世纪80年代初，也就是我们经常说的改革开放之后，农村才出现了重大转折或者说翻天覆地的变化。原因是什么？简单地说，就是党的政策好，各级领导干部率领农民奔小康，老百姓有了奔头。自这以后连续多年，中央每年的"一号文件"，都是关于农业、农村、农民的工作部署。中国是一个以农民为主体的农业大国，"三农"问题解决得好与不好，是关乎中国前途和命运的大问题。尤其是现在，精准扶贫、乡村振兴、美丽乡村建设、新型产业、田园综合体、合乡并镇等等，都是农村和农民身边的"热度词"和农村工作的"进行时"，亦是在改革开放后农村出现一派欣欣向荣的基础上的锦上添花。其目的都是为了加快农村经济和社会的发展，使农民的生活更加富裕。但具体怎样进行，怎么干，村民们并不太明了，因为这些"大事"他们说了不算，都是由"上边"依据农村和农民的实际现状进行"顶层设计"，由各级政府按照相关政策布置和实施。从"人民公社"到"联产承包责任制"，再到"乡村振兴"和"脱贫攻坚"，概莫如是。而中国的乡镇干部，则是"受命"实施政策的具体执行者，足见责任之重大。

无论社会发展到哪个时代，农村的生活都是波澜壮阔的，为文学创作提供着生动而丰富的素材。战争年代有《红旗谱》，土改时期有《暴风骤雨》，新中国成立后社会主义改造阶段有《创业史》，改革开放前后有《平凡的世界》，这些优秀作品都艺术地展示了当时乡村社会发展中复杂的矛盾和问题，成为那个时代的文学记录。文学，无论在哪个时代，都没有熟视无睹甚至是麻木不仁地"缺席"过。如今，在这个前所未有、急剧变革的社会主义新时代，我们似乎有了更多的追求、梦想以及期待、实践、探索和思考，也会产生不少困惑、痛苦和愤怒。因此，文学有了更为急切和热烈的表达诉求，文学必须"扎根人民、扎根生活"，必须与时代携手同行。

我在《风中的旗帜》里，想要诉说的，就是在今天这个时代的大背景之下，乡党委书记王金亮率领乡镇干部和当地的父老乡亲，为改变自身命运过上好日子，所滋生出的那些"有可能"或者是"不可能"的种种矛盾和纠葛，还有那些不断演绎和日日更新的诸多事件。如今，在乡镇里当个"好书记"并不容易，甚至可以说非常难。农村的人和事，有的真是不好管。在小说中，村支书仗势欺人，王金亮要"拿掉"他，没有那么简单，有人变换花招儿跟他"笑里藏刀"，比如周大鹏；有人靠上边的关系制造冤假错案给你来"横的"，他只得动用同学的关系"走人情"去翻案，比如赵志豪；选举时"村霸"大砸村委会，派出所将其拘留很快就被放出来还来找他"挑衅"，比如申怀亮。面对"娶媳妇"索要"彩礼"的陋习，王书记虽然痛心疾首但也苦无良策；看见在村里"得罪人"过多而死后没人处理后事的情况，他又气又急，破口大骂村干部；招商引资的商人要把十几个村子拆除搬迁，他愤怒地据理力争；他计划"强行"拆除非法建造在河道里的石料厂未果，汛期导致一些村子家毁人亡却被上级"追责"……这就是王金亮书记的"艰难"和"担当"，在为人民服务的道路上充满艰难险阻和挑战，但他犹如一面"风中的旗帜"依然信念不泯，傲骨迎风，挺拔站立。现实生活中，能多一些王金亮式的"看见老百姓作难心里疼"的乡党委书记该有多好啊！这也是我一直在梦中期待的农村的"好书记"。小说里的王书记"当领导难"，乡村干部和农民也有很多"不容易"：有帮助"寡妇"找工作被组织处分的乡党委副书记马春浩，有被村民诬陷"耍流氓"的扶贫干部刘尽忠，有被暴徒打伤的乡综合办主任周翔，有拿自己家的钱为村里"跑事"被纪委调查的村支书徐庆生和村委会主任申志强，有被贫穷所逼"喝农药"的村民田成堂，有疾苦无助的祁雪菊和养女杜晓雅，有受县长性侵生子遭遇悲惨的祁雪梅，有为保护"文物"替孪生弟弟牛金贵"断指"的柴全超，有因以往的恩怨纠葛而陷入明争暗斗的企业家张宾和黄长江……他们也都如同"风中的旗帜",生活虽然面临挑战,但却依然顽强地生存着,前行着,尽管有的是悲剧,但我却感觉到了洋溢在农村基层百姓身上的温暖和活力。为此,在这部小说里,我还特意设计了三个年轻人,即刚参加工作就来乡下扶贫的队员陈博、大学毕业考上"村官儿"的田旭辉、在外打工返乡创业的米雅丽,他们的奋斗故事,是我对乡村振兴的另一种希望和企盼,他们是中国乡村的未来。

农村的未来在哪里?真正的社会主义新农村是什么样子?乡镇领导干部有怎样的担当和作为才算"好样的"?新时代的农民应该是什么样子?我还在观察和思考,希望未来给出理想的结果和答案。作品中王金亮所"主抓"的"溶洞开发"和"狐子沟抱香谷"两大建设项目,都正在进行时,他就被县委"停职"了,以后怎样发展和进行,我并未给出答案,期盼读者来展开想象的翅膀帮我完成。如果这部小说结束了,想象能够继续,并从中有所发现,有一点点儿值得思考的价值,让这部纯属虚构的小说看起更像真实的故事,如同从现实里移植过来的一模一样,则是我最大的欣慰。这样,真就实现了我那个小时候就有的梦想:期待农村有很多类似于王金亮这样"好的"乡镇党委书记;企盼农村脚踏实地实现全面振兴,农民个个过上好日子;希望"风中的旗帜"在乡村大地上欢快而昂扬,在风霜雨雪中猎猎作响……

贾兴安

2020年5月6日